KB014233

시간의

의

The Stairway
of Time

계
단

주영하 장편소설

시간의 계단

The Stairway
of Time

2

블라썸

차례 2권

1. 진실게임의 밤

소주병이 빙그르르 돌았다. 병 입구가 우태를 가리키며 멈추자 아이들이 넘어갈 듯 박장대소를 했다.

"말도 안 돼! 또 나야?"

"푸하하하하. 또 송우태야. 벌써 세 번째."

"넌 정말 소주병 주둥이의 신에게 특별히 사랑받는 존재인가 봐."

경민이 배를 잡고 낄낄 웃자, 우태가 인상을 구겼다.

"이제 물을 것도 없잖아. 난 스킵하고 다시 해."

"그럴 수야 없지!"

경민이 단칼에 우태의 말을 잘랐다. 그는 이참에 우태의 모든 만행을 탈탈 털고 싶은 모양이었다.

"아, 이번엔 뭘 물어볼 건데?"

순간 경민의 입가에 비열한 웃음이 스쳤다. 뭔가를 준비하고 있는 듯했다.

"1학년 수련회 날."

고작 한 단어를 언급했을 뿐인데 우태의 얼굴이 파랗게 질렸다.

"집으로 돌아오는 버스 안에서⋯⋯."

이제는 흙빛으로 변했다.

"똥 싼 게 누군지 말해봐."

기어이 우태의 표정이 무너졌다. 다 끝이라는 듯 얼굴에는 절망감이 가득했다.

"너, 이 새끼, 비겁해. 어떻게."

"말 안 할 거면, 여기 소주 원샷!"

경민이 얄밉게 내민 컵에는 찰랑일 정도로 소주가 가득 담겨 있었다. 우태는 결국 자포자기한 듯 땅이 꺼져라 한숨을 내쉬었다.

"나, 나야."

우태의 고백에 아이들의 얼굴이 순식간에 일그러졌다.

"진짜 너야? 수련회 버스 안 우유갑 똥 주인이?"

작년 교내를 떠들썩하게 만들었던 유명한 일화였다. 윤새의 확인 사살에 우태는 바닥에 두 손을 짚으며 고개를 숙였다. 그토록 꼭꼭 숨겼던 비밀이 드러나자 더 이상 잃을 것도 없다는 모습이었다.

"왜왜? 무슨 일인데?"

소문을 듣지 못했던 서정이 궁금해했다.

"어쩐지. 4반 애들이 그날 진짜 이상했다고 하더라고. 버스 안에서 내내 꾸리꾸리한 냄새가 났대. 그런데 아무리 버스 안을 둘러봐도 이상한 건 없었나 봐."

윤새가 비교적 세세하게 그날 일을 설명하기 시작했다. 윤새는 우태와 1학년 때 다른 반이었지만, 우태와 같은 반이었던 아이들로부터 그 미스터리한 이야기를 들은 모양이었다.

"결국 4반 애들은 다섯 시간을 꼬박 그 냄새를 맡으면서 왔대. 그러다 학교에 도착해 버스 안 쓰레기를 모으는데 반 애 중 하나가 버스 뒤편에 놓여 있는 묵직한 우유갑을 발견한 거야. 저거 뭐냐고."

둥그렇게 모여 우유갑을 열어본 4반 아이들은 경악할 수밖에 없었다. 그 속에는 똥이 담겨 있었던 것이다. 아이들은 우유갑을 떨어뜨리곤 소리를 지르며 달아났다. 그 후 4반 아이들은 혈안이 되어 범인 잡기에 나섰지만 범인은 끝내 밝혀지지 않았다. 마침 수련회에서 돌아오는 길이라 버스 안 아이들은 모두 기절한 듯 잠을 자고 있었다. 그래서 버스 맨 뒷자리에서 우유갑을 엉덩이에 대고 똥 싸는 걸 본 사람도, 조심스레 버스 뒤편에 놓는 걸 본 사람도 없었다.

"그게 너였냐?"

"참으로 더럽다."

"차라리 기사 아저씨한테 차 좀 세워달라고 하지 그랬냐."

"조준하기도 힘들었을 텐데."

아이들은 모두 코를 잡고 우태에게 한마디씩 했다.

"고속도로였단 말이야!"

우태의 항변에도 아이들은 경멸 어린 눈초리를 거두지 않았다. 우태에게 큰 절망감을 안긴 경민은 신이 나서 낄낄 웃었다.

"자, 그럼 다시 돌린다."

누군가 소주병을 돌리자 병이 다시 빙그르르 돌았다. 세차게 돌던 병의 속도가 점차 느려졌다. 이번에는 누굴까, 모두가 눈을 반짝이며 시선을 모으는 동안 병 입구가 호윤을 향해 멈춰 섰다. 예상치 못한 지목에 호윤이 어색한 웃음을 지었다.

"우워어어어! 강호윤이다, 강호윤. 아싸!"

촐싹 맞은 경민이 기뻐하며 주먹을 말아 쥐었다.

"이번에 질문할 사람 나지? 그럼 첫 번째 질문. 강호윤, 지금 좋아하는 사람 있어?"

이 시기 아이들이 제일 궁금해하는 질문일 것이다. 마음의 준비도 할 겨를 없이 던져진 질문에, 호윤은 당황해서 연아를 바라봤다. 아무도 눈치채지 못할 정도로 순식간에 향했다 거둔 시선이었지만 그 순간의 미묘함을 알아챈 사람이 있었다. 지훈이 빠르게 호윤과 연아를 번갈아 본 것이다. 아주 짧은 시간 동안 일어난 일이었지만, 연아는 지훈이 호윤의 마음을 눈치챈 것 같아 심장이 벌렁댔다.

"없어. 알잖아."

호윤이 여상한 말투로 대답했다.

"너 거짓말하면 이거 원샷인 거 알지? 한 번 더 기회 준다. 지금 좋아하는 사람 있어?"

경민은 순순히 물러서지 않았다. 매일 같이 붙어 다니는 친구인 만큼 촉이 왔다. 재채기와 사랑은 감출 수 없다고 했던가. 자신의 친한 친구가 누군가를 마음에 품고 있다는 사실을 경민은 어렴풋이 눈치채고 있었다. 사실 그전에도 몇 번이나 물었지만 호윤은 대답하지 않았다.

이번에는 캐내고 말리라. 경민은 눈에 이채를 띠며 알아내고야 말겠다는 의지를 불태웠다. 한동안 무서우리만치 조용한 침묵이 흘렀다. 다른 아이들 역시 지방 방송을 끄고 둘의 신경전을 지켜봤다.

"'지금'은 없어. 됐지? 질문이 '지금' 좋아하는 사람을 물은 거니까."

경민의 얼굴에 아차, 하는 표정이 스쳤다.

"야, 그런 게 어딨어! 그럼 정정할게. 2학년 올라와서 좋아하는 사람 있었어?"

"패스. 질문 정정 없는 거 알잖아."

아이들 사이에서 "아." 하는 탄식이 흘러나왔다.

"아우씨, 내가 강호윤 저 새끼 오늘 탈탈 털고 만다. 이번에도 제발 강호윤 쪽으로!"

호윤의 턴이 지나가자 연아는 참았던 숨을 간신히 토해냈다. 생각보다 잘 피해 갔다. 둘 사이에 숨길 일이 있는 건 아니었지만 지훈이 호윤의 감정을 알아선 좋을 게 없었다.

경민은 억울해 죽겠다는 듯 다시 소주병을 힘차게 돌렸다. 빙그르르 돌아가고 있는 소주병을 바라보던 연아는 누군가의 시선을 느꼈다. 지훈이 취기가 살짝 도는 새까만 눈동자로 자신을 바라보고 있었다. 그러고 보니 지훈은 오늘 내내 저런 눈빛이었다. 시종일관 할 말이 있다는 듯한 얼굴이었다.

빙글빙글 돌던 소주병의 속도가 점점 느려졌다. 어, 어, 하는 순간 병 입구가 정확히 연아를 가리켰다. 아이들 틈새에서 안도 혹은 짓궂은 탄식이 흘러나왔다.

"다음 질문할 사람이 누구지?"

누군가 묻자 지훈이 "나." 하며 손을 들었다.

"뭐야, 재미없게시리. 니들 사이에 진실게임까지 하면서 물을 게 뭐가 있다고."

"맞아. 지훈이는 건너뛰고 다음 사람이 질문해."

아이들이 야유를 퍼부으며 저마다 한마디씩 했다.

"아니, 나 할래."

아이들이 거듭 훼방을 놓았지만, 지훈은 한사코 질문하겠다고 우겨댔다. 지훈의 고집에 아이들은 결국 "그래, 어디 한번 해봐라." 하며 포기하고 말았다. 끝까지 질문하겠다는 이유가 무엇인지 궁금하기도 했다.

"물을게."

지훈이 입을 열었다.

"응. 뭐든지."

설마 호윤이 얘기가 나오진 않겠지?

지훈은 다른 사람들의 세밀한 감정 변화에 무딘 인간이었다. 아주 미묘한 행동 변화, 말의 행간, 겉과 속이 다른 행동들. 그런 것들은 알아차리지 못할 뿐 아니라 알기 위해 노력도 하지 않는 편이었다. 하지만 가끔은 놀라우리만큼 직관적일 때도 있었다. 바로 연아와 관련된 일에 한해서였다.

뚫어질 듯 바라보는 지훈의 눈빛에 연아는 마른침을 삼켰다.

"이연아."

"물어보라니까 왜 이렇게 뜸을 들여?"

"……너 남자한테 돈 받은 적 있어?"

나머지 아이들의 얼굴에 경악의 빛이 스쳤다. 모두들 질문의 의미를 알고 있었다. 직접적인 언급은 아니었지만 누가 들어도 연아의 원조교제 소문을 두고 한 이야기였다. 이참에 아니라는 걸 못 박고 싶은 건지, 정말 궁금해서인지 알 수 없지만 모두를 당황시키기에 충분한 질분이었나.

너 도대체 무슨 생각으로.

연아는 입술을 깨물었다. 무슨 의도인지는 모르겠지만 충분히 불쾌한 상황이었다.

"아니, 없어."

"정말이야? 거짓말이면 여기 있는 술 다 마셔야 해."

"없어."

"맹세할 수 있어?"

"너 왜 그래? 아니라니까."

분위기가 이상해지자 경민이 손을 저으며 험악해지려는 분위기를 무마시켰다.

"연아가 아니라는데 너 왜 그래? 그럼 다시 돌린다."

경민의 손길에 소주병이 돌기 시작했지만, 연아는 입술을 깨물고 지훈을 노려봤다.

소문 따윈 안 믿는다며. 그런데 왜 나한테 그런 질문을 한 거야? 그것도 애들이 다 있는 이곳에서. 나 믿는다며, 믿는다며!

연아는 지훈에 대한 실망감을 감출 수 없어 자리에서 일어났다. 억울했다.

그렇게 믿어주는 네가 있어서 이곳으로 온 건데.

"미안. 나 술을 너무 많이 마셨나 봐. 요기 앞에 바람 좀 쐬고 올게. 니들끼리 하고 있어."

분위기를 깨고 싶지 않아 떨리는 목소리를 최대한 억누르며 연아는 현관문을 빠져나왔다. 누런부런 밀소디기 들리는 걸 보니, 다득 지훈에게 한소리 하는 듯싶었다. 역시나. 앞마당을 거닐고 있으려니 현관문이 열리는 소리가 들렸다. 당연히 따라 나올 거 생각했고 냉정하게 대처하겠다 마음도 먹었지만, 얼굴을 보니 서운한 감정이 몰려들었다.

"계곡 갈래?"

지훈이 머쓱하게 말했다.

"이 밤에 한 시간 반을 또 걸어가자고?"

연아는 날 선 목소리로 대꾸했다.

"아니, 우리 별장 뒤에. 계곡이라고 할 건 아니고 그냥 실개천같이 쫄쫄 흐르는 거 있어."

"됐어. 너나 갔다 와."

연아는 성큼성큼 앞을 향해 걸었다. 앞마당이라 딱히 목적지가 있는 건 아니었지만 최대한 멀리 떨어져서, 화났다는 걸 알리고 싶었다.

"화났어?"

지훈이 연아의 팔을 잡자 몸이 빙그르 돌아섰다.

"그럼 화 안 나? 갑자기 그 얘길 하면 어떡해? 애들 앞에서 공개적으로 나 망신 준 거잖아. 너까지 나 못 믿고 있다는 뜻이잖아."

"그런 거 아니야."

"아니긴 뭐가 아니야. 못 믿으니까, 그 원조 교제 소문 속 앨리스, 나아니란 거 못 믿으니까 몇 번이고 물었던 거잖아."

"아니야. 그거 물은 거 아니야."

"그게 무슨 말이야? 그거 물은 거 아니라니?"

연아의 추궁에 지훈이 입을 다물었다. 묻고 싶은 게 있으나 선뜻 입을 떼기 힘든 모양인지 몇 번이나 입술을 달싹였다.

"저번에 네가 그랬지? 마음에 의심이 생기면 꼭 물어보라고."

지훈은 여전히 내키지 않는 듯 말끝을 흐렸다.

"응. 그랬지."

"그래서 물어보는 건데……."

다시 지훈이 뜸을 들였다.

"물어봐."

"너 진짜 남자한테 돈 받은 거 없어?"

"나 원조 교제 한 적 없다니까. 너 진짜 나 못 믿어?"

"그게 아니라, 나 봤단 말이야. 너 남자한테 돈 받는 거."

머리가 댕 울렸다. 연아는 도대체 지훈이 무슨 말을 하고 있는지 이해가 가지 않았다. 자신이 남자한테 돈을 받다니, 아니, 대체 언제?

"너 그게 무슨 말이야? 내가 남자한테 돈을 받다……."

그때 머리를 빠르게 스치고 지나가는 장면이 있었다. 방학식 날 학교 근처 골목에서 삼촌 태광에게 알바비를 뺏긴 순간이었다. 태광에게 건넨 하얀 봉투, 골목 뒤에서 들린 누군가 후다닥 뛰어가는 소리.

당시 태광은 돈만 빼 가고 봉투를 제 손에 다시 쥐여 주었다. 만약 그때 뛰어간 누군가가 지훈이라면, 태광이 빈 봉투를 손에 쥐여 주는 장면만을 본 것이라면 14년 전 지훈의 마음에 싹튼 의심의 시작은 이 것이었는지도 모른다. 자신은 기억하지 못하지만 지훈은 아마도 몇 차 례나 떠보듯 물었을 것이다. 어떤 남자에 대해, 그리고 돈에 대해. '모른다, 아니다.'라고 대답하는 자신을 보며 의심은 점점 더 구체적인 형태를 갖춰갔을 것이다. 나중에 또다시 자신과 태광이 함께 있는 모습을 보곤 의심이 확신으로 변했을지도 모른다.

연아는 비로소 오늘 지훈의 기분이 왜 이렇게 가라앉아 있었는지 알 것 같았다. 연아는 고개를 들어 지훈과 시선을 마주했다. 방금 전까지만 해도 보이지 않던 혼란과 괴로움, 의심이 새까만 눈동자 속에 소용돌이치고 있었다.

방학식 때부터 내내 이런 눈동자였나. 지훈은 속에서 싹트는 의심 때문에 괴로워하면서도 믿으려 한 것이다.

"아니야, 그거. 네가 잘못 알았어."

연아의 목소리에 떨림이 묻어났다.

"무슨 소리야?"

"우리 삼촌이야. 삼촌이라고 내놓고 말하기 부끄러운 인간이라 얘기하지 못했어."

"삼촌? 삼촌이라고?"

"응. 우리 삼촌. 조카 코 묻은 알바비까지 뺏어갈 정도로 개차반이야. 내가 알바비 받는 날은 기똥차게 기억해 훔쳐 가곤 해. 그런데 나이번엔 진짜 뺏기면 안 되는 돈이었거든. 이번 여행 경비로 쓰려고 책상 깊숙이 꼭꼭 숨겨놓다가, 그래도 안심이 안 돼서 학교로 갖고 왔었어. 그랬더니 그 인간, 학교 앞까지 찾아와서 내놓으라고 행패 부리는 거야. 교실에 찾아와서 뒤집어엎겠다고 갖은 협박을 다 하길래 결국 줘버렸지, 뭐."

"……."

"네가 어떤 장면을 봤는진 모르겠지만 내가 봉투를 삼촌에게 건네는 장면을 받는 걸로 오인했거나, 봉투 속에서 돈만 빼 가고 다시 나한테 빈 봉투를 쥐여 주는 장면을 봤을 거야."

연아는 차분한 어조로 말을 마쳤다. 이야기를 듣는 동안 지훈은 내내 축축한 손으로 마른 얼굴을 쓸어내렸다.

"그게, 그러니까, 아…….

지훈은 한참이나 눈을 마주치지 못하더니, 결국 머리를 감싸며 풀썩 주저앉고 말았다.

"아, 졸라 쪽팔려."

"…….

"나 진짜 병신 같다……. 진짜 병신 같아."

쪼그려 앉은 지훈은 두 팔로 머리를 감싼 채 자괴감에 빠져 있었다.

"오해할 수 있는 상황이었어."

"진짜 널 믿었다면 그딴 오해도 하면 안 되는 거였어."

"그래도 혼자 오해를 더 키우지 않고 나한테 물어봤잖아."

지훈이 자리에서 벌떡 일어나더니 연아의 어깨를 붙들었다. 움켜쥔 손이 사시나무 떨듯 떨리고 있었다.

"아냐, 그러면 안 되는 거였어. 다른 사람은 몰라도, 다른 사람은 그래도! 나는, 나는 너한테 그러면 안 되는 거잖아."

자책, 분노, 혼란. 수많은 감정이 그의 얼굴 위를 스쳐 갔다. 어쩔 줄 모르겠다는 듯 머리를 쓸어 넘기거나 손을 움켜쥐었다 펴는 두서없는 행동들이 이어졌다. 미안하다는 말을 차마 입 밖에 꺼내지 못할 만큼 온몸으로 미안해하고 있었다.

지훈아, 넌 고작 18살 남자아이일 뿐이야.

"아니, 잘했어."

오늘 네가 나한테 한 질문은 내가 들었던 그 어떤 말보다 용기 있는

17

물음이었어. 그래서 어쩌면, 정말 어쩌면 우리가 나눈 이 대화 때문에 미래가 조금이라도 변할 거라는 생각이 들어. 그래서 그날의 화재를 막을 수 있을지도 모른다는, 네가 살아 있는 미래를 볼 수 있을지도 모른다는 기대가 생겨.

"미안해."

지훈이 연아를 끌어당겨 품에 안았다. 품 안에 안긴 자그마한 몸에 자신의 얼굴을 파묻었다. 미안해서 얼굴조차 보지 못하겠다는 듯 한사코 고개를 들지 않았다.

"미안해, 연아야. 내가 정말 잘못했어. 미안해. 정말 미안해. 미안해……."

연아는 손을 뻗어 지훈을 마주 안았다.

"괜찮아. 물어봐 줘서 고마워."

"아냐. 내가 정말 미안해."

아니야. 고마워, 지훈아. 어쩌면…… 어쩌면 말이지, 미래가 변할지도 모른다는 가능성을 보여줘서.

고마워.

지훈과 함께 다시 별장 안으로 들어가자 거실 분위기가 후끈했다. 진실게임이 한창 무르익어 가는지 모두의 눈동자에 진지함이 가득했다. 평소였으면 함께 들어서는 지훈과 연아를 향해 '데이트 잘했어? 이것들이 여기까지 와서 꼭 티를 내요!', '하여간 징그러운 새끼들. 가

서 뭐 했어? 어두운 데서 뭐 했냐고!'라며 타박하기 바빴을 테데 지금
은 와서 앉으라고 조용히 자리를 내어줄 뿐이었다.

"돌린다. 그럼."

윤새가 상기된 얼굴로 소주병을 돌렸다. 몇 바퀴를 돌던 소주병이
속도를 줄이더니 이번에는 다정을 가리켰다. 다정은 처음 지목된 터라
아이들은 주먹을 쥐며 기뻐했다.

"이번엔 내가 질문할 차례지? 바로 질문 간다. 이다정, 너 대체 좋아
하는 사람이 누구야?"

윤새는 이성 문제에 관해 좀처럼 속내를 드러내지 않는 다정이 항
상 불만이었다. 하지만 이 자리에서 다정이 솔직하게 얘기할 거라 기
대하고 던진 질문은 아니었다. 그저 말하기도 싫고, 술을 마시기도 싫
어서 쩔쩔맬 게 분명한 다정을 골려주고 싶어 던진 질문이었다. 연아
도 당연히 다정이 대충 얼버무릴 거라 생각했다. 그러나 다정은 전혀
당황하지 않은 얼굴로 아이들을 쭉 훑어보더니 입을 열었다.

"나, 지훈이 좋아해."

그야말로 오늘 진실게임의 하이라이트. 폭탄선언이었다.

청천벽력 같은 다정의 말에 모두 입을 쩍 벌린 채 얼어붙었다. 사실
진실게임은 '진짜 비밀'을 털어놓는 게임이 아니다. 그저 말하고 싶었
지만 말하지 못했던 속사정을 슬그머니 털어놓거나 고백의 전초전으
로 누군가를 좋아한다는 암시 정도를 주는 자리였다.

"사실 연아랑 사귀는 거 알면서도 저저번 달에 고백했었엉. 물론 차
였지만. 고백도 하고 차이고 끝났으니까 니들한테 털어놓을 수 있는
거양."

연이은 충격 발언에 일행의 시선이 모두 지훈을 향했다. 지훈 역시 다정이 실토할 줄 몰랐다는 듯 멋쩍은 얼굴로 뒷머리를 긁적였다.

"뭘 그렇게 봐, 새끼들아."

"그렇게 놀라지 망. 난 사실 지훈이한테 고마웠엉. 그렇게 깔끔하게 차준 것도, 아무한테도 말하지 않고 내 자존심 지켜준 것도."

지훈은 연아와 눈이 마주치자 눈빛으로 필사적으로 항변했다. 진짜다, 아무 사이도 아니다, 말 안 한 건 다정에 대한 배려 차원이었다. 지훈이 어떤 인간인지 알기에 의심할 여지 따윈 없었지만 연아는 어쩐지 이마가 뜨거워지는 것 같았다.

그때였다. 호윤이 연아를 향해 빠르게 눈짓을 보냈다. 호윤의 시선을 따라 연아 역시 재빠르게 경민의 안색을 살폈다. 경민이 다정을 좋아한다면 다정의 폭탄 발언에 표정 변화가 있어야 했다. 하지만 경민은 그저 다른 아이들과 같이 "오오오오." 하며 순수하게 놀라고만 있었다.

지경민. 다정일 좋아하는 게 아니었어?

아무리 경민의 표정을 뜯어봐도 서운함이나 실망감을 감추는 기색 따윈 보이지 않았다. 연아 자신이 세운 가정이 흔들리고 있었다.

연아는 경민이 다정을 좋아하기 때문에 다정을 봤지만 못 본 척 감싸주는 것이라 생각했다.

경민이 본 게 다정이 아니었단 말인가. 아니다, 다정이 확실하다. 그점은 의심할 여지가 없다. 채팅방의 앨리스는 다정이 틀림없다. 지금 제 수중에 들어온 증거가 말해주고 있었다. 그렇다면 경민은 다른 이유 때문에 다정을 감싸주고 있는지도 모른다.

"자, 그럼 이번에는 내가 돌린다."

아이들의 반응이 잠잠해지자 다정이 소주병을 돌렸다. 연아도 이번 만은 간절히 빌 수밖에 없었다. 벌써 몇 바퀴나 돌았지만 경민이 지목 되지 않았던 까닭이었다. 새벽 1시가 지나고 있었다. 낮에 계곡에서 있었던 일들로 피곤이 몰려오는지 아이들은 하나둘씩 하품을 해대고 있었다.

제발, 이번에는.

간절함이 통한 걸까. 소주병 입구가 경민과 서정 사이를 애매하게 가리켰다. 정확하게 누구라고 말하기 힘든 상황이라 모두들 "어어." 하는 소리만 냈다.

"지경민, 이번엔 너야."

호윤이 급히 소주병을 세우며 경민을 지목했다.

드디어 걸렸다.

"이번 질문 누구 차례지?"

"피곤하다. 그냥 아무나 해."

호윤의 말에 연아가 번쩍 손을 들었다.

"나, 내가 할래."

"응. 어디 한번 해보시지."

경민이 자신만만하게 팔짱을 꼈다. 하지만 팔짱을 끼는 행동은 가장 대표적인 자기방어 행동이다. 경민 역시 무언가를 감추고 있다는 얘기 였다.

"좋아하는 사람은……."

경민은 어이없다는 듯 코웃음을 쳤다.

"야, 진짜 니들 할 질문이 그거밖에 없어? 없어, 없다고. 이건 진짜야."

경민이 연아의 질문을 자르며 단호하게 얘기했다.

"알아. '좋아하는 사람은 없을 테고.'라고 얘기하려 했어."

성질이 급한 경민은 남의 말을 끝까지 듣기도 전에 할 말을 먼저 쏟아내곤 했다. 연아는 이번에도 경민이라면 묻기도 전에 답변부터 내놓으리라 생각했다.

"와, 이연아. 머리 쓰는 거 봐라. 알았어. 방금 건 아니라고 쳐줄게. 그럼 얼른 질문해."

연아는 빠르게 생각을 정리했다. 경민은 다정을 좋아하지 않는다. 그렇지만 맥도날드 옆 골목에서 다정을 보고서도 숨겨주었다. 다정이 채팅방의 앨리스라는 걸 알면서, 자신에게 원조 교제 누명을 씌운 범인이라는 걸 알면서도 말이다.

왜? 대체 왜? 혹시…….

"너 약점 잡힌 거 있어?"

일순 경민의 얼굴이 굳었다. 재빨리 표정을 풀긴 했지만 연아는 찰나의 미세한 표정 변화를 놓치지 않았다. 경민은 예의 가벼운 얼굴로 코를 매만졌다.

"야, 이연아. 그건 또 무슨 질문이냐."

빙고. 정답이구나.

"왜? 대답하기 싫어? 그럼 소주 원샷 하시든가."

"없어."

연아의 말에 경민이 다시 코를 만지작거렸다. 연아의 머릿속에 어딘가에서 읽은 기사가 떠올랐다. 빌 클린턴 미국 전 대통령은 청문회에서 모니카 르윈스키와의 관계에 대해 답변할 때 4분마다 한 번씩 코를 만졌다고 한다. 물론 그때 빌 클린턴이 했던 말은 모두 거짓이었다. 그 기사에서는 코를 만지는 것은 거짓말하는 사람의 불안한 심리를 반영하는 행동이라 설명했다.

"흠. 그거 거짓말인데."

"뭐야, 거짓말이라는 증거 있어? 없으니까 진짜 없다고 하지."

"증거 있어. 있으니까 묻는 거야."

"있을 리가. 너야말로 거짓말하는 거 아니야?"

물론 도박이었다. 경민이 약점을 잡혔으리라 생각한 건 방금 전이었으니 증거 따윈 없었다. 하지만 지금 이 순간의 대화가 바로 증거다. 다짜고짜 던진 약점 잡힌 거 있냐는 맥락 없는 질문에도 계속 대화가 이어지고 있었다. 즉, 둘 다 무슨 얘기인지 알고 있다는 소리다. 더욱 이 대화의 논점이 처음에는 '약점 잡힌 거 있다, 없다.'였으나 이후 '약점 잡힌 게 있다는 증거가 있다, 없다.'로 바뀌었다. 이 역시 '약점 잡힌 게 있다.'는 걸 전제한다는 뜻이었다.

"너 무슨 말 하는지 모르겠다. 난 그런 적 없는데?"

"내가 짐작 가는 게 있어서 그래. 얘기하기 싫으면 내가 할까? 그러면 넌 진실도 폭로되고 거짓말을 했으니 술도 마셔야 해서, 좀 억울할 텐데."

연아는 경민을 몰아붙이고 있는 게 아니었다. 경민을 향해 쏘아붙이고 있었지만 실은 일그러진 얼굴을 한 '누군가'에게 하는 말이었다. 경민은 중요한 증인이었다. 나중에 원조 교제 사건이 공론화된다면, 다정이 범인임을 증언해줄 유일한 인물이다. 지금은 다정에게 잡힌 약점 때문에 이렇게 발뺌하고 있으나, 공론화가 된다면 경민도 더 이상 다정을 감싸주진 못할 것이다. 그렇기 때문에 지금 경민을 압박하는 것은 다정을 압박하는 행위이기도 했다.

"에이씨, 말 안 해. 마신다, 마셔."

경민이 컵에 가득 찬 소주를 그대로 들이켜자, 아이들은 소리를 지르며 야단을 떨었다.

"오, 뭔가 약점 잡힌 게 있구만! 무슨 약점인데? 말해줘, 말해줘!"

"근데 누구한테 무슨 약점을 잡혔다는 거야?"

아이들은 잠시 언급된 약점이라는 말에 궁금증을 내비쳤으나, 곧 경민이 술을 들이켰다는 사실에 흥분하기에 바빴다.

이제 모든 준비는 완료되었다. 레버만 당긴다면.

평, 하고 모든 것이 터질 것이다.

소주를 원샷한 경민은 거실에 대자로 뻗어버렸다. 남자아이들은 경민의 한쪽 다리를 잡아끌어 1층 방에 옮겨다 놓았다. 거실을 대충 정리하고 나자 시간은 새벽 2시를 훌쩍 넘기고 있었다. 연아는 쓰레기를 한데 모아 쓰레기봉투 안에 넣고는 현관문 앞에 섰다.

"이 밤에 나가게? 너무 늦었어. 구석에다 놓고 내일 내놔."

윤새가 말렸지만 연아는 고개를 흔들었다.

"괜찮아. 자기 전에 술 좀 깨려고. 다정아, 같이 나갈래?"

"아냥. 난 졸령. 들어가 잘래."

다정은 눈을 비비며 비척비척 계단을 향해 걸어갔다.

"다정아, 같이 나가자."

한 번 더 권하자 그제야 다정은 연아를 돌아봤다. 할 말이 있다는 걸 알아챈 것이다.

"응. 그래."

연아는 다정과 함께 쓰레기봉투를 나눠 들고 현관문을 나섰다. 한밤인데도 열기와 습기로 공기가 눅눅했다. 그다지 상쾌한 기분은 들지 않았지만 풀 내음을 한껏 실은 바람이 부드럽게 귀밑머리를 스쳤다. 정신이 깨는 듯했다. 연아는 돌계단을 내려와 앞마당 귀퉁이에 쓰레기봉투를 내려놓았다.

"잠깐 걸을래?"

먼저 걷기 시작한 연아의 곁에 다정이 곧장 따라붙었다.

"할 말 있엉?"

"응."

둘러 말할 것도 없었다.

"뭐뎅? 네가 그렇게 말하니까 뭔가 불안하당."

다정이 예의 애교 섞인 말투로 눈웃음을 지었지만 연아는 마주 웃지 않았다.

"너, 맞지?"

"뭐가?"

"가짜 앨리스. 스카이러브에 '세현고 앨리스의 방' 개설하고 나인 척, 원조 교제 하는 척한 거."

찌르륵, 찌르륵.

세찬 풀벌레 소리가 밤공기 속에 울려 퍼졌다. 연아의 말을 들으면서 다정은 반달처럼 휜 눈웃음도, 예쁘게 위로 끌어 올린 입꼬리도 풀지 않았다.

"너, 맞지? 아니, 물을 것도 없어. 난 확신하니까. 내가 궁금한 건 왜 그랬는지야."

"……."

"다정아, 왜 그랬어? 우린 친구잖아."

다정에게서는 대답이 없었다. 그저 다정의 웃는 얼굴과 오싹한 분위기가, 하얀 얼굴과 까만 밤이, 서로 대조되어 지독한 이질감을 뿜어냈다. 한참을 그저 웃고만 있던 다정이 입을 열었다.

"어떻게 알았엉?"

순간 한여름의 후덥지근한 열기에도 팔에 오스스 소름이 돋았다. 다정의 얼굴에는 어떠한 죄책감도, 들킨 것에 대한 당혹감도 없었다. 그저 순수한 궁금증만이 자리하고 있었다.

"넌 지금 그게 궁금해?"

"응. 나 나름 되게 철저하게 한다고 했는뎅. 진짜 어떻게 알았엉?"

연아는 말을 잃었다. 한편으로는 잃어버렸던 퍼즐 한 조각을 찾은 것처럼 모든 것이 하나하나 아귀가 들어맞는 느낌이었다. 연아는 그동안 다정과 함께 다니면서 그녀가 하는 말에 위화감을 느낀 적이 있었다. 18살에는 몰랐지만 32살인 자신은 느낄 수 있었던 위화감이었다.

다정은 선생의 차가 고양이를 치었다는 말에 이렇게 말했다.

"고양이 배가 터져서 차 더러워졌겠당."

지훈과 권준서이 싸우고 있다는 말을 들었을 때는 이렇게 물었다.

"누가 이기고 있엉?"

어떤 상황에 대해 일반적인 사람이 느끼는 보편적인 감정을 다정은 느끼지 못했다. 지금과 같은 상황이라면 당황하거나 미안해해야 했고, 더럽혀진 차보다는 죽은 고양이가 불쌍해야 했다. 친구들이 싸우고 있다는 얘기를 들었을 때는 걱정하거나 말려야 한다는 말이 먼저 나와야 했다. 다정은 다른 사람들의 마음을 공감하지 못했다. 그래서 대화가 묘하게 겉돌았고 그때마다 연아는 이상한 기분을 느꼈던 것이다.

다정이 재차 궁금하다고 눈빛으로 재촉하자 연아가 입을 열었다.

"채팅방에서 너 '평범한 회사원' 만났던 날, 기억해? 그거 사실 나였어. 너랑 만나기로 한 방배역 맥도날드 맞은편에서 가짜 앨리스가 누군지 잡으려고 기다렸어."

다정이 피식 웃으며 말했다.

"나 그거 넌 줄 알고 있었엉."

"뭐? 어, 어떻게?"

연아는 다시 팔에 소름이 돋았다.

"어떻게 알았냐니, 당연하잖앙. 네 스카이러브 아이디가 '평범한 여고생'인뎅."

아……. 잇새로 탄식이 흘러나왔다.

잊고 있었다. 14년 전 온라인 채팅에 흠뻑 빠져 있을 때 자신이 무슨 아이디를 썼는지. 그때의 기억이 남아 무의식적으로 '평범한 회사원'이라는 아이디를 만들어냈던 것이다.

"너 영화 〈접속〉 보고 전도연이 쓴 아이디 '여인2'가 멋있다고 마음에 들어 했었잖앙. '여고생2'는 너무 따라 하는 것 같고. 결국 비슷하게 만든 게 '평범한 여고생'이었어."

"그럼 넌 알면서도 채팅을 하고 약속 장소에도 나왔던 거였어?"

"응."

"왜?"

"그냥 재밌잖아. 네가 어떤 얼굴로 날 기다리고 있을지 궁금했엉."

그날 일을 떠올리는 듯 다정은 "킥." 하며 소리 내어 웃기까지 했다. 연아는 다정이 당황하며 울 거라 생각했다. 미안하다, 잘못했다, 용서를 빌 거라 생각했다. 이런 태도는 전혀 예상치 못한 것이었다.

"그래서 나, 골목에 몰래 숨어서 맥도날드 앞으로 네가 오길 기다렸거등. 다만 한 가지, 지경민이 나타난 게 뜻밖이었지만."

"그래서 경민이 보고 놀라서 도망친 거야?"

"아닝, 도망치긴 왜 도망쳐. 걘 어차피 아무 말도 못 할 텐데."

"그럼?"

"그냥 이렇게 쉿, 했지."

다정은 환하게 웃으며 오른쪽 검지를 세워 입술에 가져다 댔다. 깊은 밤중 어둠이 고인 골목 안에서 그녀의 모습이 얼마나 섬뜩했을지 상상이 되었다.

"다정아."

"응?"

"왜 그랬어?"

"뭐가?"

"나한테 왜 그랬냐고."

연아의 목소리가 떨렸다. 모든 불행과 비극의 시발점이 된 이를 앞에 두고도 감정을 추스르지 못하는 스스로가 바보 같았다.

"이유?"

다정이 천진난만한 표정으로 머리를 갸웃거렸다.

"별다른 이유는 없었어. 네가 나 커닝하는 거 봤잖아. 그리고 지훈이는 너 좋아하고. 그냥 너한테도 안 좋은 일 한 가지쯤 있었음 싶었엉."

가슴이 무너져 내렸다. 배신감이 몰려왔다.

좀 더 그럴싸한 이유여야 했다. 14년 동안 자신을 고통 속에 몰아넣은 이유가 이렇게 하찮은 것이면 안 되었다. 조금 더 끔찍한 이유, 더 격렬한 감정이 필요했다. 죄책감도, 동정도 느끼지 못하는 어린 여자아이의 순수하리만큼 선명한 악의는 좀 더 대단한 이유에서 출발해야 했다. 그랬다면, 좀 더 납득할 만한 대단한 이유였다면, 어린 나이를 감안해 용서해보자 생각했을지도 모른다.

고작 내가 네 사소한 비밀을 알아서. 고작 네가 좋아했던 남자애가 나를 좋아해서. 나는 지옥의 불구덩이 속에서 14년을 살아야 했다. 그리고 지훈이 역시.

연아는 속으로 비명을 삼키며, 뺨을 후려치고 싶은 손을 가까스로 말아 쥐었다.

"다정아."

"응?"

"나 이거 다 말할 거야."

"연아양."

그제야 무서운 생각이 드는지 다정이 울 것 같은 표정을 지었다.

"선생님들한테도 애들한테도 너희 부모님한테도 다 말할 거야."

"연아양. 그러지 망. 내가 미안행. 정말 미안행."

다정의 눈에 눈물이 차올랐다. 목에서 끅끅하는 울음소리도 흘러나왔다. 하지만 연아는 더 이상 속아줄 수가 없었다.

"다정아. 너 안 미안하잖아."

그 말에 다정은 눈물을 쓱 닦으며 머쓱한 표정을 지었다.

"어떻게 알았엉?"

"……."

"안 속네. 너 변했엉. 예전에는 내가 울면 다 믿어줬잖앙."

이번에도 다정은 이 상황을 전혀 공감하지 못했다. 그녀의 말에서는 자신을 믿어주지 않는 이에 대한 원망만 느껴졌다.

"그런데 연아야, 있잖앙. 너 증거 있엉?"

"……."

"네가 이거 다 얘기해도 난 아니라고 얘기할 거야. 울면서 네가 나한테 뒤집어씌웠다고 얘기할 거야."

다정은 '조금 미안하지만 이해해 줘.'라는 표정으로 연아를 향해 싱긋 웃었다.

아마도 다정이 가진 무기는 이것이었을 테다. 지금까지의 이야기는 온통 심증뿐이었다. 다정이 가짜 앨리스고, 원조 교제 누명을 씌우려 했다는 결정적인 증거가 없었다.

"아니. 나한테 증거 있어."

"거짓말하지 망."

연아는 뒷주머니에서 작은 물건을 꺼내 다정에게 내밀었다. 소각로에서 찾은 회색 핸드폰이 연아의 손바닥 위에 올려져 있었다. 다정의 눈에서 웃음이 사라졌다.

"이게 모?"

"소각로에 버려져 있던 거 내가 찾았어. 이거 네 거잖아. 이걸로 커닝했잖아."

"핸드폰 봤어?"

다정은 자신만만했다.

"봤어. 문자도 통화 내역도 싹 지워져 있더라."

"그런데 이게 왜 증거양? 내 거라는 증거 없잖앙."

다정의 말 대로였다. 이대로는 이 핸드폰이 다정의 것이라는 사실도, 가짜 앨리스가 다정이라는 사실도 증명할 수 없었다.

"너 기억나? 평범한 회사원과 앨리스가 채팅했던 날. 내가 핸드폰 번호 알려달라고 했을 때 네가 불러준 번호가 있었어."

그날 가짜 앨리스는 채팅창에 자신의 핸드폰 번호를 치다가 중간에 멈췄다. '016—345—23'. 마지막 두 자리 숫자는 알려주지 않았다.

"그때 앨리스는 장난치듯이 숫자를 하나씩 불러줬어. 난 '평범한 회사원'의 애를 태우려고 일부러 그러는가 보다, 그렇게만 생각했지. 당연히 진짜 핸드폰 번호를 불러주진 않을 거라 짐작했어. 그러면 어떤 핸드폰 번호를 불러줬던 걸까? 그냥 아무 번호나 무작정? 아니었을 거야. 넌 '평범한 회사원'이 나란 걸 알고 있었잖아. 알면서도 채팅을 수락했으니 좀 더 스릴 있게 가보고 싶었겠지. 넌 그때 이 회색 핸드폰의 번호를 불러줬을 거야."

연아는 핸드폰을 열었다. 옛날 핸드폰은 전부 '내 정보'에 해당 핸드폰 번호가 나타나게끔 표시되어 있었다.

「016—345—2313.」

앨리스가 불러주었던 핸드폰 번호가 화면에 나타났다.

"이게 앨리스의 핸드폰이라는 증거야. 그리고 삭제된 문자를 복구해보면 알게 되겠지. 네가 이 핸드폰의 주인이라는 걸. 스카이러브 채팅 기록도 있으니 대조해보면 더 확실할 거고. 그러니까 이 핸드폰은 네가 앨리스라는 증거야."

다정이 입술을 깨물었다.

"끝에 두 자리 번호가 다를 수도 있잖아?"

"그래. 앨리스가 마지막 끝 번호는 불러주지 않았으니까. 그래도 여기에다가 경민이의 증언과 다른 애들의 증언을 합하면……."

"지경민은 절대 얘기하지 않을 거야. 걔 나랑 같이 핸드폰 커닝했거든. 그 핸드폰으로 커닝한 사실이 밝혀지면 지경민도 같이한 게 밝혀질 텐데. 걔가 증언하겠어?"

경민의 약점은 이것이었다. 생각해보면 핸드폰 커닝은 혼자 할 수 있는 게 아니었다. 누군가 정답을 보내주고 받아서 하는 조직화된 커닝이었다.

"다른 애들이 먼저 증언하면 경민이도 할 거야."

"다른 애들? 다른 애들이 누가 있어?"

"기억 안 나? 누가 먼저 여기 앞마당에 나와 얘기하자고 했는지?"

"네가 먼저 그랬지."

"다정아. 내가 아무런 대책 없이 너한테 얘기하러 나오자고 했을까?"

다정의 얼굴이 싸늘하게 굳었다.

"뭐, 뭐야? 너."

다정은 더 이상 혀 짧은 소리도 내지 않았다.

"나 참, 왜 앞마당 계단 아래 숨으라고 했는지 이제 알겠네."

어두운 그늘에 검은 인영 두 개가 나란히 모습을 드러냈다. 달빛에 모습을 드러낸 이들은 호윤과 서정이었다.

"그래서 증인을 만들어보자 했지. 한 사람도 아닌 두 사람으로."

다정의 표정이 일그러졌다.

"씨발년."

다정을 알게 된 이후로 처음 보는, 낯설지만 진짜에 가까운 그녀의 얼굴이었다.

2. 변하지 말자

　연아와 서정은 방으로 돌아와 요 위에 나란히 누웠다. 늦은 새벽이 었지만 둘 다 정신이 또렷했다. 연아는 범인을 밝혀놓고서도 무겁게 가라앉는 마음 때문에, 서정은 엿들은 다정의 비밀에 대한 충격으로 잠이 오지 않았다.

　다정은 잔뜩 화가 난 채로, 내일 아침에 당장 집에 가버리겠다고 씩씩대며 별장 안으로 들어갔다. 남겨진 세 사람은 멍하니 닫힌 문을 응시하며 충격의 여파를 달랬다.

　"근데 왜 지훈이가 아니라 나였어?"

　침묵을 깬 건 호윤이었다. 중요한 일의 증인으로 왜 지훈이 아닌 자신을 불렀냐는 말이었다. 일말의 기대감이 서려 있는 눈동자를 향해, 연아는 아니라는 뜻을 담아 고개를 흔들었다.

"지훈이는 내 남자친구잖아. 원래 법정에서도 가족이나 애인, 가까운 사람들의 증언은 그다지 효력이 없어. 신뢰성이 떨어진다고."

직전의 상황을 떠올리던 연아는 서정을 의식하며 모로 돌아누웠다.

서울로 돌아가면 선생님과 다정의 부모님께 모든 사실을 털어놓고, 김정혜를 찾아 현재로 돌아갈 것이다.

충격과 허탈함이 가시자 가슴 한구석에서 바뀔 미래에 대한 기대감이 아지랑이처럼 피어올랐다.

"연아야, 자?"

돌아누운 채 서정이 웅얼댔다.

"아니. 잠이 안 오네."

"그래……?"

서정의 목소리가 잦아들었다. 연아는 한 가지 숙제가 더 남아있다는 사실이 떠올랐다.

"서정아, 나 너한테 물어보고 싶은 게 있어."

"나도 너한테 할 얘기가 있어."

서정은 이불을 젖히고 자리에서 일어나 앉았다. 창문으로 파란 달빛이 스며들고 있었지만 서정이 등을 지고 있어 어떤 표정인지 보이지 않았다.

"내가 예전에 그러니까 4월쯤? 모아 문방구에서 너 하이테크 펜 도둑으로 몰릴 때, 도와준 적 있잖아. 실은 얼마 전에 네가 하늘색 하이테크 펜을 두 개 가지고 있다는 걸 알게 됐어. 분명 네가 펜을 들고 뒷문으로 나갔는데, 네 필통 속에 그 펜이 하나 더 있더라고."

"……."

"혹시 내가 오해하고 있는 거라면 네가 말해줬으면 싶어."

"연아야."

서정의 목소리가 가늘게 떨리고 있었다.

"응."

"그거 오해 아니야……. 내가 훔친 거 맞아."

"서정아."

"그게 있잖아. 흐흑……."

떨리던 목소리에 물기가 배어 나오더니, 서정은 이윽고 펑펑 소리 내어 울기 시작했다.

"서정아, 괜찮아. 말해봐, 응?"

연아는 엉덩이걸음으로 서정에게 다가가 등을 토닥여주었다. 겁먹지 않도록, 모든 걸 다 털어놓을 수 있도록 부드럽게 등을 쓸었다. 한참 동안 울던 서정이 눈물을 멈추고 떠듬떠듬 입을 뗐다.

"모르겠어. 갑자기 막 미칠 듯이 물건을 훔치고 싶은 충동이 일 때가 있어. 그땐 내가 나 아닌 것 같아. 오로지 물건을 훔쳐야 한다는 생각에만 사로잡혀서…… 아무것도 보이지 않아. 손대고 싶어 막 미칠 것만 같아……."

친한 친구라면서 서정이 이렇게 속으로 끙끙 앓고 있는 줄은 몰랐다. 가끔 서정은 사색이 되어 등교하곤 했다. 그런 날 한 번쯤은 물었어야 했다. 어쩌면 그동안 서정은 알게 모르게 자신을 향해 도움의 손길을 뻗었는지도 모른다. 도와달라고. 나 너무 힘든 일이 있다고. 자꾸만 나쁜 짓을 하게 되는데 말려달라고. 자신의 일에만 정신이 팔려 친구의 소리 없는 외침을 무시한 것 같아 연아는 너무나 미안했다.

말없이 서정의 등만 토닥이고 있는데, 문득 머리를 스치고 지나가는 생각이 있었다.

"잠깐만, 서정아. 매일 그래? 매일 훔치고 싶은 충동이 일어?"

"아니, 그런 건 아냐……. 가끔, 그냥 가끔."

"얼마나 가끔? 말해봐. 일주일에 한 번? 한 달에 한 번?"

연아의 질문에 서정은 곰곰이 기억을 더듬었다.

"한 달에 한 번 정도인 것 같아."

"한 3~4일 정도 그런 생각이 들지? 그리고 어느 순간 싹 사라지고."

"으응, 맞아……. 너 어떻게 알았어?"

"혹시 생리 시작하면 괜찮아지지 않니?"

골똘히 생각하던 서정은 놀란 얼굴로 고개를 주억거렸다.

"맞아. 그래서 난 항상 생리 시작하길 기다렸어. 생리가 시작하면 이런 나쁜 마음도 같이 사라지는 것 같아서. 그래서 어쩔 땐 일부러 유도제를 먹기도 했어. '빨리 시작해라.' 하면서. 그러면…… 훔치고 싶은 마음도 없어질 거 같아서……. 흐흑."

서정이 앓고 있는 건 생리전 증후군이었다. 연아 자신도 생리 전이면 유독 신경이 날카롭고 예민해졌다. 생리전 증후군이 심해지면 도벽이나 우울증으로 나타난다고 하던데, 연아는 서정이 그런 증상을 앓고 있으리라곤 생각도 하지 못했다.

"서정아, 많이 힘들었겠구나."

"나 스스로가 끔찍한 괴물 같아. 하지 말아야 하는데, 머리는 나쁜 짓이라는 걸 너무 잘 알고 있는데 자꾸만 훔쳐. 그리고 더 끔찍한 게 뭔 줄 알아? 훔치고 난 후에 희열을 느껴……. 들키지 않았다는 사실에 스릴을 느껴. 그럴 땐 정말 내 안에 괴물이 사는 것만 같아."

"……."

"그러면서도 훔쳐……. 자꾸만, 자꾸만 또 훔쳐."

서정은 물건을 훔친 제 오른쪽 팔을 원망하는 듯 손톱으로 마구 긁어댔다.

누가, 18살은 꽃같이 아름다운 나이라고 했던가. 아무 생각 없이 마냥 행복한 시절이라고 했던가. 그래서 그때로 돌아가고 싶다고, 고통도 괴로움도 없는 시절로 되돌아가고 싶다고 했던가. 18살. 우리는 우리 나이에 주어지기 아까운 청춘이라는 옷을 입고 이토록 치열하게, 이토록 아프게 살고 있었다.

"서정아, 얘기해줘서 고마워. 상담 선생님께 털어놓고 방법을 찾아보자. 이 세상에 너만 그런 건 아니야. 책에서 읽은 건데, 그건 생리전 증후군이라는 병이야. 그리고 너 같은 증상 가지고 있는 사람들 아주 많대."

"……정말? 정말이야?"

서정의 눈이 동그래졌다.

"응. 인터넷에 찾아보면 금방 나올 거야. 내가 볼 때는 너도 생리전 증후군을 앓고 있는 거 같아. 고칠 수 있는 방법이 있는지 모르겠지만, 한번 같이 알아보자."

"병, 병이야? 이게……?"

"응. 그렇지."

누구한테도 털어놓지 못했기에 서정은 자신의 증상이 생리전 증후군이라는 걸 몰랐다. 그저 자신을 물건 훔치는 데 희열을 느끼는 끔찍한 인간이라 생각하며 내내 자괴감에 빠져 있었다.

"그러면 병이니까 고칠 수 있겠지?"

서정의 얼굴에 희망이 피어올랐다. 서정의 증세가 어느 정도인지, 혹은 고칠 수 있는지 알지 못했지만 문제가 무엇인지 정확히 아는 것만으로 출발 선상에 선 셈이었다.

"그럼, 당연히 고칠 수 있을 거야."

"다행이야……. 정말 다행이야."

서정은 눈물을 손등으로 훔쳤다. 달빛에 비친 서정의 얼굴에는 고통과 죄의식이 가득했다. 연아는 서정을 꼭 끌어안았다. 그러고는 "괜찮아, 같이 노력하자, 치료받자."고 속삭이며 서정의 등을 토닥토닥 두드려주었다.

방 안으로 희붐한 새벽빛이 스며들 무렵, 연아는 이불을 젖히고 자리에서 일어났다. 늦은 새벽 잠자리에 들었으니 채 2시간도 자지 못한 셈이었다. 옆자리에서는 서정이 새근새근 곤한 숨을 몰아쉬며 잠들어 있었다. 한참 울다 겨우 잠이 든지라 연아는 서정이 깨지 않게 조심하며 방을 빠져나왔다.

밖으로 나오자 푸르스름한 새벽빛이 별장 앞마당을 부옇게 물들이고 있었다. 새벽의 신선한 공기가 몸을 부드럽게 감싸 안았다. 기분 때문인지 몰라도 풀 내음이 실린 찬바람이 상쾌했다.

어제 새벽 옆방에서 누군가 방을 빠져나가는 소리가 들렸다. 곧이어 현관문이 닫히는 소리가 들렸으니, 다정은 새벽에 이곳을 떠났을 것이다. 범인을 밝혀냈다는 해방감과 바뀌어 있을 현재에 대한 기대감이 몽실몽실 피어났다. 반면 범인이 바로 다정이라는 사실에 마음이 무겁게 가라앉았다. 코맹맹이 소리와 한껏 짓는 눈웃음이 귀엽고 사랑스러웠던 아이. 보호해주고 지켜주고 싶다는 마음이 들었던 아이. 그리고 정말 친했던 친구.

가슴 한구석이 시린 결말이었다.

"왜 벌써 일어났어?"

현관문이 열리는 소리에 연아가 뒤를 돌아봤다. 부스스한 얼굴의 호윤이 앞마당으로 나오고 있었다.

"너라면 잠이 오겠어?"

"다정인 갔나 보지?"

호윤도 간밤 잠을 이루지 못하고 다정이 별장을 빠져나가는 소리를 들었던 모양이었다.

"그런가 봐."

상처 입은 마음이 말투에 배어 나왔다.

"네 잘못 아니야. 그런 표정 짓지 마. 죄책감도 느끼지 말고, 마음 아파하지도 마."

"호윤아. 다정이가 왜 그랬을까?"

"어젯밤에 들어놓고 뭘. 너한테도 안 좋은 일 하나쯤 있었음 싶었다잖아."

연아의 마음 한구석은 그 이유를 인정하고 싶지 않았다. 여전히 보다 정확하고 확실한 이유를 바라고 있었다.

그랬으면 지금보다는 덜 찝찝한 마음이었을까.

"그래, 맞아."

"다정인 아픈 거야."

"응?"

"마음이, 정신 같은 거 말이야."

호윤의 말은 다정이 일종의 사이코패스라는 이야기였다. 2003년이면 사이코패스라는 말이 대중적으로 알려지지 않았을 때인데, 머리 좋은 녀석답게 상황을 정확하게 파악하고 있었다. 공감 능력이 현저하게 부족한 다정은 일종의 그런 성향을 갖고 있는지도 몰랐다.

"호윤아."

"응?"

"부탁할 게 있어."

"뭔데?"

"네가 나 대신…… 그러니까 선생님이나 다정이 부모님께 이 사실을 말해줄 수 있어?"

연아는 자신이 언제 어떻게 현재로 돌아갈지 장담할 수 없었다. 또 자신이 현재로 돌아가면 18살의 연아가 이 일을 어떻게 처리할지 걱정이었다. 만약을 대비해 호윤에게 부탁을 해놓자 싶었다. 믿고 뒷일을 맡길 수 있는 건 호윤뿐이었다.

"그럼. 아무래도 넌 당사자라 좀 찝찝하지?"

"미안해, 이런 부탁 해서."

"아냐. 대신 너도 나중에 내 부탁 하나만 꼭 들어줘."

"무슨 부탁?"

연아가 묻자 호윤의 입가에 잔잔한 미소가 번졌다.

"그건 나중에 말할게. 하지만 내가 부탁하면 꼭 들어줘야 해. 약속해."

"응, 알았어."

무슨 약속일지 짐작할 순 없었지만 무리한 부탁을 할 호윤이 아니었기에 연아는 흔쾌히 승낙했다.

"그런데 애들한테는 뭐라고 설명하지? 다정이 그냥 가버린 거."

"사실대로 말해야지. 어차피 너도 사실을 밝힐 생각이었잖아. 애들이랑 선생님한테도 말하고 다정이 부모님께도 말씀드린다며."

어제는 다정을 압박하기 위해 그런 말을 꺼냈었다. 하지만 그래도 되는지 확신이 서지 않았다. 다정의 인생을 송두리째 망가뜨릴 수도 있는 일이었다. 그저 선생님과 다정이 부모님께만 말씀드리고 조용히 일을 처리하는 게 맞을 수도 있었다.

"글쎄, 아직 잘 모르겠어."

"그러면 지훈이한테라도 먼저 얘기하는 게 낫지 않을까?"

지훈이라. 보나 마나 펄쩍 뛸 게 뻔했다. 조용히 일을 처리하고 싶은 바람도 무시한 채, 성질대로 일을 크게 만들지도 모른다.

"안 돼! 지훈이한텐 말하지 마. 내가 나중에……."

"뭘 나한테 말하지 말란 거야?"

묵직한 저음의 목소리가 공기에 실려 오자 연아와 호윤이 동시에 뒤를 돌아봤다. 언제 밖으로 나왔는지 트레이닝복 차림의 지훈이 앞마당을 가로질러 오고 있었다. 잠이 덜 깬 부스스한 얼굴이었으나 눈빛만은 형형했다.

"아, 아냐. 별거 아냐."

당황한 연아는 지훈을 끌어당기며 대문 쪽으로 빠르게 걸어갔다.

"야야, 왜 이래? 너 진짜 수상하다."

"수상하긴 뭐가 수상해? 그냥 아침 산책이나 하자는 건데."

둘은 대문을 나와 나무가 우거진 진입로를 따라 걸었다. 풀벌레 소리가 햇살을 가르며 조용한 새벽을 울리고 있었다.

"하아. 새벽 공기 좋다. 폐가 깨끗해지는 느낌이야."

연아가 코로 깊숙이 숨을 들이마셨다.

"너 뭔가 어제랑 좀 다르다?"

하여간 눈치 빠른 놈. 어제 일은 손톱만큼도 모르면서 달라진 자신의 심정을 알아챈 모양이었다.

"그래? 어젠 술도 좀 마셨으니까."

갑자기 지훈이 그 자리에 우뚝 섰다.

"아, 맞다. 이연아, 너 나 없는 자리에서 함부로 술 마시고 절대 그러지 마라."

이미 한 14년은 그렇게 했거든?

"왜?"

"아주 뭐냐, 못쓰겠더라. 눈 풀려서 헤실대는 것도 그렇고, 진짜 못생겨 보여. 자꾸 옆 사람한테 치대면서 흐느적거리는 것도 아주 폐 끼치는 일이야. 팔푼이 같아."

생각하면 할수록 마음에 안 드는지 지훈이 미간을 찡그렸다.

"알겠어, 알았다고."

"나중에 대학 가서 나랑 마시자. 나랑만."

"알겠다고."

현재로 돌아가면 내 기억 속 우린 어떤 14년을 보냈을까.

"그리고 뭐, 설사 그럴 일은 없겠지만. 우리가 다른 대학에 가거나 다른 직장에 들어가게 돼서, 거기서 네가 어쩔 수 없이 술을 마셔야 하는 상황이 오면 꼭 나한테 연락해. 데리러 갈 테니."

"넌 무슨, 닥치지도 않은 먼 미래를 벌써 확답받으려고 해? 그땐 우리가 헤어져 있을지 어떨지 어떻게 알아?"

무심코 던진 말에 지훈의 표정이 사나워졌다. 저건 단순히 기분 나쁘다는 얼굴이 아니었다. 지훈이 진짜 화가 났을 때 짓는 표정이었다.

"이연아. 너 이제껏 내 말을 뭘로 들었어? 콧구멍으로 들었어? 아님, 진짜 딴마음이라도 생긴 거야? 왜 자꾸 그런 얘길 해? 헤어지긴 왜 헤어져?"

"누가 언제 헤어지재? 그냥 헤어질 수도 있다는 가정을 해본……."

"내 미래엔 너랑 헤어진다는 가정 따윈 없어. 아니, 생각조차 안 해봤어. 난 앞으로 쭉 너랑 잘 먹고 잘살 거야. 평생."

"사람 일을 어떻게 알아? 손바닥 뒤집듯 막 바뀌는 게 사람 마음이야. 어떻게 그렇게 변하지 않을 거라 확신해? 네가 아직 어려서 그런데, 대학 가고 직장 들어가고 환경이 변하다 보면 사람 마음도 다 변해. 평생 안 변할 것 같은 마음도."

그것은 저 자신에게 하고 싶은 말인지도 모른다. 다시 현재로 돌아갔을 때, 기다리고 있는 미래가 꿈꾸던 무지갯빛이 아닐까 봐. 화재는 일어나지 않고 지훈도 멀쩡히 살아 있지만, 시시하고 보잘것없는 미래가 기다리고 있을까 봐.

고등학교 시절의 첫사랑이 으레 그렇듯 대학에 간 후 두 사람은 헤어졌을 수도 있다. 그게 아니더라도 직장에 들어간 후 바쁜 일상에 쫓겨 서로에게 소홀해지다 자연스레 멀어졌을 수도 있다. 그러고는 가끔 술자리에서 안주 삼아 털어놓는 시시한 첫사랑 속 인물로 전락해버렸을지도 모른다. 그런 불안감이 현실이라는 이름의 탈을 쓰고 튀어나온 것이다.

"그래, 네 말이 맞을 수도 있어. 지금 죽을 것 같은 마음도 변할 수야 있지. 하지만 변할 거라 생각하면서 사는 거랑 변하지 않을 거라 생각하면서 사는 거랑은 다르잖아. 난 변하는 건 없다고 생각하며 살고 싶어."

"세상이 그렇게 만만한 줄 알아? 변하는 게 없다고 생각하면서 살면 안 변할 줄 알아?"

변할지 모르는 지훈의 마음이 불안한 건 바로 자신일 것이다. 이제 막 너와 함께하는 미래를 꿈꾸기 시작했는데, 돌아간 현재 속 네 옆에 내가 아닌 다른 누군가가 있을까 봐 불안하고 또 불안했다.

"그럼 옆에서 계속 지켜봐. 시간으로 증명해 보일 테니까."

지훈의 자신만만한 얼굴에는 확고한 믿음이 자리하고 있었다.

현재로 돌아가면 우린 어떻게 변해 있을까. 네 말대로 넌 14년이라는 시간을 통해, 네 마음을 증명했을까?

방학 후 맞이하는 첫 번째 월요일이었다. 연아는 아침 일찍 일어나 등교 준비를 마치고 아침밥을 챙겨 먹었다. 꼭두새벽부터 어딜 가냐는 이모의 질문에 학교 독서실에 간다고 대답했다. 방학인데 웬 교복 차림이라는 질문엔 교복을 입어야 공부가 잘된다고 대꾸했다.

의아해하는 이모를 뒤로한 채 연아는 집을 빠져나왔다. 평소대로 구형 1번 버스를 탄 후 학교로 향했다. 3학년은 방학을 해도 이번 주부터 바로 보충 수업에 들어간다. 그러니 빨간 머리끈, 김정혜도 학교에서 수업을 받고 있을 것이다.

그랬다. 오늘, 연아는 김정혜를 만나 현재로 돌아갈 작정이었다. 김정혜를 만날 때마다 현재로 소환되었으니, 그녀는 현재로 돌아가는 키임이 분명했다. 원조 교제 소문의 범인이 다정이라는 걸 밝혀냈으니 미래는 분명 바뀌었을 것이다. 왕따 사건도 화재도 일어나지 않았을 것이고, 지훈 역시 살아 있을지도 모른다.

여행을 다녀온 이후 연아는 바뀐 현재에 대한 기대감으로 잠을 이룰 수가 없었다. 오로지 김정혜를 만나야 한다는 생각뿐이었다. 그리하여 연아는 조급함을 견디지 못하고 월요일이 되자마자 학교에 나왔다. 방학을 맞이한 통학로는 한산하기 그지없었다. 3학년은 이미 등교를 마쳤고, 연아 홀로 여유롭게 학교 정문을 향해 걷는 중이었다.

새벽까지 비가 내렸던 터라 깨끗해진 공기가 폐부를 가득 채웠다. 정문에 들어서기 전 연아는 잠시 발걸음을 멈추고 가방에서 핸드폰을 꺼냈다. 문득 돌아가기 전 마지막으로 지훈의 목소리가 듣고 싶어졌다. 현재로 돌아가면 어떻게 변해 있을지 모르지만 지금의 풋풋한 지훈을 기억하고 싶었다.

아직 8시 30분. 류지훈, 일어났으려나. 안 그래도 아침잠 많은 녀석이라 평소에도 통통 부은 얼굴로 등교하곤 했는데.

연아는 핸드폰에 지훈의 번호를 입력한 후 통화 버튼을 눌렀다.

[여보세요.]

몇 번의 신호음이 울린 후 잠에 취한 지훈의 목소리가 수화기 너머에서 들려왔다.

"자고 있었어?"

[지금 몇 시야?]

"8시 30분."

[……]

"전화하기엔 좀 이르지?"

[아냐, 괜찮아. 하~암. 어디야?]

"나 지금 학교."

[학교는 왜?]

"학교 독서실에서 공부하려고."

지훈은 한동안 대답이 없었다.

[너, 진짜 나 공부시키려고 작정했구나? 그거 나도 나오라는 소리지?]

"아냐. 넌 전화 끊고 더 자."

[그렇게 말하면 더 무서워. 갈게. 30분만 기다려.]

"진짜 괜찮아. 너 목소리 듣고 싶어서 전화했어."

[……]

"그럼……"

우리, 14년 후에 만나.

[뭐야, 너 어디 가?]

웃음을 터뜨리지 않을 수 없었다. 역시 류지훈. 말하지 않아도, 넌 어떻게 이렇게 모든 걸 다 알아채는 건데.

"내가 가긴 어딜 가. 하여간 이만 끊는다. 얼른 다시 자."

[응, 알았어.]

"너 진짜 공부 열심히 해야 한다. 애들하고 싸우지도 말고."

[뭐야, 너.]

"어른 됐다고 절대 변하지도 말고."

지금의 네 모습, 딱 지금처럼만 있어 줘. 터질 듯한 에너지가 넘실대는 7월의 푸른 잎새처럼, 여름의 열기를 뜨겁게 달구는 매미처럼.

[너, 왜 그래? 진짜 이상하다.]

연아는 입가에 웃음을 지었다.

"그럼 나 이제 갈게."

연아의 말이 수상했는지 수화기 너머 지훈이 잠시 침묵을 지켰다.

[……응. 알았어.]

"안녕."

18살 지훈아.

연아는 계단을 빠르게 올라갔다.

곧 수업이 시작될 테니 3학년인 김정혜는 교실에서 자습을 하고 있을 것이다.

5층에 올라선 연아가 차례대로 교실을 훑기 시작했다. 3반은 아니고. 재빨리 옆 반으로 이동했다. 4반도 아니고, 5반, 6반, 그리고 7반이었다. 교실 앞자리에 빨간 머리끈을 한 익숙한 뒤통수가 보였다. 뭐라고 불러야 할까. 김정혜? 정혜 언니? 아니면 정혜 선배?

그새 뒷문을 빠져나오던 여자아이 하나가 연아를 발견했다.

"누구 찾아?"

연아의 머뭇거림을 한 방에 날려주는 질문이었다.

"네. 김정혜 선배요."

"야, 김정혜. 누가 너 찾아왔어!"

여자아이의 커다란 목소리에 김정혜가 고개를 돌렸다. 슬로 모션을
보는 듯 느릿한 동작이었다.

그동안 연아는 김정혜의 얼굴을 한 번도 보지 못했다. 이번에도 마
찬가지였다. 돌연 백색 섬광이 연아를 향해 찌를 듯 내리쬔 것이다. 엄
청난 빛의 세기에 시야가 차단되는 가운데 커다란 목소리가 빛줄기를
뚫고 들려왔다.

"너 진짜 누구야? 왜 자꾸 방해하는 건데!"

뭐라 말할 듯 입을 벌리면서 고개를 돌렸으니, 소리를 지른 사람은
김정혜가 분명했다.

'뭐지? 방해라니?'

의아한 생각이 들었지만 울렁이는 빛 때문에 연아는 아무 생각도
할 수 없었다. 곧이어 환한 빛의 기운이 전신을 감싸 안았다. 방향 감
각을 완전히 상실한 채 빛에 몸을 맡기고 있으니, 서서히 눈꺼풀 너머
로 암흑이 내려앉았다. 이제는 여러 번 겪어 익숙한 상황이었지만 신
체 반응은 여전히 괴로웠다. 간신히 토기를 참으며 눈을 뜨자 반짝이
는 빛의 잔여물들이 서서히 눈앞에서 사라졌다.

곧 새까만 어둠에 휩싸인 학교 계단이 시야에 들어왔다.

다시, 돌아왔다.

연아는 후들거리는 다리에 힘을 주며 계단을 내려갔다. 바뀐 기억을 떠올려보려 했지만 아무것도 떠오르지 않았다. 경험상, 바뀐 현실과 대면해야 바뀐 기억도 몰려왔다. 아직은 무엇이 어떻게 변했는지 알 수 없었다.

연아는 서둘러 핸드폰을 꺼냈다. 저번에는 최근 통화 목록에 서정이 있는 걸 발견한 후 바뀐 기억이 몰려들었다. 현재가 바뀌었다면 제 핸드폰 속에 그 흔적이 남아있을 게 분명했다. 연아는 최근 통화 목록과 연락처 목록을 빠르게 훑었다. 별달리 눈에 띄게 이상한 점은 없었다.

설마 범인을 잡았는데 아무것도 바뀌지 않은 건가.

서서히 불안한 마음이 들었다. 연아는 초조하게 손톱을 물어뜯으며 윤새에게 전화를 걸었다. 신호음이 계속 울렸으나 윤새는 전화를 받지 않았다. 무음으로 해놓고 자는 모양이었다. 딛고 선 바닥에 불안의 그림자가 스멀스멀 고이기 시작했다. 초조했다. 지훈이 살아 있는지 그것만이라도 확인해야 했다. 이 시간에 깨어 있을 사람은 밤낮이 뒤바뀐 삶을 사는 호윤밖에 없었다. 호윤과 얘기한다면 바뀐 기억이 몰려올 것이다.

연아는 최근 통화 목록에서 호윤을 찾았다. 그런데 아무리 스크롤을 내려도 호윤의 전화번호는 목록에 없었다. 짙은 불안감이 끈적하게 달라붙었다. 연아는 기억을 짜내 호윤의 번호를 떠올렸고, 확신 없이 그의 번호를 눌렀다.

[여보세요.]

전화기 너머 익숙한 호윤의 목소리가 들렸다

"호윤아, 나야. 아직 안 자고 있지?"

[……]

대답이 없었다.

"자다 일어난 거야? 아, 깨워서 미안. 내가 물어볼 게 있는데."

[저, 죄송한데 누구세요?]

호윤의 무심한 말이 귓가를 때렸다. 순간, 연아의 머릿속에 기억의 파편들이 휘몰아치며 낯선 기억들이 몰려왔다.

10월의 어느 날. 지훈은 아이들 앞에서 선언한다.

"앞으로 너, 내 눈에 띄면 죽여버린다."

그리고 연아는 왕따가 된다.

11월 15일. 체육 창고에서 화재가 발생한다.

그 사고로 지훈은 죽는다.

3. 오만의 대가

바뀐 것이 없는 듯 보이는 과거지만, 한 가지 달라진 점이 있었다. 바로 지훈과 연아가 틀어진 이유였다. 지훈의 마음에 처음 의심이 싹튼 건 1박 2일 여행지에서였다.

다정이 범인이라는 걸 밝혀낸 다음 날 새벽, 연아와 호윤은 앞마당에서 이야기를 주고받았다.

"그런데 애들한테는 뭐라고 설명하지? 다정이 그냥 가버린 거."

"사실대로 말해야지. 어차피 너도 사실을 밝힐 생각이었잖아. 애들이랑 선생님한테도 말하고 다정이 부모님께도 말씀드린다며."

"글쎄, 아직 잘 모르겠어."

"그러면 지훈이한테라도 먼저 얘기하는 게 낫지 않을까?"

"안 돼! 지훈이한텐 말하지 마. 내가 나중에……."

당시 지훈은 뒤에서 둘의 대화를 듣고 있었다.

"뭘 나한테 말하지 말란 거야?"

수상했다. 아무도 없는 새벽에 만나 속닥이는 두 사람이. 그리고 자신에겐 말하지 말라는 말이.

나란히 돌아본 연아와 호윤의 얼굴에는 당혹감이 가득했다. 서둘러 팔짱을 끼며 산책이나 가자는 연아의 행동도 수상했다. 자꾸만 헤어진다느니 어쩐다느니 하는 말도 영 신경에 거슬렸다.

혹시 두 사람이?

잠시 싹튼 의심에 지훈은 스스로도 어이가 없어 고개를 흔들었다.

말도 안 된다. 이연아와 강호윤이라니.

어린 시절부터 한동네에서 함께 자란 호윤은 친형제나 다름없는 친구였다. 연아의 마음 역시 의심해본 적 없었다. 자신을 바라보는 눈빛과 행동에서 의심할 여지 따윈 없었다. 하지만 직접 보지 않은 이상 믿지 않는다던 지훈은 두 사람이 함께 있는 모습을 보고야 말았다.

연아는 그 일이 이렇게까지 커지리라 생각지 못했다. 말하자면 우연의 장난 같은 것이었다. 10월 무렵, 토요일 종일 알바를 끝내고 집으로 가던 길이었다. 연아는 강남역에서 학원을 마치고 나오는 호윤을 우연히 만났다.

"저녁 먹었어? TGI 할인쿠폰 있는데, 갈래?"

종일 서 있느라 연아의 두 다리는 퉁퉁 부어 있었다. 유통기한이 지난 삼각김밥으로 대충 끼니를 때운 터라, 배 속은 허기질 대로 허기져 있었다.

"좋아."

그때까지만 해도 친구와의 평범한 저녁 식사 자리였다. 처음으로 둘만이 가진 자리는 생각 외로 즐거웠다. 시종일관 유쾌한 분위기 속에서 대화는 끊기지 않았다. 순간의 분위기에 기대어 호윤은 용기를 냈을지도 모른다.

"나, 꽤 오래전부터 너 좋아했어. 지훈이랑 너 사귀기 전부터."

"……"

"그냥 고백하는 거야. 어차피 너네 둘이 죽고 못 산다는 거 잘 알고 있고, 지훈이 배신할 생각도 없어. 그냥 내 마음이 이렇다는 것만 알아 줬음 싶었어. 그리고 약속 기억해? 내 부탁 한 가지 들어준다는 약속."

여행지에서 연아는 호윤에게 다정의 일 뒤처리를 부탁했었다. 호윤은 고백을 하며 그때의 약속을 상기시켰다.

"응. 기억나."

"그러면 오늘 내가 한 고백, 그리고 오늘 우리가 만났던 얘기 지훈이한텐 비밀로 해줘."

연아는 고개를 끄덕였다. 지훈에게 비밀이 생기는 것이 찝찝하긴 했지만 괜한 분란을 만들고 싶진 않았다.

거기서 끝냈어야만 했다. 레스토랑을 나와 안녕, 인사를 하고 헤어졌어야 했다. 하지만 연아는 돌아서는 호윤을 불러 세웠다. 결코 호윤에게 다른 마음이 있어서가 아니었다. 변명하자면 미안함 때문이었다. 그 마음을 받아들일 수 없는 것에 대한 미안함, 그 마음을 알면서도 어려운 부탁을 한 것에 대한 미안함.

식사를 마친 두 사람은 강남역 거리를 돌아다니며 못다 한 이야기를 나눴다. 오락실에 들러 게임도 하고 아이스크림을 먹으며 나란히 거리를 걸었다.

"아."

연이기 돌부리에 걸려 비틀거렸다.

"괜찮아?"

호윤이 휘청이는 연아의 손을 잡았다.

"아, 응. 괜찮아."

호윤도 연아도 얼른 잡았던 손을 놓았다.

맹세코 그날, 딱 한 번뿐이었다. 연아는 그날 누군가가 자신과 호윤의 만남을 목격했으리라곤 생각지도 못했다. 그 누군가가 지훈일 거라고는 더욱더.

며칠 후 늦은 밤 연아의 집으로 지훈이 찾아왔다. 하늘에 구멍이라도 뚫린 듯 폭우가 쏟아지는 날이었다. 우산도 쓰지 않은 채 내리는 비를 고스란히 맞고 선 지훈은 귀신같은 몰골이었다.

"무슨 일이야?"

지훈은 상처 입은 야수와 같은 눈빛이었다.

"너, 나한테 할 말 없어?"

"무슨 말?"

지훈은 차마 입을 열지 못했다. 연아가 우산을 씌워 주려 하자 거칠게 우산대를 손으로 쳐냈다.

"혹시…… 너."

"혹시 뭐?"

"강호윤이 너 좋아하는 거 알고 있었어?"

연아의 심장이 바닥으로 쿵 내려앉았다. 연아는 단순히 지훈이 호윤의 마음을 알고 난 후 괴로워하는 거라 생각했다.

"뭐? 그게 무슨 말이야."

지훈의 얼굴이 일그러졌다.

"너, 정말 몰랐어? 강호윤 만나서 고백받은 적 없어?"

연아는 어떻게 해야 할지 알 수가 없었다. 지훈에게 거짓말하고 싶지 않았다. 하지만 그때 호윤이 했던 부탁이 떠올랐다. 좋아한다던 고백, 만났다는 사실조차 비밀로 해달라는 부탁.

"없어. 고백받은 적 없어. 만난 적도 없고."

연아는 잊을 수가 없었다. 그 말을 내뱉은 순간 지훈의 눈동자에 비친 엄청난 절망과 상심을. 지훈은 아무 말도 하지 않고 뒤돌아섰다. 쫓아가며 우산을 쥐어 주려는 연아를 내버려 둔 채 거센 빗줄기 속을 달렸다.

그날 이후 지훈은 사흘간 결석을 했다. 아무리 전화를 해도 받지 않았고, 찾아가도 문도 열어주지 않았다. 사흘 후 등교한 지훈을 봤을 때 연아는 놀라 숨이 막혔다. 형편없이 피폐해진 모습에 살벌한 표정이었다.

"잘 들어."

지훈은 책상을 걷어차며 자리에서 일어났다. 장난기 없는 서늘한 음성에 교실이 순식간에 조용해졌다.

"앞으로 너, 내 눈에 띄면 죽여버린다."

여행지에서 아무도 없는 새벽녘에 얘기를 나누던 두 사람. 내내 찜찜했던 '지훈이에게는 말하지 마.'라는 이야기. 원조 교제 사건을 연아 대신 처리해주던 호윤. 그리고 두 사람의 데이트 장면. 무엇보다 '그런 적 없다.'는 연아의 거짓말.

아무리 아니라고 해명해도 질투와 배신감에 눈이 먼 지훈에게는 통하지 않았다. 결국 지훈과 호윤은 크게 다투다 절교까지 하게 되고, 지훈의 배척 속에 연아는 왕따가 되었다. 그로부터 얼마 후 학교 체육 창고에서 화재가 발생했고, 지훈은 죽었다.

11년이란 세월이 흘렀다. 연아는 은행 홍보부로부터 KBC 경제부에서 '저금리 시대의 투자 방법'이라는 주제로 인터뷰 요청이 왔는데 해 보지 않겠냐는 제안을 받는다.

"할게요. 저야 좋죠. 얼굴도 나가나요?"

"방송이니까 당연히 얼굴도 나가겠죠. 보자, 기자님 성함하고 연락처 가르쳐드릴게요. 아마 연락 갈 겁니다."

홍보부 직원이 불러주는 기자의 이름과 연락처를 적어 내려가다 연아는 얼어붙고 말았다.

"강호윤?"

결국 연아는 홍보부의 인터뷰를 정중하게 거절했다. 호윤 역시 다른 직원을 소개해줄 수 없냐고 홍보부에 부탁했다. 떠올리면 뼈마디까지 시큰거릴 만큼 아픈 상처를 상기시키는 이를 굳이 만날 필요는 없었다. 이후 다시 두 사람이 얽힐 계기 따윈 발생하지 않았다.

그렇게 되돌아온 세상 속에 호윤은 없었다.

통유리창 너머로 비바람이 무섭게 몰아쳤다. 세차게 내리는 비로 세상은 온통 우중충한 회색 기운에 감싸였다. 불어오는 돌풍에 회의실 안에서도 거센 바람 소리가 들렸다. 연아는 비바람에 덜컹대는 유리창 너머 잿빛 하늘을 바라보며 상념에 젖었다.

연아는 원조 교제 사건의 범인을 찾으면 과거가 달라지리라 생각했다. 하지만 그것이 얼마나 어린애같이 순진하고 오만한 착각이었는지 이제야 알 것 같았다. 원인과 결과 간의 시간차가 너무 컸다. 인과란 그렇게 단순한 것이 아니었다. 환경을 통제할 수 없으니 시간의 격차 속 발생 가능한 변수들이 너무나 많았다.

화재 사건이 발생한 11월 15일로 돌아가지 않는 한, 무엇을 해도 과거를 바꾸기란 어려워 보였다. 게다가 상황은 더 나빠졌다. 가장 친한 친구였던 호윤을 잃었으니.

벌 같은 건가?

이미 확정된 과거를 제멋대로 바꾸려 한 것에 대한 대가일지도 모른다. 연아는 회의 테이블 위에 놓인 핸드폰을 집어 들었다. 연락처 목록에도, 사진첩에도, 통화 목록에도 호윤의 흔적은 아무것도 남아있지 않았다. 언제 어디서든지 자신이 부르면 모든 일을 제쳐 놓고 달려와 주던 사람. 한없이 다정하고 따뜻한 눈으로 자신을 바라보던 사람. 그랬던 사람이 이제 친구라는 껍데기로도 존재하지 않았다. 잃고 나니 그 소중함이 더 절실하게 다가왔다.

"이연아 대리. 회의 시간에 핸드폰 보는 거 금물인 거 모르나. 고객한테서 전화 온 거 아니라면 당장 집어넣도록 하지."

머리 위로 지점장의 엄한 소리가 날아들자, 테이블에 빙 둘러앉은 직원들이 연아를 쳐다봤다.

"자, 그럼 옥 차장이 마저 얘기해봐요."

"네. 알겠습니다. 다음으로 지점 손익 목표에 대해 말씀드릴게요. 하반기 목표에서 150점이나 모자란 상황입니다. 만점 달성을 위해서는 빙카나 펀드 판매 등의 비이자 수수료로 손익을 채우는 게 제일 빠른 방법인데요. 각자 '1/n'으로 나눠서 내일부터 할당량만큼 판매하는 게 어떨까 싶습니다."

"'1/n'이면 한 사람당 얼마지?"

"한 사람당 방카는 2억 원, 펀드는 5천만 원가량 판매하면 목표 달성 가능해요."

예전이었으면 연아 역시 목표 달성 방안에 대해 열변을 토했을 것이다. 상품 판매로는 항상 지점 1~2등을 달렸으며, 연말 과장 승진을 염두에 두고 있었기 때문에 누구보다 의욕적이었다. 게다가 이런 공적인 회의 시간에 지점장에게 칭찬을 받으며, 뒤처진 직원들 앞에서 으쓱한 기분이 되는 것도 나쁘지 않았다.

그런데 어째서 이토록 남의 얘기처럼 들리는 걸까.

싫다는 고객들을 잘 구슬려 펀드나 방카를 팔아치울 때 느꼈던 희열도, 1등이냐 2등이냐 하는 지점 성과도, 과장 승진도, 아무런 의미가 없었다. 오히려 눈에 빤히 보일 정도로 결점이 많은 상품을 팔기 위해 세 치 혀를 놀려야 하는 현실이 갑갑하게만 느껴졌다.

연아는 14년 전 화재 사건으로 인생이 망가졌다 생각했다. 그걸 보상받기 위해 위로 올라갈 생각만 하며 살아왔다. 더 많은 돈을 가지기 위해, 더 높은 자리를 위해, 더 안락한 삶을 위해. 하지만 연아 자신의 인생에는 중요한 물음이 빠져 있었다. 바로 '왜?'. 왜 그렇게 살아야 하는지. 그리고 정말 다른 선택지는 없는지.

"이번 달 펀드 최다 판매 포상자는 우리 유미애 과장이네. 자, 모두 박수!"

지점장이 유미애를 호명하며 포상금이 담긴 봉투를 건네자 직원들이 "와아." 하면서 박수를 쳤다. 유미애 역시 조금은 우쭐한 듯 봉투를 받았다. 이제껏 매달 그 포상금의 주인은 연아였다. 특히 하반기 들어서는 한 번도 놓친 적이 없었다.

"어째 요즘 연아 대리가 조용하네."

판매 실적이 부진하다는 말의 다른 표현이었다.

"아, 네. 죄송합니다."

실제로는 전혀 죄송하지 않았다. 그동안 팔아치운 방카며, 펀드로 지점에 안겨준 판매 수수료가 얼마인데.

"연아 대리, 지금처럼 하면 승진 장담 못 해. 쟁쟁한 사람들이 얼마나 많은데. 올해는 승진해야 하잖아. 신경 좀 쓰자고. 본부장님도 연아 대리 실적 눈여겨보시니까."

연아의 판매 실적이 부진한 건 단 2주뿐이었다. 고작 최근 실적이 부진하다고, 그동안의 노력과 성과마저 한순간에 부정당했다. 쳇바퀴 안에 갇힌 다람쥐처럼, 잠시라도 멈추면 안 되는 현실. 빨리 달리면 쳇바퀴가 더 빨리 돌아 나중에는 더욱더 빨리 달릴 수밖에 없는 냉혹한 사회.

그동안 연아는 정상의 위치에 있느라 알면서도 모른 체했었다. 하지만 아래로 한 계단 내려오니 알 것 같았다. 자신이 얼마나 매정하고 차가운 사회의 기준 속에 갇혀 있었는지를.

"네, 알겠습니다."

연아가 입술을 짓이기며 대답했다.

아침 회의를 마치고 연아는 상담실로 돌아왔다. 상담실 한구석에서 공기청정기가 왱 소리를 내며 돌아가고 있었으나 답답한 공기에 숨이 막혔다. 자리로 향하는데 머리가 빙글빙글 돌고 속이 울렁였다. 아침부터 먹은 건 하나도 없었건만 토할 것처럼 속이 매슥거렸다.

연아는 무거운 발걸음을 떼어 의자에 털썩 앉았다. 아늑한 상담실도, 책상도, 한구석에 겹겹이 쌓아 올린 서류들도 그대로인데, 이질감을 견딜 수가 없었다. 모든 것이 예전 그대로였지만 혼자만 변해버린 것 같았다.

이게 현실이구나. 지훈도, 호윤도 없는 지독히도 냉혹한 현실. 왜 낙관적인 미래만을 생각했을까. 원조 교제 사건만 해결하면 모든 잘못된 과거를 바로잡을 수 있다고, 그렇게도 어리석게 장밋빛 미래만을 생각했을까.

시계는 어느덧 9시를 가리키고 있었다. 지점 오픈 시간이었다. 연아는 고객 맞이 준비를 위해 펀드 가입 신청서에 노란색 형광펜으로 쭉쭉 표시를 해나갔다.

오늘은 윤화영 사모님이 정기예금 만기 때문에 오기로 한 날이다. 그러니 어서 펀드 포트폴리오 제안서를 준비하고…….

뚝. 눈물방울이 신청서 위에 떨어졌다. 한 방울, 두 방울, 톡톡 떨어지던 눈물이 어느덧 뺨을 타고 정신없이 흘러내리기 시작했다.

호윤아, 우리가 함께했던 시간을 없애버려서 미안해. 항상 내 편이었던 네 존재를 몰라서 미안해. 한없이 다정했던 네 마음을 당연한 거라 생각해서 미안해.

어느새 책상에 놓여 있던 신청서는 빗물에 녹아내리는 땅처럼 흠뻑 젖어들었다.

연아는 소맥을 벌컥 한입에 털어 마셨다. 벌써 두 잔째. 빈속에 스트레이트로 마시자 금세 취기가 올랐다. 연아는 저녁 6시 땡 하자마자 지점을 빠져나와 사당역 근처 맥줏집에 들렀다. 하루 종일 우울한 낯빛을 했던 탓일까. 직원들은 지점장보다 먼저 퇴근하는 연아를 두고 별다른 말을 하지 않았다.

다시 빈 잔에 소주와 맥주를 섞어 따르고 있으려니, 윤새가 테이블로 다가왔다.

"잘하는 짓이다. 지금 누군가에게는 대낮 같은 시간인 거 알아?"

"알아."

"혼자 뭐 하는 짓이야? 뭐야, 벌써 이렇게 마신 거야?"

윤새는 맞은편 자리에 앉으며 연아의 손에서 소주병을 빼앗았다.

"그냥 술 땡기는 날이야. 술 마시고 싶어. 이리 줘."

연아는 다시 윤새에게서 소주병을 빼앗아 빈 잔을 채웠다.

"왜 그래? 무슨 일이야? 너 요즘 피부 생각해서 술 잘 안 마시잖아. 다음 날 꼭 뾰루지 난다고."

"나건 말건 무슨 상관이야. 봐줄 사람도 없는데."

"솔로 앞에 두고 그런 소리 하는 거 아니다. 곧 결혼할 애가."

아, 맞다. 나 결혼하지?

까마득하게 잊고 있었다. 아침 무렵 혁준에게서 문자가 왔다. 지점에서 행패를 부린 정숙의 행동을 사과하는 문자였다. 하지만 연아는 답변을 하지 않았다. 점심 무렵에도, 오후에도 몇 번 더 전화가 걸려왔으나 그것들 역시 받지 않았다.

"그래, 맞아. 나 곧 결혼하지."

"막장 시댁 때문에 힘들어서 그런 거야? 그렇다고 이렇게 혼자 마시면 어쩌냐."

윤새는 혀를 쯧쯧대며 자신의 잔에 술을 따랐다. 연아는 고개를 들어 물끄러미 윤새를 바라봤다. 술김에라도 누군가에게 그동안 겪은 일을 몽땅 털어놓고 싶은 충동이 일었다.

윤새야, 나 과거에 갔다 왔어. 과거를 바꿔보려고 했는데, 그래서 원조 교제 사건의 범인도 잡았는데, 결국 지훈일 구하진 못했어.

그렇게 연아는 털어놓지 못할 얘기를 속으로 삼켰다.

"왜? 무슨 할 말 있어? 왜 그렇게 빤히 쳐다보는 건데."

연아의 시선을 느낀 윤새가 물었다.

"윤새야."

"응."

"넌 만약에 고등학교 때로 돌아간다면 뭘 하고 싶어?"

"뭘 하긴 뭘 해. 당연히 공부 열심히 해야지."

별 질문 아니라는 듯 윤새가 소맥을 들이켜며 답했다.

"그리고?"

연아의 질문에 윤새는 잔을 내려놓으며 인상을 썼다. 둘 다 질문의 의도도, 답도 알고 있는 상황이었다.

"그리고는 뭐가 그리고야. 너랑 호윤이 일로 류지훈 그 자식 오해해서 미치고 팔짝 뛸 때, 두들겨 패서라도 오해 풀도록 해야지. 둘이 아무 사이도 아니라고."

윤새는 땅콩을 입 안에 던져 넣으며 다시 떠올리기도 싫다는 듯이 중얼거렸다.

"그래도 있잖아. 그때 그 일만 아니었다면 우리 제법 괜찮은 고등학교 시절 아니었어?"

"그거야 뭐."

윤새가 떨떠름하게 동의를 했다.

"솔직히 재밌었잖아. 너랑 나랑 다정이랑."

"다정이 그 정신병자 얘기는 왜 해? 술맛 떨어지게."

윤새가 술잔을 탕 소리 나게 내려놓으며 얼굴을 구겼다.

"아니, 내 말은 다정이가 나한테 원조 교제 누명 씌운 지 몰랐을 때, 그때 말이야. 그땐 너랑 나랑 다정이랑 지훈이 패거리랑 진짜 재밌게 놀았었잖아."

"그러긴 했지."

"기억나? 지훈이네 별장으로 1박 2일 여행 갔을 때."

"당연히 기억하지. 그때 진짜 재밌었잖아."

"맞아. 되게 먼 거리의 계곡이었는데 지훈이가 10분이라고 착각해서 그 땡볕에서 도로를 한 시간 반 동안이나 걸어갔잖아."

"그것뿐이냐? 지경민, 그 자식은 갈아입을 옷 든 가방을 계곡물에 빠뜨리고. 남자 새끼들은 먹을 거 하나도 안 챙겨 와서, 계곡에 놀러 온 다른 사람들한테 구걸해서 얻어먹었잖아."

"맞아, 그랬었어."

어느새 윤새 역시 추억에 푹 빠진 듯 이야기에 심취했다.

"계곡에서 물놀이할 때, 송우태랑 지경민이 너 물에 빠뜨리려고 하면 류지훈이 난리도 아니었던 거 기억해? 계속 애들한테 욕하면서 애들이 퍼붓는 물 다 맞고. 하여간 걘 유난이었어. 너 못 빠뜨리게 하려고 지가 무슨 기사라도 되는 줄 아는지 양팔을 벌려가며……."

신나게 추억을 쏟아내던 윤새가 말끝을 흐렸다. 연아의 눈에 눈물이 가득 차올랐기 때문이었다.

"그리고, 그리고 또 윤새야. 지훈이가 어떻게 했었지?"

윤새는 대답이 없었다.

"얘기 좀 해봐."

"그만하자. 너 오늘 많이 마셨어."

"윤새야, 네가 아는 지훈이 얘기 좀 해줘."

"너 왜 그래? 그동안 류지훈 얘긴 입도 벙끗 안 했으면서."

"듣고 싶어. 네가 아는 지훈이 얘기."

"……."

"제발 해줘. 다신 안 물을게."

"무슨 얘기부터 할까?"

"그냥 아무 얘기나."

잠시 망설이던 윤새가 입을 열었다.

"너흰 참 유별났어. 남들 다 하는 연애, 아주 세상에 지네 둘만 하는 양 유난을 떨었지. 그 시절 너도 참 별났지만 더 별났던 건 지훈이 였어. 지훈인 널 정말 너무 좋아했어. 너무너무 좋아했어. 좋아서 어쩔 줄 몰라 하는 게 눈에 다 보였어. 우리 반, 아니 전교생이 다 알 수 있을 만큼 온갖 티를 내며 널 좋아했어."

연아도 알고 있었다. 그리고 자신도 꼭 그만큼 지훈일 좋아했다.

"지금 생각해도 참 독특한 캐릭터야. 난 아직까지 걔만큼 온 동네방네 자기감정 광고하면서 다니는 애는 본 적이 없거든. 숨길 생각도 없거니와 애초에 그런 걸 왜 숨겨야 하는지도 모를 만큼 자기감정에 솔직한 애였어. 어려서 그랬나? 왜 남자들도 밀당 같은 거 하잖아. 좋아해도 전부 드러내는 사람 별로 없잖아. 감정을 드러낼수록 손해라고 생각해서 자제하거나 감추잖아. 걘 그런 게 없어도 너어어무 없었다."

"……."

"알지? 그 자식, 네가 다른 남자애들하고 얘기만 해도 질투로 눈 뒤집혔던 거. 넌 기억할지 모르겠는데, 우리 2학년 때 체육 시간에 짝피구를 했던 적 있어."

"알아. 기억나."

"이광태라는 애랑 네가 짝이 됐는데, 반 애들은 모두 긴장했어."

"왜?"

"류지훈이 심술부릴 게 뻔했거든."

"다들 그렇게 생각했어?"

"심지어 이광태는 자기 피구 못 하겠다고, 갑자기 배가 아파 양호실 가겠다고 했을 정도였다니까."

"몰랐어."

"류지훈 그 자식은 보는 눈을 의식했는지 쿨한 척 괜찮다고 하더라고. 그런데 역시나, 10분 만에 널 맞춰서 내보내더라. 분명 둘이 붙어 있는 꼴을 보기 싫었던 거겠지."

"푸하."

연아는 웃고 있었지만 눈시울이 붉어졌다. 눈앞에 있는 윤새의 모습이 뿌옇게 흐려졌다.

"게다가 너랑 주번 같이 했던 애 기억해?"

"응. 기억나. 키 작고 소심했던 애."

"걔도 지훈이한테 참 많이 시달렸어."

"그랬어?"

연아는 전혀 모르는 이야기였다.

"지훈이가 괴롭힌 건 아니었는데, 너랑 같이 주번 하는 날이면 지훈이가 쉬는 시간에 불러다가 물어봤었어. 무슨 얘기 했냐, 연아가 왜 웃었냐."

"푸핫."

"하여간 어린 게 집착과 소유욕이 아주 쩔었다니까."

"맞아. 사귀면 엄청 피곤한 스타일이야. 지금까지 사귀었으면 그놈의 집착 때문에 수백 번도 더 헤어졌다가 만났을 거야."

연아의 눈에 가득 차올랐던 눈물이 주룩 흘러내렸다.

아마 많이 싸웠을 것이다. 몇 번이나 헤어졌을지도 모른다. 그런데 왜 헤어지고서도 결국엔 다시 만났을 거란 생각이 드는 걸까. 네가 살아 있기만 하다면. 살아만 있다면.

"연아야……."

윤새가 걱정스런 눈길을 보냈다. 연아는 손등으로 눈물을 슥, 닦고는 싱긋 웃어 보였다.

"괜찮아. 계속해줘. 응? 듣고 싶어."

윤새는 미간을 찡그린 채 거칠게 소맥을 들이켰다. 계속 얘기를 해도 좋을지 고민하는 것 같았다. 연아의 재촉하는 눈빛에 결국 윤새는 다시 입을 열었다.

"뭐, 좀 거친 면도 있고 성미가 아주 개 같긴 했지만, 나쁜 앤 아니었어. 왜, 남자애들 사이에는 서열 같은 게 있잖아. 공부 잘하는 애, 운동 잘하는 애, 웃긴 애. 이런 부류들이 인기가 많았잖아. 그게 아니더라도 류지훈이나 강호윤은 서열의 정점에 있었지만. 그런데도 약한 애들 한 번 괴롭히질 않았으니까."

"……."

"진승환 패거리가 활개 치지 못했던 것도 다 지훈이 때문이었을 거야. 지훈이가 애들 괴롭히는 거 엄청 싫어했거든. 학교 근처에서 진승환이 애들 돈 뺏다가 지훈이랑 한번 크게 싸웠을걸? 그 뒤로 진승환이 지훈이라면 이를 갈았지."

"그건 몰랐어."

"자기 입으로 공치사는 못 하는 놈이니까."

윤새는 더 이상 생각나는 이야기가 없는지 술잔을 들어 목을 축이고는 연아를 바라봤다.

"이연아, 난 말이지. 가끔 생각하는 게…… 네가 지훈이가 죽고 난 이후, 제대로 된 연애나 사랑을 못 하는 이유가 첫사랑에 너무 크게 데었기 때문이라고 생각했어. 그런데 언제부턴가 그런 생각이 들더라. 넌 어쩌면 아직도 걜 못 잊고 있는 게 아닐까. 네가 가끔 지훈이 때문에 인생이 망가졌다고 원망하는 것도 비슷한 맥락이 아닐까 싶어. 난 솔직히 네가 그렇게 얘기하는 거 이해가 안 됐었거든. 너 지금 은행 다니면서 누구보다 열심히 잘살고 있잖아. 그런데 왜 그렇게 인생이 망가졌다고 생각하는 걸까. 그 화재는 사고였을 뿐인데 왜 그렇게 지훈일 원망하고 미워하는 걸까 이해가 되지 않았어."

"……."

"그런데 지금 생각해보니, 그렇게 생각하지 않으면 넌 견딜 수가 없었던 거야. 지훈이가 죽었다는 현실을 도저히 받아들일 수가 없어서. 차라리 원망하고 미워했던 게 아닐까 하는 생각이 들어."

윤새는 연아의 뒤틀린 속내를 제대로 꿰뚫어 보고 있었다.

맞는 말이었다. 그렇지 않았다면 진작 미쳐버렸을지도 모른다. 죽어버린 지훈을 천하의 나쁜 놈으로 만들어야, 연아 자신이 그의 죽음을 견딜 수가 있었다. 그래서 자신이 살고자, 기억 속 지훈에게 모든 책임을 전가시킨 것일지도.

"어쨌거나 오늘은 여기까지. 지훈이 얘긴 그만하자. 나중에 하자."

"아니. 앞으론 안 할 거야. 오늘이 마지막, 정말 마지막이야."

연아는 마지막이라는 단어를 힘주어 말했다. 스스로에게 하는 다짐일지도 모른다. 이제 끝이라는, 다시는 과거에 가지 않겠다는 다짐. 오늘 들은 이야기로 충분하다. 이제 지훈과 호윤은 과거 속에 묻어두는 수밖에 없었다. 지훈에 대한 그리움도, 호윤이라는 친구를 잃어버린 안타까움도 모두 연아 제 몫이었다. 과거를 함부로 바꾸려 한 자가 감내해야만 하는 형벌 같은 것일지도 모른다.

두 사람은 한참을 더 고등학교 때 얘기를 하며 술잔을 비워냈다. 박장대소하고 낯 뜨거운 기억을 상기시켜 주기도 하며 서로의 빈 기억들을 채워주었다.

"참, 그때 최자현이……."

연아가 최자현 이야기를 꺼내려는 순간이었다. 갑자기 머리가 어질

했다.

"최자현이⋯⋯."

욱신, 머리통이 깨어지듯 아파왔다.

"왜 그래?"

머릿속 기억에 조금씩 균열이 생겼다.

"윤새야. 최자현, 채홍식 선생님하고 결혼한 거 맞지?"

"뭐? 무슨 소리야?"

낯선 기억의 조각들이 한데 뭉쳐 파도처럼 몰아닥치더니 어지러이 흩날리며 제자리를 찾기 시작했다.

"얘가 무슨 헛소리야? 최자현하고 채홍식 선생님하고 결혼을 하긴 왜 해."

뒤바뀐 기억 속 자현과 채홍식 선생은.

결혼을 하지 않았다.

자신에게 내려진 형벌은 달게 받을 수 있다. 하지만 과거를 바꾼 대가가 타인의 삶에 영향을 끼쳤다는 사실은 연아를 고통스럽게 했다. 아니 그것은 연아에게 내려진 형벌일지도 모른다. 죄책감이라는 이름의 형벌. 자현과 채홍식 선생은 바뀌기 전의 인생을 모르니 오로지 두 개의 기억을 갖게 된 연아에게 내려진 형벌임이 틀림없었다.

연아는 아기 띠를 메고 걸어가는 부부의 모습을 가만히 지켜봤다. 세상에 나온 지 6개월이 채 되지 않았을 아기는 아빠의 품에 곤히 잠들어 있었다. 살짝 입을 벌린 채 새근새근 숨을 내쉬는 아기는 유독 속 눈썹이 길었다. 마치 자현의 집에서 봤던 그녀의 둘째 아이 서아처럼.

채서준, 채서아.

자현와 채홍식 선생의 결실이었던 그 아이들은 지금 이 세상에 존 재하지 않는다. 단란했던 그들의 소우주 역시도. 연아의 가슴 부근에 통증이 일었다. 체한 것처럼 먹먹함이 가시지 않았다.

"얘, 왜 그렇게 넋을 놓고 있어? 빨리 안 따라와?"

몇 걸음 앞에서 정숙이 돌아보며 외쳤다. 연아는 정신을 퍼뜩 차리 고 빠른 걸음으로 앞선 일행을 따라잡았다.

토요일 오전 강남의 백화점은 혼잡하기 이를 데 없었다. 하지만 명 품 브랜드가 밀집해 있는 별관 2층은 배경음으로 깔아놓은 클래식이 또렷하게 들릴 만큼 한산했다. 간혹 마주치는 사람들의 얼굴에는 자신 들이 가진 부에서 나올 수 있는 온화함과 여유로움이 가득했다.

"넌 격 떨어지게 무슨 그런 가방을 가져왔니?"

정숙의 질타에 연아는 자신의 가방을 힐끔 내려다봤다. 급히 나오느 라 손에 잡히는 대로 들고나왔는데 정숙의 마음에 들지 않았나 보다.

정숙은 얼마 전 지점으로 찾아와 연아의 뺨을 때리며 지점을 발칵 뒤집어 놓았다. 지인에게서 들은 연아와 고 차장의 불륜 소문 때문이 었다. 그녀는 그 소문이 오해인 것을 알고도 별다른 사과를 하지 않았 다. 직원들의 적극적인 해명과 연아가 혁준에게 제출한 핸드폰 통화 내역을 보고서도 뻔뻔한 얼굴로 "그래? 내가 잘못 알았네."라고 한마 디 할 뿐이었다. 그러고는 본인 딴엔 사과의 표시인지 백화점에 데려 와 비싼 예물들을 보여주고 있었다.

"언닌 좋겠네. 오늘 아주 계 탔다? 엄마, 나도 펜디 밍크 사줘. 응?"

따라 나온 민경이 정숙의 팔에 매달리며 졸랐다.

"얘가, 얘가. 시집갈 생각은 안 하고. 넌 네 시어머니한테나 사달라고 해!"

"우리 엄마보다 더 비싼 거 사주는 시댁 만나야 할 텐데 말이야. 언닌 좋겠수. 좋은 시댁 만나서."

정숙의 말에 민경은 샐쭉한 표정을 지었다. 밍크가 아니더라도 옷 한 벌은 건지겠지 하는 생각에 들뜬 얼굴이었다.

세 사람은 벌써 반나절이 넘게 백화점을 순회하는 중이었다. 펜디 매장에서 밍크를 사곤 까르띠에 매장에서 다이아가 박힌 3,000만 원짜리 시계를 샀다. 정숙은 연아에게 사과를 하는 대신 돈을 썼다. 원래 사주려고 했던 것보다 훨씬 비싼 예물들이었다. 예전이었다면 연아는 한껏 들떠 기쁜 마음을 주체하지 못했을 것이다. 황송하고 감사해 정숙에게 온갖 아부의 말을 했을 것이다. 하지만 지금 연아는 방금 산 밍크와 다이아 시계에 별 감흥이 없었다.

정숙은 곧 2층 가장 안쪽 에르메스 매장으로 향했다. 정숙의 발걸음에는 조금의 망설임도 없었다.

"어머, 사모님. 오랜만이세요."

검은색 정장을 입고 단정하게 머리를 틀어 올린 직원이 반갑게 인사를 했다.

"유리 씨, 우리 며느리 될 아이. 인사해."

정숙이 연아를 가리키자, 직원은 얼굴 가득 미소를 지으며 고개를 숙였다.

"버킨백 금장으로 블랙하고 카멜 있지? 가져와 봐."

연아는 놀란 눈으로 정숙을 바라봤다. 에르메스 백은 돈이 있다고
해서 살 수 있는 가방이 아니었다. 주문해도 몇 달은 기다려야 했다.

직원은 매장 창고로 들어가, 몰래 숨겨놓은 가방을 두 개 가지고 나
왔다. VVIP를 위해 따로 빼놓은 물건인 듯했다. 새삼스레 혁준의, 아니
정숙이 가진 부가 얼마나 대단한지 실감이 났다.

맞다. 그러고 보니 이 아줌마가 바로 예주희처럼 에르메스 백을 시
장바구니처럼 들고 다니는 부류였지.

직원은 하얀 장갑을 낀 채 에르메스 백 두 개를 고이 모셔와 유리
테이블 위에 올려놓았다.

"어떤 게 마음에 드니? 난 카멜이 더 예쁜데. 너한텐 무난하니 블랙
도 괜찮은 거 같고. 어디, 하나씩 들어 봐."

정숙은 생색이 가득한 얼굴로 카멜색 버킨백을 들어 연아에게 내밀
었다. 연아가 주저하자, 촌스럽다는 듯 피식 웃으며 괜찮다고 고개를
끄덕여주기까지 했다. 한 걸음 떨어져 서 있던 연아가 유리 테이블로
발걸음을 옮겼다.

저 가방을 받으면, 난 어떻게 되는 걸까? 혁준과 결혼을 하고 부잣
집 며느리 소리, 의사 사모님 소리를 들으며 살게 되겠지. 그토록 원하
던 일, 손에 쥐고 싶어 안달 내던 일이었다. 그런데 정말 내가 원하는
일이 맞을까? 정말 그래도 되는 걸까?

"뭐 해? 어서 안 들어보고."

정숙의 재촉에 연아가 가방을 향해 손을 내밀었다.

그렇게 되면 정말 행복해질까?

연아는 뻗었던 손을 거두었다. 연아의 행동에 정숙이 의아한 얼굴을 했다.

"왜? 블랙부터 들어볼래?"

정숙이 연아에게 다른 핸드백을 내밀었다.

"아뇨. 저 이거 안 받을래요."

연아의 말에 매장 안에 정적이 흘렀다.

"뭐? 버킨백을 안 받겠다고? 얘가, 얘가 도대체 얼마나 비싼 걸 받으려고. 그러면 딴 거 뭐 봐둔 거라도…….."

"아뇨. 저 이런 것들 다 필요 없어요."

"뭐? 얘가 정말 무슨 소릴 하는 거야?"

"저, 이 결혼 안 하겠습니다."

연아는 말을 마치자마자 얼른 뒤돌아 에르메스 매장을 빠져나왔다.

"애, 애! 너 어디 가는 거니? 연아야! 당장 돌아오지 못해?"

정숙의 앙칼진 목소리가 매장 안에 울려 퍼졌다. 연아는 돌아보지 않았다. 천천히 걷던 걸음이 점점 빨라졌다.

탁탁탁.

바닥을 딛는 경쾌한 발걸음 소리만큼 심장이 세차게 쿵쿵 울리고 있었다.

과거에서 돌아온 지 한참이나 지났건만, 연아는 아직도 2003년 어딘가를 헤매는 것 같았다. 처음에는 너무나도 강렬한 경험을 했기 때문이라 생각했다. 감명 깊은 영화나 소설을 보면 오랫동안 헤어 나오지 못하고 여운에 취해 있는 것처럼 말이다. 하지만 과거 때문에 제 속의 무엇인가가 변하고 있었다. 그동안 추구했던 삶이 모두 보잘것없이 느껴졌고, 내면이 텅 빈 것 같은 공허함에 아무것도 할 수 없었다. 18살의 자신은 32살의 자신이 이런 모습일 것이라 생각하지 못했다.

출렁이는 파도 위 돛단배처럼 불안했던 그 시절. 32살이 되면 좀 더 확고한 신념을 가진, 안정된 삶을 사는 어른이 되어 있을 줄 알았다. 하지만 어른이 되어서도 여전히 18살처럼 방황하고 아파하며 불안정한 삶을 살고 있었다. 아니, 그런 삶을 산다 하더라도 좀 더 그럴싸한 인간이 되어 있을 줄 알았다. 연아는 18살의 자신에게 미안했다. 좀 더 멋진 어른이 되어주지 못해서, 이렇게 허영덩어리에 허세만 잔뜩 든 볼품없는 어른이 되어버려 미안했다.

연아는 백화점을 빠져나와 지하로 연결된 센트럴 시티 안을 무작정 걸었다. 그러다 젤라또 아이스크림 가게가 보이자 그 앞에서 발걸음을 멈췄다. 결혼식 드레스 걱정에 한동안 간식은 입에도 대지 않았건만 이제는 상관없었다.

"아저씨, 저 초코퍼지 하나 주세요."

아저씨는 보기만 해도 혀가 녹아버릴 것 같이 달달한 초코 아이스크림을 컵 가득 담아주었다. 한 숟갈 물자 모든 근심 걱정이 한순간에 날아갈 것만 같은 달달함이 입 안 가득 퍼졌다.

연아는 아이스크림을 물고 센트럴 시티를 걸으며, 앞으로 어찌해야 할지 생각을 정리했다. 다시는 과거에 가지 않으리라 결심한 지 벌써 일주일이 넘었다. 아무리 과거로 간들 체육 창고 화재 사건은 여전히 발생했고, 지훈이 죽었다는 사실은 바꿀 수 없었다. 게다가 호윤과 멀어지고, 채홍식 선생과 최자현은 결혼을 하지 못했다.

자신이 어찌할 수 없는 일 앞에서 연아는 숨이 막히는 기분이었다. 답답한 마음에 아이스크림을 크게 한 입 떠먹는데, 문득 아이스크림만 보면 칭얼대던 누군가가 떠올랐다.

"나 한 입만."

초콜릿이나 아이스크림, 사탕 등 지훈은 단것이라면 사족을 못 썼다. 연아가 그런 것들을 먹고 있을 때면 지훈은 꼭 옆에서 한 입만 달라고 조르곤 했다.

"싫어. 너도 사 먹으면 되잖아. 왜 꼭 내 걸 뺏어 먹으려고 해?"

연아는 한 입 정도는 기꺼이 줄 수 있었지만 싫다고 빼기 일쑤였다.

"한 입만, 응? 한 입만."

지훈이 계속 조르면, 연아는 큰 호의라도 베푸는 양 아이스크림을 내주곤 했다. 두 사람 사이의 정해진 레퍼토리와 같은 실랑이었다. 지켜보던 아이들은 한편의 촌극 같은 둘의 애정 행각을 보며 꼭 한마디씩 했다.

"저 징글징글한 애정결핍 환자들. 니들 단 거 좋아하는 거 전부 애정결핍 때문이래. 그러니까 둘이서 평생 아이스크림 나눠 먹으면서 잘 먹고 잘 살아라. 응?"

그래야만 했다. 사랑에 굶주린 여린 동물 같은 두 사람은 서로의 상처를 핥아주며 잘 먹고 잘 살아야 했다.

연아의 눈시울이 붉어졌다. 눈물이 터져 나올 것 같았다. 처음부터 과거에 가는 게 아니었다. 가서 그때의 그 아이를 만나는 게 아니었다. 이렇게 그리워하게 될 줄 알았다면, 이렇게 가슴 아파할 줄 알았다면, 다시 만나는 게 아니었다.

지훈아, 보고 싶어.

연아는 빈 아이스크림 컵을 쓰레기통에 버리곤 눈가에 맺힌 눈물을 닦아냈다. 다시는 생각하지 않기로 결심했지만, 사소한 것이 스위치가 되어 여지없이 생각의 줄기가 뻗어 나가곤 했다. 오늘은 파혼 기념으로 혼자 실컷 놀기로 했으니 우울한 생각은 접어야만 했다.

연아는 애써 감정의 찌꺼기를 털어버리고 대형 서점으로 발걸음을 옮겼다. 잔잔한 음악이 흐르는 서점 안을 거닐자 가라앉았던 기분이 조금이나마 되살아나는 듯했다. 신간 코너를 기웃거리다 문학 코너에서 최승자 시인의 시집 몇 권을 샀다. 그리고 계산대로 향하려는데 일순 테이블 위에 쌓인 책더미에 눈길이 머물렀다.

제목 〈첫사랑의 기억〉. 저자 배우리.

반가운 마음에 연아가 책을 집어 들었다. 짝피구를 할 때 지훈과 짝이었고, 할리퀸 소설을 좋아하던 아이, 그리고 지훈을 짝사랑했던 아이. 그 배우리가 소설가가 됐다고 하더니, 쓴 책이 바로 이 책이었나 보다.

연아는 책장을 넘겼다. 두 해 전에 나온 책이었는데 드라마화가 된
다고 재판된 모양이었다. 소설의 첫 장면은 사무실 내부의 풍경을 건조
하고 메마른 문체로 묘사하며 시작되었다. 주인공의 내면을 대변하는
듯 황량하고 쓸쓸한 풍경이었다. 이윽고 주인공이 등장했다. 전자기기
제조회사 마케팅부에서 일하고 있는 '지훈'이라는 이름의 남자였다.

지훈이?

의아한 마음이 들었지만 연아는 일단 페이지를 넘겼다. 초반 몇 장
에서는 30대 직장 남성의 지루하고 평범한 일상이 묘사되어 있었다.
사건이 시작되려는지 직장 상사가 남자를 불렀다.

「류 팀장. JS스토리하고 미팅이 오늘 몇 시라고 했죠?」

류지훈.

온몸에 전율이 흘렀다. 연아는 속도를 내어 빠르게 책장을 넘겼다.
소설 속 주인공은 이후 'JS스토리'라는 업체와 미팅을 하러 약속한 장
소로 향한다. 그곳에서 남자는 업체 담당자로 나온 한 여자와 만나게
된다. 두 사람은 서로를 마주하고 기겁하듯 놀란다. 남자의 회상이 시
작되며 소설은 과거로 돌아간다.

4. 첫사랑의 기억

눈이 시리도록 새파란 하늘에 솜털같이 하얀 구름이 둥실 떠다니고 있었다. 새 학기를 맞이한 학교 안은 온통 낯섦과 설렘이 뒤섞인 들뜬 분위기였다.

그날은 3월의 어느 날. 체육 수업 시간이었다. 얼마 전 내린 눈으로 운동장 바닥은 아직 꽁꽁 얼어붙어 있었고 헐벗은 나무 위에 하얀 얼음이 송골송골 맺혀 있었다. 여전한 추위에도 남자아이들은 운동장을 종횡무진하며 축구를 하는 데 여념이 없었다.

지훈 역시 한바탕 운동장을 뛰어다닌 뒤 이마에 흐르는 땀을 닦으며 숨을 돌리고 있었다. 누군가가 뻥 차올린 공을 따라 시선을 옮기는데, 멀리 계단식 스탠드에서 말총머리를 한 여자아이가 운동장을 향해 내려오고 있었다. 아담한 키에, 새하얀 얼굴, 커다란 눈을 동그랗게 뜨면 맑은 눈동자가 꿈결같이 빛나는 아이였다.

지훈이 멈춰선 채 어딘가에 시선을 고정하자, 같이 축구를 하던 친구가 지훈에게 다가오며 물었다.

"어? 쟤 1학년 때 8반이었던 애 아냐?"

"쟤 알아?"

"알지. 엄청 예쁜 건 아닌데, 청순하게 생겼다고 남자애들 사이에서 인기 많잖아."

친구의 말에 지훈의 눈썹이 꿈틀거렸다. 내내 지켜보던 건 자신뿐이라고 생각했는데, 호시탐탐 기회를 노리는 다른 남자아이들이 많은 듯싶었다. 문득 지훈의 시야에 누군가가 그 여자아이를 향해 다가가는 모습이 잡혔다. 최유성. 공부도 잘하고 성격도 좋아 학교에서 제법 인기가 많은 아이였다. 보아하니, 유성은 말총머리 여자아이에게 말을 걸어보려 하는 것 같았다.

"야, 류지훈! 공 받아!"

그때 축구를 하던 아이들 중 하나가 차올린 공이 지훈을 향해 날아왔다. 지훈은 오른발로 가볍게 공을 받았다. 발끝에 묵직한 축구공의 감촉이 느껴졌다. 말총머리 여자아이와 유성의 거리가 점점 가까워졌다. 여자아이는 유성이 다가오는 기척도 느끼지 못한 채 단짝 친구와의 수다 삼매경에 빠져 있었다. 여자아이에게로 향하는 유성의 걸음걸이가 빨라지는 만큼 지훈의 마음도 초조해졌다.

그때였다.

뻥—.

지훈이 공을 힘껏 찼다.

"야, 류지훈! 너 공을 어디로 차는 거야!"

같이 축구를 하던 남자아이들의 성난 목소리가 들려왔다. 뒤이어 "꺄아아." 하는 여자아이들의 비명 소리도 함께 메아리쳤다. 지훈이 찬 공이 여자아이의 이마에 정통으로 맞은 것이다.

"아, 망했다."

둘 사이로 차려던 거였는데.

지훈은 낭패한 얼굴로 여자아이를 향해 달려갔다.

책장을 쥔 연아의 손이 바르르 떨렸다. 다음 장 그리고 그다음 장. 책 속에서는 지훈의 시점으로 묘사된 고등학교 시절 에피소드가 계속 진행되고 있었다.

연아는 책을 덮어버렸다. 온몸에 저릿저릿한 격통이 일었다. 연아는 테이블을 손으로 짚어 휘청거리는 몸을 지탱했다. 다시는 과거로 가지 않겠다고 결심했다. 예전처럼 그가 없는 듯 살리라 마음먹었다. 과거를 떠올리게 하는 물건, 기억, 모두 의식 저 깊은 곳에 처박아 놓고 자물쇠를 꽁꽁 채우리라, 그렇게 생각했다. 그러면 이제는 네가 보고 싶지 않겠지, 가슴 한구석이 너덜너덜하게 짓이겨질 만큼 아프지 않겠지 그렇게 생각했다.

하지만 활활 타오르는 덩어리 같은 것이 연아의 목 줄기를 타고 올라왔다.

"흐윽……."

따뜻하며, 아련하고, 시큰한 그것은 결국 눈물이 되어 방울방울 흘러내렸다. 연아는 종이 위 지훈이라는 글자를 가만히 쓰다듬었다. 뚝 떨어진 눈물이 책장에 닿자 지훈이라는 글자가 마치 살아 있는 듯 일렁였다.

지훈아, 어디에 있니? 책 속에도 있고, 내 머릿속에도 이렇게나 멀쩡하게 살아 있는데. 넌 대체 어디에 있는 거야. 보고 싶어. 네가 보고 싶어. 날 보며 환하게 웃던 네 미소도, 미간을 찡그리던 버릇도, 내 머리를 헝클어뜨리며 장난스럽게 터뜨리던 웃음소리도.

모두 보고 싶어 견딜 수 없어.

"보고 싶어. 지훈아."

연아는 손가락 끝으로 새까만 그의 이름을 매만졌다. 그렇게 하면 지훈의 얼굴을 만질 수 있을 것만 같아 글자를 쓰다듬고 또 쓰다듬었다. 테이블 근처를 서성이던 사람들이 사연 가득한 얼굴로 울고 있는 연아를 이상하게 쳐다봤다.

"저, 손님……."

서점 직원이 곤란한 목소리로 불렀지만 연아의 귀에는 아무것도 들리지 않았다.

웅크린 주말이 더디게도 흘렀다. 월요일, 연아는 저녁 6시까지 안간힘을 쓰며 버틴 후 쏜살같이 은행을 빠져나왔다. 마음보다 더 성급한 발걸음은 어느새 학교로 향하고 있었다.

뒤바뀐 과거로 호윤을 잃고, 연아는 꼬여버린 현재가 두려워 과거로 가지 않으리라 결심했었다. 하지만 현실은 이미 지옥이었다. 과거가 바뀌면서 현재의 상황뿐 아니라, 현재의 자신마저 바꾸어버린 것이다. 연아는 지독한 구린내가 나는 현재를 견딜 수 없었다. 어쩌면 자신은 스스로가 저지른 일을 감당하지 못해 회피하고 있는 것인지도 모른다. 현재를 받아들일 수 없어 과거 속으로 몸을 숨기고 싶은지도 모른다.

나는 지금 어디에 발을 붙이고 있는 것일까. 현재? 아니면 과거? 과거도 현재도 아닌 곳?

머릿속이 혼란스러웠다. 분명한 건 지금 당장 지훈을 보지 않으면 견딜 수 없다는 것뿐이었다.

그래. 그냥 멀리서 얼굴만 보고 오는 거야. 김정혜만 만나면 언제든지 현재로 돌아올 수 있으니, 빨리 다녀오면 될 거야.

과거의 무언가를 바꾸지만 않으면 된다. 그저 철저한 방관자로서 지훈의 얼굴만 보고 온다면 과거는 더 이상 바뀌지 않을 것이다. 기나긴 사고의 끝, 이러한 결론에 도달하자 연아는 한시도 지체할 수 없었다.

근처 식당에서 저녁을 먹고 카페에서 시간을 때우다 보니 어느덧 11시 반이었다. 연아는 학교 정문으로 향하는 오르막길을 올라 담치기를 한 후 건물 안에 잠입했다. 암흑이 도사리는 계단 앞에 서자 심장이 몸을 집어삼킬 듯 무섭게 뛰었다. 어느덧 12시를 알리는 학교 종이 울리고, 연아는 종소리를 따라 조심스럽게 오른발을 내디뎠다.

벌써 5번째 시간 여행. 매번 갈 때마다 다른 마음을 품게 되는 것 같았다.

댕— 댕— 댕—.

괘종 소리가 어둠이 고인 묵직한 공기를 흔들었다. 연아는 크게 심호흡을 하며 종소리를 따라 13번째 계단을 올랐다. 하얀빛이 계단에서 퍼져 나오자 두 눈을 꼭 감았다.

눈꺼풀 너머로 넘실거리는 빛의 파동이 잠잠해지자 연아는 슬그머니 눈을 떴다. 한낮의 학교 정경이 눈앞에 펼쳐지자 제대로 왔다는 안

도감이 가슴에 퍼져나갔다. 점심시간인 모양인지 아이들이 부산스럽게 계단과 복도를 오가고 있었다. 연아는 4층 복도로 들어서며 주위를 두리번거렸다. 행여나 친한 아이들이나 지훈을 만날까 봐 조심스러웠다.

"이연아!"

하지만 곧 지훈의 외침 소리가 복도를 쩌렁쩌렁하게 울리자 연아는 숨을 들이켰다.

"히익!"

"왜 그렇게 놀라?"

그나저나 지금은 몇 월일까? 방학은 끝났을 테고, 아직 반팔인 걸 보니 8월 말이나 9월인 것 같았다. 지훈은 축구를 하러 나가는 건지, 아니면 하고 들어오는 건지 공을 들고 있었다.

아……. 아직 다정한 눈이다. 호윤과 자신의 만남을 지훈이 오해해서 사달이 난 게 10월이니, 지금은 9월 초쯤이 분명했다.

지훈의 웃는 얼굴을 보자 연아는 가슴이 다시 먹먹해졌다.

네가 보고 싶어서, 이 웃는 얼굴 한번 보고 싶어서, 나 돌아왔어.

아련한 감정도 잠시, 연아는 주춤대며 뒤로 물러섰다. 지훈과 마주치면 과거가 어떻게 변할지 모른다.

얼굴 한번 봤으니 된 거다. 이제는 그만 현재로 돌아가야…….

그때 성큼성큼 다가온 지훈이 연아의 손을 덥석 잡았다.

"핸드폰 좀 갖고 있어. 나 축구하고 올게."

"저, 저기!"

"교실 창가에서 나 축구하는 거 보고 있어. 알겠지? 꼭 보고 있어야 해."

"지훈아! 나……."

지훈은 연아의 대답을 듣지도 않고 남자아이들과 우르르 복도를 빠져나갔다. 연아는 얼떨떨한 얼굴로 지훈의 핸드폰을 쥔 채 교실 안으로 들어갔다.

둥그렇게 모여 수다를 떠는 아이들, 엎어져서 단잠을 자는 아이들, 소음을 참아가며 공부에 집중하는 아이들. 교실 안에는 그 모두가 한데 뒤엉켜 있었다. 연아는 그들을 지나쳐 교실 뒤편 창가 쪽으로 향했다. 윤새와 서정, 배우리가 창틀에 기대어 창밖을 향해 소리를 지르고 있었다. 다정이 전학을 간 후, 그녀의 빈자리를 서정과 배우리가 채우면서 연아를 포함한 여자아이 넷은 친해져 있었다.

"강호윤, 파이팅! 지면 넌 내 손에 죽는다!"

윤새가 창밖으로 몸을 쭉 내밀며 고래고래 소리를 지르자, 서정과 우리도 연달아 목청을 뽑아내기 시작했다.

"지경민! 3반 애들한테 지면 국물도 없어! 12반의 명예를 지켜라!"

"함성진! 구석호! 힘내라! 파이팅!"

3반 아이들과 반 대항 축구 경기를 치르는 모양이었다. 아마 반 아이들에게 건은 코 묻은 돈이 내기로 걸려 있을 것이다.

"넌 지훈이 응원 안 해?"

서정이 묻자, 연아는 원래의 계획도 잊은 채 고개를 빼고 운동장을 내다봤다. 운동장 한가운데서는 지훈이 인상을 쓰고 허리에 팔을 얹은 채 노려보고 있었다.

"뭐 해? 한마디라도 해줘. 저 자식 네 응원 없이는 경기 시작도 안 할 태세다."

윤새까지 한마디 하자 연아는 어쩔 수 없이 창밖으로 쭉 몸을 내밀었다. 평소의 연아였다면 '파이팅'이라고 한마디 했을 것이다. 하지만 연아는 지훈에게 18살의 연아를 대신해서 최대한의 응원을 해주고 싶었다. 운동장까지 들릴 만큼 큰소리여야 했지만 소리를 지르는 법을 잊은 것만 같았다. 생각해보면 어른이 된 후로는 크게 소리쳐 본 적이 없었다. 귀가, 그리고 머리가 울릴 만큼 목청껏 소리를 질러본 게 얼마만일까. 연아는 큼큼 목청을 가다듬었다. 그리고 숨을 크게 토하며 운동장을 향해 힘껏 소리를 질렀다.

"류지훈!"

연아의 목소리가 쩌렁쩌렁 운동장 반대편까지 메아리쳐 울렸다.

"꼭 이겨! 이기면 뽀뽀해줄게!"

삽시간에 수백 개의 눈동자가 연아를 향했다. 커다란 목소리 때문만은 아니었다. 그 대담한 발언에 교실에서 엎드려 자던 아이들도, 공부에 집중하던 아이들도, 운동장에서 뛰어놀던 아이들도, 경악에 찬 얼굴로 연아를 바라봤다. 오로지 운동장 한가운데 서 있던 지훈만이 커다랗게 함박웃음을 지으며 엄지손가락을 치켜들 뿐이었다.

드디어 경기가 시작되었다. 남자아이들은 날쌘 움직임으로 공을 이리저리 몰며 상대편 진영을 향해 달려갔다. 도중에 위험한 태클을 거는 아이들도 있었고 덕분에 넘어지거나 구르는 아이들도 속출했다. 그래 봐야 고작 고등학교 남자아이들의 경기라서 제대로 된 공격, 수비 전략 없이 공을 따라 우르르 몰려다니는 형국이지만 연아는 눈으로 지훈의 모습을 내내 쫓았다. 공을 뺏겼을 때나 넘어졌을 때는 안타까워하고, 지훈이 공이라도 잡으면 바짝 긴장해서 흥미진진하게 경기를 지켜봤나. 쉴 새 없이 떠다니는 남자아이들의 폭발적인 에너지가 고스란히 느껴졌다. 반면 윤새와 서정은 흥미가 떨어졌는지 '지경민 뛰어가는 폼 좀 봐라.', '똥 싼 강아지 같다.'며 키득댔다.

"근데 이연아, 너 그거 지훈이 폰 아냐?"

윤새가 연아가 손에 쥔 핸드폰을 보고 물었다.

"축구하러 간다고 잠깐 들고 있으래서."

순간 윤새의 눈이 반짝였다.

"야, 그러면 우리 뒤져볼래?"

윤새가 장난스럽게 핸드폰을 향해 손을 뻗었다.

"안 돼! 어떻게 남의 핸드폰을 마음대로 뒤져봐."

"봐도 별 상관없으니까 너한테 맡긴 거 아냐? 나, 너한테 숨기는 거 없다. 자, 봐라. 이렇게 너한테 핸드폰도 당당하게 맡긴다. 이런 뜻인 거지."

"그래도 안 돼!"

"어허, 내 말이 맞다니까. 이럴 땐 모른 척 한번 뒤져봐 줘야 그 뜻에 부합하는 거야."

연아가 버둥대봐야 소용이 없었다. 윤새는 완력으로 간단히 연아를 제압한 후, 지훈의 핸드폰을 빼앗았다.

5. 비밀번호

"이 자식 잠금 설정도 안 해놨네. 진짜 숨길 게 없나 보다. 그럼 어디 문자함 좀 뒤져볼까?"

윤새가 능청스럽게 얘기하며 지훈의 핸드폰 문자함을 클릭하자 서정과 우리도 이쪽에 더 큰 흥미를 보였다.

"아우."

세 명의 함성이 동시에 터져 나왔다.

"왜, 왜?"

연아 역시 궁금증을 참을 수 없었다.

무슨 일이길래 셋 다 저렇게 인상을 쓰지.

"문자함에 이연아 문자만 남겨놨네. 이 자식 진짜 사랑꾼이라니까. 안 그렇게 생겨가지고는."

핸드폰의 작은 네모 창에는 빽빽하게 저장된 문자 목록이 나열되어 있었다.

「7시 50분, 모아 문방구에서 봐. 늦으면 죽는다!」

「지훈아. 엉엉. 나 어떻게 해. 영어 교과서 안 갖고 왔어. ㅜㅜ」

「류지훈! 안 일어날래? 여기서 너 자는 거 다 보이거덩!」

그다지 특별한 문자들도 아니었다. 일상 속에서 자질구레하게 주고
받았던 대화들이었다. 지훈은 그런 문자들을 보관함에 가득 모아놓고
있었다.

"이름 좀 봐라. '마눌님'이라고 저장해놨다. 아우, 정말 닭살이야."

윤새는 소름이 돋는지 맨살을 쓸어내리며 몸을 부르르 떨었다.

"아, 맞다. 우리 지훈이 핸드폰 벨소리 바꿔놓을까?"

그러다 어떤 생각이 떠올랐는지 윤새가 엉뚱한 제안을 했다.

"뭘로?"

"그 개 짖는 소리 있잖아. 왈왈왈왈. 이러는 거. 류지훈 별명이 지랄
견이니니까 아주 딱이네!"

"좋아! 그걸로 바꿔놓자. 나중에 전화 와서 개 짖는 소리 들리면, 누
구 건가 하다가 자기 건 줄 알고 기겁하겠어."

배우리까지 맞장구치며 윤새의 장난에 의욕을 불어넣어 주었다. 그
런 두 사람을 한심스럽게 바라보는 연아의 머릿속으로 한 가지 생각이
스쳐 지나갔다.

2003년 11월 15일. 불이 난 체육 창고에 갇힌 자신은 창 너머 달려
가는 남자아이에게 살려달라고 애원했고, 그 아이는 자신을 내버려 둔
채 도망을 갔다. 당시 희뿌연 시야 때문에 남자아이의 얼굴을 볼 수 없
었지만 곧 울린 핸드폰 벨소리 즉, 개 짖는 벨소리 때문에 그가 지훈임

을 알 수 있었다.

그런데 정말 도망간 남자아이가 지훈이었을까? 과거와 현재를 오가는 동안 이런 의문이 연아의 마음속에 무럭무럭 자라났다.

혹시, 만약에.

연아는 윤새에게서 핸드폰을 빼앗았다.

"뭐야, 왜 그래?"

"딴 거, 우리 딴 거로 바꾸자. 개 짖는 소리 말고, 다른 소리로. 아기 목소리로 '전화 왔어요!' 하는 거 어때? 지훈이랑 되게 안 어울려서 웃길 거 같은데."

윤새는 잠시 혹한 듯했지만 이내 머리를 흔들었다.

"아냐. 그래도 지훈이한테는 개 소리가 더 어울려."

윤새는 다시 연아에게서 핸드폰을 낚아채 벨소리를 고르기 시작했다. 개 짖는 벨소리의 종류가 여러 개인지 어떤 개가 짖는 소리로 할까 다른 여자아이들과 열띤 토론까지 벌였다.

연아는 핸드폰을 도로 가져오려다 멈칫했다. 결심하지 않았는가. 과거를 함부로 바꾸지 않기로. 섣불리 행동했다가 현재가 또 어떻게 바뀔지 모른다. 애초에 지훈의 얼굴만 몰래 보고 돌아가기로 작정했으니 과거는 그대로 놔두는 게 맞는 일이었다.

"뭐야, 니네! 내 핸드폰 가지고 뭐 해? 하라는 응원은 안 하고 뒤에 모여 무슨 작당들이냐고!"

때마침 뒷문이 벌컥 열렸다. 지훈의 등장에 뒤이어 땀에 흠뻑 젖은 남자아이들이 교실 안으로 들어섰다. 점심시간 내내 축구를 한 남자아이들이 한꺼번에 우르르 몰려오자 후텁지근한 열기와 땀 냄새가 교실 안을 가득 메웠다.

"니들, 안 씻었어? 아우, 땀 냄새."

윤새가 코를 잡고 인상을 찡그렸다.

"씻긴 왜 씻어? 조금 있으면 땀 다 마를 텐데."

경민은 축축한 면티를 쭉 끌어당겨 얼굴에 묻은 물기를 닦아냈다. 여자아이들의 야유가 빗발쳤다.

"그래서 경기는 이겼어……?"

경민과 윤새가 티격태격하는 가운데 빙그레 웃고만 있던 서정이 머쓱한 듯 물었다. 여자아이들은 승패 여부조차 모르고 있었다. 경기 초반에 열렬하게 응원했던 것과는 달리 막판에는 지훈의 핸드폰을 보느라 경기를 아예 보지 못했기 때문이었다.

"당연하지! 2 대 1, 우리가 이겼다. 막판에 이 잘난 놈이 한 골 넣으셨어."

경민이 호윤을 자랑스럽게 가리키자, 막판 한 골의 주역인 호윤이 별거 아니라는 듯 어깨를 으쓱였다. 다행히 경민은 이긴 것에 우쭐하여 별다른 말은 하지 않았다.

"오늘 끝나고 다 남아! 3반 새끼들한테 딴 5만 원으로 과자 쏜다!"

"와아아아!"

경민의 말에 반 아이들은 함성을 지르며 책상을 두들겼다.

"그나저나 오늘 이겨서 최고 좋은 사람이 있긴 한데……."

우태의 말에 연아가 움찔했다.

자식들, 잊질 않는다.

우태가 음흉하게 지훈의 옆구리를 찔렀으나, 그는 불퉁한 얼굴로

'뭐?' 하는 표정만 지을 뿐이었다.

"인마, 연아가 뽀뽀해 준댔잖아."

"그걸 네가 왜 기억하냐? 남의 부부 일에. 신경 꺼, 새끼야."

"우리 앞에서 할까 봐 그런다! 공개적으로! 그러면 내 눈이 막 썩어 들어갈 것 같아서!"

우태의 피 토하는 외침에 지훈은 귀찮다는 듯 손을 휘이휘이 저으며 연아를 향해 다가왔다.

내가 미쳤지. 대체 무슨 소릴 한 거야!

만천하에 외친 말이었기에 지훈이 다가올수록 연아는 침이 바짝 마를 정도로 긴장이 되었다. 연아는 붉어진 얼굴로 다가오는 지훈의 모습을 힐끗 바라봤다.

땀에 흠뻑 젖었는데도, 물기에 젖은 머리카락이 마르며 제멋대로 뻗쳐 있는데도, 열기 오른 붉은 얼굴인데도, 넌 왜 이렇게 빛이 나는 걸까.

지훈은 여상한 걸음으로 다가와 연아에게서 자신의 핸드폰을 가져갔다. 다른 아이들이 경민의 이야기에 집중하는 틈을 타 연아의 귓가에 대고 속삭였다.

"이따 기다려. 같이 집에 가."

누가 들을세라, 빠르게 돌아선 널찍한 지훈의 등을 보며 연아의 심장이 다시 세차게 울렸다.

다음 수업은 음악이었다. 음악실이 지하에 있는 터라 반 아이들은 일찌감치 모두 교실을 빠져나갔다. 연아는 함께 이동하는 일행에게 화장실에 다녀오겠다고 한 뒤 5층으로 향했다. 계단을 오르는 발걸음이 무기있다. 누군가 발목을 붙두 것 같이 걸음이 떨어지지 않았다.

솔직히 돌아가고 싶지 않았다. 이곳의 삶이 진짜가 아니더라도, 자신의 머리가 홱 돌아 만들어낸 환상이라 할지라도, 지훈이 살아 있고 이모가 건강한 이곳에 머물고 싶었다.

가지…… 말까?

아니다. 연아는 세차게 고개를 흔들었다. 자신이 발붙이고 선 현실은 현재에 있었다. 마지막으로 지훈의 얼굴을 봤으니 이제 된 거다. 다시는 오지 않을 것이다. 연아는 가슴에 아릿한 통증을 느끼며 땅속으로 꺼져 들어가는 발걸음을 억지로 떼었다.

5층에 도착하자 일렬로 늘어선 교실이 보였다. 연아는 망설임 없이 3학년 7반 교실로 향했다. 뒷문으로 들여다보니 과연 3학년 반답게 교실은 팽팽한 긴장감 속에 휩싸여 있었다.

2분단 두 번째 줄이었는데.

그 자리는 텅 비어 있었다. 연아는 교실 전체를 눈으로 샅샅이 훑었다. 한 번, 두 번, 여러 번 반복해서 찾았다. 그러나 김정혜의 모습은 어디에도 보이지 않았다.

"오늘도 정혜 찾아?"

연아가 당황해하고 있으려니, 지난번 김정혜를 불러주었던 여자아이가 말을 건넸다.

"네, 정혜 언니가 안 보여서요."

"오늘 정혜 결석했어. 아프다고 하더라고."

입 밖으로 탄식이 새어 나왔다. 역시, 과거는 제 뜻대로 되는 게 하나도 없었다.

연아는 교실로 되돌아올 수밖에 없었다. 김정혜를 만나지 못하면 현재로 돌아갈 수 없다. 그녀를 만날 때까지 꼬박 과거에서 시간을 보내야 할 판이었다.

이를 어찌해야 하나, 섣불리 행동했다간 또 과거가 엉망으로 꼬일지도 모르는데.

어찌 됐건 지금은 최대한 별난 행동을 삼가며 몸을 숨기는 수밖에 없었다. 연아는 한숨을 내쉬며 2학년 12반 교실 문을 열었다. 교실은 텅 비어 있었고 책상마다 아이들의 소지품이 어지러이 놓여 있었다. 연아는 제 자리 책상에서 음악책을 집어 올렸다. 그때였다. 어디선가 개 짖는 벨소리가 마구 울려댔다.

류지훈, 이 자식. 학교에서는 진동으로 해놓으라 그렇게 얘기했건만 또 벨소리를 켜놓은 거야?

연아는 지훈의 책상 서랍 속에서 핸드폰을 꺼내 들었다. 그런데 지훈의 핸드폰 소리가 아니었다. 제 손아귀 속 지훈의 핸드폰은 잠잠했건만 교실 안에 개 짖는 벨소리는 계속 맹렬하게 울어대고 있었다.

지훈이 말고, 개 짖는 벨소리를 쓰는 사람이 또…… 있었어?

연아의 온몸을 타고 오슬오슬 소름이 돋았다. 머리가 얼어붙는 듯한 섬뜩한 느낌에 전신이 떨렸다. 차마, 어쩌면, 만약이라는 말을 선뜻 붙이지 못할 정도로 무시무시한 가능성이 머릿속에서 마구 튀어 올랐다.

누구야, 대체 누구야.

연아는 새파랗게 질린 얼굴로 책상들 사이를 헤집으며 벨소리를 향해 다가갔다.

도대체 어디야? 어디서 나는 거야?

갈비뼈가 아릴 정도로 쿵쿵 뛰는 심장을 내버려 둔 채 벨소리에 온 신경을 집중했다. 2, 3분단 뒷자리쯤이었다. 연아가 사색이 된 얼굴로 책상들 사이를 두리번거리고 있던 그때, 뒷문이 벌컥 열렸다.

"이연아, 수업 종 울린 지가 언젠데 여기서 뭐 해. 너네 반 음악 수업 아니야?"

다른 반으로 수업을 하러 가던 채홍식 선생이었다.

"아, 네. 그, 그게 아니……."

벨소리가 뚝 끊겼다. 채홍식 선생은 연아를 수상쩍게 바라봤다. 텅 빈 교실. 그리고 무언가를 찾는 연아의 행동. 누가 보기에도 수상한 모습이었다.

"여기 어디쯤에 떨어뜨린 것 같은데…… 아, 여기 있다."

연아는 바닥을 굴러다니는 펜 하나를 집으며 채홍식 선생을 향해 들어 보였다.

"빈 교실에서 괜히 어슬렁거리지 말고, 얼른 내려가라."

"네, 알겠습니다."

채홍식 선생은 연아가 음악책과 펜을 들고 교실을 빠져나갈 때까지 뒷문에서 꼼짝 않고 서 있었다.

골목 어귀에 짙푸른 고요가 내려앉았다. 적막한 거리에는 두 사람의 자박이는 발걸음 소리만 울려 퍼졌다. 집에 오는 길 내내 연아는 유난히 말이 없었다. 지훈이 주의를 끌어보려 연아의 머리를 살짝 헝클어

트렸다. 바람처럼 흩날리는 가벼운 손짓이었다.

"왜 그렇게 넋이 빠져 있어?"

"응? 뭐? 아, 아니야, 내가 뭘."

"오후부터 지금까지 줄곧 이상한 얼굴이잖아."

"어떤 얼굴이길래?"

"내내 이러고 있었잖아. 에…….."

지훈은 풀린 눈으로 입까지 헤, 벌리며 바보 같은 표정을 지었다.

"내가 언제 그랬다고!"

펄쩍 뛰자, 지훈은 키득거리며 연아의 머리에 손을 얹었다. 크고 묵직한 손이 온기를 품고 있었다.

연아는 옆에 선 지훈을 힐끔 올려다봤다. 누구보다 지훈을 잘 안다고 생각했다. 무식하리만큼 단순해서 속내를 알기 쉽다 생각했다. 하지만 시간 여행을 하면 할수록 지훈의 뒤에 감춰진 진실이 너무나 많았다.

"왜 그렇게 쳐다봐? 새삼 네 서방이 너무 잘생겨 보여?"

단순한, 일차원적인, 안하무인인, 자유분방한, 직설적인.

"뭐야, 왜 아무 말도 없어. 사람 무안하게시리. 왜 그렇게 눈을 똥그랗게 뜨고 쳐다보는 건데?"

솔직한, 숨김없는, 속 깊은, 신념이 확고한.

"눈알 튀어나오겠다."

18살의 난, 도대체 어떤 네 모습을 보고 있었던 걸까. 화재 사건 때 내가 봤던 남자아이가 정말 너였을까? 어쩌면, 어쩌면 말이야.

연아의 머릿속을 어지러이 휘젓던 모호한 생각이 또렷하게 윤곽을 드리내고 있었다. 아직 확신할 수는 없지만 충분히 가능성 있는 일이었다. 내내 증오하고 미워했던 14년이 휘몰아쳤다. 제멋대로 굴다 과거가 더 나쁘게 변할 수 있으니 얌전히 있자고 생각했다. 하지만 만약 화재 사건 때 살려달라고 애원했던 자신을 보고 도망친 게 지훈이 아니라면.

난 과연 제정신으로 살 수 있을까.

'알아내야 해.'

마침 현재로 돌아갈 키인 정혜마저 결석을 했으니, 달리 선택할 다른 방안도 없었다.

"하긴 너도 알지? 눈 똥그랗게 뜨면 이쁜 거."

"뭐, 뭐?"

예쁘다는 말에 연아는 정신이 퍼뜩 들었다.

"하여간 이쁘다는 말은 좋아해가지고. 내내 딴 데 정신 팔려있다가 이쁘다는 말에 반응하는 것 좀 봐."

"내가 뭘."

연아는 머쓱해져 눈길을 돌렸으나 지훈의 시선은 끈덕지게 따라붙었다.

"근데 너 오늘따라 왜 이렇게 이쁘냐."

지훈이 허리를 굽혀 눈을 마주쳐왔다. 가늘게 뜬 눈에, 입가에는 히죽이는 웃음이 걸려 있었다.

"뭐야, 갑자기 왜 그래?"

연아가 손바닥으로 지훈의 가슴을 밀쳐냈다.

아, 기름기로 얼굴이 번들거리는 건 아닐까? 묶은 머리도 삐져나와 엉망일 텐데.

"화장했어? 살이 좀 빠졌나? 아님 밤이라서 그런가?"

"놀리는 거지? 그만해!"

연아는 무안해져서 소리를 질렀다. 보나 마나 얼굴이 시뻘겋게 달아올라 있을 것이 분명했다.

"진짠데? 진짠데? 오늘 엄청 이쁜데?"

지훈은 이리저리 얼굴을 피하는 연아를 집요하게 시선으로 좇으며 짓궂게 놀려댔다. 그러다 와락 연아를 품에 안고는, 머리 위에 턱을 올리더니 좋아 죽겠다는 듯 얼굴을 비볐다.

"왜 이렇게 이쁘냐."

적막한 골목 안이 온통 심장 소리로 가득 찼다. 주홍색 가로등 불빛이 지훈의 등 뒤에서 어지러이 부서졌다. 맞닿은 가슴으로 전해지는 지훈의 심장 소리가, 조금 거칠어진 숨소리가 지훈의 마음을 고스란히 전해주고 있었다.

이런 네가 정말 날 내버려 두고 갔을까?

도무지 믿기 힘들었다. 다시 14년 전 지훈을 만나니 이토록 명확히 알 수 있는 마음을, 왜 그때는 의심했을까.

지훈이 조심스레 품 안의 연아를 떼어냈다. 연아가 고개를 들고 올려다보니 지훈의 얼굴이 한 뼘도 안 되는 거리에 있었다. 두 사람이 내뿜는 입김이 좁은 틈바구니 안에서 마구 뒤엉켰다.

어…… 이거 왠지.

심장이 뛰는 소리에 귀가 먹먹해지려는데, 갑자기 개 짖는 벨소리가 울렸다. 지훈은 산통을 깨는 소리에 인상을 찌푸리며 핸드폰을 꺼냈다가 액정 위에 뜬 이름을 본 그는 바로 종료 버튼을 눌렀다.

"하여간 눈치 없는 새끼."

"왜 누군데?"

연아가 어색한 분위기를 무마하려 대수롭지 않은 목소리로 물었다.

"강호윤 새끼. 너 데려다주고 PC방 오라고 전화한 걸 거야."

"안 가도 돼?"

"지들끼리 알아서 하겠지, 뭐. 난 너랑 여기 좀 더 있다 갈래."

지훈이 다시 분위기를 잡아보려 연아를 향해 손을 뻗는 순간, 어떤 생각이 연아의 머리를 스쳤다.

만약, 정말 만약 그렇다면.

연아는 엉겨 붙는 지훈을 밀쳐내고는 손바닥을 내밀었다. 뜬금없는 행동에 지훈이 머리를 갸웃거리자 연아가 뻗은 손을 두어 번 흔들었다.

"왜? 손잡아 달라고?"

내민 연아의 손을 보며 지훈이 엉큼하게 키득거렸다.

"아니, 핸드폰 좀 줘봐."

"핸드폰은 왜?"

물으면서도 말 잘 듣는 강아지처럼 지훈은 바지 주머니에서 핸드폰을 꺼내 연아에게 건네주었다. 연아는 설정 버튼을 클릭한 후, 알림벨 소리 화면으로 들어갔다. 이것저것 넘기다 아기 목소리로 '전화 왔어요~.'라고 외치는 알림벨을 지정하고는 확인 버튼을 눌렀다.

"뭐한 거야?"

"벨소리 바꿨어."

연아는 확인을 위해 자신의 핸드폰으로 지훈에게 전화를 걸었다. 지훈의 핸드폰에서는 "전화 왔어요~." 하는 아기 목소리의 벨소리가 울렸다.

"뭐야, 이 유치한 벨소리는. 나 이런 거 안 해."

"바꾸기만 해봐. 진짜 나 너 다시는 안 봐."

연아는 핸드폰을 지훈에게 건네며 무시무시한 얼굴로 노려봤다.

"아, 왜애!"

"너 이 벨소리 절대 바꾸면 안 돼. 알았지?"

"유치해서 싫다고."

"나랑 약속해. 절대 바꾸지 않겠다고."

"언제까지?"

"평생."

지훈은 못마땅한, 그리고 의구심이 가득한 눈초리로 연아를 쳐다봤다.

"이게 너한테 그렇게 중요해?"

"응. 정말 정말 정말 정말 저어어어엉말 중요해."

결국 과거를 또 하나 바꾸고야 말았다. 이제 현재로 돌아가 기억이 바뀌길 기다리기만 하면 된다. 바뀐 기억 속, 자신은 화재 때 어떤 벨소리를 들었을까. 만약 도망간 남자아이에게서 아기 목소리의 벨소리가 흘러나온다면 여지없이 범인은 지훈이다. 하지만 만에 하나라도 남자아이에게서 여전히 개 짖는 벨소리가 흘러나온다면, 그것은 화재 때 자신을 두고 도망간 '다른 누군가'가 있다는 말이다.

지훈처럼 개 짖는 벨소리를 썼던 아이. 그리고 텅 빈 교실에서 울려 퍼지던 핸드폰의 주인인 '어떤 남자아이'.

"알았어. 절대 안 바꿀게."

"다른 사람이 네 핸드폰 함부로 손대지 못하게 잠금 설정도 해놔."

지훈은 투덜대면서도 연아에게서 핸드폰을 받아 들고는 잠금 설정을 했다.

"비밀번호 뭘로 하지?"

"너만 알 수 있는 걸로 해야지."

"음, 그러면……."

지훈은 이리저리 고민을 하더니, 핸드폰 문자판을 꾹꾹 눌렀다.

"됐다!"

"했어?"

"응."

"뭘로 했는데?"

딱히 궁금했던 건 아니었다. 그냥, 정말 그냥 물은 것이었다.

"다른 사람이 모르게 하라며."

연아의 손길을 피하듯 지훈은 핸드폰을 머리 위로 치켜들었다. 그 모습에 연아는 슬슬 약이 오르기 시작했다.

"나한텐 알려줘도 되잖아."

연아는 까치발로 서서 핸드폰을 빼앗기 위해 제자리에서 폴짝거렸다. 하지만 키 차이는 차치하고서라도 지훈이 팔을 하늘로 쭉 뻗은 터라, 아무리 점프를 해봐도 닿을 수가 없었다.

"너 이럴 거야?"

몇 번의 시도 끝에 연아는 씩씩대며 지훈을 노려봤다. 놀리는 게 재밌는지 지훈은 능글능글하게 웃고 있었다.

"가르쳐주면 뭐 해줄 건데?"

"해주긴 뭘 해줘? 그딴 거 몰라도 그만이지."

지훈은 심통 난 연아가 귀엽다는 듯 머리를 한 번 헝클고는 핸드폰을 건넸다.

"가르쳐줄게. 대신 나도 대가를 받을 거야."

대가 운운하는 지훈의 눈빛이 반짝였지만, 건네받은 핸드폰에 코를 박고 있던 연아가 알아챌 리 없었다.

"알았어. 빨리 얘기나 해."

"음. 너랑 나랑 관련된 아주 중요한 날이야."

"그럼 뭐 보나 마나 뻔하지."

처음 만난 날. 0303.

삑. 아니었다.

지훈은 그 모습을 보며 크하하하, 웃음을 터뜨렸다.

아니야? 그러면.

"내 생일? 1112."

삑. 이번에도 아니었다. 연아가 노려보자, 지훈의 얼굴이 더 짓궂어졌다. 연아는 슬슬 오기가 생겼다.

"뭐야, 이것도 아니야? 그럼 처음 사귄 날이겠지, 뭐. 0420."

삑. 이번에도 아니었다.

지훈이 생일? 0810. 삑.

"땡! 4번 다 틀렸어. 이리 내."

지훈은 히죽거리며 연아에게서 핸드폰을 낚아챘다.

"아, 진짜 뭔데! 다 아니면 무슨 날이 너한테 중요한 건데!"

"열심히 머리 굴려봐. 알아맞히면 상 줄게."

"됐어."

"진짠데?"

"무슨 상?"

연아가 무심코 고개를 돌렸을 때였다. 지훈의 커다랗고 따뜻한 손이 연아의 얼굴을 붙들었다. 눈앞에 그림자가 지더니 삽시간에 지훈의 얼굴이 가까워졌다. 입술 위로 부드러운 것이 말캉하고 닿았다.

살짝 벌어진 입술 사이로 밭은 숨소리가, 입김이, 열기가 뒤엉켰다. 심장 소리가 전신을 타고 머리까지 둔중하게 울려 퍼졌다. 연아는 완전히 얼어붙어 버렸다. 양팔을 어찌할 바 몰라 어정쩡하게 벌려놓은 채로 숨을 멈추고 서 있었다.

한참 만에 지훈이 입술을 뗐다. 화끈하게 열이 오른 연아와 달리 멀어지는 지훈의 얼굴에는 머쓱함 따윈 하나도 찾아볼 수 없었다.

"이런 상."

"너, 너…… 너! 주, 죽을래!"

지훈의 싱긋 웃는 얼굴을 보니 그제야 정신이 들었다. 연아가 빨개진 얼굴로 주먹을 들자, 지훈은 히죽 웃으며 골목길을 냅다 달렸다.

"오늘 축구 경기 이기면 뽀뽀해주겠담서!"

"야! 뽀뽀라고 했잖아, 뽀뽀! 이건……."

"이건 뭐?"

차마, 입 밖으로 소리 내어 말할 수가 없었다.

"하여간 너 죽었어!"

발걸음이 느려졌다 빨라지고 쫓아가고 도망가며 두 사람은 좁은 골목길을 뱅글뱅글 돌았다. 웃음소리인지 고함소리인지 정체를 알 수 없는 소리가 시원한 밤공기 속에 마구 뒤섞였다.

세상에 단 둘뿐이었다.

주홍빛 가로등 불빛이 스포트라이트처럼 쏟아지는 골목길. 그 무대에서 우리는 주인공이었다.

아, 어떻게 잊을 수 있을까. 우리가 첫 키스 했던 날을.

지훈의 핸드폰 비밀번호였다.

0915.

6. 그녀를 찾아서

"최자현. 요즘 얼굴 보기 힘드네. 허구한 날 교무실 드나들더니."

등굣길 학교 정문에서 자현과 마주친 채홍식 선생이 장난스럽게 말을 걸었다. 자현은 굳은 얼굴로 묵례를 하곤 그의 곁을 빠르게 지나쳤다.

"저게 저게. 야, 넌 선생님 말에 대답도 안 하고."

채홍식 선생이 내지르는 소리가 들렸지만 자현은 주먹을 꽉 쥐고 뛰어갈 뿐이었다. 다정이 연아에게 원조 교제 누명을 씌운 범인이라는 사실이 밝혀진 후 '앨리스'의 존재가 수면 위로 떠오르자 자현은 의도적으로 채홍식 선생을 피하기 시작했다.

"그럼 애초에 강남역 지하 창고, 밴드 연습실이랬나? 하여간 거기에서 옷을 갈아입은 앨리스란 애는 누구란 겁니까?"

자현이 우연히 교무실에 들른 날, 담임인 학생 주임 대독은 선생들

105

을 모아놓고 이렇게 물었다.

"임아랑 선생, 엉? 채홍식 선생, 누군지 몰라요? 학생이 공부는 안 하고 몰래 밴드라니, 당장 누군지 찾아내세요."

채홍식 선생은 아무 말 하지 않았지만 얼굴에 곤란한 기색이 가득했다. 자현이 만약 밴드를 하는 진짜 앨리스라는 게 밝혀지면, 후배인 밴드 리더에게 자현을 소개시켜준 채홍식 선생의 입장이 난처해질 게 뻔했다. 자현은 다음 날 즉시 밴드를 그만두었다. 싸이월드에 도배해놓았던 좋아하는 밴드 사진들도 몽땅 내렸다. 음악 시간에는 노래를 따라 부르지 않고 입만 뻐끔뻐끔 벌리다 혼나기도 했다. 그 좋아하던 노래방도 발길을 끊었다. 그러고도 안심이 되지 않아 자현은 이렇듯 그를 피해 다니고 있었다.

자현은 걸음을 멈추고 힐끔 뒤를 돌아봤다. 채홍식 선생은 정문 근처에 서서 등교하던 여자아이 두 명을 혼내고 있었다. 심각한 분위기는 아닌지라 여자아이들은 발갛게 달아오른 얼굴로 그에게 말대꾸를 하고 있었다. 늘 하던 대로 막대기로 여자아이들의 머리를 콩콩 때리는 모습이 장난스럽게 보이기도 했다. 자현은 멀찌감치 그 모습을 바라보며 입술을 깨물었다.

선생님은 꼭 자신이 아니어도 되는 거다. 자신은 선생님을 추종하는 여학생 중 한 명에 불과한 거다. 하나도 특별하지 않은 존재. 풋내 나는 어린애. 조금 속 썩이는 제자.

스스로 단정 짓고 나니 자현은 마음이 착잡하게 가라앉았다. 한 걸음 떨어지서 보니 인정할 수밖에 없었다.

"넌 열 받지도 않아?"

그때 어디선가 연아가 앞을 가로막으며 나타났다. 그녀의 시선은 채홍식 선생과 시시덕거리고 있는 여자아이 두 명에게 고정되어 있었다. 화가 난 듯 연아의 눈초리가 매서웠다.

자현은 선생님과 잘되도록 도와주겠다고 주절대던 연아를 떠올리며, 차갑게 지나쳤다. 이상하게 불편했다. 속마음을 꿰뚫어 보는 것 같은 시선도, 주제넘은 참견도. 또 가끔씩 연아는 세상을 다 통달한 것 같은 표정을 짓곤 했는데 그 때문에 묘한 위화감이 느껴지기도 했다.

"이대로 포기할 거야? 그렇게 간단하게 접을 수 있는 마음이었어?"

자현은 울컥했다.

간단하게 포기하다니? 내가 얼마나 이를 악물고 버티고 있는데. 누군가를 위해서 좋아하는 마음을 감춰야 하는 아픔도 모르는 주제에.

별 어려움 없이 소꿉장난 같은 연애를 하는 인간 따위가 함부로 주절댈 소리가 아니었다. 하지만 자현은 연아 앞에서 이러한 속내를 굳이 꺼내지 않았다. 그녀 또한 이런 마음이 자격지심이라는 걸 알고 있었다. 자현은 모래 알갱이를 집어삼킨 듯 까슬까슬한 목구멍으로 겨우 말을 내뱉었다.

"난 이미 마음 접었어. 이젠 선생님한테 아무 감정 없어. 그냥, 선생님이니까. 한때 멋있어 보여서 좀 좋아했던 것뿐이야. 그러니까 너도 절대 아무한테도 소문……."

"한때 감정? 포기했다고? 아닌 거 알아. 근데 왜 그렇게 절절하게 바라보는 건데? 포기하지 마. 짝사랑을 진짜 이루는 사람도 있어. 내가 아는 사람 중에 선생님이랑 결혼한 사람도 있으니까."

자현의 얼굴 근육이 미묘하게 움찔거렸다.

"관심 없어."

연아는 자현의 반응 따윈 신경 쓰지 않고 계속 말을 이어갔다.

"감사할 일이 있었대. 물론 감사의 마음뿐만은 아니었겠지만. 그래서 고등학교 졸업하고 꾸준하게 찾아갔대. 스승의 날이나, 선생님 생일 때. 그러다가 딱 한 번 다른 날 찾아갔더니 선생님이 묻더라는 거야."

안 듣는 척, 관심 없는 척했지만 자현은 귀가 솔깃해졌다.

"오늘은 스승의 날도 아니고, 자기 생일도 아닌데 왜 찾아왔냐고."

"……."

"그래서 그 제자가 대답했대. 오늘은 자기 생일이라고. 생일인데 남자 친구도 없고 외로워서 선생님 찾아왔다고. 같이 저녁 좀 먹어달라고."

"그래서?"

"그래서는 뭐가 그래서야. 저녁 먹고 연애하고 결혼하고 애도 둘이나 낳았지. 그러니까 당장 오늘내일 결판 지으려 하지 마. 넌 아직 오래 안 살아봐서 모르겠지만, 인생 참 길다. 길게, 아주 길게 봐야 해. 당장 해결 안 된다고 조바심낼 거 없어. 길게 보고 가는 게 중요해. 중간에 업앤다운이야 있겠지만 길~게 보고 가는 게 중요하다, 너."

"길게?"

"그럼. 어차피 네 목표는 선생님하고 결혼하는 거잖아. 20살에 하든, 32살에 하든 뭐가 중요해? 하면 되는 거지. 그러니까 18살에 실패했다고 좌절하지 말고 32살까지 쭈욱 노력해. 알겠지?"

연아는 자현의 어깨에 손을 올린 채 고개를 끄덕이며 대답을 구하기끼지 했다.

'길게 보라고?'

다 아는, 별거 아닌 충고였지만 왠지 모르게 그 말이 가슴에 콕 박혔다. 이상한 예감이 들었다. 이 말이 오래도록 제 가슴속에 남을 것 같은 예감이었다.

"그럼 나 간다. 알겠지? 길~게, 기일~게 보라고!"

연아는 자현에게서 멀어지며 재차 당부의 말을 외쳤다.

자현과 헤어진 연아는 본관 건물로 향하는 언덕길을 재빠르게 올랐다. 길게 보라는 한마디. 자현에게 한 그 조언이 앞으로 그녀의 인생에 어떤 영향을 끼칠지는 모르는 일이다. 하지만 연아는 자신이 한 한마디가 자현의 가슴에 오래도록 남았으면 싶었다. 이 역시 과거를 바꾸는 일에 해당하는지 모르겠지만 연아는 그 조언 때문에 자현과 채홍식 선생이 더 행복해지길 간절히 바랐다.

그나저나 등교했으려나?

7시 55분. 곧 0교시 자습 시간이 시작된다. 고3들은 이미 이른 등교를 마쳤을 것이다.

김정혜. 오늘은 등교했겠지? 설마 오늘도 결석했을까?

연아는 어서 빨리 김정혜를 만나고 싶었다. 바뀐 기억 속 자신은 어떤 핸드폰 소리를 기억하고 있을지 알고 싶어 조바심이 났다. 연아는 빠른 걸음으로 학교 건물 안으로 들어갔다. 5층까지 뛰어올라 7반 뒷문에 서서 정혜의 자리를 향해 다급한 시선을 던졌다. 그러나 오늘도 정혜의 자리는 텅 비어 있었다.

"김정혜 선배, 오늘도 안 나왔어요?"

연아는 뒷문 가까이 앉아 있는 여자아이에게 물었다.

"응. 오늘도 결석이라는데."

'아니, 대체 왜!'

연아는 찜찜한 마음을 가누지 못하며 발길을 돌렸다. 애써 화재 때 도망간 남자아이에 대한 단서를 장치해 놓았건만 현재로 돌아갈 수가 없었다.

이러다 못 돌아가는 거 아니야?

연아는 구시렁대며 계단을 터덜터덜 내려갔다. 그런데 불현듯 이상한 생각이 떠올랐다.

나, 왜 한 번도 의심해보지 않은 거지?

그동안 원조 교제 소문의 범인과 지훈에게 정신이 팔려 미처 생각하지 못한 부분이었다. 왜 하필 김정혜일까.

김정혜를 만나는 순간 과거에서 현재로 돌아간다. 막연하게나마 김정혜가 시간 여행과 관련이 있는 인물일 거라 생각은 했지만, 왜 하필 김정혜인지에 대해 깊이 생각해 본 적은 없었다. 또한 시간 여행에 대해서도 마찬가지였다. 지금까지 총 다섯 번 과거에 왔다. 3월, 4월, 5월, 7월 그리고 9월. 시간을 역행하진 않았지만, 거의 한 달에 한 번꼴로 온 셈이다. 이상한 건 도착한 시점이었다. 특별히 중요한 날짜도 아니었다. 심지어 원하는 날짜에 오게 되는 것도, 간격이 일정한 것도 아니었다. 그저 과거의 어디쯤에 뚝 떨어졌다.

대체 무슨 규칙이 있는 거지?

한 달에 한 번이라는 규칙도 아니었다. 시간의 간격은 미묘하게 매번 달랐다. 머문 시간도 달랐다. 오로지 한 가지 규칙만이 일정했다. 김정혜를 만나면 현재로 돌아간다는 것.

지난번 현재로 소환되기 직전 김정혜를 만났던 순간이 떠올랐다. 당시 하얗게 부서지는 빛 속에서 김정혜는 이렇게 외쳤다.

"너 진짜 누구야? 왜 자꾸 방해하는 건데!"

뭘 방해한다는 걸까? 그리고 김정혜는 대체 왜 그런 말을 한 것일까? 설마 어제오늘 결석을 한 것도 다 자신을 피하기 위해서는 아니었을까? 아니 뭣보다 김정혜는 누구일까? 왜 김정혜를 만나면 현재로 돌아가는 걸까?

연아는 깊은 생각에 빠진 채 교실 뒷문을 열었다.

아, 아슬아슬하게 도착했다.

연아가 자리에 앉자마자 앞문을 열고 채홍식 선생이 들어온 것이다. 채홍식 선생이 앞문을 열자마자 떠들던 아이들이 순간 이동이라도 한 듯 번개 같은 속도로 착석했다.

"반장, 인사 안 하나."

교탁을 내리치는 몽둥이 소리에 모두 마실 떠났던 정신이 번쩍 돌아왔다.

"아. 네, 네…… . 차렷, 경례."

"안녕하세요."

모두들 얼결에 인사를 하기는 했지만 왜 대독 대신 채홍식 선생이 조례 시간에 들어온 건지 궁금한 얼굴들이었다.

"니들 담임 선생님께서 아프시다."

대독이? 아이들의 얼굴에 경악의 빛이 스쳤다. 근 20여 년간 결근 및 조퇴는커녕 지각 한 번 한 적 없다는 전설의 대독이 아프다니. 어디 조류독감이라도 유행하는 것인가.

"니들이 얼마나 속을 썩였으면 몇십 년 만에 결근을 하시겠냐. 따라서."

채홍식 선생은 교탁 위에 두 팔을 벌려 상체를 지탱한 채 무서운 눈초리로 반을 훑었다.

"12반은 앞으로 당분간 내가 맡기로 했다."

아이들의 얼굴이 경악으로 물들었다. 곳곳에서 대독의 신속한 쾌차를 기원하는 기원제라도 벌릴 판이었다.

"일단, 반장 나와 봐라."

채홍식 선생은 호윤에게 둘둘 만 회색 재생 종이 뭉치를 건넸다.

"돌려. 희망 학과하고 장래 희망 쓰는 거다. 1교시 전까지 걷어 와."

호윤은 종이 뭉치를 네 등분으로 나누어 각 분단별 가장 앞자리 아이들에게 나누어주었다. 연아는 앞자리 아이가 건네는 종이를 무감하게 받아 들었다. 종이 위에는 학년, 반, 번호, 이름을 적는 인적 사항란이 있었고, 아래에는 희망 대학과 학과, 장래 희망을 적는 칸이 있었다.

나는 이맘때쯤 뭐가 되고 싶었더라.

"학년, 반, 번호, 이름, 정확히 하나도 빠짐없이 쓰고. 희망 대학은 건너뛰고 희망 학과만 쓴다. 그리고 장래 희망에는 뭐가 되고 싶은지 쓰먼 돼."

"뭐가 되고 싶은지요? 아무거나 써도 상관없어요?"

"상관없다. 대신."

채홍식 선생이 서늘한 눈초리로 반을 훑었다.

"장난치는 새끼들 있으면 죽는다. 슈퍼맨, 배트맨, 스파이더맨. 맨 시리즈 다 뺀다. 대통령, 재벌, 이딴 거 쓰는 새끼들, 오늘 자로 고이 그 꿈 접을 수 있게 허리도 반으로 접어주마."

경민은 실제 저 중 하나를 쓰려 했는지 잽싸게 펜을 내려놓았다.

"그리고 가장 중요한 거. 장래 희망이 고작 직업이냐? 칸 넓지? 갖고 싶은 직업 줄줄이 나열하라고 넓혀놓은 칸 아니다. 직업 앞에 '어떤'을 꼭 붙이도록 해라."

아이들이 웅성거렸다. 채홍식 선생의 말이 선뜻 이해되지 않은 까닭이었다.

"의사면 어떤 의사인지, 경찰이면 어떤 경찰인지를 쓰란 말이다. 이 대갈빡 안 굴러가는 녀석들아. 그리고 옆 사람 거 베낀 놈들은."

채홍식 선생이 다시 무서운 눈빛으로 아이들을 훑었다.

"처맞는다. 알겠나?"

그러고는 몇 가지 당부 사항을 일러준 뒤 교실을 빠져나갔다.

그는 무섭고 엄한 선생이지만 좋은 선생이기도 했다. 생각해보니, 고등학교 시절 아이들은 채홍식 선생을 무서워했지 싫어하지 않았다. 공정하고 타당한 이유로 아이들을 혼냈으며 차별하지도 않았다. 그가 아이들에게 내세운 규율은 집단생활 속에서 공공의 안전과 편의를 위해 반드시 지켜야 하는 최소한의 것들이었다.

지금도 마찬가지였다. 다른 반 선생들은 진로 희망서에 희망 학교와 학과, 직업만을 적게 했을 것이다. 하지만 그는 아이들에게 어떤 사람이 되고 싶은지를 적으라고 했다. 왜 그 직업을 갖고 싶은지. 어떤 사람이 되고 싶은지. 아이들에게 미래에 대해 고민할 기회를 주었다. 그제야 연아는 자현의 마음을 어느 정도 이해할 수 있을 것 같았다.

연아는 3분단 끝줄에 앉아 있는 자현을 힐끔 바라봤다.

자현은 과연 뭐라고 적을까? 채홍식 선생이 볼 게 분명한 진로 희망서에. 아니 그 전에 제 자신이 뭘 적어야 할지 알 수가 없었다. 장래에 무슨 직업을 갖게 될지는 이미 알고 있었다.

은행원.

그런데 채홍식 선생은 어떤 은행원이 되고 싶은지를 적어 넣으라고 했다. 과연 어떤 은행원이 되고 싶은 것일까. 연아는 샤프로 책상 위를 톡톡 치며 유독 크게 보이는 빈칸을 바라만 봤다. 옆자리에서는 재욱이 심각한 얼굴로 진로 희망서를 채워나가고 있었다. 재욱은 꿈이 명확한가보다 싶어 연아는 그의 진로 희망서를 힐끔 훔쳐봤다.

「희망 학과 : 고려대 법학과

장래 희망 : 검사」

단 두 줄이면 충분할 텐데 재욱은 꽤나 상세하게 자신의 플랜을 적는 중이었다. 그러다 번뜩 채홍식 선생이 한 말이 생각났는지 '검사'에다가 두 줄을 죽죽 긋고는 다시 쓰기 시작했다.

「장래 희망 : 나쁜 새끼들 다 두들겨 패서 감옥에 처잡아넣는 검사」

종이 위에서 샤프를 거칠게 휘갈기는 재욱의 얼굴이 섬뜩하리만큼 낯설었다. 부릅뜬 두 눈은 충혈되어 있었고 굳게 다문 입술은 바르르 떨렸다.

책상에 코를 박고 공부만 하는 조용한 아이인데, 진로 희망서를 쓰는데 왜 저렇게 화가 난 걸까.

재욱은 연아의 시선을 느꼈는지 머쓱한 표정을 짓고는 지우개로 자신이 쓴 장래 희망을 박박 지웠다.

"그냥 장난삼아 쓴 거야."

그의 목소리가 조금 떨렸다.

"그래. 너 법대 가고 싶어 하는구나."

근 몇 달간 짝이었는데도 연아는 이 아이가 어느 학과를 희망하는지조차 몰랐다. 조금 미안한 마음이 들었다.

"넌 공부 잘하니까 갈 수 있을 거야."

"그래 봤자 강호윤한테 밀리고 맨날 2등인데 뭘."

"그게 뭐 중요해. 너, 늘 문과 전교 5등 안에 들잖아. 꼭 법대 갈 수 있을 거야. 걱정 마. 이건 확실해."

난 미래에서 왔거든.

"다 쓴 사람은 진로 희망서 교탁 위에 올려놔."

반장인 호윤의 말에 아이들은 하나둘씩 교탁 위에 진로 희망서를 올려놓았고, 연아는 제일 마지막으로 자신의 것을 제출했다.

"연아야. 영어 노트 걷은 것도 같이 교무실에 가져가야 하는데 좀 도와주라."

호윤이 진로 희망서 뭉치를 세워 밑바닥을 고르게 친 뒤 건네자, 연아는 가슴 가득 종이를 받아 안고서 그의 뒤를 따랐다. 연아가 호윤을 따라 교무실이 있는 1층 복도에 막 내려온 참이었다. 중앙 현관으로 들어온 누군가가 둘을 스쳐 가며 1층 계단을 조급하게 뛰어올랐다. 무심코 쳐다본 연아의 눈에, 여자아이의 뒷모습이 보였다.

김정혜다.

"연아야! 어디 가는 거야?"

연아는 들고 있던 진로 희망서를 호윤에게 떠넘긴 채 뒤를 쫓았다.

김정혜, 김정혜가 분명했다. 이틀이나 결석하더니 더 이상 학교를 빠질 수 없었는지 오늘은 등교한 것이다. 그동안 자신을 피한 것일지도 모른다. 오늘 역시 자신을 피하기 위해 이렇게 늦은 시간대에 등교한 것인지도.

연아는 김정혜를 놓칠 수 없었다. 시간 여행의 규칙을 모르는 연아에게 현재로 돌아갈 수 있는 유일한 키는 김정혜뿐이었다. 계단 두세 개를 한꺼번에 오르느라 턱 끝까지 숨이 차올랐다. 모퉁이를 도는 김정혜의 뒷모습이 보이자, 연아는 손을 뻗어 그녀의 어깨를 잡았다. 여지없이 새하얀 빛이 두 사람 사이를 가르며 내리쬐었다.

"너 진짜 누구야? 누군데 자꾸 끼어드는 거야?"

강렬한 빛에 시야가 완벽하게 차단된 순간, 김정혜가 소리를 질렀다. 연아는 그녀의 얼굴만이라도 확인하고 싶어 안간힘을 썼으나 덮인 눈꺼풀 위로 쏟아지는 빛줄기에 실눈조차 뜰 수 없었다.

하얀빛이 점멸하며 사라지자 눈앞에 어둠이 고인 학교가 웅크린 모습을 드러냈다. 머리가 어질어질하고 다리가 휘청였다. 속이 울렁이면서 역한 기운이 올라왔다. 시간 여행을 할수록 돌아오는 순간이 점점 힘들어지고 있었다. 가까스로 정신을 차린 연아는 후들거리는 걸음으로 학교를 빠져나왔다.

아직 무엇이 변했는지 모른다. 이제껏 바뀐 현재와 대면하는 순간, 자신의 기억 또한 바뀌었다. 그러면 이번에는 어떻게 알 수 있을까? 화재 사건 때 들었던 벨소리가 바뀌었는지, 바뀌지 않았는지를.

연아는 핸드폰을 꺼내 들었다. 심장이 북 치듯 둥둥 울렸다. 가슴 한편에서 기대감이 뭉실뭉실 부풀어 올랐다. 하지만 여전히 마음 한구석에는, 체육 창고에 갇힌 자신을 보고 도망간 남자아이가 지훈이었으면 하는 바람이 남아있었다. 그를 미워하고 증오했던 시간들. 그 세월이 통째로 부정당한다면 앞으로 어떻게 살아야 할지 막막했기 때문이었다.

그 14년 동안 널 증오하는 마음으로 네가 없는 현실을 지탱하며 살아왔는데, 만약 내가 틀린 거라면. 난 앞으로 네가 없는 현실을 무엇으로 버텨야 하는 걸까.

연아는 손에 쥔 핸드폰을 바라봤다. 밤 12시. 윤새는 무음으로 해놓고 자고 있을 것이다. 하루 종일 아기를 돌보다 잠이 든 서정을 깨울 수도 없다. 저번에는 밤낮이 바뀐 호윤에게 전화를 걸었으나, 이제 그는 친구가 아니다. 연아는 핸드폰을 주머니에 도로 넣고 택시를 잡아 탔다. 집에서 고등학교 시절의 물건이라도 뒤져볼 심산이었다.

집에 도착한 연아는 베란다로 들어서다 그대로 얼어붙고 말았다. 가장 구석, 위에서 두 번째에 있던 박스. 오랫동안 꺼내 보지 않아 비바람에 삭아버린 너덜너덜한 누런색 상자. 그것이 보이지 않았다. 대신 하얀 구름이 프린트되어 있는 하늘색 상자 하나가 그 자리에 놓여 있었다. 2003년 당시에는 제법 비싼 가격이었을 게 분명한 상자는 아주 깨끗하게 보관되어 있었다.

연아는 떨리는 손으로 상자를 들고 거실로 나왔다. 상자 안에는 일기장과 노트, 편지, 지훈이 선물했던 목걸이, 반지, 작은 인형들이 가지런히 정리되어 있었다. 연아의 눈가가 서서히 붉어졌다. 가슴 한편에서 감정이 드글드글 끓어올랐다.

서서히 뒤바뀐 기억들이 몰려왔다.

2003년 10월. 연아와 호윤의 소문이 학교 전체에 파다하게 퍼졌다. 이성을 잃은 지훈은 불같이 화를 냈고, 가장 친한 친구였던 호윤과 난투라고 불릴 만큼 큰 싸움을 벌였다. 아무리 오해라고 해명해도 두 사람의 데이트 장면을 직접 목격하고, 연아의 거짓말에 상처 입은 지훈의 귀엔 아무것도 들리지 않았다. 그렇게 세 사람은 각각 멀어졌다. 지훈과 호윤은 절교를 했고, 연아와 호윤도 당연히 말 한마디 하지 않는 사이가 됐다. 연아는 남자친구의 절친과 바람을 피운 천하의 나쁜 년으로 낙인찍혀 왕따가 되었다. 윤새와 서정, 배우리가 곁에 있었지만 이들을 제외한 모든 아이들이 적대적으로 돌변했다.

"나랑 얘기 좀 해."

"좋은 말로 할 때 놔라."

"싫어! 제발 내 얘기 좀 들어줘. 호윤이와 나는……."

"닥쳐! 그 입에서 한 번만 더 강호윤 이름 나왔다가는, 나도 내가 무슨 일을 할지 장담 못 하거든? 그러니까 이연아, 좋은 말로 할 때 내 눈앞에 띄지 마라. 너, 나 알아서 피해 다녀. 험한 꼴 안 당하고 싶으면. 나…… 아씨, 진짜! 아우, 나 진짜 간신히 참고 있거든?"

소각장에서 만난 지훈에게 이야기 좀 들어달라 사정도 해봤지만, 연아가 말을 붙이려고만 하면 지훈은 이성을 잃고 날뛰었다.

11월 15일 토요일. 혼자 체육 창고를 청소하다 그 안에 갇힌 연아는, 자신에게 못된 짓을 하려던 진승환 일행에게 반항하다 의자 모서리에 뒤통수를 부딪치고 기절했다. 겨우 정신을 차려보니 체육 창고 구석에 방치된 포대 자루에서 시뻘건 불길이 치솟고 있었다. 후다닥 문으로 달려가 손잡이를 잡아당겨 봤지만 열리지 않았다. 반대편 체육관으로 향하는 문도 마찬가지였다.

"살려주세요! 여기 사람 있어요! 누구 없어요? 불났다고요! 사람이 갇혀 있어요!"

손잡이를 힘껏 잡아당기고 문을 두들기며 소리를 질러봤지만 돌아오는 대답은 없었다. 연아는 부들부들 떨리는 다리를 겨우 가누며 창문으로 향했다. 여기라면, 바깥에 누가 있다면, 제 목소리를 들을 수 있을 거라 생각했다. 쇠창살을 붙잡고 고개를 최대한 내민 연아는 고래고래 소리를 질렀다.

"누구 없어요? 제발 살려주세요!"

따가운 연기와 공포심에 눈물이 앞을 가렸다. 흐릿한 시야로 공터 너머 본관 건물의 기둥이가 보였지만 사람의 흔적은 찾을 수 없었다.

"살려……. 켁켁. 살려주세요!"

연아가 절망에 빠진 그때였다. 연기와 눈물로 시야가 뒤덮인 가운데 휙 지나가는 사람의 형체가 포착됐다.

"저기요! 저기요! 여기 사람 있어요! 불났어요! 살려주세요!"

연아는 그 형체를 향해 정신없이 소리쳤다. 쇠창살 너머로 손까지 뻗어 가며 필사적으로 제 존재를 상대에게 알렸다. 눈앞은 여전히 흐릿했지만 교복을 입은 남자아이 같았다. 남자아이는 연아의 소리를 들었는지 잠시 가던 걸음을 주춤했다. 두리번 창문을 바라보며 몇 초간 망설이더니 곧 몸을 돌렸다.

"콜록. 저기요! 켁……. 가지 말아요! 불났다니까요! 살려줘요!"

목이 터져라 외쳐봤지만 남자아이의 뒷모습은 점차 멀어졌다. 그때였다. 남자아이의 핸드폰 벨소리가 요란하게 울렸다. 개 짖는 벨소리였다. 남자아이는 벨소리에 당황하여 황급히 핸드폰을 끄곤 빠르게 멀어져갔다. 연아는 쇠창살을 주먹과 이마로 쾅쾅 내리찧었다. 찢어진 손과 까진 이마에서 피가 배어 나와도 아픈 줄 몰랐다. 저 남자아이가 누구건 반드시 불러 세워야 했다.

"켁, 콜록. 제, 제발! 제발…… 가지 마! 다시…… 돌아와!"

목이 터져라 악다구니를 써댔다. 그사이 거센 불길이 창고 안을 태우며 검은 연기를 내뿜었다. 들이마신 연기에 점점 정신이 혼미해졌다.

나 이대로 죽는 걸까. 개자식. 날 보고도 그냥 간 개자식. 죽으면 누군지 알아내서 반드시 복수할 거다.

지훈아, 지훈아. 제발…… 제발 살려줘.

가물거리며 의식이 점차 멀어졌다. 새까만 회오리 속으로 의식이 빨려 늘어가는 도중, 희미하게 개 짖는 벨소리가 한 번 더 들려왔다.

화재 사건 열흘 뒤, 연아는 병원에서 눈을 떴다.

의사는 연기를 더 마셨더라면 죽었을 거라며, 절대안정 하라고 신신 당부했다. 그래서 연아는 깨어나고도 한참 후에야 지훈이 죽었다는 소식을 들을 수 있었다. 연아의 상태를 염려한 미화와 윤새가 당분간은 입을 다물기로 했기 때문이었다.

겨우 운신할 수 있게 된 어느 날, 경찰이 찾아왔다. 경찰은 연아에게 여러 가지 질문을 했고, 연아는 아무것도 기억나지 않는다고 일관되게 진술했다. 진승환 일행에게 당할 뻔한 치부를 드러내고 싶지 않았다.

"정말 아무것도 기억나지 않는 건가요."

"전혀요. 완전히 정신을 잃었기 때문에 아무것도 기억이 안 나요."

형사들은 서로를 마주 보며 눈짓을 주고받은 뒤 자리에서 일어났다.

"네, 알겠습니다. 그럼 몸조리 잘하시고요."

"저, 형사님. 여쭤볼 게 있는데요."

형사들이 병실을 나서기 전 연아가 그들을 불러 세웠다. 연아는 정신을 잃은 자신이 어떻게 체육관 쪽 문으로 빠져나왔는지 궁금했다. 윤새는 정신을 잃은 상황에서 필사적으로 기어 나왔을 거라 했지만 말도 안 되는 이야기였다.

"제가 어떻게 체육관 쪽 문으로 빠져나온 건지 해서요."

연아의 질문에 형사들은 의아해하더니 곤란한 얼굴로 뒷머리를 긁적였다.

"그…… 류지훈 학생이 도와준 걸로 추측합니다."

지훈이 도와준 건가? 아니, 자신이 체육 창고에 있는 줄 어떻게 알고? 게다가 추측이라니. 도와준 거면 도와준 거지. 도와준 걸로 추측한다는 말은 이상했다.

"추측이라니요?"

"정황상 그렇다는 말입니다. 본인이…… 사망했으니까요."

본인이 사망했다는 말이 무슨 뜻인지 금방 이해되지 않았다. '사망'이라는 말이 의미를 잃고 머릿속을 맴돌았다. 뜻이 이해되자마자 연아는 그대로 정신을 잃었다. 깨어나고 혼절하고, 깨어나고 혼절하기를 반복했다. 몇 날 며칠을 통곡하며 보냈다. 울다 지쳐 쓰러졌고, 먹은 것을 몽땅 토해냈다. 링겔을 맞으며 한동안 시체처럼 누워 있기만 했다. 연아는 웃음을 잃고, 말을 잃고, 표정을 잃고.

마음을 잃어갔다.

이후, 경찰이 몇 번 더 병실을 찾아왔지만 사건은 얼마 후 유야무야 마무리됐다. 연아는 12월의 어느 날, 학교에 자퇴서를 제출했고 집 안에 틀어박혀 몇 개월을 보냈다. 그다음 해가 되어서야 검정고시를 보고자 마음먹었고, 수능에 한 번 실패하고 나서야 중위권 대학에 입학할 수 있었다. 연아는 계속 그 사건에 사로잡혀 살았다. 지훈을 놓아주지 못한 채. 그렇게 14년이 흘렀다.

연아는 하늘색 상자 앞에서 망연한 얼굴로 눈물을 떨궜다.

네가 아니었다. 벨소리에, 너에 대한 원망과 미움에 사로잡혀 냉정하게 생각하지 못했다. 매캐한 연기 때문에, 줄줄 흘러내리는 눈물이 시야를 가로막아, 사실은 그 남자아이의 얼굴을 제대로 보지 못했는데 너라고 생각했다. 네가 날 배신하고 내버려 두고 간 것이라 생각해야, 네가 죽어버린 현실을 증오하는 마음 하나로 버틸 수 있었다.

"지훈아⋯⋯."

연아는 다리에 힘이 풀려 주저앉고 말았다. 엉금엉금 하늘색 박스로 기어가 일기장이며, 편지며, 지훈이 남긴 선물들을 끌어안았다. 어느새 진한 그리움이 눈물 되어 정신없이 녹아 흘렀다.

"으, 으헝. 윽. 흑⋯⋯. 으어어어어엉."

14년 전 병원에서 그렇게 목 놓아 운 이후 꾹꾹 참아 눌러놓았던 슬픔이었다. 한번 떠올리면 감당하지 못할 것 같아 일부러 외면해온 기억이었다.

난 살아야 했기에, 네 환한 미소도, 개구진 웃음소리도, 내 머리를 늘상 엉망으로 만들어놓았던 커다란 손도, 눈부시게 빛나던 너의 모습도, 모두 다 잊고 살려 했다.

미안해. 지훈아, 미안해.

그동안 잊으려고만 해서 미안해.

조금만 기다려. 이젠 내가 널 구하러 갈게.

연아는 6년 만에 처음으로 연차라는 걸 냈다. 예전에는 열이 40도까지 올라도 링거를 맞고 출근했었다. 은행에서도 믿기 힘든 모양인지 정말 연차를 쓰는 게 맞냐고 되묻기까지 했다. 늦잠을 잘 수도 있었지만 연아는 이른 아침 일어나 아침밥을 든든히 챙겨 먹었다. 반드시 해야 할 일이 있으니, 몸도 마음도 건강해야 했다.

어젯밤 연아는 지훈을 구하기 위해 화재가 일어난 2003년 11월 15일로 돌아갈 것을 결심했다. 이를 위해 제일 먼저 해야 할 일은 시간 여행의 규칙을 알아내는 것이었다. 정리해보면 지금까지 총 다섯 번의 시간 여행을 했다. 3월, 4월, 5월, 7월, 9월. 과거에 도착하는 시점의 간격도 일정하지 않았고 머물렀던 시간도 제각기 달랐다. 이렇게 무한정 과거로 갈 수 있는지도 확실치 않았다. 다음번에 과거로 간다면 과연 언제 즉, 몇 월로 가게 될지, 얼마나 머물 수 있을지 전혀 알지 못했다.

연아는 이제껏 시간 여행의 규칙에 대해 깊이 생각해보지 않았다. 학교의 13번째 계단을 통해 2003년도로 갈 수 있고, 김정혜를 보면 현재로 돌아온다는 것만 알았다. 왜 하필 2003년인지, 어떤 규칙에 의해 과거와 현재를 오가는지 관심을 두지 않았다. 하지만 이제 연아는 절박해졌다. 지훈을 구해야 한다는 아주 명확한 목표에 따라 11월 15일, 화재가 일어났던 당일로 가야 했다.

연아는 김정혜를 떠올렸다. 과거에서 김정혜만 만나면 현재로 소환되었으니, 그녀는 시간 여행과 관련이 있는 것이 분명했다. 어쩌면 김정혜는 자신이 알지 못하는 시간 여행의 규칙과 11월 15일로 가는 방법을 알고 있을지도 모른다. 연아는 은행에 연차를 내고, 김정혜를 찾아가기로 마음먹었다.

연아는 핸드폰 전화부에서 다시는 전화하고 싶지 않은 상대를 찾았다. 통화 연결음이 울린 후 수화기 너머로 명랑한 목소리가 들렸다.

[어머, 언니. 웬일이에요?]

124

민경의 목소리에는 웃음기가 다분했다. 백화점에서 결혼을 하지 않겠다 선언하고 돌아선 연아가 며칠 만에 꼬리를 내리고 기어들어 온다 생각한 모양이었다.

"아가씨. 오늘 혹시 시간 돼요? 물어볼 게 있어서요."

김정혜의 연락처를 아는 인물은 민경뿐이었다.

[음. 오늘이요? 좋아요. 대신 제가 오늘 몸이 좀 안 좋거든요. 언니가 우리 집으로 올 수 있어요?]

망할 년. 끝까지 수작질이다. 정숙의 치맛자락을 붙잡고 울고불고 사정하는 모습을 구경하고 싶은 거다.

"네. 알았어요. 갈게요."

[그럼 11시까지 와요. 기다리고 있을게요.]

핸드폰 너머에서 희미한 웃음소리가 들렸다.

연아는 서초동의 고급 빌라 단지 앞에 섰다. 위용 넘치는 웅장한 건물을 보니 절로 주눅이 들었다. 연아는 몇 개의 출입문을 통과한 후 현관문 앞에서 초인종을 눌렀다. 한참 만에야 민경이 둥그런 얼굴을 내밀며 문을 열어주었다.

"왔어요?"

민경은 화장기 없는 얼굴에 편안한 실내복 차림이었다. 루스한 맨투맨티 위에는 명품 브랜드 로고가 붙어 있었고, 실내화는 디자이너 브랜드였다. 예전에는 그 모든 부를 너무나 자연스럽게 누리는 민경이 참 많이 부러웠다. 갖고 싶어 안달했고 갖게 된다면 원래 가졌던 민경처럼 누리리라 다짐하며, 몰래 그녀의 행동을 흉내 낸 적도 여러 번이었다.

"앉아요. 아줌마, 여기 언니 커피 한 잔만 내려줘요."

민경은 연아를 거실 소파로 안내하며 집안일을 하는 아주머니에게 커피를 부탁했다.

"그런데 물어볼 게 뭐예요?"

"그게……."

벌써부터 긴장감으로 마주 잡은 손깍지가 떨렸다. 집 안에 들어오고 나니 알 것 같았다. 아무리 김정혜의 연락처를 알아내는 것이 시급했어도 적진에 준비도 없이 발을 들여놓는 건 성급한 일이었다.

반면 민경은 여유로웠다. 사냥감을 눈앞에 둔 포식자처럼 눈에는 잔혹한 즐거움이 번들댔다. 어떻게 요리를 해 먹으면 좋을까. 앞발과 뒷발로 장난스럽게 굴려대다 단번에 와락, 날카로운 발톱으로 움켜쥐면 재미있을 것이다.

"아, 그리고 언니의 과거에 대해선 아직 얘기 안 했어요. 대체 왜 그랬어요? 그렇게 무서웠어요? 나 참, 어이가 없어서. 지레 겁먹고 먼저 결혼을 안 하겠다니."

민경은 연아가 결혼을 하지 않겠다고 선언한 이유가 화재와 관련된 과거가 들통날까 무서워 선수 친 것이라 생각했다.

"하긴, 그 전에 언니 불륜 사건이 먼저 터져서 말할 기회도 놓쳤지만. 언니도 참 대단해. 어떻게 같은 지점 유부남이랑 놀아날 생각을 다 했어요?"

민경은 연아에게 시선을 고정한 채 소파에 등을 기댔다. 파랗게 질린 얼굴로 바들바들 떠는 모양새를 보니 코웃음이 절로 나왔다. 민경은 조금 전 정숙과 나눈 대화를 떠올렸다.

"이번 참에 아주 제대로 밟아버리자고. 다시는 일어설 수도 없게. 결혼을 깨? 어디서 거지 같은 년이 먼저 결혼을 깬다 만다 지랄이 야? 고마운 줄을 모르고."

"엄마, 근데 오빠를 진짜 그런 여자랑 결혼시켜야겠어? 지지리도 궁상인 집안에 고아로 자란 여자랑? 오빠가 너무 아깝잖아. 이참 에 그냥 잘됐다 하고 깨버려."

"시끄러. 네가 뭘 몰라서 그래. 좋은 집안, 잘 배운 년 들어와 봐야 고개 빳빳이 들고 지 잘났다 떠들어댈 줄이나 알지. 우리한테 좋을 거 하나도 없어. 그런 못난 년이 들어와야 찍소리도 못하고 납작 엎드려 지낸다니까. 그게 너도나도, 혁준이한테도 편한 길이야. 그 래야 우리 혁준이가 책잡힐 일을 해도 찌그러져 아무 소리 못 하 지."

민경은 새삼 엄마의 선견지명에 감탄이 흘러나왔다. 일하는 데 가서 다시는 얼굴 못 들고 다닐 만큼 한바탕 뒤집어 놓았는데도, 이렇게 먼 저 꼬리를 내리고 찾아온 것이 아닌가. 사실 민경과 정숙은 연아의 불 륜 소문이 거짓이라는 걸 알고 있었다. 정숙이 모임에서 듣고 왔다는 이야기도 실은 대단한 것이 아니었다.

"여사님. 보니까, 그 양아치 장 사장이 그 댁 며느리 될 아이에게 된통 당하고. 불륜이니 뭐니 하는 이상한 소문을 퍼뜨리고 다니더라고요."

"오해가 커지기 전에 명예훼손으로 고소해야 하는 것 아니에요?"

모임에서 떠들던 이야기는 오히려 충고에 가까웠다. 하지만 민경은
이런 내막을 알려줄 생각이 손톱만큼도 없었다. 민경은 맞은편에 앉은
연아를 바라봤다. 가늘게 떨리는 굳은 턱, 새하얗게 질린 깍지 낀 손,
불안하게 흔들리는 눈동자. 아닌 척 애써 봐야 소용없었다. 바로 앞에
있는 자신에게까지 떨림이 전해질 정도였다.

이거 참, 재밌어 죽겠네.

오랜만에 내면의 가학성이 고개를 들었다.

"아니지. 우리 엄마가 대단한가? 그 개떡 같은 일 당하고서도 결혼
시켜준다니까. 하여간 우리 엄만 진짜 보살이야."

"……."

"언니, 정말 우리 엄마한테 잘해야겠다. 평생 감사하는 마음으로 친
엄마처럼 모시고 살아요. 어차피 언니는 부모도 없잖아. 자동차 사고
로 죽었다 그랬죠?"

연아는 내리깔았던 시선을 천천히 들어 올렸다. 최대한 부딪치지 않
고 좋게 마무리하려 했다. 좋은 게 좋은 거라고 원수까지는 되지 말자
생각했다. 하지만 돌아가신 부모님 얘기까지 깃털같이 가벼운 입으로
나불대는 민경을 보자, 더는 참을 수 없었다. 더 앉아 있다간 저 통실
통실한 얼굴에 귀싸대기를 날릴 것만 같았다. 연아는 속에서 이글대는
불덩이를 잠재우며 이곳에 찾아온 목적을 상기했다.

참자, 참아.

김정혜 연락처를 알아낼 때까지만.

"김정혜 씨, 만났어요?"

연아가 물었다. 민경은 이제 재밌는 일이 시작되겠다 생각하는지 웃음을 참지 못하곤 입가를 씰룩거렸다.

"당연히 만났죠. 정혜 언니가 언니의 과거에 대해……."

"그럼 나, 김정혜 씨 연락처 좀 가르쳐줄 수 있어요?"

민경의 얼굴 근육이 뒤틀렸다. 재미있는 반격이라 생각할지도.

"이미 정혜 언니 만나서 얘기 다 들었다니까요. 이제 와서 언니가 정혜 언니를 만난들……."

"아가씨."

연아가 차분한 음성으로 민경의 말을 잘랐다. 오늘 여기 찾아온 이유를 상기하자 놀라우리만큼 마음이 차분해졌다. 자신은 파혼 상대자의 가족들에게 모욕을 당하기 위해 이 자리에 온 것이 아니다. 오로지 지훈을 구하기 위해, 김정혜의 연락처를 얻기 위해 온 것이다.

"네?"

"왜 이렇게 눈치가 없어요? 아가씨가 내 고등학교 시절 있었던 일을 알아냈든, 그걸 어머니랑 혁준 씨한테 얘기했든 난 이제 상관없다고요."

"네에?"

민경의 두 눈이 툭 튀어나올 만큼 커졌다. 제 귀를 의심하는 듯했다.

"왜 피곤하게 두 번 말하게 해요. 아가씨가 내 과거를 가지고 누구에게 무슨 말을 하든 관심 없다고요. 그리고 내 말 뭘로 들은 거예요? 나 이 결혼 안 해요. 얼른 김정혜 연락처나 줘요."

아, 이렇게 속이 시원하다니.

겁을 내며 벌벌 떨고, 잘못했다고 싹싹 빌 거라 생각했을 것이다. 그 기대를 무참히 박살 내는 게 이렇게 속이 뻥 뚫릴 만큼 시원한 일인지 몰랐다.

연아는 한 대 맞은 것 같은 얼굴로 입만 벙긋거리는 민경 앞으로 손을 내밀었다. 민경은 연아에게서 시선을 거두지 않은 채 자신도 모르게 핸드폰을 열어 연락처 목록을 보여주었다. 연아가 김정혜의 연락처를 찾아 입력하는 사이, 민경은 방 안에 있는 정숙을 소리 내어 불렀다.

"어, 엄마! 이리 좀 나와 봐. 언니가 무슨 소릴 하는지 좀 들어보라고!"

역시나. 짐작한 대로 정숙은 집에 있었다. 용서해달라고 빌기 전까진 방에서 나오지 않을 셈이었던 것이다. 그들의 연극이야 빤했다. 민경이 집까지 찾아온 자신에게 겁을 줘서, 정숙의 방 앞에 무릎을 꿇은 채 울고불고 사정하게 만드는 것. 안 그래도 기우는 결혼이지만 이참에 확실히 기를 꺾어놔 다시는 대들지 못하도록 잘근잘근 밟아주는 것.

민경의 외침에 정숙이 방문을 열고 거실로 나왔다. 이마에는 '너 때문에 드러누웠소.' 하는 하얀 띠까지 싸매고 있었다.

"안녕하세요."

최소한의 예의는 차리고자, 연아는 정숙을 향해 인사했다.

"뭐? 결혼을 안 한다고? 이게 손이 발이 되도록 빌고 사정해도 모자랄 판에!"

지금껏 정숙은 방문에 귀를 갖다 대고 둘의 대화를 몰래 엿듣고 있었던 모양이었다.

"죄송합니다. 아무리 생각해도 이 결혼 아닌 것 같아서요. 되돌릴 수 없을 만큼 늦기 전에 제대로 된 결정을 하려고 합니다. 저 혁준 씨 사랑하지도 않고, 이 결혼 감당할 만큼의 배포도 없어요. 아직 청첩장 돌리기 전이니까……."

얼굴이 시뻘겋게 달아오른 정숙이 연아를 향해 돌진해왔다. 또 한 번 뺨을 후려칠 작정이었다. 솥뚜껑만 한 손바닥이 바람을 가르며 날아왔다. 하지만 한 번 당한 걸로 충분했다. 연아는 날아오는 손을 단박에 붙잡았다.

"너…… 네가 감히. 이거 안 놔? 어디서 감히 시궁창에서 굴러먹던 거지 같은 년이! 납작 엎드려 쥐새끼처럼 살 것 같아 백번 천번 양보해서 받아줬더니, 은혜도 모르고 날뛰어?"

정숙의 속마음이 술술 나왔다. 시궁창, 거지 같은 년, 쥐새끼. 저들이 보는 자신의 모습이었다.

"그래서 조용히 사라지려고요."

"뭐어? 네가 감히. 어디서 우리 집안에 먹칠을 하려고 해! 네가 뭔데. 네가 뭔데! 어떻게 감히."

어찌나 흥분했는지 파르르 떨리는 정숙의 입술 사이로 연신 '감히'라는 말밖에 나오지 않았다.

"저요? 제가 뭐냐고요? 저 이 집안에서 납작 엎드려 쥐새끼처럼 살 만큼 자존감 낮지 않아요. 이딴 집? 웃겨 정말. 뭐가 그렇게 대단하길래 사람을 그렇게 우습게 알고 무시해요?"

"뭐? 이 거지 같은 년이!"

정숙이 다시 손톱을 세우며 달려들었지만 연아는 양손으로 정숙의 팔을 힘주어 붙들었다.

자신은 이런 사람들에게 할퀴어지고 두들겨 맞을 정도로 하찮은 사람이 아니다. 고작 이렇게 살라고 지훈이 그 불구덩이 속에서 살려준 게 아니었다. 지훈이 목숨을 버리면서까지 지켜준 인생인데 이따위 집 안에서 무시당하고 학대받으면서 살 순 없었다.

"저 거지 같은 년 아니에요. 이 집? 돈? 줘도 안 가져요. 다 필요 없으니까 당신들 시중들 사람, 나중에 늙고 아플 때 똥 받아줄 사람 구하는 거라면 딴 데서 구해요."

"저게……! 가, 감히!"

"그리고요, 시중들 사람 구하는 거 아니잖아요. 며느리 구하는 거 아니었어요? 그러면 다음번에는 적어도 그런 티는 내지 말라고요. 나처럼 도망가기 전에."

할 말을 마친 연아는 붙들었던 손목을 내려놓은 뒤 현관문을 향해 돌아섰다. 역겨운 냄새가 고인 이곳에 더 이상 머물고 싶지 않았다.

"언니! 미쳤어요? 약 먹었어요? 진짜 왜 그래요? 갑자기!"

민경이 뒤에 따라붙으며 소리쳤다.

"그리고 너! 너 진짜 그렇게 살지 마. 다른 사람 인생이 장난감 같아? 사람 마음 가지고 노는 게 그렇게 즐거워? 그런 거에 재미 느끼지 말고, 생산적인 일을 해."

갑작스런 반말에 민경이 어버버, 하며 말을 내뱉지 못했다.

"어, 언……."

"한 가지 더."

"어……."

"철 좀 들어. 너 철들 나이 한참 지났어."

연아는 현관을 빠져나온 뒤 힘차게 문을 닫았다. 등 뒤에서 울리는 쾅, 하는 소리가 상쾌한 시작종처럼 들렸다.

빌라 단지를 빠져나오자 혁준으로부터 문자가 도착했다. 민경에게 방금 전의 이야기를 전해 들은 모양이었다. 안 그래도 연아는 혁준을 만나 사과를 하고 파혼하자는 말을 꺼낼 생각이었다. 백화점에서 정숙에게 파혼하겠다고 선언한 뒤, 연아도 혁준도 서로에게 연락하지 않았다.

골치 아픈 일을 회피하는 건 연아가 알고 있는 몇 안 되는 그의 습성 중 하나였다. 연아 역시 생각을 정리한 후 직접 만나서 얘기하자 싶어 그에게 전화하지 않고 있었다. 하지만 혁준의 문자를 본 순간 연아는 그럴 필요가 전혀 없다는 걸 깨달았다.

「네가 깬 거야.」

이렇게 시작하는 문자에는 파혼의 원인이 연아에게 있음을 확실히 해두자는 내용이 가득했다. 파혼으로 인한 손해비용 역시 청구하겠다는 내용도 덧붙여져 있었다. 그새 비용을 계산했는지 문자 마지막에는 정확한 액수와 송금 계좌까지 적어놓았다.

혁준의 문자를 보며 연아는 차라리 잘 됐다는 생각이 들었다. 오히려 이렇게 깔끔하게 갈라서 줘서 고마운 마음이 들 정도였다. 연아는 혁준에게 알겠다고 메시지를 남겼다. 그리고 홀가분한 마음으로 거리를 걸으며 다른 고민에 휩싸였다.

김정혜의 연락처는 알아냈다. 하지만 전화를 해서 어떻게 말을 꺼내야 할지 알 수가 없었다. '안녕하세요. 이연아라고 합니다. 세현 고등학교 후배예요.'라고 첫마디를 한 뒤 다음에 뭐라고 말을 해야 할까?

'저, 혹시 과거로 가는 학교의 13번째 계단을 아세요?', '다름이 아니라 제가 과거로 가게 됐는데요. 이상하게 과거에서 선배만 마주치면 다시 현실로 돌아오더라고요. 왜 그런지 알고 싶어서요.'

아마 미친년 소리를 하며 당장 전화를 끊어버리겠지. 그렇다면 거짓말을 해서라도 직접 만나 눈치껏 이야기를 꺼내는 수밖에 없었다. 다행히 둘 사이에는 민경이라는 공통 화제가 있었다. 김정혜가 민경에게 흘린 화재 사건을 들먹이며 만나 달라고 조르는 수밖에.

연아는 떨리는 가슴으로 통화 버튼을 눌렀다. 몇 번의 신호음이 울리고 김정혜가 전화를 받았다.

[여보세요.]

차분하고 침착한 목소리였다. 연아의 가슴이 두방망이질하기 시작했다.

"아…… 안녕하세요. 김정혜 씨 핸드폰 맞죠?"

[네, 맞는데요.]

맞다. 이 목소리.

현재로 돌아오기 직전, '왜 방해하는 거야!' 혹은 '너 뭔데 끼어드는 거야!'라며 외쳤던 목소리. 그때보다 훨씬 성숙한 목소리였다.

"안녕하세요. 전 이연아라고 합니다. 선배님의 세현 고등학교 후배예요."

상대측에서는 아무런 대답이 없었다. 침묵으로 연아의 뒷말을 기다리고 있었다.

"다름 아니라 권민경이라고 아시죠? 아마 얼마 전에 만나셨을 텐데

세 애길 허셨을 거예요."

[아아. 네. 만났어요. 그쪽 얘기를 물어서 전 그냥 아는 대로 대답했을 뿐이에요. 나한테 따질 건 아닌 거 같은데요?]

그제야 연아라는 이름이 떠오른 듯 정혜의 목소리에 불쾌함이 깃들었다. 따지기 위해 전화했다고 생각하는 모양이었다.

"아니, 그게 아니라……."

뭐라 해야 좋을까? 이래서야 말을 더 이어가기 전에 정혜가 전화를 끊어버릴 것만 같았다.

"다, 다른 일 때문에 전화했어요!"

[다른 일이라니요?]

"물어볼 게 있어서……."

적당한 구실 따윈 떠오르지 않았다. 지금 정혜의 주의를 끌 만한 얘기 하지 않는다면, 정혜는 자신을 이상한 사람이라 생각해 다신 전화를 받지 않을 것이다.

[물어볼 거라니요?]

"저 혹시."

아, 제발 머리야. 굴러라. 제발 뭐라도 생각해내!

"밤에 학교에 가신 적 있나요?"

망했다. 이게 뭐야!

정혜는 한동안 대답이 없었다. 그럴 만했다. 밤에 학교에 가신 적이 있냐니. '도를 믿으시나요?'도 아니고 뭐 이딴 말이 다 있어!

"그, 그게 아니라."

[혹시…….]

135

혹시.

[13번째 계단에 대해 알아요?]

빙고.

"……네."

[그, 그럼 당신이…….]

정혜는 제대로 말을 잇지 못했다. 충격에 휩싸인 듯 목소리가 삽시간에 떨렸다.

"네. 제가……."

[이봐요. 대체 왜 자꾸 끼어드는 거예요?]

차분한 말투가 앙칼지게 변했다.

7. 단지 방해자일 뿐

택시에서 내린 연아는 약속한 한남동 카페로 허겁지겁 들어갔다.

[지금 어디예요? 우리 당장 봐요. 안 그래도 그쪽 만나고 싶었으니까.]

정혜는 연아보다 훨씬 더 조급해했다. 전화로는 긴 얘기를 다 할 수 없으니 당장 만났으면 좋겠다는 말에 둘은 약속을 잡았다. 한남동 한적한 길목에 위치한 카페는 한가로웠다. 몇몇 학부모들만이 카페 한편에서 이야기를 나누고 있었다.

핸드폰이 울렸다.

「2층에 있어요.」

문자를 확인한 연아는 서둘러 계단을 올랐다. 햇살이 내리쬐는 넓은 공간에 서자마자 빠르게 주위를 훑었다.

어디에 있지?

곧 창가 쪽 자리에 긴 생머리를 늘어뜨린 여자에게 눈길이 머물렀다. 조급해 보이는 얼굴의 여자가 창밖을 내다보며 물잔을 만지작거리고 있었다.

연아는 여자를 향해 다가갔다.

"저기, 혹시 김정혜 씨?"

서로의 눈이 마주쳤다. 찰나라고 할만큼의 짧은 시간 동안 눈빛으로 수많은 말이 오갔다.

"이연아 씨?"

가무잡잡한 피부에 말상의 기다란 얼굴형. 그 외에는 이렇다 할 특징이 없는 지극히 평범한 외모를 가진 여자였다. 연아는 반대편 자리에 앉으며 어색하게 인사를 했다.

"안녕하세요. 이연아입니다. 저기……."

소개를 하고 나니 긴 이야기의 서두를 어찌 꺼내야 할지 막막했다.

"정말 만나고 싶었어요. 많이 찾았어요. 아니, 사실 누군지 몰랐으니 찾으려야 찾을 수조차 없었지만."

연아가 우물쭈물하는 사이, 정혜가 딱딱한 말투로 말을 쏟아냈다.

"저, 그게 무슨 말씀이신지. 왜 저를 찾으셨는데요?"

연아는 이해할 수 없었다. 김정혜가 자신을 찾고 있었다니, 대체 왜?

정혜는 미간을 찌푸리더니 놀라워하다 곧 어이없는 웃음을 터뜨렸다. 짧은 시간 동안 다채롭게 변하는 정혜를 보며 연아는 자신이 결코 환영받는 존재가 아니라는 걸 어렴풋이 깨달았다. 눈을 마주했을 때 느낀 적대감은 착각이 아니었다.

"당연하죠."

날 선 목소리였다.

"왜……?"

"당신 때문에 내 시간 여행이 엉망이 됐는데."

"네?"

되묻는 연아를 보는 정혜의 얼굴에 황당함이 가득했다. 황당하기는 연아도 마찬가지였다. 내 시간 여행이라니.

"연아 씨, 진짜 몰라요?"

"뭘요?"

대체 뭘 알아야 한다는 걸까.

"이번 시간 여행의, 아니 시간의 주인은 나잖아요."

머릿속이 쿵쿵 울렸다. 이번 시간 여행이라니, 시간의 주인이라니. 연아는 정혜가 내뱉는 말을 하나도 알아들을 수가 없었다.

"그게 무슨 소리예요? 시간의 주인이라니. 전 그런 게 있는 줄도 몰랐어요."

정혜는 어이없다는 듯 한숨을 쉬었다.

"정말 아무것도 몰라요?"

"제가 뭘 알아야 하는 거죠?"

"그럼 연아 씨가 알고 있는 게 뭐예요? 시간 여행에 대해."

"그냥 밤 12시에 학교 종소리에 맞춰 계단을 오르면 13번째 계단이 나타나고, 그러면 과거로 갈 수 있다는 거요. 그리고 과거에서 선배님.

선배님이라고 불러도 되죠? 선배님을 만나면 다시 현재로 돌아온다는
거요."

"그리고?"

"그리고……요? 제가 알고 있는 건 그게 다예요."

"하."

정혜가 소파에 등을 풀썩 기대며 김빠진 목소리를 냈다. 조금 비웃
는 것 같기도 했고, 어이없어하는 것 같기도 했다. 정혜는 물잔을 들어
입술을 축였다. 기가 막힌 듯 고개를 절레절레 흔들기도 했다. 혼자 여
러 가지 생각을 하고 있는 것 같았다. 침묵이 계속될수록 가슴속에 궁
금증이 산더미처럼 쌓였지만 연아는 무엇부터 물어야 할지 알 수가 없
었다.

"하아. 내가 정말…… 말이 안 나오네요."

"얘기 좀 해주세요. 대체 제가 뭘 알아야 하는 건지."

정혜는 비로소 말해 줄 마음이 생긴 듯 연아를 똑바로 쳐다봤다.

"연아 씨는 이 시간 여행에 대해 어떻게 알게 된 거예요? 그러니까
시간의 계단에 대해."

"고등학교 때, 정확히 말하자면 지금으로부터 꼭 14년 전이었어요.
귀신 놀이를 하려고 남자친구와 함께 밤중에 학교 건물 안으로 숨어든
적이 있었어요. 그때 남자친구가 13번째 계단에 대한 괴담 얘길 꺼냈
죠. 그러고는 장난으로 계단에 올라가 보자고 하더라고요. 무섭고 싫
었지만 궁금하기도 해서 같이 계단을 올라갔어요."

"그런데?"

"그때 우연히도 모든 조건이 다 맞아떨어졌나 봐요. 괴담을 따라

계단을 올랐는데 하얀빛과 함께 정말 13번째 계단이 나타났어요. 그리고 뭔가가 보였어요. 갑자기 주위가 밝아지고 대낮같이 환해지더니, 학교 안에 옛날 교복을 입은 사람들이 오가더라고요. 너무 놀라서 바로 뒷걸음질 쳤어요. 그러자 주위가 다시 깜깜해지며 하얀빛과 함께 사람들도 사라졌죠."

"……."

"한동안 잊고 살았어요. 남자친구와 함께 경험한 일이긴 했지만 꿈을 꿨나? 아니면 헛것을 봤나? 그렇게 생각했죠. 그러다가 얼마 전 우연히 학교 선생님이 된 친구를 따라 밤에 학교에 가게 되었어요. 갑자기 예전 기억이 떠올랐고, 술김에 그 괴담 속 계단을 올랐죠. 그때가 처음이었어요. 2003년도로 간 게."

"처음 간 그날, 정확히 며칠이었는지 기억해요?"

정혜의 질문에 연아가 핸드폰을 열어 일정표를 터치했다. 연아는 과거에 갔던 날을 핸드폰에 모두 기록해 놓았다.

"처음 과거로 갔던 날은. 보자, 여기 있네요. 9월 9일이었어요."

정혜 역시 핸드폰을 꺼내 일정표를 확인했다.

"두 번째로 간 날은요?"

"9월 20일이요."

"세 번째로 간 날은요?"

"9월 22일."

"네 번째로 간 날은 29일이죠? 그리고 다섯 번째로 간 날은 10월 10일."

"네, 맞아요."

연아가 고개를 끄덕였다. 정혜는 어떻게 자신이 과거로 간 날을 정확히 알고 있는 것일까? 머릿속에서 휘몰아치는 궁금증에 목이 바짝 타들어 갔다.

"대체 어떻게 아신 거예요?"

연아가 조심스럽게 물었다. 정혜는 여전히 핸드폰 일정표를 뚫어져라 들여다보고 있었다. 침묵이 계속되자 연아는 답답해 속이 터져버릴 것만 같았다. 연아의 초조한 눈빛을 외면하던 정혜가 이윽고 핸드폰을 내려놓았다. 마주한 얼굴에는 여전히 싸늘한 한기가 돌았다.

"역시 예상한 대로예요. 연아 씨가 제 시간 여행에 끼어든 방해자였어요."

"그게 무슨 말씀이신지, 제대로 얘기 좀 해주세요. 부탁이에요."

방해자라니. 단어가 주는 부정적 어감에 심장이 불안하게 뛰었다.

"연아 씨도 학교 괴담이 실은 시간 여행 하는 방법을 은유적으로 담고 있단 건 눈치챘죠? 시간 여행이 언제부터 시작됐는지, 누가 언제 얼마만큼 시간 여행을 했는지는 나도 몰라요."

"그럼 선배님은 어떻게 시간 여행에 대해 알게 되신 거예요?"

"우연히 기록물을 봤어요. 전 시간 여행자가 남긴 기록물이요."

"기록물이요?"

"네. 모호한 표현들이었고, 시간 여행이라는 걸 믿기도 힘들었지만 연아 씨도 알 거예요. 벼랑 끝으로 내몰린 사람은 얼마나 말도 안 되는 환상조차 실재라고 믿고 싶은지. 지푸라기라도 잡아보자는 심정으로 학교에 갔죠. 그리고 몇 번의 시도 끝에 2003년도로 향하는 시간의 문을 열게 되었어요. 내가 처음 그 문을 열었으니, 그 시간대로 가는 시간 여행의 주인은 나인 거죠. 그래서 난 시간의 계단을 통해 12번. 내가 원하는 날짜로 시간 여행을 할 수 있게 되었어요. 하지만 내가 알아낸 건 딱 거기까지였어요."

12번. 역시 무한정 시간 여행을 할 수 있는 건 아니었다.

"12번이라고요?"

"네. 무한정 갈 수 있는 게 아니에요. 12번. 딱 계단의 수만큼. 하지만 난 돌아오는 방법을 몰랐어요. 가는 건 계단을 통해서인데, 어떻게 돌아오는 건지 그 방법을 몰랐죠. 몇 번의 시행착오가 필요했어요. 그렇게 시간 여행의 규칙을 알아내느라 난 5번의 기회를 날려버렸죠."

"어떻게 돌아오는 거였어요?"

"어이없을 정도로 간단했죠. 계단이었어요. 과거로 가는 방법이나, 현재로 돌아오는 방법이나 방법은 똑같았던 거죠. 그 규칙을 알게 된 다음부터는 아주 계획적으로 시간 여행을 하기 시작했어요. 가는 것도, 돌아오는 것도 계단을 통해서였으니 과거의 언제로 가서 얼마나 머물지 내가 정할 수 있었던 거죠."

"……."

"그런데 6번째 시간 여행 때, 그 계단을 오르지도 않았는데 현재로 돌아오더군요. 7번째도 마찬가지. 도대체 왜 그러나 생각해봤는데 누군가와 마주칠 때마다 현재로 되돌아왔다는 걸 깨달았어요. 그때서야 알았죠. 누군가 내 시간 여행에 끼어든 사람이 있구나. 내가 열어놓은 시간의 문을 통해 날 따라 과거로 온 사람이 있구나. 그 사람과 마주치는 순간, 현재로 돌아와 버리는구나. 어쩌면 당연한 건지도 몰라요. 미래에서 온 두 사람이 마주치게 되면 과거가 엉망으로 꼬여버릴 테니."

"그러니까 바로 그 마주친 사람이……."

"맞아요. 연아 씨, 당신이었죠. 연아 씨 역시 날 마주치는 순간, 되돌아왔죠?"

연아가 고개를 끄덕였다. 정혜가 내뱉는 한마디, 한마디를 놓치지 않기 위해 온 신경을 집중했다.

"연아 씨는 이상하지 않았어요? 과거로 가긴 하는데, 떨어지는 시점은 선택할 수 없었잖아요."

그랬다. 자신은 3월, 4월, 5월, 7월, 9월 마구잡이로 과거에 떨어졌다. 그래서 과거로 간 후 잠시 동안은 2003년도의 몇 월 며칠인지 알 수가 없었다.

"이상하다고 생각은 했어요."

"내가 '그때'로 갔기 때문이었어요. 난 원하는 날짜로 갈 수 있거든요. 연아 씨는 그저 내가 열어놓은 시간의 문을 통해 과거에 도착하기만 한 거예요. 내가 먼저 과거로 가지 않으면 연아 씨도 갈 수 없는 거죠. 이때까지는 우연히도 항상 내가 먼저 과거로 가는 바람에 연아 씨도 따라올 수 있었던 거였지만."

시간 여행의 의문이 풀리기 시작했다. 시간 여행을 할 수 있는 12번의 기회, 진짜 시간 여행의 주인, 그리고 자신은 그 시간 여행에 끼어든 방해자라는 사실까지.

"그랬군요. 내가, 내가 방해자였군요. 난 그런 줄도 모르고……."

뭔가 허망해졌다. 자신이 주인공인 줄 알았는데 그저 다른 사람의 여행에 끼어든 부속품에 불과했다. 아니, 그것보다는 말 그대로 방해자일 뿐이었다. 이제야 과거에서 정혜를 만나는 순간, 그녀가 외쳤던 말들이 이해가 갔다. '왜 방해하는 거야?', '왜 끼어든 거야?'라는 말들이.

"오늘 선배님이 절 다급하게 보자고 하신 이유는…… 더 이상 시간 여행에 끼어들지 말라고 얘기하기 위해서인가요?"

"뭐, 비슷해요."

정혜가 연아의 시선을 피했다. 막상 만나니 면전에 대놓고 말하기 조금 미안했던 모양이었다.

"그런데 한 가지만 여쭤봐도 돼요?"

"물어봐요. 이렇게 다 털어놓은 이상 숨길 것도 없고."

"그럼 선배님은 왜 하필 2003년으로 가려고 하신 거예요? 그땐 선배님이 고3일 때잖아요."

정혜의 얼굴이 딱딱하게 굳었다. 입술을 달싹거리는 모습에서 정혜의 망설임이 느껴졌다.

"늘 생각했거든요. 고3 일 년이 내 인생을 망쳐버렸다고. 정말이지, 그때는 어리석고 멍청한 선택의 연속이었죠. 그래서 그걸 바꾸고 싶었어요."

"그 어리석고 멍청한 선택이란 건……."

"대학 선택 잘못한 거. 난 의대에 가면 안 되는 거였어요."

"아……."

정혜는 연아의 반응을 오해했는지 스스로가 한심하다는 듯 헛웃음을 지었다.

"알아요. '고작 그거?'라고 생각할 수 있다는 거. 그런데 말이죠. 난 정말 미친 듯이 후회하고 또 후회했어요. 남들이 가라고 해서 의대에 갔어요. 그런데 있잖아요. 난 피를 못 보겠더라고요. 첫 번째 실습시간에 기절을 했어요. 그러고도 포기 못 해서 몇 개월을 기절하고 토하고 기절하고 토하고 하다가 결국 자퇴를 했죠. 그 후에 재수하고 다른 대학에 들어가긴 했지만 그렇게 좋은 대학엔 갈 수가 없었어요."

"그, 그랬군요."

"그런데 말이죠. 그때부터 자꾸 안 좋은 일만 생기면 이렇게 생각하게 되더라고요. 그때 의대만 안 갔더라면, 그때 문과를 갔더라면, 그래서 법대에 갔더라면, 나에게 이런 일은 안 생겼을 텐데. 내 인생이 이따위로 흘러가진 않았을 텐데. 그 생각이 일종의 트라우마가 되어버렸어요. 나중에는 그런 생각 자체가 날 너무 힘들게 하더라고요. 자꾸만 모든 불행의 원인을 과거에서 찾았어요. 문과만 선택했어도, 법대에만 갔더라도 성공적인 인생을 살았을 텐데, 하면서요. 그런 내 머릿속을 뜯어고치고 싶었어요. 그래서 2003년으로 간 거예요. 처음 이과와 문과를 선택했던 그 시점으로."

"……."

"하지만 문제가 해결되진 않았어요. 문과를 선택하면 끝일 줄 알았는데, 내가 꿈꾸던 현실로 바뀌진 않았거든요. 그래서 자꾸만, 자꾸만 과거로 갔죠."

연아는 알 것만 같았다. 과거를 바꾼 순간, 얼마나 많은 것들이 나비 효과처럼 바뀌는지. 정혜도 과거에서 문과를 선택한 순간부터 예상치 못했던 변화가 생겼을 것이다. 그것들을 바로잡기 위해 계속 시간 여행을 해야 했을 것이고.

"그래서 3월, 4월, 5월, 이렇게 차례로 과거로 가게 된 거군요?"

"맞아요. 그리고 당연히 수능 날로도 갈 거예요. 대학에 원서를 넣는 날로도. 이번에는 법대에 원서 넣을 거거든요. 마지막 2번의 시간 여행은 그때를 위해 쓸 거예요."

마지막 2번은 그때를 위해 쓴다라…….

그러면 이제 남은 기회는.

"선배님, 이제 남은 시간 여행은……."

정혜는 연아의 눈동자를 똑바로 응시했다. 그리고 망설임 없이 입을 열었다.

"2번, 이제 딱 2번 남았어요."

커피 잔은 어느새 차갑게 식어 있었다. 연아는 손가락으로 식어 빠진 잔을 매만지며 동그란 파문을 일으키는 잔 속을 들여다봤다. 주제넘은 말이 울컥 튀어나올까 봐 목구멍으로 간신히 꾹꾹 눌러 삼켰다. 어떻게 물어볼 수 있을까. 11월 15일로 가주면 안 되겠냐는 말을.

연아가 정혜를 만나려 했던 본래의 이유였다. 하지만 시간 여행의 방해자가 되어버린 입장에서 그 말은 도저히 입 밖으로 나오지 않았다. 남은 기회는 이제 2번뿐이었다. 게다가 정혜는 수능 날과 대학 입시 원서 넣는 날, 그 2번의 기회를 쓰겠다고 못 박았다. 가슴 가득히 몰려오는 검은 먹구름에 연아는 망연자실할 수밖에 없었다.

"그런데 연아 씨는 도대체 과거에서 뭘 했어요?"

"저는…….”

뭐라고 말을 해야 좋을까.

정혜의 표정은 시니컬하기 그지없었다. 연아가 그저 재미 삼아 과거로 간 것이라 짐작하는 모양이었다.

"하긴, 신기했겠죠. 미래의 정보를 가지고 있으니 과거를 바꿀 수 있는 방법은 무수했을 거고. 돈을 벌고 싶었어요? 아마 힘들었을걸요? 나도 그런 시도를 몇 번 했지만 쉽진 않더라고요."

아니다. 그게 아니다. 자신이 과거로 가려 했던 이유는.

"돈? 아님, 나처럼 대학?"

말을 마친 정혜는 테이블 위에 놓인 커피 잔을 들어 천천히 입으로 가져갔다. 하려던 얘기를 다 마친 듯했다.

내가 과거로 가려 했던 이유는.

"저는 죽은 남자친구를 구하려고 했어요."

커피 잔에 입을 가져가 대려던 손동작이 공중에서 멈췄다. 정혜는 눈알을 굴려대다 번뜩 생각난 모양인지 "아." 하는 탄식 소리를 냈다.

"그, 체육 창고 화재 사건으로 죽은?"

"네."

"하아."

딱딱하게 굳은 얼굴로 정혜가 커피 잔을 소리 나게 내려놓았다.

"설마 부탁하려는 거예요? 죽은 남자친구를 살리게 도와달라고요?"

말도 안 되는 부탁이라는 건 안다. 단순한 부탁 따위가 아니다. 억만금을 준다 해도 바꿀 수 없는 '시간'이라는 엄청난 기회를 달라는 말이었다.

"네, 맞아요. 선배님, 제발 한 번만 도와주세요."

봇물이 터진 듯 도와달라는 말이 튀어나왔다.

정혜는 싸늘한 눈초리로 연아를 바라본 후 옆자리에 놓아둔 가방과 재킷을 챙기기 시작했다.

"말도 안 되는 무례한 부탁이라는 거 알아요. 그래도 이렇게 부탁할게요. 사실 선배님을 만나기 전에는 시간 여행에 대해 아무것도 몰랐어요. 횟수 제한이 있다는 것도, 제가 시간 여행에 끼어든 방해자라는 것도요. 오늘 뵙자고 한 것도 11월 15일, 화재가 일어났던 그날로 갈수 있는 방법을 물으려고 만나자 했던 거예요. 다른 의도가 있었던 건 아니에요."

"못 들은 걸로 할게요."

재킷을 입고 가방을 챙긴 정혜가 자리에서 일어났다. 안 된다. 이대로 정혜를 보낼 순 없다. 염치없고 뻔뻔스럽다는 걸 스스로도 알고 있다. 하지만⋯⋯.

연아는 다급하게 정혜를 붙들었다.

"선배님, 정말 한 번만, 딱 한 번만⋯⋯."

"자신이 무슨 부탁을 하려는 건지 알고 있죠? 이건 인생을 다시 살 수 있는, 인생을 바꿀 수 있는 기회예요. 수십억을 받는다 해도 주지 않을 거예요. 이걸 연아 씨는 생판 모르는 타인에게 양보해달라고 떼를 쓰고 있는 거고요. 내가 도대체 왜 그래야 하죠? 우리는 이제 막 만났을 뿐이에요. 오히려 연아 씨가 이때까지 날 방해했던 걸 생각하면⋯⋯. 게다가 연아 씨와 달리 난 과거로 가면 과거에서 머문 만큼 현재의 시간이 흘러요. 시간 여행을 하는 대가를 치르는 거죠. 왜 그렇게까지 하면서 연아 씨를 도와줘야 하는 거죠?"

냉정하게 마음의 문을 닫은 사람 앞에서 요령 따윌 부릴 순 없었다. 있는 그대로 진심을 털어놓아야 했다.

"평생을 오해하고 잘못 알고 살았어요. 날 구해주다 죽은 아이인데 원망하며 살았어요. 뻔뻔스럽다는 거 알아요. 말도 안 되는 부탁이죠.

이럴 자격도, 주제도 안 된다는 거 알아요. 하지만 제발……. 제발 도
와주세요. 이렇게 간곡하게 부탁할게요. 제발."

정혜의 옷자락을 붙든 연아의 손이 바들바들 떨렸다. 충혈된 눈가에
물기가 촉촉하게 차올랐다. 연아는 자신이 뭘 부탁하고 있는지 잘 알
고 있었다. 돈, 그것보다 훨씬 더 가치 있는 것. 생판 모르는 남에게 그
것을 달라고 몰염치하게 떼를 쓰고 있는 것이다.

하지만 연아는 지훈을 구하기 위해서는 무엇이라도 할 준비가 되어
있었다. 지금 거절당한다 해도, 정혜에게 어떤 욕지거리와 모욕적인
말을 듣는다 하더라도. 몇 번이고 도움을 요청할 것이다. 백번, 천번이
라도.

"도대체 날 더러 뭘 어쩌라고요. 11월 15일은 나에게 아무런 의미가
없는 날이에요. 그날로 갈 이유가 없다고요."

짜증스러운 얼굴로 정혜가 다시 소파에 앉았다. 어쨌거나 얘기를 들
어는 보겠다는 뜻이었다. 연아는 재빨리 자세를 고쳐 앉고 절박하게
입을 열었다.

"아까 기회는 2번 남았고. 수능 날로 간다고 하셨잖아요. 11월 5일
로요."

"그렇죠."

다소 누그러진 말투로 정혜가 대답했다.

"선배님이 11월 5일로 가신 후에 저도 따라갈 수 있게 허락해 주
세요. 그리고 열흘 동안 과거에서 버티면 되잖아요. 서로 마주치지 않
고."

반드시 11월 15일로 가지 않아도 된다. 그저 어떤 방식이든 11월 15

일에 과거에 있기만 하면 된다.

잠시 침묵이 흘렀다. 짧은 시간이었겠지만 기다리는 입장에서는 1분
이 1시간처럼 길게만 느껴졌다. 판결을 기다리는 사형수의 심정으로 연
아는 초조함을 견뎌냈다. 줄곧 연아의 시선을 피하던 정혜가 입술을 깨
물며 연아의 얼굴을 마주했다. 그러고는 내키지 않은 듯 고개를 한 번
끄덕였다.

"어쩔 수 없죠."

믿기지 않았다. 연아의 눈가에 눈물이 가득 차올랐다. 무슨 말을 해
야 할지 몰라 선뜻 말이 나오지 않았다. 그런 연아의 반응이 부담스러
운지 정혜는 머쓱한 얼굴로 시선을 피했다.

"정말이세요? 가, 감사합니다. 정말 감사…….."

목이 메어 말을 끝내지 못했다. 연아가 흐느낄 동안 정혜는 식은 커
피 잔만 매만질 뿐이었다. 얼마의 시간이 흐르고 연아가 어느 정도 마
음을 추스르자 정혜는 기다렸다는 듯 입을 열었다.

"연아 씨에게 시간을 주고 싶지만, 그렇다고 내 계획을 변경하고 싶
진 않아요. 달달 외운 수능 답을 잊어버리기 전에 과거로 갈 거거든요."

동의한다는 뜻으로 연아가 고개를 주억거리자 정혜는 다시 말을 이
었다.

"오늘 밤 난 11월 5일로 갈 거예요. 연아 씨는 내일이든 모레든 따
라와요. 그리고 약속한 대로 내 주위에는 얼씬도 하지 말고요."

"알겠어요. 3학년 교실 근처에는 가지도 않을게요."

"특히 과거로 간 첫날, 그러니까 수능 날은 내내 집에 있어 줬으면
좋겠어요."

그렇게 둘은 서로의 등하교 시간을 조율하고 학교 근처에서 피해야 할 장소 등에 대해 의논했다. 생각보다 생활 반경이 달라 겹치는 부분은 많지 않았다. 지켜야 할 목록에 대한 정리를 마치자 정혜는 긴 한숨을 내쉬었다.

"쉽지 않을 거예요. 학교라는 좁은 공간에서 열흘이나 마주치지 않는다는 건."

"수능 이후에 고3은 단축 수업을 하니, 이대로 지키기만 하면 마주치지 않을 수 있어요."

그새 꽤 긴 시간이 흘렀다. 정혜는 시계를 확인하더니 이제 가봐야 할 시간이라 말했다. 지켜야 할 사항에 대해 한 번 더 당부한 후 정혜는 가방을 챙겨 들었다.

"내 시간 여행이 이렇게 복잡하게 꼬이리란 생각은 전혀 못 했어요. 방해자라니. 게다가 내가 도와줘야 할 처지라니. 나 참."

"죄송해요. 하지만 정말 이 은혜는 꼭, 꼭 갚을게요."

"어쨌거나. 행운을 빌게요."

자리에서 일어난 정혜가 여전히 못마땅한 얼굴로 말했지만, 연아는 연신 고개를 숙이며 감사를 전할 뿐이었다.

갈 수 있다. 11월 15일로 갈 수 있다.

가슴 가득 일렁이는 흥분을 감추지 못한 채 연아는 빠르게 거리를 걸었다. 정혜는 오늘 밤 과거로 간다 했고, 그 후 열어둔 시간의 문을 통해 쫓아오라 했다. 언제 닫힐지 모르는 문이다. 정혜와 머리를 맞대고 시간을 맞춰보니, 시간의 문은 3일까지는 열려 있는 것 같았다.

내일 밤, 혹은 모레 밤. 그때까지 화재 사건에 대해 최대한 많은 정보를 확보해놓아야 한다.

연아는 시린 바람을 맞으며 핸드폰을 꺼내 들었다. 아마 점심시간일 것이다.

[응. 왜?]

윤새가 전화를 받았다.

"점심 먹었어?"

[응. 맛대가리 없는 고등어조림. 어떻게 학교 급식은 시간이 지나도 나아지질 않냐.]

한차례의 투덜거림을 들어준 뒤 연아는 조심스레 말을 꺼냈다.

"윤새야, 너 저번에 그랬었잖아. 고등학교 동창회 한다고."

[김재욱 문자 받은 거?]

"응."

[나 그거 안 가도 돼. 그냥 진짜 가끔 갔었어. 너 불편하면……]

"아냐, 아냐. 가도 돼. 물어보려고. 그거 언제 하는 거야?"

[왜 물어보는 건데?]

"그냥. 며칟날 하는데?"

[……내일모레.]

'아, 다행이다.'

"그럼, 나도 갈래."

핸드폰 너머로 침묵이 이어졌다. 아마 윤새는 속으로 비명을 질러대고 있을 것이다.

　이윽고 윤새는 무슨 꿍꿍인 거냐고, 아니면 드디어 미친 거냐고 물었다. 연아는 '동창들이 보고 싶어서'라는 모범 답안을 내놓았을 뿐이었다. 닦달해도 나올 게 없다는 걸 깨달았는지 윤새는 재욱에게 참석 여부를 알리겠다고 얘기한 후 전화를 끊었다.

8. 누군가 있었다

집에 도착한 연아는 곧장 PC 앞에 앉았다. 인터넷 검색창에 '2003년', '세현 고등학교', '화재', 세 단어를 입력했다. 관련 기사들이 주르륵 나타나자 연아는 맨 위의 기사를 클릭했다.

「15일 오후 1시 20분경. 서울 서초구에 위치한 고등학교 체육관 창고에서 화재가 발생했다. 이 사고로 학생 A군(18)이 사망하고 학생 B양(18)이 부상당했으며, 체육관 일부와 자재들이 전소했다. 함께 창고에 있던 B양은 의식을 잃은 채 창고 밖에서 구조되었으나, A군은 미처 빠져나오지 못해 화를 당한 것으로 추정된다. 신고를 받은 서초 소방서는 소방차 3대와 소방대원 25명을 투입해 불을 진화하였으며, 추가 피해는 발생하지 않았다. 경찰과 소방 당국은 담뱃불로 인해 화재가 발생한 것으로 보고 정확한 원인을 조사 중이다.」

「지난 15일 서울 서초구 소재 고등학교에서 발생한 화재로 학생 A군(남, 18)이 숨진 것과 관련, 경찰 조사 결과 담뱃불로 인해 발생한 화재였음이 드러났다. 사망자는 당시 불이 난 체육 창고에 갇혀 있던 학생 B양을 구조하기 위해 창고에 들어간 것으로 확인됐다. 경찰은 숨진 학생 A군이 B양을 구조하는 과정에서 불이 붙은 선반에 깔려 변을 당한 것으로 보고 있다.」

대부분의 기사는 이와 비슷한 스트레이트 기사들이었다. '미성년자 흡연 실태, 이대로 좋은가.'라는 기획 기사와 담뱃불을 체육 창고에 버린 인물을 찾기 위한 탐문 기사들도 아래에 줄지어 있었다.

자신을 지옥의 구렁텅이에 떠다밀고, 지훈의 생명을 앗아간 비극적인 사건은 그렇게 신문지상의 짧은 기사로 객관화되어 있었다. 사건의 당사자인 두 사람도 한 줄로 정리되어 있었다. '사망한 학생 A군, 부상당한 학생 B양'으로.

14년 만에 대면한 과거는 처참하지도, 처절하지도 않았다. 그저 관련된 사람을 제외하고는 한낱 짧디짧은 기사로 요약돼버리고 마는 불행한 사고 혹은 사건일 뿐이었다. 연아는 PC 화면의 '학생 A군'이라는 글자를 손끝으로 살며시 매만져 봤다. 마치 지훈의 얼굴을 쓰다듬는 것처럼 느껴져 울컥 눈물이 났다. 연아는 울음을 삼키며 토씨 하나 다르지 않은 짧은 사고 기사를 반복해서 읽어나갔다. 그러는 와중, 문득 숫자 하나가 주의를 사로잡았다. 화재가 난 시간이 1시 20분이었다.

이상했다. 그날 체육 창고에 청소를 하러 간 시간은 4교시가 끝나고 난 뒤였다. 아마도 12시 40분쯤이었을 것이다. 10분에서 20분가량 청소를 했고, 누군가 문을 잠근 후 체감으로 10분 정도 갇혀 있었다. 진승환 일행이 창고로 들어온 것은 아마도 1시쯤. 늦어도 1시 10분에는 들어왔을 것이다.

연아는 과거의 기억을 떠올리며 노트에 타임라인을 적어봤다.

「12:40 / 체육 창고에 들어감

12:50~1:00 / 누군가 체육 창고의 문을 잠금

1:00~1:10 / 진승환 일행이 체육 창고로 들어옴

?~? / 정신을 잃음

1:20 / 화재 발생」

연아는 정신을 집중해 기억을 떠올리려 애를 썼다. 그날 한참 동안 정신을 잃었다고 생각했다. 적어도 30분에서 1시간 정도는 기절해 있었을 거라 추측했다. 하지만 화재는 자신이 기절한 후 얼마 안 있어 발생한 것이다.

정신을 잃은 건 10분도 안 되는 시간이었어?

아니, 어쩌면 그것보다 더욱 짧은 시간일지 모른다. 사실 조금만 생각해보면 알 수 있는 일이다. 진승환 일행의 담뱃불이 큰불로 번지는 데는 그리 오랜 시간이 걸리지 않았을 것이다. 어떤 화재연소 재현 실험 자료에서 담뱃불이 큰불로 번지는 데 걸리는 시간은 15분이면 충분하다는 내용을 읽은 적이 있다.

당시 진승환 일행에게 당할 뻔한 일을 숨기고 싶어 화재의 원인이 진승환에게 있다는 걸 알면서도 감췄다. 그랬기 때문에 경찰은 담뱃불

의 출처를 알 수 없었고, 학교에는 자신이 담배를 피운다는 헛소문이 나돌았다. 하지만 체육 창고의 화재가 정말 진승환 일행의 담뱃불에 의한 것이고, 정신을 잃은 게 아주 짧은 시간이라면. 그 개 짖는 벨소리의 주인공은 진승환 일행 중 하나일지 모른다.

아마도 이런 상황이었을 테다. 자신이 기절한 후 일행은 두려웠을 것이다. '정말 죽었을까?'라는 생각에 겁에 질렸을지도 모른다. 아무리 질 나쁜 짓을 저지르고 다니는 무리라 해도 살인은 엄연히 다른 문제니까. 진승환은 일행 중 가장 만만한 아이에게 가서 보고 오라고 얘기했을 것이다.

그 아이는 어쩔 수 없이 체육 창고로 되돌아가지 않았을까? 화마에 휩싸인 체육 창고를 보고, 그 안에서 살려달라 울부짖는 이를 보고 완전히 겁에 질렸을 것이다. 꽁지가 빠져라 도망갔겠지. 눈이 마주친 자신이 그대로 죽어버리길 바랐을지도.

대체 누굴까, 그 아이는.

연아는 눈을 감고 온 신경을 집중해 당시를 떠올려봤다. 진승환 일행이 체육 창고에 들어왔을 때 진승환 외에 누가 또 있었는지 생각해내야 했다.

3명이었던가? 아니면 4명?

진승환이 아이들에게 자신을 잡으라고 지시했고, 똘마니 오성식과 구준용이 양쪽에서 붙들었다. 김주승이 뒤에서 입을 막았다. 그러니 4명일 것이다. 진승환과 그 똘마니인 오성식과 구준용, 김주승, 그리고⋯⋯. 기억은 여전히 안갯속에 휩싸인 듯 뿌옇기만 했다. 분명 그렇게 4명인데 왜 찜찜한 기분이 드는 것일까. 그때 장면 하나가 번쩍 떠올렸다.

"심심한데 잘됐다. 야, 우리 재밌는 거 하자. 너 디카 꺼내 봐."

그럼 디카를 꺼냈던 아이는 누구지? 그래, 분명 5명이었다. 한쪽 구석에 가방을 껴안은 채 쭈그려 있던 남자아이.

밤의 고요가 내려앉은 골목길이었다. 늦은 밤, 하필이면 비까지 거세게 휘몰아치고 있었다. 연아는 우산에 타닥타닥 부딪히는 빗줄기 소리를 들으며 흔들리는 우산대를 꼭 잡아 쥐었다.

하필이면 비람.

길을 따라 구르듯 흘러내리는 물줄기를 바라보며 연아는 우중충해지려는 마음을 부여잡았다. 비탈진 길을 따라 흐르던 물줄기가 신발에 닿아 튀어 오르며 바짓단이 흠뻑 젖었다. 곧 담치기를 해야 하니 어차피 젖을 테지만, 축축 달라붙은 바짓단에 마음까지 꿉꿉해졌다.

정문을 돌아 담벼락에 선 연아는 잠시 망설이다 결국 우산을 접었다. 동시에 휘몰아친 비바람에 금세 몽땅 젖고 말았다. 연아는 손을 더듬어 허벅지쯤 위치한 홈을 찾아내 한 발을 올리고, 가뿐하게 담을 넘었다. 학교 안으로 들어온 뒤 다시 우산을 펼쳐 들까 생각도 해봤지만 이미 무용한지라 그대로 비를 맞으며 학교 건물로 이동했다. 비 내리는 밤의 학교는 한층 더 음산했다. 흡사 어느 공포 영화에 나올 법한 고성 혹은 방치된 폐건물같이 스산하고 황량했다.

시각은 11시 40분. 곧 12시다. 이제 와 되돌아갈 수도 없었기에 연아는 질퍽이는 길을 따라 본관 건물을 향해 걸었다. 1층에 열린 창문으로 들어가기 전, 연아는 흙 묻은 신발을 벗어 털고 축축하게 젖은 옷의 물기를 조금이나마 짜냈다. 그러고는 양말만 신은 채 창문을 넘어 학교 복도에 올라섰다. 창문 너머로 들리는 거센 빗소리가 공포 영화의 효과음처럼 눅진한 학교의 공기를 울리고 있었다.

계단으로 가야 하나.

연아가 살그머니 1층 계단을 향해 걸어가려 할 때였다. 1층 계단참에 거무스름한 형체가 조용하지만 재빠르게 휙 지나가는 것이 보였다. 누군지 알면서도 순간적으로 터져 나오는 비명을 가까스로 참았다. 심장이 쿵쿵거리고 다리가 후들후들 떨렸다. 두근대는 가슴을 억누르며 연아는 그 형체를 향해 걸어가기 시작했다.

1층 계단을 올라 2층, 2층에서 3층, 그리고 3층 계단참 위로 올랐다. 이윽고 연아가 검은 형체의 어깨를 잡았다.

"으아, 압."

검은 형체가 소리를 내지르기 전 연아가 검은 형체의 입을 틀어막았다. 연아를 알아본 검은 형체의 눈 속에 경악과 분노가 휘몰아쳤다. 연아는 검은 형체가 자신의 존재를 알아차렸다 생각하고는 입에서 살포시 손을 떼어냈다.

"너, 너 미쳤어? 네가 오늘 여길 왜 와!"

연아를 알아본 정혜가 숨죽여 소리쳤다. 어지간히 놀랐는지 자신도 모르게 반말이 튀어나왔다.

"선해줄 게 있어서요."

오늘 밤은 정혜가 과거로 가는 날이었다. 연아는 정혜를 만나기 위해 밤 12시가 다 된 지금, 학교에 온 것이었다.

"제정신이에요? 오늘 밤 나 수능 보러 과거로 간다고 했잖아요. 연아 씨가 여길 오면 어떻게 해요? 어쩌자고. 같이 과거로 가자고? 일이 어떻게 틀어질 줄 알고!"

흥분한 정혜가 속사포처럼 말을 쏟아냈다.

"아니, 그런 거 아니에요."

"간 떨어지는 줄 알았잖아요!"

"미안해요. 조용히 해야 한다는 생각에 소리 내어 부를 생각도 못했어요."

사과에도 정혜는 팔짱을 낀 채 연아를 노려봤다. 11시 50분. 아직 10분이라는 시간이 남았다. 10분 동안 캄캄한 어둠 속에서 공포에 떠느니, 연아와 함께 있는 게 훨씬 나을 거라는 생각에 정혜는 머리끝까지 치솟았던 화를 가라앉혔다.

"아직 시간 남았으니까 일단 우리 좀 앉자. 내가 한 살 많으니까 앞으로 반말해도 되지?"

"네네, 그럼요."

정혜가 계단에 주저앉자 연아도 차가운 계단에 엉덩이를 걸쳤다.

"설마 나 감시하러 온 거야? 오늘 가는 게 맞는지 확인하러?"

"아니라니까요."

"걱정 마. 저번에 약속한 대로 오늘 수능 날로 가서 화재 사건이 벌어지는 날까지 열흘 동안은 과거에 있을 거야. 이미 직장에 말도 해놨어."

정혜의 말에 연아는 고개를 떨궜다. 시간 여행의 방해자인 자신은 과거로 간 동안 현재의 시간이 멈춰 있지만, 시간 여행의 주인인 정혜는 과거에서 시간을 보내는 만큼 현재의 시간이 흐른다. 과거에서 열흘을 머물면 현재에서 열흘의 시간이 사라지는 것이다. 시간의 주인이 과거로의 여행을 위해 당연히 지불해야 할 대가. 연아는 정혜가 지불한 대가에 무임승차하고 있었다.

"고, 고맙습니다."

더듬대는 연아의 감사 인사에는 여러 감정이 담겨 있었다. 미안함, 그럼에도 불구하고 부탁할 수밖에 없는 절박함.

무거워지는 분위기에 정혜는 화제를 전환했다.

"그래도 오늘은 혼자가 아니라서, 좀 덜 무섭긴 하네."

"그러니까요. 선배님도 알겠지만 아무리 과거로 가야 하는 절박한 이유가 있다 해도 한밤중에 혼자 학교에 오는 건 너무 무서워요."

"그치. 가끔씩 막 물건들이 뒤틀리면서 이상한 소리를 내거나 할 때는 심장이 멈출 것 같다니까."

"맞아요. 게다가 어렸을 때부터 들었던 온갖 무서운 얘기들이 다 떠올라서……."

"야야. 그만. 하지 마. 안 그래도 무서운데. 나 가버리면 너 혼자 집으로 돌아가야 하는데 어떻게 하려고 그래?"

"으아아아, 그러니까요. 취소, 취소. 사라져라, 제발."

연아의 호들갑에 정혜가 피식 웃었다.

"줄 거 있다는 건 거짓말 같고. 여기 온 진짜 속셈이 뭐야? 진짜 같이 가게 해달라 그런 부탁하려고 온 건 아니지?"

"아니라니까요. 나도 염치가 있는 사람인데."

"그럼 왜 온 거야? 설마 나 무서울까 봐 와준 건 아닐 테고."

정혜의 말에 연아의 눈이 동그래졌다.

"어떻게 알았어요?"

"뭐야, 정말이야?"

"나도 늘 무서웠거든요. 선배도 무서울 것 같아서. 둘이면 그나마 덜 무서울 테니까요."

정혜는 믿지 못하겠다는 듯 눈을 가늘게 치켜떴다.

"뭐야, 이런 식으로 아부해도 소용없어. 다시는 양보 안 할 거야."

"역시 안 넘어가시네요."

연아는 싱긋 웃으며 시계를 확인했다. 어느덧 12시가 가까워져 오고 있었다.

"이제 시간 다 됐다. 난 가볼 테니 너도 이제 가봐."

정혜는 계단에서 일어나며 젖은 바지의 물기를 툭툭 털어냈다.

"잠시만요."

연아가 부스럭거리며 가방에서 무언가를 꺼내 정혜를 향해 내밀었다. 금박지로 포장된 직사각형 상자였다.

"이게 뭐야?"

"엿이요. 사실 이거 드리려고 오늘 온 거예요."

정혜는 연아가 내민 엿을 물끄러미 바라봤다.

"……나 주려고?"

"수능 보러 가시잖아요. 이거 드시고 시험 잘 보라고요."

나이를 먹어도 시험 때 긴장하는 건 똑같다. 스트레스로 머리가 터져 나갈 것 같고, 가슴은 조마조마하고, 긴장감에 밥 한술 넘어가지 않고. 정혜의 마음도 꼭 그러할 것이다. 그것이 아무리 오래전에 이미 본 시험이라 할지라도.

"고마워. 생각지도 못했네."

얼떨떨한 얼굴로 엿을 받아 든 정혜가 상자를 가로세로로 동여맨 리본을 풀었다. 엿을 하나 꺼내 보란 듯이 한 입 베어 물었다.

"드셨으니까 철썩 붙을 거예요. 파이팅! 시험 잘 봐요."

"⋯⋯응, 고마워."

연아만이 빌어줄 수 있는 합격 기원, 시험 잘 보라는 응원. 연아와 정혜는 둘만이 공유하는 비밀에서 묘한 동질감을 느끼며 서로를 향해 웃음 지었다.

"그럼 잘 다녀오세요."

"잘 갔다 올게."

시각은 11시 59분. 정혜가 떠나야 할 시간이었다.

연아는 가볍게 손을 흔들어 인사를 한 후 계단을 내려왔다. 직후 환한 빛이 퍼져가며 머리 위를 밝히더니 곧 사그라졌다. 연아는 귓가를 울리는 빗소리를 들으며 창문 밖을 내다봤다.

연아는 집으로 돌아와 젖은 옷가지를 벗고 따뜻한 물에 몸을 담갔다. 이대로 침대에 몸을 내던지고 싶었으나 물먹은 솜처럼 무거워진 몸을 이끌고 침대 머리맡에 앉았다. 단 이틀, 주어진 금쪽같은 시간을 잠으로 허비할 순 없었다.

연아는 무릎 위에 노트북을 올려놓고 화재 기사를 다시 검색했다. 행여나 놓친 게 있을까, 저번처럼 묻어두었던 기억이 불쑥 튀어나오지 않을까 기대하며 몇 번이고 반복해서 기사를 읽었지만 더 이상 새로운 단서는 발견할 수 없었다.

역시 내일모레 있을 동창회를 기대하는 수밖에 없는 건가.

연아는 한번 더 진승환 일행을 떠올리며 구석에 있던 남자아이가 누구였는지 생각해보려 했다. 하지만 아무리 생각해도 진승환 무리 외에 다른 남자아이의 모습은 떠오르지 않았다.

설마, 내가 만들어낸 기억은 아니겠지?

오래전, 정신이 혼미할 때의 기억을 얼마나 믿을 수 있을지 스스로가 의심스러워졌다. 하지만 아니다. 분명 남자아이가 한 명 더 있었다. 진승환의 명령에 디카를 꺼내던 아이. 화재가 난 체육 창고에 갇힌 자신과 눈이 마주치고서도 달아난 아이.

대체 누구였을까?

머리가 아파오자 연아는 노트북을 덮어버렸다. 이미 한참이나 늦은 시간이다. 내일은 출근해야 하니 어서 잠을 청해야 했다.

연아는 침대에 누워 협탁 위 스탠드를 끄려 했다. 그런데 문득 그 위에 아무렇게나 올려둔 배우리의 소설책이 눈에 띄었다. 처음 20페이지 정도 읽다가 마음이 아파 덮어두었던 책이었다. 많이 각색되어 있었지만, 지훈과 연아를 아는 누군가가 본다면 둘의 이야기임을 충분히 짐작할 만한 내용이었다.

연아는 책갈피로 표시해둔 곳을 펼쳐 들었다. 소설의 초반부는 계속

해서 남자 주인공인 지훈이 고등학교 시절을 회상하는 내용이었다. 사소한 말장난에 깔깔 웃어대는 두 사람, 사소한 일로 질투하고 싸워대는 두 사람, 수련회 때 주위의 눈을 피해 몰래 나와 데이트를 하는 두 사람, 먼 미래가 환한 희망으로 채색되리라 굳게 확신하는 두 사람. 모든 장면이 꿈결같이 아련하고 아름답게 그려져 있었다.

우리는 이런 사랑을 했었구나. 배우리의 눈에도 우리는 이렇게 활활 타오르는 불꽃처럼 찬란한 사랑을 했었구나.

연아는 가슴이 먹먹해지는 것을 느끼며 다음 장을 펼쳤다.

오후의 햇볕이 따스하게 학교 교정을 비췄다. 운동장은 점심을 먹고 나온 아이들로 시끌벅적했다. 교정을 맴도는 밝고 활기찬 기운과 무관하게 지훈은 홀로 계단 스탠드에 앉아 일그러진 낯으로 운동장 한 곳을 주시하고 있었다. 다가오는 누군가의 기척도 알아채지 못한 채 집중한 모습이었다. 친구가 옆자리에 앉으며 지훈의 어깨에 손을 올렸다.

"야, 뭐 보고 있냐?"

"아니, 그냥……."

지훈이 얼른 시선을 거뒀지만, 친구는 그가 어디를 바라봤는지 알 것 같았다. 운동장 끝 등나무 벤치에서 여자아이들 무리가 아이스크림을 먹으며 재잘대고 있었다. 그중에 하얀 얼굴에 머리를 뒤로 쫑 묶은 지훈의 여자친구도 있었다.

"아니, 점심시간에 내가 매점 가자고 하니까 볼일 있다고 하길래 뭔 일인가 싶어서."

들킨 거라 생각했는지 지훈의 변명하는 모양새가 영 신통치 않았다.

"새끼야, 네가 무슨 스토커냐? 왜 그렇게 집착을 해? 네 여자친구잖아."

"인마, 나도 알아. 난 그냥……."

"설마 요즘도 그러냐? 밤에 걔네 집 앞에 몰래 가서 방에 불 꺼졌나 확인하는 거?"

격한 다그침에도 지훈은 말이 없었다.

"진짜 작작 좀 해라. 왜 그렇게 못 믿어? 하여간 이 자식 집착이랑 소유욕보고 있으면 진짜 섬뜩해. 아주 호러야, 호러."

"못 믿어서 그런 거 아니야."

"그럼 왜 그러는데?"

한참 동안 입술을 달싹거리던 지훈이 웅얼거리듯 말했다.

"……불안해서."

말을 내뱉었지만, 저 스스로도 그 말의 연유를 찾지 못한 것 같았다. 친구는되물었다.

"뭐가?"

"모르겠어. 그냥 불안해. 갑자기 죽어버릴까 봐 불안하고, 뺏길까 봐 불안하고, 떠날까 봐 불안하고, 그냥 사라질까 봐 불안해."

미친놈아, 죽긴 왜 죽어? 사람 그렇게 쉽게 안 죽는다. 그리고 떠나긴 왜 떠나. 네가 잘하면 떠날 일이 뭐 있어. 친구는 이런 말 대신 커다란 손으로 지훈의 어깨를 힘주어 잡았다. 집착의 원인을 알고 있었기 때문이었다. 매일같이막대사탕을 달고 다닐 정도로 단 걸 좋아하는 식습관, 여자친구를 향한 끝없는 집착. 애정결핍의 대표적인 증상이었다.

지훈의 아버지는 IT기기 제조 회사를 운영하고 있었다. 말이 좋아 중소기업이지, 실상 대기업이나 다를 바 없을 만큼 규모가 큰 회사였다. 주 거래처인 정부

167

부처나 공공 기관에 전자제품을 납품하기 위해 일부러 일정 수준의 매출 규모를 유지하는, 중소기업이란 간판만 달고 있는 회사였다. 지훈은 이런 부유한 집안의 둘째였다. 위로는 형이, 아래로는 남동생이 있었다. 지훈의 아버지는 일밖에 모르는 분이었고, 지훈의 형은 서울대 경영학과 재학생이었다. 아버지는 자신을 쏙 빼닮은 큰아들만, 어머니는 살가운 막내아들만 신경 썼으니 그 대단한 집안에서 지훈은 애정에 굶주린 채 방치되어 살았다.

여자친구는 그런 지훈이 속수무책으로 마음을 주기 시작한 상대였다. 지훈은 알에서 막 깨어난 새끼 오리 마냥 그녀를 쫓아다니며 사랑을 갈구하고, 집착하고, 늘 불안해했다. 유일하게 제 손에 쥔 상대이니 놓칠까 불안하기도 할 것이다.

"그래도 평생 이럴 순 없잖아. 언젠간 쟤도 숨 막힌다 생각할 날이 올 거야."

"알아, 나도."

가늘게 뜬 눈으로 운동장 건너편 여자아이들 무리를 바라보는 지훈의 눈빛은 여전히 집요했다. 아슬아슬한 경계선. 친구는 그가 가느다란 그 선 위를 위태롭게 걷고 있는 것만 같았다.

그때였다.

"어? 쟤, 안경 아니야? 미친놈이랑 친했었나?"

본관 건물 뒤편으로 향하는 미친놈 일행과 안경의 모습이 보였다. 친구의 말에 지훈 역시 같은 곳을 향해 시선을 던졌다.

"설마…… 미친놈, 이번 장난감 타깃을 안경으로 잡은 건 아니겠지?"

"나랑 무슨 상관이라고."

친구의 물음에 지훈은 퉁명스럽게 대꾸했다.

"저 새끼들, 잠잠하더니 또 저러네. 야, 류지훈. 너 가만히 있을 거야? 우리 반 애 건드리는데? 너 중학교 때 안경이랑 옆집 살면서 제법 친했잖아."

지훈은 입을 굳게 다문 채 대답하지 않았다.

"저거 왠지 끌려가는 것 같은데. 우리 한번 가봐야 하는 거 아니야?"

"됐어. 상관하지 마."

지훈이 자리에서 일어나며 바지를 툭툭 털어냈다.

"야야."

친구는 뭐라 한마디 하려다 입을 다물고 말았다. 중학교 2학년 때 있었던 일과 안경의 이야기는 그에겐 일종의 금기와도 같았다.

"나 간다."

지훈 역시 그때의 일을 상기했는지 기분 나쁜 표정으로 뒤를 돌았다. 친구는 그 뒷모습을 물끄러미 바라볼 수밖에 없었다.

배우리의 소설 속 지훈의 이야기는 각색조차 되어 있지 않았다. 실제 성장 과정과 거의 흡사했다.

대부분은 이미 연아도 알고 있는 이야기였다. 처음 지훈과 사귈 당시 끝도 없는 질투에, 이해 못 할 행동에 치를 떤 적도 많았다. 나중에 지훈의 집안 사정과 성장 과정을 알고 난 후에도, 머리로는 이해하면서도 가슴으로는 받아들이지 못했다. 애정결핍이 대체 뭔가 싶어서 도서관에서 책을 찾아 읽어볼 정도였다.

계속 글을 읽어 내려가던 연아의 눈이 책장 어느 곳에서 멈췄다.

"설마…… 미친놈, 이번 장난감 타깃을 안경으로 잡은 건 아니겠지?"

그리고.

"너 중학교 때 안경이랑 옆집 살면서 제법 친했잖아."

소설 속 '안경'이라 불리는 남자아이가 누구인지 쉽게 짐작할 수 있
었다.

그런데 지훈이와 재욱이가 친했던 사이였어?

9. 동창회의 밤

이른 저녁. 이태원은 오색찬란한 색을 가득 뿜으며 화려하게 빛나고
있었다. 좁은 길을 가로지르는 자동차 경적 소리, 왁자지껄 떠드는 소
리. 골목이 만들어내는 활기찬 소음을 들으며 연아는 거리를 걸었다.

[같이 가자니까.]
"아냐, 괜찮아. 넌 좀 늦는댔잖아. 나 먼저 가 있을게."
[나 없이 애들 만나도 괜찮겠어?]
"그럼, 당연하지. 얼른 시간하고 장소나 알려줘."
[저녁 7시. 이태원 엘레니스 레스토랑. 송우태가 하는 레스토랑이
야.]

몇 시간 전, 윤새는 동창회 장소와 시간을 알려주고도 안심을 못 하
겠는지 몇 번이나 서정과 함께 가는 게 어떻겠냐고 물었다.

"태어난 지 얼마 안 된 갓난애를 놔두고 서정이가 어떻게 나와."

자신의 싱글 라이프에 100퍼센트 만족하는 윤새는 가끔 육아나 기혼 여성의 삶에 너무 무감하다. 조카가 다섯이나 있으면서.

[그럼 기다려. 최대한 빨리 마치고 갈게.]

갑작스레 잡힌 회의가 어디 그렇게 빨리 끝나겠는가. 연아는 계속해서 괜찮다고 말해준 뒤 전화를 끊었다. 하지만 자신 있게 얘기했던 것과는 달리 동창회 장소로 향하는 걸음은 영 신통치 않았다.

여기 어디쯤일 텐데.

연아는 눈길로 번쩍이는 간판들 사이를 헤집었다. 골목 중간 어디쯤, 붉은 벽돌 건물에 필기체로 써진 'Eleni's'란 영문이 보였다. 눈길은 닿았는데 발길이 떨어지지 않았다. 괜찮다고, 아무렇지 않다고, 윤새에게 호언장담했건만 긴장으로 몸이 뻣뻣하게 굳었다. 많은 시간이 흘렀지만 그 시절 자신에게 쏟아졌던 비난과 폭언, 적대적인 눈빛이 아직도 생생했다.

연아는 떨어지지 않는 발걸음을 떼며 건물을 향해 걸었다. 그런데 레스토랑 앞에 익숙한 얼굴이 서 있었다. 최자현이었다.

"안 들어가고 뭐 해?"

자현이 놀란 얼굴로 눈을 껌뻑이더니 입에 문 담배를 떨어뜨렸다.

"너…… 너, 이연아?"

연아는 어색한 미소를 지으며 고개를 끄덕였다.

"너, 설마 동창회 나온 거야?"

"……응."

"너도 참…… 대단하다."

자현은 주머니에서 담배를 꺼낸 다음 불을 붙였다. 몸에 달라붙는 카키색 스키니진, 스터드 장식이 화려한 검정 라이더 가죽 재킷, 짙은 화장을 한 자현은 익숙하지만 낯선 얼굴이었다. 연아의 기억 속 자현과는 너무도 달랐다. 엄마의 얼굴을 하고 둘째 아이를 품에 안던 최자현. 그녀는 어디에도 없었다.

"최자현, 넌 뭐 하고 살아?"

죄책감과 미안함, 궁금증이 뒤엉킨 질문이었다. 의례적인 물음이라 생각한 자현은 콧방귀를 뀌더니 담배 한 모금을 길게 들이마셨다.

"나 계속 밴드하고 있어."

"원더랜드?"

"와. 그 이름 진짜 오랜만이다. 그게 언제 적이야?"

"그럼 해체한 거야?"

"14년이면 싸우고 탈퇴하고 해체하고 다시 뭉치기를 10번도 넘게 하고도 남을 시간이야. 지금은 세이렌이란 밴드 소속이고. 들어본 적은 없지?"

"미안. 결혼은…… 아직이고?"

"뭐, 그렇게 됐어. 사는 게 바쁘다 보니."

자현이 내뿜은 하얀 연기가 아지랑이처럼 피어올랐다.

"그럼 넌. 넌 결혼했어?"

자현의 물음에 연아는 피식 웃으며 고개를 저었다.

나이가 들고 나니 오랜만에 만난 사이에 던질 만한 화두는 정해져 있었다. 결혼은 했냐, 애는 낳았냐, 둘째는 언제 낳을 거냐, 부모님은 건강하시냐. 사실 그 질문은 '정해진 순리대로 살고 있느냐.'라는 추궁에 가까운 것이었다. 연아 역시 그런 류의 질문은 피해야지 하면서도 안부라는 이름으로, 상대에 대한 관심의 표현이란 이름으로 어쩔 수 없이 하게 되었다.

연아는 자현 옆에 나란히 선 뒤, 벽에 등을 기댔다. 거리는 여전히 인파와 소음으로 번잡스러웠지만 두 사람 사이에 흐르는 침묵이 얇은 막을 형성한 듯, 둘은 기묘한 고요 속에 잠겨 있었다. 서로 진짜 나누고 싶은 이야기는 따로 있었다.

"이연아. 있잖아, 너 예전에 나한테 했던 말 기억나?"

다소 경계심이 누그러진 말투로 자현이 물었다.

"나? 내가 뭐라고 했는데?"

"언제쯤이더라? 내가 한창 채홍식 선생님에 대한 마음을 접기로 하고 선생님을 피해 다닐 때였어. 지금 생각해보면 그때 난 망가지기 직전이었던 것 같아. '선생님을 위해 하는 일이야.'라고 생각하면서도 마음에 분노나 절망이 가득했거든. 정작 당사자는 신경도 안 쓰는데 내가 뭐 하는 짓인가 싶었지. 내가 지랄 발광을 하든, 희생하며 자길 밀어내든, 선생님은 아무렇지 않았거든. 선생님을 피해 다니는 것보다 그게 나한테는 더 절망적이었어. 내가 선생님한테 별것 아닌 존재라는 거. 하여간 그랬던 시기였는데…… 어느 날 별로 친하지도 않은 네가 나한테 와서 그러는 거야."

"……."

"선생님 포기하지 말라고. 아주 길게 보라고. 어쨌거나 목적은 선생님하고 결혼하는 거니까. 20살에 하든, 32살에 하든 무슨 상관이냐고."

당연히 기억난다. 충고 따위가 아니었다. 간절한 부탁이었다.

내가 어그러뜨린 너와 채홍식 선생의 미래, 서준이와 서아를 다시 존재하게 해달라는 부탁. 내 이기심으로 지워버린 그 미래를 너의 의지로 다시 만들어내 달라는 부탁이었다.

"기억이 날 것도 같다."

죄책감이라는 이름의 발톱이 심장을 할퀴고 지나갔다.

"왜 하필 32살이었을까."

자현의 시선이 허공을 맴돌았다. 텅 빈 눈동자. 그 속이 비어 있는 게, 변해버린 과거에 두고 온 그녀의 두 아이 때문인 것처럼 느껴져 연아는 가슴이 먹먹했다.

"그런데 나 있잖아."

"……."

"얼마 전에 선생님 만났어."

머쓱한 듯 자현이 시선을 떨궜다. 연아가 고개를 홱 돌려 쳐다보자 창백한 밀 빛 피부가 발긋하게 물들었다.

"아니, 사실 말하자면 몇 년 전부터 선생님 찾아갔었어."

"정말이야?"

"응. 그러다가 얼마 전 내 생일날 선생님을 찾아갔었지. 스승의 날도 아닌데 왜 찾아왔냐고 물어보시더라."

"그래서?"

"우습게도, 그때 나 네가 했던 이야기가 생각나더라. 그래서 용기 내서 말했어. 내 생일인데 같이 밥 먹을 사람이 없다고. 선생님이 나 밥 좀 사주라고."

"그래서 같이 저녁 먹었어?"

자현은 멋쩍게 웃으며 고개를 끄덕였다.

"응. 게다가 선생님⋯⋯. 아직 결혼 안 하셨더라고."

"너 설마 아직도."

"그렇게 보지 마. 그런 거 아니야. 그냥, 그저 선생님보다 더 좋아하는 남자를 이때까지 만나지 못했을 뿐이야. 선생님 못 잊어서, 첫사랑 못 잊어서 이때까지 정조 지키고 그런 거 아니다. 나 남자 많이 만나봤어."

자현은 머쓱한 표정으로 구구절절한 변명을 늘어놓았다.

"그래도⋯⋯ 음 뭐랄까, 뭐라도 한번 시도해보지 않으면 후회할 것 같았어. 그래서 용기 한번 내본 거야. 너, 오해하지 마라. 그냥 밥 한 끼 먹은 것뿐이니까."

자현이 정색했지만 연아는 귀담아듣지 않았다. 자신이 한 말 때문에 그들의 운명이 바뀐 것은 아니겠지만, 조금이나마 도움을 준 것 같아 다행이었다. 연아는 시간을 거스르는 자현의 의지를 응원해주고 싶었다.

그래. 저녁 먹고 연애하고 결혼하고 애도 둘이나 낳아.

"벌써 시간이 이렇게 됐네. 들어갈까?"

아까보다는 한결 밝은 얼굴로 자현이 빙긋 웃었다. 돌아서는 뒷모습을 보며 연아는 마음속으로 간절하게 빌었다. 자현이 행복하길, 그녀가 걷고자 하는 앞길이 부디 순탄하길.

자현을 앞세운 연아는 이윽고 레스토랑 안으로 들어갔다. 조도가 낮은 은은한 조명과 앤티크한 소품들로 장식된 내부에서 고급스러운 분위기가 물씬 풍겼다. 메인 홀에서 저녁 식사를 하고 있는 일행이 눈에 띄었지만, 동창회로 보이는 무리는 어디에도 없었다.

"2층에 있을 거야. 거기 단체룸이 있대."

자현은 망설임 없이 2층 계단을 올랐고, 연아도 그 뒤를 긴장한 채 따르기 시작했다. 2층에 올라서자 탁 트인 내부 한쪽에 커다란 문이 보였다. 문밖으로 왁자지껄한 이야기 소리와 웃음소리가 새어 나왔다.

"괜찮겠어?"

문을 열기 전 자현이 돌아보며 물었다. 서로를 향해 칼을 겨누고 지독하게 아픈 상처를 헤집게 될까 걱정하는 말투였다.

"괜찮아. 어서 들어가자."

연아의 대답에 고개를 끄덕인 자현이 문고리를 잡아 돌렸다. 천천히 문이 열렸다. 그러자 웃고 떠들던 이들이 조잘대던 입을 다물고 문 쪽을 돌아봤다. 순간, 정적이 흐르며 방 안의 공기가 크게 일렁였다.

시간이 흘렀으나 변한 게 없었다. 세미 정장 차림에 머리를 말끔하게 넘긴 듬직한 체구의 송우태. 여전히 날렵한 몸에 5 대 5 가르마를 유지하고 있는 지경민. 통실통실한 체격에 화려한 랩스커트를 입은 배우리. 검정 슈트를 갖춰 입은 지적인 모습의 김재욱. 그리고 어제 만난 듯 그 모습 그대로의 강호윤.

그 외의 몇몇 동창들이 입을 다물지 못한 채 연아를 뚫어져라 쳐다봤다.

"안녕. 오랜만이야."

정말 반갑다는 듯 연아가 활짝 웃으며 인사했다. 연아의 인사말에 동창들은 하나둘 얼굴에 웃음을 지으며 들어오라 손짓했다.

그렇게, 동창회의 밤이 시작되었다.

"이햐, 이게 누구야? 이연아 아니야? 진짜 오랜만이다. 그동안 잘 살았어? 결혼은 했고? 어떻게 지내?"

얼어붙은 분위기를 깬 건 여전히 말 많고 촐싹거리는 경민이었다. 연아와 자현이 테이블에 자리를 잡자 눈치 빠르게도 질문을 퍼부으며 분위기를 전환시켰다.

"나야 뭐, 그럭저럭 지내고 있지. 결혼은 아직이고. 은행 다녀, 새한은행."

"네가 은행? 그러고 보니 예전에 진로 희망서 낼 때 네가 은행원이라 적어 내서 너무 현실적이라 놀랐던 기억이 난다. 왜, 우리 그맘때쯤엔 다들 엄청난 게 될 줄 알고 말도 안 되는 거 많이 적어 냈었잖아."

"기억 안 나? 지경민, 너 그때 재벌이라고 써냈다가 채홍식 선생님한테 몽둥이로 얻어맞은 거?"

경민이 진로 희망서에 대한 추억을 끄집어내자 재욱이 옆에서 말을 보탰다.

"당연히 기억나지. 근데 나 지금 재벌은 아니더라도 기업가가 된 건 맞잖아. 설립한 지 3년밖에 안 된 IT법인이지만 매출액이나 규모가 이대로만 쭉쭉 가준다면 진짜 재벌 될지도 몰라. 그러면 나 채홍식 선생한테 가서 깽값 받아야 하는 거 아니냐?"

"되고 나서 말해. 신생 법인 매출성장률이야 시류에 편승해서 대기업 매출처 하나 잡으면 쭉 올라가는 건데. 그런데 요즘 경기가 진짜 어렵긴 어려운가 보더라."

이내 방 안의 화제는 어려운 경제 상황으로 옮겨갔다. 사업이 어떻다느니, 자영업은 더 힘들다느니, 고용 불안이 어떻다느니, 그나마 직장인이 낫다느니. 나이가 나이인지라 이야기의 주제는 자연스럽게 먹고사는 문제로 모아졌다.

연아는 곁눈질로 테이블에 자리한 동창들의 얼굴을 훑었다. 반기는 몇몇 때문에 마음이 편해지기는 했지만 예상한 대로 가시방석이 따로 없었다. 호윤은 연아가 방 안에 들어선 이후 이쪽을 향해 시선 한 번 주지 않았는데, 무시하는 호윤의 태도는 그나마 다행인 것이었다. 동창회 장소를 제공한 우태는 아까부터 노골적으로 불편한 심기를 감추지 않았다.

14년 전, 연아를 가장 많이 원망한 것은 우태였다. 지훈의 죽음을 받아들이지 못한 우태는 연아를 구하려 지훈이 죽었다는 사실을 알고 병원까지 찾아와 난동을 부렸다.

"흐흑……. 왜왜. 왜 너만 살았냐고. 으흑. 왜! 왜 너만 산 거야!"
"너만 아니면…… 지훈인 살 수 있었어. 너 구하러 갔다가 죽은 거야. 너 구하러 갔다가!"
"그렇게 입 다물고 있지 말고 기억해 내란 말이야! 기억을! 창고에서 지훈이가 왜 죽었는지 기억해 내라고!"

윤새가 두들겨 패 쫓아내긴 했지만, 연아는 이후 오래도록 그때 봤던 우태의 얼굴을 잊을 수가 없었다. 며칠 사이 반쪽이 되어 지훈을 살려내라 울부짖던 그 얼굴을.

그 당시 우태와 지훈의 관계는 조금 특별했다. 우태에게 지훈은 친구라기보다는 동경하고 추종하던 우상 같은 존재였다. 그래서 어쩌면 지훈의 죽음에 다른 이들보다 더 큰 충격을 받았는지도 모른다.

결국 우태는 식사 준비가 어떻게 되고 있는지 확인하러 가겠다며, 자리에서 일어났다.

"야야, 송우태! 너 주인이라고 재료비 생각해가며 만들지 말고, 오랜만에 하는 동창회인데 팍팍 인심 좀 써라. 알겠지? 고기 한 점 넣을 거 두 점 넣고 하면서."

우태가 자리를 옮기는 것이 누구 때문인지가 명확한, 껄끄러운 상황이었지만 경민은 장난스러운 말로 분위기를 무마하기 위해 애썼다.

왜 왔을까. 이연아가 이 자리에 왜 왔을까.

모두 그런 생각을 품고 있다는 걸 연아 역시 모르는 게 아니었다. 하지만 지훈을 구하기 위해서는, 동창들을 만나 화재 당일의 이야기를 들어야 했다.

시간이 지날수록 무리는 어색함도 잊은 채, 점점 근황에 대한 이야기와 추억 팔이에 빠져들었다. 연아도 "아, 그래? 정말? 맞아, 그랬었지."라고 추임새를 넣으며 대화의 곁을 맴돌았다. 그때.

"나 화장실 좀 다녀올게."

연아의 건너편 자리에 앉아 있던 배우리가 방을 빠져나갔다. 연아는 때를 놓치지 않았다. 누구와든 둘만 있을 수 있는 상황이 간절히 필요했다.

"나도 갔다 올게."

배우리가 나가는 것을 확인하고 연아 역시 재빠르게 자리에서 일어나 화장실로 향했다. 화장실에 들어서자 배우리는 거울을 보며 옷매무시를 가다듬고 있었다. 연아를 보고는 잠시 놀라더니 곧 시선을 맞춰왔다.

"진짜 오랜만이다. 얼굴 보니 잘 지내고 있는 것 같아 다행이야."

그녀의 시선과 목소리에는 다정함이 묻어나 있었다.

"연락 못 해서 미안해. 그동안 사는 게 바빴다는 게 변명 아닌 변명이다."

"괜찮아. 나도 뭐…… 그때 이후로는 용기가 없어 너한테 연락 못 했는데."

당시엔 모두가 그랬다. 지훈이 죽고, 연아는 한 달 가까이 병원에 있다 얼마 뒤 자퇴했다. 친했던 아이들 몇몇이 연락을 해오긴 했지만, 그들 역시 감당하기 힘들 만큼 엄청난 일을 겪은 친구를 위로할 방법 따윈 알지 못했다. 연락은 매일에서 일주일에 한 번, 그리고 한 달에 한 번으로 줄었고, 여전히 답이 없는 연아에게 지속적으로 연락하기는 힘든 일이었다.

"네 소식은 윤새 통해 들었어. 작가가 되었다고."

"아, 그거?"

배우리의 낯에 당혹감이 스쳤다. 연아가 동창회에 나온 순간부터 불안했을지도 모른다. 어쨌거나 남의 이야기를 허락도 없이 각색해서 쓴 것 아닌가.

"응. 나, 그거 읽어봤어."

"연아야. 그게 말이지, 너한텐 정말 미안한데. 나 그때 너네 둘이 정말 부러웠고, 그 시절 연애하던 모습이 너무…….”

“괜찮아. 너한테 왜 썼냐고 추궁하려는 거 아니야. 사실 지훈이 본명이 그대로 나오는 데다가 과거 우리 얘기가 꽤 사실적으로 나와서 놀라긴 했지만. 읽으면서 그때 생각도 떠오르고 좋았어.”

“연아야.”

배우리가 고개를 숙였다. 남의 상처를 돈벌이로 삼았다는 죄책감에 휩싸인 듯 보였다.

“우리야. 난 정말 괜찮아. 다 지난 일이고 다 잊었어.”

거짓말. 하나도 잊지 못했다.

아직도 그날의 상처는 생생하게 살아남아 자신을 옭아매고 있었다.

“정말이야?”

“다 잊었어. 그러니 그렇게 죄책감 느낄 거 없어.”

“고마워.”

쭈뼛대던 배우리는 안심한 듯 희미한 미소를 지었다.

“근데 우리야. 나 책 읽다가 궁금한 게 있어서 그러는데.”

“뭐가?”

“네 소설 속 장면 중에, 지훈이와 친구가 지훈이 집안에 대해 이야기하는 부분 있잖아. 거기서 친구가 이런 얘기를 하더라고. 지훈이랑 김재욱이 중학교 때 친했었다고. 난 정말 몰랐던 이야기거든. 그거 네가 각색한 거야? 아니면 정말 지훈이랑 김재욱이 중학교 때 친했었어?”

추궁하기는커녕 책 이야기를 꺼내니 신이 났는지 배우리의 얼굴이 밝아졌다.

“아, 그거. 사실이야. 중학교 때 지훈이한테서 직접 들은 얘기야. 나

지훈이랑 같은 중학교 나왔고, 농구부 매니저였잖아."

"응, 그랬지."

"중학교 때 두 사람 친했던 거 맞아. 강호윤, 지경민, 송우태와는 별개로 둘은 동네 친구였어. 지훈이 옆집에 김재욱이 살았거든. 그래서 어릴 땐 둘이 제법 친했었지."

"그런데 고등학교 때는 전혀 안 친했잖아. 내가 몰랐을 정도로. 둘이 싸우기라도 한 거야?"

"아니, 그것보다는……."

배우리가 말끝을 흐렸다. 지훈은 이미 죽었지만, 이걸 말하는 게 그에 대한 예의가 아닌 것 같아 망설이는 모양새였다.

"얘기해줘."

"……지훈이네 엄마, 병 있었던 거 알지?"

주저하던 배우리가 입을 열었다.

"정신적으로 문제가 있으셨던 거 같아. 원래도 예민하고 신경질적인 분이긴 했었는데 시간이 지날수록 그 정도가 점점 더 심해지셨대. 결국 그게 남편에 대한 집착으로 나타났는데 들어보니 어마어마하더라고. 핸드폰 뒤져보고 심부름센터 시켜서 미행하는 건 예사고, 매일같이 회사로 전화해서 언제 들어오냐고 하루에 50통도 넘게 전화하셨다고 해. 그런데 어느 날부터 지훈이네 엄마가 시름시름 앓기 시작했는데 병원에 가서 검사를 해도 발견되는 질병은 없었대. 그런데도 걔네 엄마는 계속 중병에 걸린 사람처럼 아파했지. 처음엔 가족들도 걱정을 많이 했다고 해. 엄마가 아프니 아버지도 점점 엄마한테 관심을 기울이기 시작했고. 하지만 지훈이네 엄마의 병세는 점점 나빠지기만

했다더라고. 그런데 그게 진짜 몸이 아픈 게 아니라 망상장애, 일종의
정신병이라는 걸 알아챈 건 지훈이었어."

지훈은 단순 무식했지만 본질을 꿰뚫어 보는 통찰력이 있는 아이였
다. 엄마의 병이 이상하다는 것 역시 본능적으로 알아챘을 것이다.

"그래서?"

"하필 그 시기가 지훈이가 중학생, 한창 예민할 사춘기 때였어. 어느
날 또 엄마가 아프다, 죽겠다, 못 살겠다, 울고불고하니 지훈이가 가족
들이 다 있는 앞에서 소리치고 만 거야. 엄마가 아픈 건 진짜가 아니라
고. 아버지의 관심을 받고 싶어서 생긴 정신병이라고. 지훈이 때문에
아버지도 아내한테 망상장애가 있다는 걸 알아채고, 정신과 치료를 받
게 하려 했어. 하지만 지훈이네 엄마는 자기를 정신병원에 가두고 무
슨 딴짓을 할 거냐며 맹렬하게 거부했지. 그런 첨예한 갈등이 한동안
계속됐다고 해."

연아는 한 번도 본 적 없는 지훈의 중학교 때 일이 머릿속에 그려지
는 기분이었다.

"결국 포기한 건 아버지 쪽이었어. 대신 그 일로 완전히 일에만 매
달리며 가족들에게서 등을 돌리게 됐지. 형 역시 아버지와 마찬가지
로 공부에 몰두하며 가족을 등한시했대. 지훈이 동생 지용이만이 엄마
옆을 지켰는데, 그래서 지훈이네 엄마는 더더욱 지훈일 원망하며 동생
지용이만 싸고돌았어. 이게 지훈이가 중학교 때 한창 폭주했을 당시
일이야."

연아는 고등학교 시절 만나 뵀던 지훈 어머니의 모습을 머릿속에
떠올려 봤다. 그때 그녀가 지훈을 바라보던 눈빛, 그것은 원망 정도가

아니었디. 자시을 바라보는 눈빛이라고 할 수 없을 만큼 생생한 증오가 담겨 있었다. 어렴풋이 알고 있었던 이야기지만 지훈이 이렇게 정신적 학대에 가까운 일을 겪으며 자랐을 줄은 몰랐다.

"그런데 그 일이 김재욱이랑은 어떻게 연관된 거야?"

연아의 질문에 배우리의 시선이 힐끔 동창회가 열리는 방 쪽을 향했다. 관련인인 재욱이 이 자리에 있으니 말하기 껄끄러운 모양이었다.

"그전까진 학교에서 그런 지훈이의 집안 사정을 자세히 아는 사람은 없었어. 강호윤, 지경민, 송우태조차. 그런데 김재욱이 지훈이 옆집에 살았잖아. 부모님을 통해서든 동네 소문을 통해서든 지훈이 집안 사정에 대해 들었겠지."

"……."

"지훈이 집안 얘기를 소문낸 게 바로 김재욱이야."

"소문을 내? 어떻게?"

"너도 알겠지만 지훈인 중학교 때부터 진승환 패거리하고 사이가 안 좋았어. 진승환이 애들 때리고 돈 뺏고 할 때마다 그걸 제재한 게 지훈이였으니까."

인간 군집이 존재하는 모든 곳에 권력 관계가 형성되어 있듯 고등학교 내에도 힘의 우위라는 게 존재했다. 그런 면에서 지훈은 학교의 권력자였다. 엄청난 집안 배경, 또래보다 우월한 피지컬, 아이들의 전폭적인 지지. 하지만 지훈은 그런 권력을 제멋대로 휘두르지 않았다. 특히 따돌림이나 괴롭힘을 몹시 싫어했기에 진승환 패거리는 다른 학생들을 상대로 행패를 부릴 수 없었다.

"그래서 진승환 일행은 언제 한번 지훈이를 제대로 엿 먹이겠다 호시탐탐 기회를 노리며 이를 갈고 있었지. 그러다가 타깃으로 잡은 게 김재욱이었어. 아마 지훈이 몰래 엄청 괴롭혔던 것 같아. 김재욱도 진승환이 괴롭히고 있다는 사실을 지훈이에게 얘기하면 됐을 텐데, 어린 나이의 자존심이랄까. 그런 것 때문에 참고만 있었던 것 같아. 그러다가 어느 날 사소한 문제로 지훈이랑 김재욱이 싸우고 냉전을 하던 중이었대."

"……."

"진승환 일행이 꼬드겼겠지. 다시는 괴롭히지 않겠다. 그러니 류지훈의 약점에 대해 알려달라. 이렇게. 물론 난 이 모든 이야기를 지훈이에게 들었기 때문에 당시 김재욱의 생각이 어땠는지는 몰라. 그냥 추측만 할 뿐이지. 어쨌든 친구 사이라도 질투라는 게 있잖아. 사소한 일이지만 싸웠겠다, 자격지심도 있겠다, 진승환이 다시는 안 괴롭히겠다 약속도 했겠다. 그냥 홧김에 지훈이 집안 얘길 진승환한테 해버린 거야."

"그래서 둘은 절교를 하게 된 거고?"

"응. 지훈이가 꼭지가 돌 정도로 화를 낸 뒤에, 결국 절교하는 선에서 마무리가 됐어. 그래서 둘은 같은 고등학교에 왔지만 말 한마디 하지 않는 사이가 된 거고. 지훈인 그 일 때문에 진승환 패거리가 다시 김재욱을 괴롭힌다는 걸 알면서도 못 본 척했던 것 같아."

"몰랐어. 난 진짜 하나도 몰랐어."

연아가 중얼거렸다.

"치부니까. 여자친구인 너에게 굳이 이야기하고 싶지 않았겠지. 그만한 나이 남자애들은 다 허세가 있잖아. 너에게 잘 보이고 싶은 마음도 있었을 거고. 나야 뭐, 같은 중학교를 나온 데다 지훈이가 한창 폭주할 때 같은 농구팀이었으니까 들을 수밖에 없었고."

"많이 외로웠겠구나, 지훈인……."

연아는 넋이 빠진 채 혼잣말을 중얼거렸다.

"아, 맞다. 그래서 지훈이 항상 불안해했어."

"왜?"

"자기한테도 엄마의 피가 흐른다 생각했거든. 그 집착하는 정신병."

"뭐?"

"한번은 나한테 이런 말을 하더라고. 자기 엄마를 보면 섬뜩할 정도로 아버지한테 집착한다고. 이제는 그 집착의 대상이 동생한테로 옮겨 갔는데, 엄마를 보고 있으면 누군가한테 집착하지 않으면 못 사는 사람처럼 보인다고. 그런데 자기한테도 그런 피가 흐를까 봐 무섭다고. 아마 널 생각하면서 했던 말이 아닌가 싶어."

과거 지훈의 행동을 반추해보면 집착에 가까울 만큼 맹목적인 부분이 더러 있었다. 다소 과하다 싶은 관심과 애정의 표현. 갑갑하고 짜증 났지만 폭력적이라고 느낀 적은 없었다. 지훈이 그런 고민을 했으리라곤 생각지도 못했다.

"우리 너무 오래 있었다. 그만 들어갈까?"

배우리는 달칵이며 작은 손가방을 닫았다. 먼저 나서는 그녀의 뒤를 따르며 연아는 꽤나 긴 밤이 될 것 같다는 예감을 지울 수 없었다.

"하여간 여자들이란 같이 화장실만 갔다 하면 감감무소식이야. 대체 여자 화장실에 뭐가 있는 건데? 거기 뭐가 있길래 갈 때는 우르르 가고, 한번 갔다 하면 한나절인 거야?"

배우리와 함께 방으로 돌아오자, 경민의 타박하는 소리가 날아들었

다. 긴 이야기를 주고받느라 시간이 이렇게 흐른지도 몰랐다. 그새 몇
몇 동창들이 더 도착해 자리는 꽉 차 있었고 분위기는 한층 달아올라
있었다.

"넌 여자들의 비밀이 뭐가 그렇게 궁금한 건데? 정 궁금하면 언제
한번 따라오시든가."

배우리는 경민의 말을 받아치며 자리에 앉았다. 테이블 위에는 우태
가 공수해 온 갖가지 진수성찬이 펼쳐져 있었다. 저녁 식사를 하지 못
한 동창들은 먹성 좋게 음식을 해치우기 바빴다.

"이연아. 너 앞으로도 동창회 나올 거지? 그러면 회비 자동이체 시
켜라. 매달 만 원씩이야. 오늘 이렇게 잘 먹고 튈 생각하는 건 아니
지?"

동창회 총무답게 재욱이 물었다.

"그럼 앞으론 나와야지. 자동이체 시킬게."

연아는 어색하게 웃으며 파스타를 집게로 한 움큼 집었다. 그때.

"네가 왜? 넌 졸업생도 아니잖아."

우태의 말에 삽시간에 분위기가 얼어붙었다. 연아 역시 공중에서 파
스타를 집던 손을 그대로 멈출 수밖에 없었다.

우태는 손으로 와인 잔을 빙글빙글 돌리고 있었다. 그동안 말이 없
다 싶었는데 와인만 줄곧 마셨는지 얼굴에 붉은 기가 돌았다.

"너 왜 그래? 분위기 이상해지게."

호윤이 우태의 어깨를 잡으며 무마하려 했지만, 우태는 짜증 난다는
듯 호윤의 팔을 쳐냈다.

"그렇잖아. 이연아, 너 진짜 뻔뻔해도 너무 뻔뻔한 거 아니야? 여기

기 어디라고 네가 와?"

"야, 그만하라니까!"

호윤이 자리에서 일어나며 우태의 팔을 잡아끌었다. 분위기를 더 망치기 전에 우태를 끌고 나가려는 심산이었다.

"왜, 내 말이 틀려? 여기 있는 애들 다 그렇게 생각하고 있잖아. 내가 대신 얘기해준 건데 뭘. 쟤 여기 와서 좋을 사람 어딨냐고. 반년에 한 번 할까 말까 한 동창회야. 다들 지긋지긋한 현실 잊고 좋았던 시절 추억하려고 여기 오는 거잖아. 그런데 쟤가 오면…… 그다음엔 누가 생각나겠어? 지훈이 그 자식 생각 안 날 수 있겠어?"

"송우태, 너 미쳤어? 그만하라고!"

호윤이 버럭 소리를 질렀지만 우태는 멈추지 않았다.

"화재 사건? 지훈이 일? 너뿐만이 아니라 여기 있는 애들, 우리 모두에게도 상처야. 잊고 싶지만 잊을 수 없어서 평생을 안고 가야 할 상처라고. 근데 네가 오면 그 상처가 더 생생하게 떠오르는 거 몰라? 바로 어제 일처럼 떠오른다고!"

"송우태! 야, 너 따라와. 나오라고!"

"지훈이!"

벌게진 얼굴로 우태가 숨을 씩씩 몰아쉬었다. 굳어 있는 연아를 노려보더니 자리에서 벌떡 일어났다.

"지훈이! 내 친구였어. 제일 친한 친구였어. 그리고 그 자식 너 구하다가 죽었어. 네가 의도하진 않았겠지만, 나한테 넌…… 내 제일 친한 친구를 죽게 한 원흉이야. 아직도 너 보면 그 자식 생각나서 심장이 갈가리 찢기는 것 같다고."

우태는 자신을 잡아끄는 호윤의 팔을 거칠게 쳐내곤 방을 나가 버렸다. 호윤이 그 뒤를 따라나서자 남겨진 이들 사이에 무거운 침묵이 내려앉았다.

잊고 있었다. 제 상처만 제일 아프다고 생각했다. 스스로 연민에 심취해 다른 이의 상처를 모른 체했다. 지훈을 사랑했던 모든 사람들. 호윤에게도, 경민에게도, 우태에게도, 배우리에게도, 그날의 사건은 아로새겨진 상흔으로 남아있었다.

"신경 쓰지 마. 지훈이 죽은 거 네 잘못 아닌 거 알아. 우태 저 자식 술 취해서 그래. 술 취하면 맨날 지훈이 타령이야. 그냥 지훈이 죽은 게 너무 마음 아파서 누구라도 원망하지 않으면 못 견딜 것 같아 저러는 거니까…… 네가 이해해라."

경민의 위로가 귓바퀴를 타고 흘러들었다.

알고 있다. 자신이 동창회에 나오는 것 자체가 다른 이들의 상처를 얼마나 헤집는 일인지. 이렇게 수모를 당할 수 있다는 것도 각오했다. 경민을 비롯한 동창들은 계속해서 연아에게 한마디씩 위로의 말을 건넸다. 이후, 마냥 밝지만은 않은 분위기 속에서 시간은 흘렀다. 우태를 따라나섰던 호윤이 혼자서 돌아오고, 윤새 역시 헐레벌떡 도착했다. 몇몇은 집으로 가거나 전화 통화를 위해 자리를 뜨는 등 어수선한 분위기가 계속되었다.

"여기 맥주 2병만 더 갖다 주세요."

테이블 한쪽에서 정치적 이슈에 한창 목소리를 높이던 재욱이 벨을 눌러 직원을 호출했다.

"이를 어쩌죠. 죄송합니다. 오늘 맥주가 다 떨어져서."

맥주를 더 달라는 말에 종업원이 난감해했다.

"술이 다 떨어져요?"

"네. 오늘 단체 손님들이 많이 오셔서."

애초에 술집이 아니었기 때문에 비축해둔 맥주가 많지 않았던 모양이었다.

"여기 파장하려면 아직 멀었는데, 니들 술 더 마실 거지?"

재욱의 말에 다른 이들이 동의하듯 고개를 끄덕였다.

"됐어요. 뭐 어쩔 수 없죠. 그럼 저희가 밖에서 사와도 되죠?"

"네. 괜찮습니다."

"그럼 내가 나가서 사 올게."

재욱이 재킷을 챙기며 자리에서 일어나자, 경민이 뒤따라 일어나려 했다.

"담배 피우러 갈 겸 가는 거야? 그럼 나도 같이 갈까."

"나 담배 안 피우잖아."

재욱이 힐끔 연아를 곁눈질했다.

"아, 그래? 끊은 지 얼마나 됐어?"

"나 담배 피운 적 없어. 그럼 갔다 올게."

담배를 피운 적이 없다는 재욱의 말이 묘한 뉘앙스를 담고 있었다. 누군가를 의식하는 것 같은 눈치이기도 했다. 재욱이 방을 빠져나가자 연아는 서둘러 그 뒤를 따랐다.

"김재욱! 같이 가!"

레스토랑을 빠져나오자 이태원 거리는 여전히 번잡하고 소란스러웠다. 연아는 빠른 걸음으로 재욱을 쫓으며 그의 이름을 불렀다.

"너도 같이 가게?"

"나 회비도 안 내고 무전취식 중이잖아. 이렇게 해서라도 먹은 값은 해야지."

연아는 능청스럽게 대답하며 재욱의 곁에 서서 함께 걷기 시작했다. 어느덧 불어오는 바람은 몹시 차가워져 있었다. 연아는 목덜미를 스치는 찬 기운에 몸을 작게 떨었다.

아무 말 없이 걷던 재욱이 발걸음을 멈췄다. 얼굴에는 아까까지 짓고 있던 넉살 좋던 웃음이 사라져 있었다.

"이연아. 우리 나이도 있는데 내가 이 정도 눈치도 없겠어?"

어렸을 때도 소심하지만 눈치는 빨랐던 아이였다.

"하하. 그렇게 티가 났나? 맞아. 나 사실 오늘 동창회 너 만나러 온 거야. 물어볼 게 있어서."

무슨 이야기일지 짐작하는 모양인지 재욱의 얼굴이 눈에 띄게 경직되었다.

"이제 와서 뭘 물어보겠단 건데? 지금 네가 내 얘기를 듣는다고 뭐가 달라져?"

날카롭게 쏘아붙이는 재욱에게서 초조함이 느껴졌다. 재욱의 속마음이 너무 빨리 보여 안쓰럽기까지 했다. 서두조차 꺼내지 않았는데 지나치게 예민한 반응이었다. 태도에서부터 '나 사실 감추고 있는 비밀이 있어.'를 온몸으로 외치고 있었다. 성공한 변호사로서 여유와 넉살을 두르고 있지만, 소심하고 자격지심에 똘똘 사로잡힌 18살의 남자아이가 여전히 그 속에 들어앉아 있었다.

"달라지는 건 없어. 진실을 알고 싶을 뿐이야. 그러니까 솔직하게 대딥해줘."

"그래서 궁금한 게 뭔데? 나한테 물어보고 싶은 얘기가 뭔데?"

연아는 점점 확신이 들었다. 재욱은 화재 사건에 대해 무언가를 감추고 있는 게 확실했다. 재욱이 아무것도 감추고 있지 않다면, 무슨 질문을 할지 궁금해하면 안 되는 거였다. 만약 재욱이 화재 사건과 아무런 관련이 없다면 이렇게 얘기했을 것이다.

'너 대체 무슨 말 하는 거야? 난 무슨 소린지 통 모르겠어.'

하지만 둘의 대화는 은연중에 화재 사건을 밑바탕에 깔고 있었다. 재욱은 연아가 화재 사건을 궁금해할 뿐만 아니라 그 사건에 대해 물으려 한다는 걸 알고 있었다. 화재 사건과 관련이 있는 자만이 할 수 있는 생각이었다. 연아가 '뭘' 물어볼까? 대체 연아가 뭘 '기억'하고 있을까?

제대로 짚었다는 생각에 연아는 입 안의 침이 말랐다.

"너 맞지?"

"무슨……."

"체육 창고 화재 사건이 일어난 날. 나 너 봤어. 진승환 패거리하고 같이 체육 창고에 들어왔잖아. 기억이 가물가물했는데 얼마 전 확실히 생각나더라. 진승환 패거리 말고 남자애 한 명이 더 있었던 거. 나한테 못된 짓 하는 거 찍겠다고 디카 꺼낸 든 사람이 너였어."

"무슨 헛소리야. 너 잘못 봤어. 그거 나 아니야."

14년 전 일이다. 남아있는 증거 따윈 없다. 이제 와 인정한들 인생에 지저분한 스크래치만 남을 것이다. 재욱으로서는 부정하는 것이 당연했다. 하지만 재욱은 "너 잘못 봤어. 그거 나 아니야."라고 대답했다.

오직 체육 창고에 있었던 사람만이 할 수 있는 대답이었다. 그거 나 아니야. 즉, 디카를 꺼내 든 인물이 있다는 걸 인정하는 소리.

"아냐. 분명히 너야. 내 눈으로 똑똑히 봤어. 그리고 내가 기절하자 진승환 패거리는 그대로 도망을 갔어. 덕분에 어딘가에 던져놓은 담뱃불이 체육 창고를 태웠지."

"……."

"불이 났다는 사실은 진승환 패거리도, 너도 몰랐을 거야. 넌 그저 내가 진짜 죽은 건가 싶어 돌아왔을 거야. 그리고 불이 난 걸 보고는 기겁했겠지. 그래서 내가 살려달라고 소리쳤을 때 그대로 도망갔어. 내가 불이 난 창고에 갇혀 있는 걸 보고, 나랑 눈이 마주쳤는데도. 아니야? 나 똑똑히 기억해. 눈 마주친 거, 네 얼굴, 그리고 네 핸드폰에서 울리던 개 짖는 벨소리도."

"무슨 헛소리야? 너 소설 쓰냐? 그러면 그때는 왜 그 말 안 했는데? 너 병원에서 깨어났을 때는 아무것도 모르겠다고 했다면서."

재욱은 자신의 알리바이를 입증하기보다 상대편 논리의 허점을 잡으려 애썼다. 진짜 결백하다면 하지 않을 행동이었다.

"그러면 진승환 패거리한테 당할 뻔했다는 얘길 해야 하는데, 그 얘긴 죽어도 하기 싫었으니까. 그래서 못 했어. 덕분에 경찰도 누가 버린 담뱃불로 화재가 났는지 밝혀내지 못했지. 당시엔 CCTV 따윈 없었으니까."

"아니야, 아니라고. 너 잘못 본 거야. 나라는 증거 있어?"

흥분한 재욱의 목소리가 점점 높아졌다. 인정할 생각이 없어 보였다. 재욱은 증거가 없을 것이라 확신하고 있었다. 연아는 재욱이 체육 창고에 있었다는 걸 실토하리라고 애초부터 생각하지 않았다. 사실 연아가 재욱을 궁지로 몰며 심리적으로 압박한 이유는 따로 있었다.

"김재욱, 잘 들어. 이제 와서 너한테 그날 일 추궁할 생각 없어. 네 말대로 네가 그걸 인정했다 치자. 그래서 달라지는 게 뭔데. 이미 다 지난 일인데 굳이 들추고 캐내서 잘잘못 따지고 싶지 않아. 내가 너에게 듣고 싶은 건 다른 얘기야."

듣고 싶은 게 다른 이야기라는 소리에 경계심이 가득하던 재욱의 눈빛이 흔들렸다.

"듣고 싶은 얘기가 뭔데?"

"난 이렇게 생각해. 그날 넌 날 내버려 두고 도망을 갔어. 하지만 네가 정말 멀리 도망갔을까? 난 그러지 않았을 거라 생각해."

재욱의 눈에 경악의 빛이 스쳤다. 시종일관 유지하던 포커페이스도 무너지기 시작했다.

"어떤 의도였는지는 모르겠어. 네 치부를 목격한 내가 창고에서 죽는 걸 보기 위해서였는지, 아니면 그저 무서움에 다리가 굳어버렸기 때문이었는지는. 하지만 넌 창고에서 멀지 않은 곳에 계속 있었어."

연아는 분명 기억했다. 의식이 가물거리는 와중에, 벨소리가 한 번 더 들렸던 것을. 지훈이 벨소리의 주인인 줄 알았을 때는, 두 번째 벨소리를 자신을 구하기 위해 지훈이 체육 창고로 오는 소리라 생각했었다. 하지만 재욱이 벨소리의 주인인 걸 알아낸 지금은 이렇게 생각할 수밖에 없었다. 벨소리의 주인은 멀지 않은 곳에 숨어 있었던 거라고.

"모, 몰라……. 난 아니야."

재욱의 얼굴이 하얗게 질렸다. 춥지도 않은데 딱딱 이를 맞부딪히는 소리가 났다. 아마 그동안 자신이 쌓아 올렸던 부와 명성이 와르르 무너져 내리고 있는 환상을 보고 있을 것이다.

"아까도 말했지만 다 지난 일인데 군이 들추고 싶진 않아. 단."

"……."

"네가 이것만 말해준다면."

"뭐, 뭔데?"

전투력을 상실한 목소리였다. 이제 재욱은 대답할 준비가 되어 있을 것이다.

"네가 나랑 눈이 마주치고 도망친 후 뭘 봤는지 얘기해줘. 지훈이가 창고에 들어가는 걸 봤는지. 대체 창고에서 무슨 일이 있었는지."

지훈을 살리기 위한 가장 중요한 키였다. 그날 지훈의 행적과 체육 창고에서 실제 벌어졌던 일. 이 질문에 대답해 줄 수 있는 이는 재욱밖에 없었다.

"그거면…… 된 거야?"

연아의 입가에 희미한 웃음이 번졌다.

빙고.

그래서 넌 봤다는 거구나?

"잘들 들어가. 다음번 모임은 연말이다!"

"그래. 그때까지 자동이체 끊지 말고."

"택시, 택시! 여기요. 공덕동이요!"

동창회가 파하고 한 무리가 우르르 길가로 쏟아져 나왔다. 모두들 취기가 올라 얼굴이 한껏 붉어져 있었다. 몇몇은 2차를 외치며 인파 속으로 사라졌고, 몇몇은 작별 인사를 하곤 택시를 잡아탔다. 대다수가 사라지자 어느덧 자리에는 윤새와 연아 그리고 호윤만이 남았다. 호윤은 마지막까지 술 취한 이들을 챙기고 택시를 태워 보냈다. 어른스럽고 다정한 면은 나이가 들어서도 여전했다.

"호윤이 넌 2차 갈 거지? 수고했다. 술 취한 애들 챙기느라. 담 날이 영 부담스러워서 우린 2차 생략. 그럼 먼저 가볼게."

윤새는 불어오는 찬바람에 옷깃을 여미며 연아를 향해 '가자.'는 뜻이 담긴 눈짓을 했다.

"윤새야. 너 먼저 갈래?"

"뭐? 왜?"

"나 호윤이랑 얘기할 게 있어서."

"뭐? 강호윤이랑?"

윤새가 뜨악하는 표정을 지었다.

동창회 참석에다, 호윤과 얘기까지. 윤새에게 있어 오늘 연아의 행동은 몽땅 예상 밖이었다.

"그러니까 너 먼저 가."

윤새는 연아의 어깨를 붙잡아 호윤이 보이지 않게 돌려세우고는 이를 악문 채 말했다.

"너 요즘 왜 그래? 미쳤어? 네가 강호윤이랑 단둘이 무슨 얘길 하겠다고?"

"그런 게 있어. 넌 제발 자리 좀 비켜줘라, 응?"

윤새가 대답을 재촉했지만 연아는 그저 그녀의 등을 떠밀기만 할 뿐이었다. 호윤은 몇 걸음 떨어진 자리에서 옥신각신하는 둘을 지켜보

며 연아를 기다렸다. 가라, 마라, 몇 번의 실랑이 끝에 윤새가 결국 먼
저 자리를 떴다. 비탈길을 내려가면서도 몇 번이나 뒤를 돌아보며 호
윤에게 무언의 당부를 했다.

연아는 얼른 가라고 손짓해준 뒤 호윤를 향해 다가섰다.

"오늘 오랜만에 얼굴 봐서 좋았어."

"너도 잘 지냈지? 얼굴 좋아 보인다."

강호윤.

동창회의 마지막 숙제였다.

활처럼 호를 그리며 휘어지는 눈웃음, 끝이 살짝 올라간 입꼬리, 눈
부신 미소가 생생했다. 예전에는 한결같이 제 곁을 지켰던 얼굴이었
다. 저 얼굴에 썩어 문드러진 마음을 위로받고 힘을 얻곤 했다. 어디선
가 불어온 찬바람이 옷자락을 흔들었다.

처음부터 다시 시작한다면. 호윤아, 우린 또 한번 친구가 될 수 있을
까?

바뀐 과거 때문에 자현과 채홍식 선생의 현재가 달라졌지만, 자현의
의지는 그대로였다. 그 의지가 현재를 다시 바꿔가고 있다. 그러한 의
지가 우리 속에도 있을지 모른다. 친구이고 싶은 우리의 마음이 그대
로라면, 우리도 다시 친구가 될 수 있지 않을까.

"잠깐 걸을까?"

호윤이 먼저 발걸음을 떼자, 연아 역시 한밤의 열기로 한껏 달아오
른 이태원 골목길을 걷기 시작했다.

"간혹 그런 상상을 할 때가 있었어. 길거리를 지나가다, 혹은 자주
가는 카페에서, 혹은 처음 간 미술관 같은 데서 우연히 널 만나면 어떻

게 해야 할까."

보폭을 맞춰 걷기만 하던 호윤이 입을 열었다.

"잘 지냈어? 이렇게 평범하게 인사하고 근황에 대해 묻고. 그저 그런 동창들 간의 만남이었던 것처럼 헤어져야 하는 걸까. 아니면 못 본척 돌아서야 하는 걸까."

"……."

"오지도 않을 상황을 정말 많이도 시뮬레이션해 봤는데, 그중에 이건 없었어. 동창회에서 만나 너랑 같이 집에 가는 거."

호윤은 이 상황이 믿기지 않는다는 듯 혼자 피식 웃었다. 그는 오랫동안 스스로를 원망했을 것이다. 단 한 번의 만남. 그 일로 인해 친구의 여자친구를 넘봤다는 오명을 뒤집어쓰곤 해명도, 화해도 하지 못한채 가장 친한 친구를 잃고 말았다. 그때의 일로 가장 많이 상처받은 사람은 호윤일지 모른다.

"난 그냥 그렇게 지냈는데, 넌 그동안 어떻게 지냈어?"

부웅. 때마침 오토바이가 매서운 바람을 일으키며 둘을 아슬아슬하게 스치자, 호윤은 재빨리 연아의 어깨를 잡아 골목 안쪽으로 끌어당겼다.

"미쳤나 봐, 이렇게 사람 많은 골목에서. 괜찮아?"

호윤의 걱정스런 눈동자가 연아를 향했다. 그 눈빛이 예전과 너무 똑같아서 연아는 가슴이 아팠다. 그냥 그렇게 지냈다는 호윤의 말이 거짓이라는 걸 알았다. 그동안 넌 어떤 고통 속에서 허우적댔을까. 내가 바꾼 과거 때문에 넌 얼마나 끔찍한 슬픔을 품고 살아왔을까.

연아는 지금은 없는 세상에서 호윤이 해주었던 말을 그대로 돌려주고 싶었다.

"응, 괜찮아."

연아의 대답에 호윤은 어색하게 어깨를 붙든 손을 뗐다. 이대로 가다간 제대로 된 대화도 한마디 못 나눈 채 변죽만 울리다 짧은 만남이 끝날 것 같았다.

"강호윤."

연아는 더 이상 시간을 지체할 수 없었다.

"응."

"예전에 누군가 나한테 이런 말을 했었어."

"무슨 말?"

"네 탓이 아니라고."

호윤의 눈이 조금 커졌다.

"사람들은 타인의 불행이나 죽음 같은, 자신이 어찌할 수 없는 일에 죄책감을 느낀대. 내가 이렇게 했더라면 그 일이 발생하지 않았을 텐데 하고 말이야. 근데 그 죄책감이 앞으로 살아가는 데 방해가 되면 안된대. 그러니까 스스로에게 벌주는 일은 이제 그만하라고. 이제 행복해도 된다고."

"……."

"누군가가 그렇게 말했어."

그날 우리의 만남은 지훈의 죽음과 아무런 상관이 없어. 했어도, 안했어도, 지훈은 죽었거나 살았어. 네 잘못 아니야. 지훈이 죽은 건 불행한 사고였어. 그저 슬퍼하고 애도하기만 하자. 더 이상 그 죽음에 죄책감 갖지 마.

동그란 호윤의 눈이 반달처럼 휘었다. 왜 둘이서 남자고 했는지 이유를 알아챈 것 같은 눈이었다.

"알아."

사고라는 건 알지만, 죄책감은 호윤이 택할 수밖에 없었던 애도 방식이었다. 마치 오랜 세월 연아가 그러했던 것처럼 말이다.

"그렇게 말해줘서 고마워."

마주하는 시선에서 많은 감정이 오갔다.

연아는 진심으로 바라고 바랐다. 호윤이 편해지길, 지훈의 죽음에서 스스로 벗어나길. 상실이라는 삶의 우연한 불행을 담담하게 받아들일 수 있길.

"아까 우태 행동은 내가 대신 사과할게. 그 자식 너한테 그러면 안 되는 건데. 아직도 지훈이 죽음을 누군가의 탓으로 돌리지 않으면 못 견뎌서 그런 거니 이해해. 너도 알잖아. 덩치만 컸지, 우리 중에 제일 눈물 많고 마음이 여려."

"괜찮아. 각오한 일이야. 우태 입장에서는 그렇게 생각할 수도 있지."

연아의 말을 끝으로 둘 사이에는 어색한 침묵이 흘렀다. 호윤은 할 말이 있는지 몇 번 뜸을 들이다가 입을 열었다.

"그런데…… 너 오늘 동창회 나온 거 말이야."

"응."

"지훈이 사고에 무슨 석연찮은 점이라도 있어서 애들한테 물으러 나온 거야?"

무슨 얘기라도 들은 걸까. 연아는 속이 뜨끔했다. 다행히 호윤의 말투에서 비난하는 기색은 느껴지지 않았다.

"······왜?"

"아니, 그냥 우연히 배우리와 김재욱이 하는 얘길 들어서."

동창회가 파하고 거리로 나와 마지막 인사를 하는 와중, 호윤은 의도치 않게 배우리와 재욱의 대화를 엿들었다.

"너도? 뭐지? 연아가 갑자기 왜 그 사건에 대해 묻고 다니는 거지?"

배우리는 순수한 궁금증이, 재욱은 약간의 힐난이 섞인 말투였다.

"뭐 그냥. 사실 나도 오랫동안 지훈이 죽음을 받아들이기가 힘들어서 피하기만 했었어. 그러다 보니 내가 당사자인데도 그날의 사건에 대해 잘 모르더라고. 제대로 털고 일어나려면 정확히 알아야겠다 싶어 이것저것 물어보는 중이야."

거짓과 진실이 반씩 섞인 대답이었다.

"그래? 애들한테 뭘 물어보고 있었는데?"

"그날 지훈이의 행적, 그리고 화재가 난 날 체육 창고에서 정확히 무슨 일이 있었는지."

일순 호윤이 발걸음을 멈추곤 고개를 갸웃거렸다.

"화재가 난 체육 창고에서 일어난 일이란 말이지······."

골똘히 생각에 빠진 듯, 호윤은 한참이나 말이 없었다. 어느덧 두 사람은 지하철역에 도착했고, 누구 하나 선뜻 말을 꺼내진 않았지만 헤어질 타이밍이라는 걸 알았다.

"그럼······."

안녕, 하고 헤어짐의 인사를 건네야 하건만 연아는 입이 떨어지지 않았다.

다시 친구가 되고 싶다는 말을 어떻게 해야 하는 걸까?

머뭇거리고 있는 사이 호윤이 주머니에서 핸드폰을 꺼냈다. 그러고는 시선을 내리깔며 "불러 봐."라고 말했다.

"어?"

선수를 뺏긴 연아가 어버버하는 사이 호윤이 머쓱하게 재차 말했다.

"곧 연락할 일이 생길 것 같은데, 네 연락처 좀 알 수 있을까?"

호윤은 단서를 붙였건만, 연아의 귀에는 꼭 이렇게 들렸다.

우리 다시 친구가 될 수 있을까?

가슴 속 기대감이 파도처럼 일렁이는 가운데, 연아의 손이 주머니 속 핸드폰을 움켜쥐었다.

호윤과 헤어지고 난 후 연아는 곧장 학교로 향했다. 정혜가 과거로 가고 이틀이 흘렀다. 아직 지훈의 행적이나 체육 창고에서 있었던 일에 대해 많은 걸 알아내지 못했지만 더 이상 시간을 지체할 수 없었다. 정혜가 열어놓은 시간의 문이 닫히기 전에 과거로 가야 했다.

연아는 아쉬운 마음을 달래며 학교로 향하는 오르막길을 올랐다. 지금 과거로 가면 2003년 수능 날로 도착하게 된다. 자신은 정혜의 도움으로 화재가 난 당일까지 즉, 열흘간 과거에 머물 수 있다. 가장 중요한 것은 화재 날까지 과거에서 버티는 것이었다. 하지만 벌써부터 두려움이 가슴 속에서 스멀스멀 피어났다.

지금도 트라우마로 남아있는, 지훈과 멀어지고 학교 아이들로부터 왕따를 당했던 그 시절. 자신의 인생에서 가장 끔찍했던 그 시절을 또 다시 겪어야만 했다.

화재가 일어나는 날까지 무너지지 않아야 한다. 정신을 똑바로 차려야 한다.

연아는 재차 포인트를 되짚어 봤다.

'체육 창고 근처에도 가지 않는다.'

'핸드폰을 항상 가지고 다닌다.'

'체육 창고에 미리 소화기를 비치해놓는다.'

알고 있다. 너무나 사소한 부분들이다. 이것 외에도 체육 창고 화재 사건을 막을 수 있는 방법은 무수히 존재했다. 나비효과처럼, 아주 작은 행동의 변화만으로도 화재는 막을 수 있다.

연아는 학교 건물로 들어가 조심스레 계단을 올랐다. 3층 계단 앞에 서자 어디선가에서 밤 12시를 알리는 종이 울렸다.

댕ㅡ. 하나.

연아는 계단 위에 오른발을 올려놓았다. 그리고.

댕ㅡ. 열하나.

댕ㅡ. 열둘.

13번째 계단에 오르자 하얀빛이 발밑에서 넘실거리며 퍼져 나왔다.

10. 그게 배신이었다

눈꺼풀 위로 느껴지던 빛은 사그라졌지만, 언제나처럼 제일 먼저 귀를 찌르던 소음은 들려오지 않았다. 연아는 실눈을 뜨고 주위를 둘러봤다. 사위가 쥐 죽은 듯 고요했다. 오늘은 수능 날이었다. 세현고에서는 수능을 보지 않기에 학교는 텅 비어 있었다.

수능 날은 집에만 있기로 약속했으니 빨리 집으로 가야 하는데.

연아는 곧장 학교를 빠져나가 집으로 갈 생각이었다. 하지만 연아의 뒤통수를 잡아채는 목소리가 있었다.

"이게 누구야? 이년아 아냐? 너 여기서 뭐 해?"

오소라, 황예은, 진선미였다. 계단 아래 선 일행은 사복 차림이었다. 나란히 손에 든 플래카드를 보아하니 세 사람이 속한 가람단에서 수능 응원이라도 다녀온 모양이었다.

"집에 가는 중이잖아. 비켜."

셋은 일렬로 서서 계단을 가로막고 있었다.

"얘 지금 뭐라는 거니? 비키라고? 우리더러 비키라고? 이게 진짜 주제도 모르고."

오소라의 앙칼진 목소리가 복도에 메아리쳤다. 연아의 고분고분하지 않은 말투가 신경에 거슬린 것이다. 하지만 연아는 또다시 동네북처럼 얻어터지러 과거로 온 게 아니었다. 게다가 싸가지를 미처 장착하지 못한 핏덩이들에게는 훈계가 필요했다. 연아는 계단을 한 칸 내려가 일행 가까이에 섰다.

"너네, 지금 내가 처한 상황이 재밌고 신나지? 그래서 이때다 싶어서 막 나 괴롭히고 싶지? 근데 주제도 모르는 건 니들이지."

예상치 못한 반격에 오소라 일행의 눈이 둥그레졌다.

"뭐어? 어이없어! 얘가 지금 뭐라는 거니?"

"너, 벌써 가는 귀가 먹었니? 귓구멍이 막혔어? 왜 자꾸 못 듣고 다른 애들한테 묻고 그래? 하긴 맘씨를 고따위로 써먹으니, 몸이 성할 리가 있나."

"너어……!"

연아는 한 걸음, 내려가 오소라 일행과 마주 섰다. 제대로 바라보니 역시나 고만고만한 어린애들이었다.

"내가 주눅 들어 다녔던 건 류지훈 때문이지, 니들 때문이 아니야. 그리고 강호윤이랑 관련된 소문도 사실 아니야. 나 너네들한테 이런 취급 받을 이유 따윈 없어. 그리고 너네."

한 걸음 더 가까이 다가간 연아가 오소라의 가슴 위쪽을 손가락으로 꾹 눌러 밀쳤다.

"그렇게 맘씨 못되게 쓰면 얼굴도 못생겨진다. 명심해."

밀친 틈으로 공간이 생기자 연아는 그사이를 잽싸게 비집고 나와 계단을 달렸다. 뒤에서는 "저년이 지금 뭐라는 거야!"라는 외침과 함께 뜀박질 소리가 들려왔다.

그래, 내 한마디에 가만히 찌그러져 있을 너희가 아니지. 다음은 분명 그거겠지? 화가 난 여자아이들의 흔한 레퍼토리.

쌩하고 뭔가를 잡아챌 듯한 움직임이 느껴지자 연아는 얼른 고개를 숙였다. 오소라가 휘두른 팔이 머리 위에서 아슬아슬하게 헛스윙했다. 연아는 힐끔 뒤를 돌아봤다. 머리채를 잡으려다 관성에 못 이겨 휘청한 오소라가 씩씩거리며 노려보고 있었다.

"그렇게 성질부리면 이마랑 눈가에 주름이 자글자글하게 생길 거라고. 명심해."

연아는 한 차례 더 쏘아붙인 후 계단을 마저 내려가기 시작했다.

"저게 진짜 한 대 맞아봐야 정신 차리지. 이연아, 너 거기 안 서!"

뒤에서 달음박질 소리가 들려왔다. 어쨌거나 1 대 3. 혼자서 성질 못 된 여자아이 셋을 감당하긴 어려웠다. 이럴 땐 삼십육계 줄행랑이 답이다. 연아는 1층까지 내려와 본관 출입문을 빠져나왔다. 오소라 일행 역시 바짝 독이 올라 쫓아오고 있었다.

달리기는 아마도……. 예쁜 척하느라 뛴 적도 없는 너네 셋보다 내가 더 잘했나 본데?

연아는 버스에서 내린 후 대로변에 서서 주위를 살폈다.

여기 어디쯤 골목으로 올라갔던 것 같은데. 분명 편의점이 하나 있었…… 아, 찾았다.

연아는 대로변 모퉁이에 있는 편의점을 끼고 돌아 넓은 오르막길을 걷기 시작했다. 골목 안으로 들어설수록 양쪽으로 고급 빌라와 커다란 단독 주택들이 즐비했다. 대로변까지 나와야 버스를 탈 수 있고, 동네 안으로는 그 흔한 마을버스 한 대 다니지 않는 곳이었다. 지훈은 여기 사는 사람들은 죄다 자동차를 타고 다니기 때문에 버스 노선이 들어오는 걸 반대한다고 툴툴대기도 했다. 이 골목을 한참 걸어가야 지훈의 집이 나왔다.

부촌을 가로지르는 골목길은 지나치게 조용했다. 간혹 거리를 걷는 사람들이 있긴 했지만 대체로 고급 승용차들만 소리 없이 오갈 뿐, 소란스러움 따위는 전혀 느껴지지 않는 거리였다.

과거로 온 지도 벌써 나흘째였다. 수능 날은 정혜의 부탁 때문에 온종일 집에만 있었고 그 후 목금토, 사흘 내리 지훈은 학교에 나오지 않았다. 핸드폰도 내내 꺼져 있어 연락할 길이 없었다. 그래서 연아는 토요일 수업을 마치고 지훈의 집에 찾아가고자 마음먹은 것이다. 15일까지 과거에서 버티는 게 중요했지만, 아무것도 하지 않고 멍하니 기다릴 수만은 없었다. 오해를 풀고 지훈과 화해하고 싶었다. 18살. 당시 자신은 바보처럼 제대로 된 해명 한마디 하지 못했다. 지훈을 살리는 것과는 별개로 연아는 과거의 자신을 대신해 지훈에게 꼭 해명하고 싶었다.

얼마나 걸어 올라갔을까. 붉은 담장에 둘러싸인 집 한 채가 시야에 들어왔다. 지훈의 집이었다. 건축가인 지훈의 삼촌이 직접 설계하고 지었다는 집. 지훈은 이 집에서 태어나고 지금껏 자랐다. 연아는 붉은 담장을 빙 둘러 따라 걷다 철제 대문 앞에 섰다. 안에는 잘 꾸며진 정원과 하얀 벽면에 초록색 지붕을 올린 아늑한 단독 주택이 자리하고 있었다. 오래전 지훈의 부모님이 외출한 날 같이 공부한다는 명목하에 여러 번 와봤던 곳이기도 했다.

지훈이 토요일 낮 이 시간에 집에 있으리란 보장은 없다. 하지만 지훈을 만날 때까지 이곳에서 기다릴 작정이었다. 연아는 긴장감에 마른 침을 삼키며 초인종을 눌렀다.

딩동.

한 번 더.

딩동.

조금 기다리자 인터폰 너머로 삑, 하는 전자음이 들렸다.

[누구세요?]

지훈의 목소리였다.

"지훈아. 나 연아……."

말을 채 마치기도 전 인터폰은 귀에 거슬리는 전자음 소리를 내며 끊겨버렸다. 연아는 추위에 곱아드는 손가락을 펴고 다시 초인종을 눌렀다.

딩동. 딩동.

나올 때까지 누를 거다.

딩동. 딩동. 딩동. 딩동.

[이게 진짜 미쳤나? 죽을라고. 당장 안 꺼져?]

인터폰이 켜지며 성난 지훈의 고함 소리가 흘러나왔다. 그 목소리를 듣자마자 생생하게 떠올랐다. 사납게 날뛰던, 잔인할 만큼 매정하게 굴던 지훈. 14년간 죽도록 미워했던 지훈의 모습이.

오랜 시간 동안 품고 있던 두려움이 되살아났다. 이제 서른이 넘은 나이가 되었지만, 아직도 제 속에는 상처받은 18살의 자신이 있었다. 그래도 이렇게 물러날 순 없었다. 다르게 행동하지 않으면 변하는 건 아무것도 없다. 연아는 용기를 내 목소리를 쥐어짰다.

"나와. 할 얘기 있어."

[씨발. 난 할 말 없다고. 남의 집 앞에서 쌩쇼 하지 말고 꺼져.]

다시 뚝, 인터폰 연결음이 끊겼다. 연아는 한 번 더 초인종을 누르려다 핸드폰으로 지훈에게 전화를 걸었다.

뚜르르르. 뚜르르르.

신호가 한참이나 울렸지만 지훈은 전화를 받지 않았다.

한 번, 두 번, 그리고 세 번. 집 앞에 선 채로 수차례 전화를 걸었지만 결국 통화가 연결되지 않았다. 연아는 한숨을 쉬며 대문 앞을 서성이다가 핸드폰 문자판을 꾹꾹 눌렀다.

「나올 때까지 집 앞에서 기다릴 거야. 그러니까 나와.」

얼마나 시간이 흘렀을까. 언덕길 너머로 하늘이 붉은 띠를 두르며 가라앉았다. 연아는 대문가 계단에 쪼그리고 앉아 발끝으로 길게 늘어지는 그림자를 응시했다.

춥고 배고프다…….

옷가지를 파고드는 찬바람에 뼛속까지 시렸다. 연아는 옹송그린 어깨를 펴고 코드 주머니에서 핸드폰을 꺼내 지훈에게 전화를 걸었다.

신호가 계속 울렸지만 상대방 핸드폰에서는 여전히 대답이 없었다. 연아는 통화 목록을 물끄러미 내려다봤다. 반나절 동안 수십 통 가까이 전화를 걸었지만 지훈은 요지부동이었다.

아, 진짜 힘들다.

장담하듯 나올 때까지 기다리겠다고 했지만, 한곳에서 기약 없이 누군가를 기다린다는 건 결코 쉬운 일이 아니었다.

역시 다 뻥이었어.

TV나 영화 속 주인공은 누군가의 집 앞에서 지친 기색도 없이 하루고 이틀이고 잘만 기다리곤 했다. 연아는 가방에서 손거울을 꺼내 얼굴을 비춰봤다. 찬바람이 할퀴고 간 흔적이 역력한 새빨간 얼굴에 부스스한 머리. 꼴이 가관이었다. 게다가 시간이 지날수록 머릿속에서는 온갖 부정적인 생각들이 신나게 굿판을 벌였다.

안 나온다잖아. 이제 그만 포기해. 이런다고 나오겠어?

머리를 흔들어 그런 생각들을 털어내려 했지만 이내 진득한 먼지처럼 다시 달라붙었다.

누군가를 기다린다는 건 혼자만의 싸움과 가까운 일이었다. 문득 예전 생각이 떠올랐다. 지훈이 하루를 꼬박, 자신의 집 앞에서 기다린 적이 있었다. 아침에 등교하기 위해 나왔을 때 출입문 앞에 자고 있는 걸 보고 얼마나 놀랐던지. 네가 아무렇지 않게 한 일이라 난 이게 쉬운 일인 줄 알았다.

해가 저물자 인적 드문 골목길은 바스락 소리 하나 없이 괴괴하기만 했다. 외투 지퍼를 끝까지 끌어올리고 목도리로 둘둘 말았지만, 손끝 발끝까지 저미는 추위에 뼈가 시렸다.

춥고 배고프고 졸리다.

때마침 암영을 드리운 먹구름이 쿠르릉 요란한 소리를 냈다.

비라도 내리면 진짜 거지꼴 삼박자의 완성인데.

이렇게 생각하는 순간, 발끝으로 빗방울이 후드득 떨어졌다. 연아는 계단에서 일어나 가방을 앞으로 고쳐 메고 대문 처마 아래 섰다.

쏴아아—.

하나둘씩 떨어지던 빗방울은 어느새 세찬 빗줄기로 변했다. 연아는 운동화로 튀어 오르는 물방울들을 피해 주춤 뒤로 물러섰다.

집에 가고 싶어도 못 가겠구나. 이 날씨에 이러다 얼어 죽는 건 아니겠지.

그때 대문 너머 정원에서 누군가의 발자국 소리가 들리더니 문이 거칠게 열렸다. 지훈이었다. 우산도 없이 정원을 가로질러 오는 바람에, 비에 옴팡 젖은 모습이었다.

"야. 비 맞았잖아. 우산이라도 쓰고 나오지."

연아는 두르고 있던 목도리를 풀어 젖은 머리를 닦아주려 했다.

탁. 세찬 소리와 함께 목도리가 흠뻑 젖은 길바닥 위로 나뒹굴었다.

"너 장난하냐? 내가 얘기했지. 당장 꺼지라고. 도대체 여기 계속 있는 이유가 뭔데? 너 시위하냐?"

얼음송곳같이 날 선 말들이 연아의 가슴에 콱 박혀 들었다. 경멸과 혐오가 뒤섞인 눈동자도, 분노로 얼룩진 표정도 모두 낯설었다.

"봐. 이렇게라도 해야 만나주잖아."

추위에 오그라든 성대에서 쥐어짜듯 목소리가 흘러나왔다. 바싹 메마른 입술 사이로 내뱉은 짧은 대꾸가 바들바들 떨렸다.

"만나주긴 뭘 만나줘. 집 앞에 있는 거지새끼 치워버리려고 나온 거지. 징글징글하고 추잡스러워서. 그러니까 꺼져. 당장 꺼지라고. 네 얼굴, 지금 보고 있는 것만으로도 토 나올 정도로 역겨우니까."

말을 마친 지훈은 연아의 팔을 사납게 잡아채곤 밖으로 밀어냈다. 일말의 망설임도 느껴지지 않는 행동이었다. 처마 밑을 벗어나자 차가운 빗방울이 사정없이 얼굴을 때렸다. 연아는 돌아서려는 지훈의 옷깃을 다급하게 붙잡았다.

"너 기다렸잖아. 내 전화 계속 기다렸잖아. 아니야?"

"미친. 누가 그런 헛소리를 해!"

와락 내지른 고함 소리가 길가에 울려 퍼졌다.

"나 오늘 하루 종일 너한테 100통 가까이 전화했어. 진짜 끔찍하게 싫었으면 그냥 전원 꺼버리면 되잖아. 왜 켜놨는데? 내가 얼마나 하는지 지켜보려는 거 아니었어? 내 연락 계속 기다리는 거 아니었냐고."

지훈의 눈가가 잘게 떨렸다. 이제껏 연아는 전화를 걸 때마다 지훈이 계속 핸드폰 전원을 켜 놓았다는 사실에 안도했다. 지금껏 지훈을 기다린 건 오로지 그 때문이었다.

네가 얼마나 간절한지 보여줘. 이것은 일종의 테스트 혹은 시그널이었다. 이렇게 찾아와 간절하게 매달리길, 절절하게 해명하길 바란다는 생각이 들었다.

"미친. 네 멋대로 해석하지 마. 난 네 얼굴 보고 네 목소리 듣는 것도 끔찍하니까."

"류지훈. 대체 왜 날 못 믿는 거야? 너 알잖아. 나랑 호윤이랑 아무

사이도 아니란 거. 그딴 소문 정말 믿는 거야?"

"어디서 강호윤 얘길 꺼내!"

지훈이 쾅, 대문을 주먹으로 내리쳤다. 머리끝까지 치닫는 분노를 삭이지 못하고 연이어 애꿎은 대문에 발길질을 퍼부었다. 조용한 밤거리를 찢으며, 쇳소리가 요란하게 울려 퍼졌다.

"누구 앞에서 강호윤 얘길 꺼내냐고. 어? 야, 이연아. 너 미친 거지? 미쳤으니까 여기까지 와서 강호윤 얘길 하지. 억울해? 아니면, 강호윤이 너더러 이렇게 하라고 시키든? 아니면 강호윤이 힘들어하는 게, 어? 그게, 그걸 못 봐주겠어? 그래서 네가 지금 나한테 와서 이따위 짓 하는 거냐고!"

역시 트리거였다. 실수로 튀어나온 호윤의 이름에 대한 지훈은 반응은 상상 이상이었다.

"말 돌리지 마! 얘기가 왜 그렇게 나가는 건데? 내가 언제 강호윤이 시켰다고 했어? 강호윤이 힘들어하는 거 보기 힘들다고 했어? 강호윤이랑은 별개야. 나 내 발로 여기 왔어. 너한테 해명하고 싶어서. 아니라고, 아니라고 말하고 싶어서. 너한테 이런 취급 받을 거 알면서도 찾아온 거라고!"

"그래서 지금 억울하다는 거야? 어, 어? 억울해 죽겠어? 내가 내 눈으로 똑똑히 봤는데. 둘이서 시시덕거리면서 손잡고 길거리 돌아다니는 거 똑똑히 봤는데. 날 병신 취급이라도 하고 싶어?"

"오해할 만한 상황이었다는 거 알아. 그런데 손잡은 거 아니라고! 내가 넘어질 뻔해서 붙잡아 준 것뿐이야. 1초도 안 되는 시간이었어. 곧바로 손 놓았다고!"

"계속 잡고 시시덕거렸는지 아닌지 내가 어떻게 알아?!"

"아니야. 아니야, 안 그랬어! 강호윤하고는 아무 사이도 아니니까. 왜 내 말을 못 믿는 거야? 너 예전엔 나 믿는다며. 왜 그딴 한순간의 장면으로만 판단하고 내 말은 못 믿는 건데!"

올려다보느라, 아프게 얼굴을 때리던 빗줄기가 눈으로 스며들었다.

억울했다. 아닌데. 진짜 아닌데. 왜 안 믿어주는 거야.

연아가 억울한 표정으로 울먹거리자 지훈이 고개를 돌려 연아의 눈을 똑바로 쳐다봤다. 여전히 이글거리는 눈빛이었지만, 주먹을 말아 쥐며 분노를 사그라뜨리려는 듯했다.

"아무 사이 아니라고? 너 말해 봐. 강호윤하고 둘이 만났어? 안 만났어?"

"……만났어."

"강호윤이 너 좋아하는 거 알았어? 몰랐어?"

"……알았어."

"나한테 말…… 했어? 안 했어?"

"……안 했어."

쏴아. 비가 거세게 쏟아져 내렸다.

"그게…….."

"……."

"그게 배신이라는 거야."

지훈의 목소리에 물기가 배었다. 묵직한 돌덩이가 가슴을 내리쳤다. 변명을 하려 입을 달싹였지만 어떤 말도 소리가 되어 나오지 못했다. 참담함이 몰려왔다. 억울하고 원통한 마음에 지훈의 마음을 헤아리지 못했다. 가장 친한 친구가 자신의 여자친구를 좋아하고, 어찌 됐건 둘은 그를 속이고 몰래 만나기까지 했다. 지훈의 입장에서는 그의 말대로 배신이었다.

정적이 흐르고, 세찬 빗줄기 소리만이 무거운 밤공기를 뒤흔들었다. 연아가 말이 없자 지훈은 시선을 거두고 돌아섰다.

"지훈아."

손잡이로 향하던 지훈의 손이 멈칫했다.

"미안해……."

"……."

"미안해. 내가 정말 잘못했어."

"……."

"네 생각 못 했어. 네 마음 아프게 해서 미안해."

오해를 해명해야 한다고만 생각했지, 사과해야 한다고 생각지는 못했다.

"상처 줘서 미안해. 말 못 해서 미안해. 그래도 내 마음은 너 배신한 적 없어. 내가 좋아하는 건 너뿐이야. 너 이렇게 잃고 싶지 않아……."

빗물인지, 눈물인지 정체를 알 수 없는 물줄기가 뺨을 타고 흘렀다. 대문 손잡이를 잡은 지훈의 손이 떨렸다. 곧이어 끼익, 하는 마찰음이 들리며 시선 한쪽에 걸려 있던 지훈의 두 발이 사라졌다. 뒤이어 들린 문 닫히는 소리가 연아의 가슴을 아프게 후려쳤다.

어느새 하늘에서 퍼붓듯 쏟아져 내리던 빗줄기가 잦아들었다. 드문드문 늘어선 흐릿한 가로등 불빛만이 골목길을 을씨년스럽게 비췄다.

이제 발끝에는 거의 감각이 없었다. 연아는 여전히 처마 아래 계단에 앉아, 입김을 불어가며 얼어붙은 손끝을 녹였다. 쉽게 용서받지 못할 거라는 사실은 알고 있었다. 이렇게나마 미안한 마음이 지훈에게 전달되었으면 했다. 연아는 그 한 가지 바람을 붙든 채 얼어붙은 몸을 매만졌다.

그때였다.

"어디 가? 너 어디 가는 거야!"

앙칼진 여자의 목소리가 집 밖으로 울려 퍼졌다.

"지긋지긋해. 따라 나오지 마세요."

"어디 가? 이 시간에 어딜 가는 거냐고!"

"엄마, 제발! 그만 좀 하시라고요. 엄마가 계속 이러면 나 정말 더 이상 못 견뎌요."

"엄마가 너한테 뭘 어쨌는데? 네 가방 좀 본 게 그렇게 큰 잘못이야? 그러면 아들이 이렇게 엇나가는데, 엄마가 가만히 있어야겠어?"

"그냥 가방 좀 본 게 아니잖아요! 아니, 엄마. 아니, 나 엄마랑 더 이상 얘기하고 싶지 않아요."

"지용아. 애, 지용아! 어딜 가, 이 밤에? 늦었어! 비도 온단 말이야!"

"이거 놓으세요, 엄마!"

계속해서 실랑이하는 소리가 이어졌다.

"너마저 이럴 거야? 네가 어떻게 엄마한테 이럴 수 있어! 너까지 이러면, 엄마는 대체 어떻게 살라고!"

"그만! 엄마, 이제 그만 좀 해요!"

"너 어디 가? 어디 가는 거야! 지용아. 너 당장 이리 안 와?"

여자의 새된 고함 소리를 뒤로하고 대문이 열리더니 남자아이가 툭 튀어나왔다. 15살, 16살쯤 되었을까? 뽀얗고 앳된 얼굴에 마르고 길쭉한 체형. 전체적인 인상은 많이 달랐지만 쭉 찢어진 눈매만은 지훈을 닮아 있었다.

'류지용?'

지훈의 동생이었다. 연아는 계단에 앉아 있다 놀란 채 지용을 올려다봤다. 지용 역시 집 앞에 누가 있을 거라 생각 못 했는지 눈이 휘둥그레졌다. 그러다 자신을 거듭 부르는 앙칼진 목소리에 진저리가 난 듯 이내 골목 아래로 뛰어 내려갔다.

무슨 일인가 싶어 연아는 자리를 털고 일어났다. 대문 틈새로 안을 살펴봤지만 깜깜해서 아무것도 보이지 않았다.

"지용아. 지용아 돌아와……. 흑흑. 너마저…… 흑흑. 네가 어떻게……."

멀리서 지훈 엄마의 울음 섞인 목소리가 음산하게 들려왔다. 뒤이어 "사모님 그만 들어가시죠." 하는 아주머니의 목소리가 들리더니 곧 현관문이 닫혔다.

"지훈이가 그랬어, 엄마는 섬뜩할 정도로 아버지한테 집착한다고. 이제는 그 집착의 대상이 동생한테로 옮겨갔는데, 누군가한테 집착하지 않으면 못 사는 사람처럼 보인다고."

배우리가 말한 게 이런 건가?

그녀의 이야기를 떠올린 연아는, 집에 있을 지훈이 걱정되었다. 전화를 걸어볼까 생각하다 곧 마음을 접었다. 아까의 대화로 보아 한바탕 싸움으로 집안이 어수선할 것이다. 이럴 때는 집 밖에 숙지고 있는 자신의 존재도, 전화도 지훈을 더욱 힘들게 할 것이 분명했다.

이제 그만 가야 하나.

좋지 않은 타이밍이다. 한 번 더 지훈을 만나고 싶었으나 자신까지 골치 아픈 짐이 되고 싶지 않았다. 연아는 조금 전 썼던 편지를 봉투에 담아 우편함에 넣었다. 내용물을 보지도 않고 찢어버릴지도 모른다. 연아는 이렇게나마 진심이 전달되길 바라며 골목길을 내려갔다.

현관문을 열자 차가운 밤바람이 선뜩하게 살갗을 스쳤다. 지훈은 우산대를 쥔 채 정원을 가로질렀다. 유독 추위를 많이 타서 겨울이면 늘 목도리를 코까지 둘러매던 아이였다. 매번 계절이 바뀔 때마다 감기에 걸려 골골거리기도 했다. 이렇게 추운 날 긴 시간 바깥에 있었으니 며칠 앓아누울지도 모른다.

빨개진 눈가와 코끝이, 새하얗게 뿜어대던 입김이, 덜덜 떨리던 목소리가 못내 마음에 걸렸다. 항상 그랬다. 모진 말을 내뱉고 돌아선 뒤, 가슴에서 철철 피를 쏟는 것은 자신이었다. 너도 아파봐라, 힘들어봐라, 하고 내던진 창끝은 어김없이 돌아와 제 가슴에 깊이 박혔다.

'그렇게 당하고도 정신을 못 차렸냐.'

나올 때까지 기다리겠다는 말에 속도 없이 마음이 누그러지려 했다. 울려대다 끊기길 반복하는 핸드폰을 바라보며 또 울리길 기대했다. 할 일도 없이 방 안을 서성이며 창문 너머 네 기척이 들릴까, 온 신경을 곤두세우고만 있었다. 오랜만에 본 얼굴이 추위에 꽁꽁 얼어붙어 있어서, 눈물을 펑펑 쏟아내며 미안하단 말을 하고 있어서 좋았다. 바보같이, 좋기만 했다. 살이 떨리고 온몸이 저릿저릿해질 만큼 좋았다. 품에 끌어안고 뼈가 부서지도록 안고 싶을 만큼 좋았다.

그러다 화가 났다. 배신, 격노, 파괴, 자멸, 환멸. 속에서 온갖 감정이 들끓었다. 질투와 소유욕이 뒤범벅되어 용암처럼 꿀렁이는 파괴욕이 솟구쳤다. 눈에 보이는 건 다 부서트리고 싶었다. 되돌릴 수 없을 만큼 엉망진창으로 망가뜨리고 싶었다. 그래서 뒤돌아섰다. 아니 뒤돌아설 수밖에 없었다.

지훈은 조금 전 제어할 수 없이 날뛰었던 감정을 떠올리며 대문 앞에 섰다. 정반대를 오가는 감정이 이번에는 어느 쪽으로 튈지 스스로도 자신할 수 없었다. 지훈은 결심한 듯 대문을 천천히 밀었다.

하지만.

그곳에는 아무도 없었다.

멀리서 편의점 불빛이 반짝였다.

'아, 살았다.'

연아는 후들거리는 다리를 간신히 떼며 편의점을 향해 걸었다. 오랜 시간 찬바람을 맞아 전신이 꽁꽁 얼어붙었고, 빈속은 굶주림에 아우성쳤다.

편의짐 앞에 다다르자 연아는 서둘러 문을 열어젖혔다. 가장 먼저 훈훈한 열기가 전신을 감싸 안았다. 얼어붙은 뺨이 온기에 녹아내리며 따끔거렸다. 연아는 컵라면과 삼각김밥을 냉큼 골라잡았다. 계산을 하고 거치대에 뜨거운 물을 부은 컵라면을 올려놓고 기다리는데, 옆에 선 이의 모습이 익숙했다.

"어?"

상대편도 연아를 알아봤다.

"지훈이 동생, 맞지?"

"아까 집 앞에 있던⋯⋯."

상대의 말을 긍정하는 듯 둘은 마주 보며 고개를 끄덕였다.

"작은형 여자친구분 맞죠? 저번에 집에 왔을 때 한 번 본 것 같은데. 이연아⋯⋯."

지용은 뒤이어 작게 '누나'라는 말을 덧붙이며 머쓱한 듯 웃었다. 서로 민망한 장면을 들킨지라 조금 멋쩍은 상황이었다.

"응. 맞아."

"작은형 기다리는 것 같던데, 만났어요?"

"뭐, 그냥."

연아가 말끝을 흐리자, 눈치 빠른 지용은 더 이상 캐묻지 않았다. 지훈과 달리 아직은 앳된 중학생이었지만 어른스러운 구석이 느껴졌다.

"형이랑 싸웠어요?"

연아는 젓가락으로 면발을 휘저으며 말없이 고개를 끄덕였다.

"그래서 요즘 폭주 중이구나. 작은형 저렇게 성질 못 이기고 미쳐서 날뛰는 거, 신싸 오덴민에 보거든요. 성질이 개 같아서 누나가 고생 많아요."

중학생답지 않은 할아버지 같은 말투에 연아가 피식 웃음을 터뜨렸다.

"근데 왜 싸웠어요? 작은형은 누나 되게 좋아하는 것 같던데."

연기가 모락모락 나는 면발을 후룩거리며 지용이 물었다.

"그냥 여러 가지 오해가 있어서."

"그래서 오해 풀러 온 거예요?"

"응. 그런데 오해라고 암만 얘기해도 안 믿어주고, 사과도 안 받아주네."

"그래서 밤까지 집 앞에서 기다린 거예요?"

"응, 뭐."

"작은형은 누나가 기다리고 있는 거 알면서도 나와 보지도 않고요?"

"나오긴 했는데, 욕만 얻어먹었어."

한숨 섞인 말에 지용이 젓가락질을 멈추고 딱한 듯 연아를 바라봤다.

"하여간 나쁜 피, 나쁜 유전자예요."

"응?"

"그렇게 좋아하면서 왜 괴롭히나 몰라. 참 삐뚤어진 사랑 방식이에요. 그렇죠?"

엄마의 이야기를 하고 있다는 걸 알아챈 연아는 무슨 대답을 해야할지 몰라 침묵을 지켰다.

"그런 나쁜 피가 흘러요, 우리 집엔. 뭐든 집착하지 않고서는 못 배기나 봐요. 아빠는 일에, 엄마는 아빠에, 아니 이젠 나한테, 큰형은 출세에, 작은형은……."

지용이 연아를 향해 몸을 틀었다. 그러곤 젓가락을 들어 연아를 똑바로 가리켰다.

"누나한테."

"그럼 넌?"

"나요? 난 그나마 이 집에서 유일한 정상인."

스스로 집안의 치부를 들춰놓고선 지용은 자랑스럽게 가슴을 폈다.

"그런 게 어딨어. 그런 게 무슨 집안 내력이라고."

"와, 나 못 믿는 거예요? 맞는데? 진짠데? 그래서 나도 우리 엄마 피해 도망 나온 거잖아요."

"엄마가 그 정도 심하게 집착해?"

"못 믿어요? 그럼 증거 보여줄게요. 여기, 이게 그 증거."

지용이 내민 핸드폰은 무음인 채로 불빛이 반짝이고 있었다. 액정 위 '엄마'라는 글자도 같이 깜빡였다. 곧이어 점멸하던 불빛이 멈추자 액정 위에 글자가 나타났다.

「부재중 통화 34통」

"이게 한 시간 동안 우리 엄마가 나한테 전화해대는 횟수예요. 정말 미쳐버릴 거 같다고요."

지용이 말하는 사이에도 그의 핸드폰은 다시 붉은색 불빛을 깜빡이며 빛나고 있었다. 찌푸려진 지용의 얼굴이 문득 한없이 위태해 보였다. 한창 감수성이 풍부하고 예민할 시기에 걸쳐 있는 나이라 더욱 그렇게 느껴지는지도 몰랐다.

"그래도 많이 늦었는데 집에 들어가야지."

어설픈 충고나 위로, 그 어떤 말도 섣불리 할 수가 없었다. 그저 용기 없는 어른들의 흔한 레퍼토리만 흘러나왔다.

"그래요. 잘 데도 없는데 얼른 들어가야죠. 그런데 대체 어떻게 해야 멈춰질까요?"

허공을 향해 시선을 던지는 지용의 눈동자가 텅 비어 있었다.

"내가 사라져야 우리 엄마 집착이 멈추려나."

지용은 혼잣말을 중얼거리며, 앞에 놓인 컵라면의 국물을 말끔하게 비워냈다.

"그런 말이 어딨어."

"캬, 시원하다. 전 다 먹었어요. 그럼 먼저 가볼게요."

"지용아……."

안타까워하는 연아의 눈길에 지용이 아무렇지 않은 듯 대답했다.

"걱정 말아요. 누나도 조심히 들어가요."

지용은 연아를 지나쳐 출입문으로 향하려다 일순 발걸음을 멈췄다.

"아, 맞다. 누나도 잘 생각해봐요. 이게 유일한 기회일지도 몰라요."

"무슨?"

"우리 형한테서 벗어날 수 있는."

딸랑, 하는 소리와 함께 지용의 뒷모습이 어둠 속으로 자취를 감췄다.

연아는 일요일 하루를 꼬박 앓았다. 장시간 추위와 싸운 데다 비까지 맞아 몸살감기에 걸린 것이다. 온몸이 몽둥이로 흠씬 두들겨 맞은 것처럼 욱신거렸다.

"몸이 이런데 학교는 무슨 학교야? 오늘 못 가겠다고 학교에 연락해 준다니까."

현관에서 운동화를 신고 있으려니, 득달같이 따라 나온 이모가 잔소리를 퍼부었다.

"콜록! 그냥 감기야. 콜록. 기침이 심해서 더 아파 보이는 거지, 괜찮아."

"열도 나잖아. 어제 39도까지 올라 놓고선. 게다가 오늘따라 왜 이렇게 일찍 나가는 거야?"

"이제 괜찮아. 열도 많이 내렸는데 뭘. 그리고 나 아침에 좀 들를 데가 있어. 이모, 나 늦었다. 학교 갔다가 정 힘들면 조퇴할 테니 걱정 마."

연아는 못마땅한 미화의 얼굴을 뒤로하고 집을 빠져나왔다. 밖으로 나오자 여전히 시린 칼바람이 두 뺨을 아프게 그어댔다. 겹겹이 입은 옷가지 사이로 냉기가 무섭게 파고들었다. 목도리로 눈 아래까지를 꽁꽁 싸매 봤지만, 벌써 얼굴 위로 뜨끈하게 열이 올랐다. 사실 하루쯤 결석을 해도 상관없었다. 하지만 일요일도 끙끙 앓아눕느라 시간을 허비했는데, 오늘까지 드러누워 과거의 시간을 헛되게 보내고 싶지 않았다.

연아는 버스를 타고 편의점이 보이는 대로변에 내렸다. 고개를 쭉 빼고 오르막길을 내다봤다. 간혹 번쩍이는 고급 승용차만이 쌩하고 곁을 스쳐 지나갈 뿐 걸어 내려오는 사람은 없었다. 연아는 언 발을 동동거리며 제자리를 맴돌았다.

원래 지훈은 일찍 등교하는 편이 아니었다. 아침잠이 많아 늘 통통 부은 얼굴로 조회 시간 직전 학교에 도착하곤 했다. 하지만 오늘도 반드시 그러하리란 보장은 없었기에, 연아는 이른 시간에 집을 나와 지훈의 집 근처 정류장을 서성이고 있었다.

부릉, 또 버스가 지나갔다.

한 대, 두 대, 세 대. 벌써 세 대째, 아이들을 꾸역꾸역 태운 버스가 정류장을 지나쳤다.

'이제 곧 마지막 차가 올 텐데.'

걱정하며 연아가 골목을 쳐다본 순간 오르막길 저 위에서 지훈의 모습이 나타났다. 추운 날인데도 달랑 동복 재킷만 입은 차림이었다. 점점 가까워지던 지훈은 골목 어귀에 선 연아를 발견하자 인상을 찌푸렸다.

솔직히 말하자면, 동정심이라도 얻어볼 심산이었다. 열이 올라 퉁퉁 붓고 시뻘게진 얼굴, 갈라진 목소리, 받은기침 소리. 지훈을 기다리다 이렇게 된통 감기에 걸렸으니 일말의 책임감을 느끼지 않을까 하는 얄팍한 바람도 있었다. 하지만 지훈은 연아에게 눈길 한 번 주지 않았다.

"잘 잤어?"

연아는 전혀 달라지지 않은 지훈의 태도에 굴하지 않고 아무렇지 않은 척 말을 붙였다.

"오늘 날씨도 추운데 왜 그렇게 얇게 입고 나왔어? 위에 파카라도 입고……."

"야."

앞서 걷던 지훈이 걸음을 멈췄다. 뒤도 돌아보지 않은 채 가라앉은 목소리로 연아의 말을 잘랐다.

"너, 너무 뻔뻔스러운 거 아냐?"

"어, 응?"

"하루 만에 뭔가 달라졌을 거라고 생각했어? 아님 네가 사과했으니 내가 그걸 넙죽 받아야 하는 거냐?"

"아니, 난 그런 게 아니라……."

"말해봐. 사과하면 무조건 받아야 하는 거냐고. 잘못을 용서할지 안 할지 정하는 건 피해자지, 가해자가 아니야."

"지훈아, 난……."

"그리고 네가 이렇게 알짱대는 게 더 기분 나쁘다는 걸 왜 몰라? 젠 장, 아침부터 기분 졸라 잡치게."

"그럼 내가 어떻게 해야 해?"

감기 몸살 때문에 목소리가 탁하게 갈라져 나왔다.

"아무것도 하지 마. 그냥 짜증 나. 열 받아. 너만 보면 화가 나서 미 칠 것 같아. 그러니까 내 눈앞에 다시는 띄지 말라고. 알겠어?"

지훈은 곧장 긴 다리로 성큼성큼 정류장을 향해 걸어갔다. 내보인 넓은 등이 한사코 자신을 거부하고 있었다. 가슴이 욱신 아려왔지만 연아는 포기하지 않고 지훈의 뒤를 따랐다.

쫄지 말자. 겁먹지 말자.

18살이었다면 지훈의 행동이 마냥 자신을 밀어내고 거부하는 것이 라 생각했을 것이다. 하지만 연아는 자신의 감을 믿었다. 지훈이 자신 을 시험하고 있는 것임을. 어디까지, 얼마만큼 할 수 있는지 지켜보고 있는 것임을.

정류장에 도착하자마자 버스가 정차했다. 연아는 지훈을 따라 회수

권을 요금함에 넣고 버스에 올라탔다. 그러자 버스 안에서 시끄럽게 떠들던 아이들이 둘의 모습을 보고는 하나같이 놀란 얼굴로 입을 다물었다. 제 눈을 믿지 못하겠다는 듯이, 큰 스캔들이라도 봤다는 듯이 경악한 모습들이었다. 등교하는 고등학생들로 꽉 찬 버스라는 것이 무색할 만큼 순식간에 이상한 정적이 흘렀다. 뿐만 아니었다. 지훈과 연아가 들어가자, 몸을 욱여넣을 틈도 없을 것 같던 버스 안이 홍해 바다 갈리듯 쩍 갈라졌다. 덕분에 두 사람은 그 사이로 손쉽게 이동해 버스 뒤에 나란히 섰다.

"네가 사과를 받아주는 게 당연하다 생각한 적 없어."

연아의 말에 버스 안 모든 아이들이 안테나를 바짝 세웠다. 지훈 역시 이렇게까지 시선이 쏠린 마당에 말을 꺼낼 줄 몰랐다는 듯 조금 놀란 눈치였다.

"조용히 가자. 버스 안이다."

지훈이 잇새로 으르렁거렸다.

"그게 뭐? 버스 안이 뭐?"

고요한 정적이 흐르는 가운데서도 연아는 일렁이는 기운을 느낄 수 있었다. 주위에서 아이들이 "까였다, 까였어."라며 소곤댔다.

"애들 앞에서 쪽당하고 싶냐? 아니면 나 개새끼 만들고 싶어?"

지훈의 목소리가 더 커지자 바짝 선 아이들의 안테나가 삐삑거렸다.

"아냐, 그런 거. 미안해, 미안하다고. 그냥 계속 말하고 싶어. 네가 받아줄 때까지."

다시 한 번 버스 안이 크게 술렁였다. "들이댄다, 용기 있어."라며 일말의 응원하는 목소리도 간간이 들려왔다.

"시끄럽고. 닥쳐라. 학교 갈 때까지 한마디만 더 해봐. 나 그냥 내릴 거니까."

칼같이 단호한 지훈의 경고에 연아는 입을 다물었다. 여기서 말 한 마디 더 붙였다간 버스 안에서 정말 큰소리가 날 것 같았다. 이내 엔진 소리와 안내 방송 소리만이 적막한 버스 안을 가득 채웠다. 아이들도 더 이상 구경거리가 없다고 판단했는지 조금씩 목소리를 키워가며 관심을 물리는 와중이었다.

끼익―.

난데없이 버스 앞으로 차 한 대가 끼어들었다. 그 바람에 버스가 요란한 마찰음을 내며 급정거를 했다.

"우와아아아앗!"

"엄마야!"

"꺄아아악!"

서 있던 아이들의 몸이 앞쪽으로 급속하게 쏠렸다. 연아 역시 앞자리 의자 손잡이를 한 손으로 대충 잡고 있던 바람에, 내던져지듯 휘청였다. 감기 몸살로 몸에 힘이 없어 제대로 중심을 잡지 못한 터였다.

"으아아앗!"

그대로 꼬꾸라지는구나 싶었다. 버스 바닥에 철퍼덕 넘어지든지, 운 좋으면 앞사람 등에 코를 처박겠구나 싶었다. 그런데 몸이 뭔가에 턱 걸렸다.

'어? 뭐, 뭐지?'

뒤돌아보니 지훈이 자신의 가방 손잡이를 힘껏 잡아당기고 있었다. 덕분에 버스 바닥에 꼬꾸라지는 대참사를 면할 수 있었다. 바로 뒤에서 있던 지훈은 황당한 표정이었다. 반사적인 행동이었던 듯했다.

바닥에 넘어진 아이들, 손잡이 지지대에 부딪힌 아이들, 비명을 지르는 아이들 사이에서 두 사람은 말없이 서로를 쳐다만 봤다.

"아, 씨발."

지훈은 미간을 찌푸리며 연아의 가방 손잡이를 내려놓았다.

"……고마워."

"아, 짜증 나."

"……."

"미쳤나."

혼잣말이었다. 아이들이 툴툴거리며 일어나 다시 자리를 잡고 버스가 출발할 때까지 둘은 아무 말도 하지 않았다. 그저 옆자리에 가만히 서서 버스가 도착할 때까지 침묵할 뿐이었다.

11. 내 안에 사는 악마

"세상에, 너 얼굴이 왜 이렇게 새빨개? 아파? 열나?"

교실에 도착해 가방을 풀고 있으려니, 윤새가 호들갑을 떨었다.

"응, 좀."

"감기? 몸살?"

"둘 다. 콜록, 콜록."

"으이그, 애를 잡는구나, 애를 잡아. 이래서 지 속이 후련할까."

윤새는 연아가 감기에 걸린 것도 지훈의 탓이라는 듯 들으라는 식
으로 목소리를 높였다.

탕―.

순간 교실에 찬물을 끼얹은 듯 싸한 정적이 흘렀다. 지훈이 앞자리
빈 의자를 발로 걷어찬 것이다.

네 탓이야, 너 때문이야. 돌아보지 않아도 쏟아지는 따가운 눈빛이
느껴졌다. 반 아이들의 매서운 눈초리에 연아는 가방을 풀던 손을 멈

칫했다. 험악한 분위기에 윤새조차 입을 다물자 교실에는 살벌한 기운이 넘쳐 흘렀다. 경민을 포함해 다른 아이들과 이야기를 하던 호윤의 얼굴 역시 딱딱하게 굳었다. 의자를 걷어찬 지훈은 무시무시한 기세로 교실을 빠져나갔다.

"야, 어디 가? 이제 대독 올 텐데!"

우태가 허둥지둥 지훈의 뒤를 따라나섰다.

"아, 진짜 싫어. 나 이런 거 진짜 싫다고! 니들 땜에 숨도 못 쉬겠어. 이렇게 학교 올 때마다 간 떨려서 살겠냐!"

지훈과 호윤의 사이에서 이리 치이고 저리 치이는 경민이 반 아이들의 심정을 대변하듯 절규했다. 때마침 앞문이 열리고 담임인 대독이 교실로 들어와 교탁 앞에 섰다. 대독의 시선이 반 전체를 빠르게 훑다 빈자리에서 멈췄다.

"류지훈, 송우태, 아직 안 왔어?"

대독의 질문과 동시에 지훈과 우태가 교실 안으로 들어오며 고개를 꾸벅 숙였다.

"니들 어디 갔다 온 거야?"

지훈은 대답도 않은 채 자리에 앉았다. 반 전체에 다시 기이한 긴장감이 감돌기 시작했다. 대독도 이미 짐작했을 것이다. 지훈이 미쳐 날뛰고 있고, 반 전체가 그 기운에 꽁꽁 얼어붙어 있다는 것을.

이후 대독은 곧 있을 기말고사를 비롯해 몇 가지 잔소리를 늘어놓았다. 아이들은 몽롱한 정신으로 하품을 하거나 딴짓을 하며 조례를 한 귀로 듣고 한 귀로 흘렸다.

"……반장이 걸어 오고. 아, 그리고 요즘 교내에 이상한 사람이 어슬렁거린다는 제보가 들어왔다. 경찰에 신고는 들어갔지만, 그래도 혹시 모르니까 너무 이른 시간에 등교하거나 너무 늦게까지 남아있지 말도록. 알겠나?"

"네에."

여자아이들은 이후 학교의 침입자가 바바리맨이라더라, 정신이상자라더라 하며 주워들은 정보를 꿰어맞추기 바빴고 남자아이들은 조회 따위는 까마득히 잊은 듯 시끄럽게 떠드는 데 여념이 없었다. 연아는 곧장 책상 위에 두툼한 목도리를 올려놓고선 엎드렸다. 감기 기운 때문에 전신이 나른하고 머리가 대창으로 쑤시는 것처럼 아팠다.

오전 수업 시간은 간신히 버텼으나 점심시간 이후에는 자리에 앉아 있는 것도 힘들어졌다. 결국 연아는 양호실로 직행해 양호 선생의 잔소리를 들으며 약을 먹고 그대로 잠에 빠져들었다.

끙끙 앓으며 자는 듯 마는 듯하다가 눈을 떠보니 하교 시간이 훌쩍 지나 있었다. 윤새는 물리 치료 때문에 오전 수업만 하고 병원에 갔으니, 서정의 전화가 없었다면 한참을 더 잤을지도 모를 일이었다. 연아는 열 오른 얼굴을 쓸어내리며 교실로 향했다. 지훈과 이야기를 해보려 무리해 등교했건만 제 한 몸 추스르기 버거웠다.

「연아야, 미안ㅜㅜ 나 학원 때문에 먼저 가봐야 할 것 같아. 엄마가 학교 앞에 와 있대. 너 가방 싸놨으니까 양호실에서 더 쉬다가 와.」

서정의 문자를 확인하며 텅 빈 교실 문을 열던 연아는, 멈칫하고 말왔다. 아무도 없는 줄 알았건만 진승환 패거리가 낄낄대며 책상에 걸 터앉아 있었다. 아무도 없는 교실, 연아의 책상 근처에 앉아 있는 패거리. 의도는 너무나도 명백했다.

"안 들어오고 뭐 해? 네 가방 아니야?"

진승환이 발끝으로 치자, 연아의 가방이 바닥으로 툭 떨어졌다.

"너야말로 우리 반도 아닌데 왜 여기에 있어?"

쫄지 말자. 연아는 콜록거리며 교실 안으로 발을 내디뎠다.

재빠르게 걸어가 바닥에 떨어진 가방만 주워오면 된다. 학교 안인데 별일이 있을 리가……. 그러나 그것은 순진한 착각이었다. 몸을 숙여 떨어진 가방을 주우려 한 순간, 진승환이 가방을 먼저 낚아챘다.

유치해.

예전이든, 지금이든 괴롭히는 패턴은 변함이 없었다.

"이리 줘. 나 몸이 안 좋아서 싸울 힘도 없어."

"애, 지금 뭐라냐? 싸운다고?"

진승환 패거리는 가소롭다는 듯 저들끼리 낄낄대며 연아의 가방을 빙빙 돌렸다.

"그럼 어디 싸워서 가져가 봐."

"이리 내."

연아는 바로 옆 책상에 핸드폰을 올려놓고 가방을 빼앗으려 이리저 리 손을 뻗었다. 하지만 가방을 되찾는 건 불가능한 일이었다. 저들의 속내야 빤했다. 안달 내고 방방 뛸수록 더 신나서 괴롭힐 것이다. 연아 는 제자리에 서서 진승환을 경멸스럽게 바라본 뒤 돌아섰다. 어차피 내일이면 다시 들고 올 거였다. 가방은 안 가져가도 그만이었다.

우당탕—.

하지만 연아를 그냥 보내줄 패거리가 아니었다. 진승환이 연아의 가방을 열어 거꾸로 든 것이다. 뒤집어진 가방 속에서 책과 소지품이 와르르 떨어졌다. 그것도 모자라 진승환은 떨어진 필통을 집어 창밖으로 내던졌다.

"안 가져가려고? 필요 없는 물건인가 보네."

개새끼들. 못돼 처먹은 것도 정도가 있지.

"뭐 하는 짓이야? 당장 그만둬!"

휘말리지 않으려 했다. 저열한 수작질에 넘어가는 자신이 등신이라 생각했다. 하지만 순간적으로 눈이 뒤집혔다. 못된 짓에, 철없는 행동에 꼭지가 돌 만큼 화가 났다. 연아는 흥분해서 진승환 일행에게 달려들었다. 씩씩거리며 진승환이 높이 쳐든 물건을 낚아채려 했다. 바라던 반응이 오자 만족한 패거리는 연신 낄낄대며 물건을 계속 창문 밖으로 던졌다.

"아이고. 아끼던 거였어? 그럼 진작 애길 하지."

"야, 이건 또 뭐야? 어라? 핸드폰이네?"

진승환이 책상에 올려놓은 연아의 핸드폰을 발견했다. 연아가 먼저 집으려 했으나 진승환이 한발 빨랐다. 그는 승리의 미소를 지으며 기어코 연아의 핸드폰마저 던져버렸다. 창문 밖에서 빠각, 하는 소리가 희미하게 들렸다. 4층 높이에서 떨어졌으니 부서졌을 게 분명했다.

전신에서 힘이 빠졌다. 열이 난 몸으로 용을 썼더니 머리가 빙빙 돌아 쓰러질 것만 같았다.

콰앙—.

그때 뒷문이 부서질 듯 커다란 소리를 냈다. 연아뿐만 아니라 진승환 패거리까지 놀라 동시에 뒤를 돌아봤다. 그곳에는 야차 같은 얼굴을 한 지훈이 교복 바지 주머니에 손을 찔러 넣은 채 서 있었다. 뒷문을 걷어찬 모양인지 문이 흔들거렸다.

"어. 류지훈, 너 집에 안 갔냐?"

패거리 중 하나가 어색하게 말을 내뱉었다. 지훈의 살벌한 기세에 눌린 모양이었다.

쾅앙―.

지훈은 대답 없이 다시 뒷문을 발로 걷어찼다. 더 세찬 발길질에 문이 문틀에서 튀어나올 만큼 흔들렸다.

"아, 별거 아니야. 우린 그냥……."

한 번 더 쾅앙―.

기어코 뒷문 아래가 엄청난 소리를 내며 부서졌다. 지훈의 얼굴에는 아무런 표정도 동요도 없었다. 그저 폭발하기 직전의 용암처럼 분노가 들끓는 얼굴로 진승환을 노려볼 뿐이었다.

"뭐야? 저 새끼, 왜 저래?"

진승환이 걸터앉은 책상에서 엉덩이를 떼며 일어났다.

"미친 새끼. 요즘 지랄병이 도진다 싶더니 몸이 근질거리냐?"

진승환이 위압적으로 지훈에게 다가가자 옆에 있던 일행이 그를 붙잡았다.

"야, 승환아. 그냥 가자."

"아, 놔보라고! 왜 쫄아, 병신들아. 이거 안 놔?"

그대로 있으면 제대로 한판 붙을 것 같았는지, 일행은 몸부림치는 신승환을 끌고 교실을 빠져나갔다. 한바탕 욕지거리를 퍼붓는 소리가 점점 잦아들었다. 지훈은 진승환 일행이 사라지는 걸 끝까지 쳐다보고 있다가, 몸을 돌려 복도로 걸어 나갔다.

"지훈아."

연아가 다급하게 쫓아가 지훈의 옷깃을 붙들었다. 머리가 핑글 돌고 눈앞이 울렁거렸다. 한 발 앞으로 걷는 것마저 힘에 부쳤다.

"안 놓냐."

"지훈아아……."

몸이 아팠다. 꼭 그만큼 마음도 아팠다. 자신을 외면하는 흉하게 일그러진 얼굴을 보는 것만으로도 가슴이 욱신거렸다.

항상 날 보며 환하게 웃던 네 모습은, 내 머리를 장난스럽게 헝클며 소리 내어 웃던 네 모습은. 대체 어딨는 거야.

열꽃이 핀 뺨 위로 눈물이 주룩 흘러내렸다.

"학교는 왜 왔냐?"

"흐윽. 너, 너 보러……."

"너 시위하는 거냐? 나 때문에 감기 걸렸다고, 나 보여주려고 학교 온 거야?"

"그런 거 아니란 거 알잖아. 사과하고 싶어. 내 진심 보여주고 싶어. 오해라는 거 해명하고 싶어. 정말 아니야. 호윤이 아니라고. 나한텐 너 뿐이야. 내가 좋아하는 건 너뿐이야……."

"이연아."

얼음장 같은 차가운 말투로 지훈이 연아의 말을 잘랐다.

"흑. 응……."

"아무리 사과해도 되돌릴 수 없는 일이란 게 있어."

"지훈아."

"아무리 얘기해도 네가 귓구멍이 처막혔는지 못 알아들으니까 다시 얘기하는 거야. 이번엔 제대로 얘기해줄 테니 똑바로 들어."

"흑. 지훈아……. 흐윽."

"나 이제 너 별로야."

쿵, 심장이 발아래로 추락했다.

"나, 너 안 좋아한다고."

"거짓말."

지훈의 말이 끝나기도 전에 거짓말이라는 말이 튀어나왔다.

"푸하하. 미친. 야, 이연아. 너 미친 거 아냐? 도대체 무슨 자신감이야?"

"거짓말하지 마."

지훈이 웃음을 멈췄다.

"네가 호윤이랑 사귀든 말든, 나한테 사과를 하든 말든, 나 아무 상관없다고. 그러니까 괜한 짓 하지 말고 꺼져. 넌 그냥 내 절친이랑 바람난 년일 뿐이니까."

시퍼렇게 날이 선 비수가 심장을 도려내는 것 같았다. 뻥 뚫린 커다란 구멍으로 찬바람이 드나들었다. 눈에서 눈물이 뚝뚝 떨어졌다. 일부러 더 못되게 구는 것이라 생각했지만 이렇게까지 말하는 지훈이 원망스러웠다.

나쁜 자식. 진짜 나쁜 자식.

연아가 상처 입었다는 걸 알면서도 지훈은 한 치의 망설임 없이 돌아섰다. 복도 끝으로 사라질 때까지 단 한 번도 뒤돌지 않았다.

담배 연기가 자욱한 지하 PC방에서 경민과 우태는 헤드셋을 끼고 게임을 하는 중이었다. 경민과의 플레이가 마음에 들지 않았는지 우태는 앞에 놓인 라면 사발까지 외면하고 있었다.

"아, 졌잖아. 새끼야. 너 때문에!"

헤드셋을 내던지며 우태가 소리쳤다.

"그게 왜 나 때문이냐? 네가 병신 짓거리를 해서 그렇지."

경민과 우태가 참패의 탓을 서로에게 전가하는 동안에도 지훈은 아무 창도 띄워놓지 않은 화면을 멍하니 응시했다.

"야, 류지훈. 넌 누가 잘못한 거 같냐? 이 새끼가 잘못한 것 같지 않아?"

우태의 물음에도 지훈은 깊은 생각에 잠긴 듯 대꾸가 없었다.

"야, 류지훈. 류지훈!"

경민이 어깨를 흔들었을 때야 지훈은 둘이 자신을 부르고 있다는 사실을 깨달았다.

"이 새끼 아주 넋이 나갔구만. 겜하러 와서 뭐 하고 앉았냐? 화면 앞에서 고사 지내냐? 아님 기도해?"

"시끄러, 새꺄."

경민의 말에 지훈이 귀찮다는 듯 손을 내저으며 의자 안으로 몸을 깊게 파묻었다. 기분 전환 삼아 경민, 우태와 PC방에 왔건만 머리를 온통 점령한 딴생각에 기분이 저조했다. 종일 맘대로 지껄인 말들이 시간이 지날수록 마음에 걸렸다. 특히, 학교에서 봤던 눈물범벅이 된 얼굴과 상처 입은 눈빛에 가슴이 얹힌 듯 답답했다. 독한 말을 내지르면 마음이 조금이나마 편해질 줄 알았다. 몰아붙이고 실컷 괴롭히면 화가 좀 누그러들 줄 알았다. 하지만 들끓는 화는 여전했다.

"야, 인마. 오해라잖냐. 내가 생각해도 그 둘은 진짜 아니올시다야. 이제 그만 화 풀라니까."

"그래. 중간에 있는 우리 생각도 좀 해줘. 고래 싸움에 등 터질 지경이다. PC방도 너랑 한 번, 호윤이랑 한 번, 똑같은 일을 두 번이나 해야 하는 우리 생각은 안 하냐?"

"그 새끼 얘기 한 번만 더 해봐. 니들이랑도 다시는 안 봐."

"야, 류지훈. 네가 지금 질투에 미쳐 있어서 그동안 눈치 보느라 말 못 했는데. 이 말은 해야겠다. 사실 걔네 둘이 뭘 했는데? 막말로 너 몰래 바람을 피웠냐? 둘이 좋아하길 했냐? 호윤이는 혼자 좋아하다가 마음 딱 접었고 연아도 너밖에 없는 거 다 아는데. 왜 이렇게 길길이 날뛰는 건데?"

살벌한 경고에도 경민은 나불대는 입을 다물지 않았다.

"아, 씨발."

지훈이 손에 쥐고 있던 마우스를 집어 던졌다.

"화내는 것도 정도껏 해. 뭐든 과하면 안 좋은 거야. 너 이연아한테 끝내자고 얘기했어? 확실히 정리했냐고."

지훈은 대답이 없었다.

"너 이연아랑 헤어질 맘 없잖아?"

"지경민, 너 안 닥쳐?"

"그럼 적당히 하라고. 되돌릴 수 없어지기 전에."

"그만하라고."

"안 그러면 새꺄, 깔끔하게 헤어지든가."

"……"

"그건 또 못 하겠지?"

"아, 졸라 짜증 나. 새끼들아, 게임은 너네끼리 해. 나 간다."

허둥지둥 가방을 챙기며 기다리라고 외치는 우태의 목소리가 들렸지만, 지훈은 가방을 멘 채 지하 계단을 빠르게 올라갔다. 쪽팔리게도 속내를 고스란히 들킨 것만 같았다. 경민은 지훈이 연아를 놔줄 생각이 눈곱만치도 없음을 알고 있었다. 지훈 역시 지독한 분노에 휩싸인 와중에도 헤어지겠다는 생각은 해본 적이 없었다. 지훈에게 그것은 별개의 문제였다. 그 사실을 깨달을 때마다 더 미친 듯이 밉고, 화가 났다. 이 반복되는 굴레는 어느덧 지훈의 통제를 벗어나 쳇바퀴 돌아가듯 빠르게, 더 빠르게 굴러가고 있었다.

'아, 진짜 이 미친놈아.'

나쁜 피가 흐르는 게 분명했다. 괴롭힐수록 더욱 집착하게 되고 집착하게 될수록 더, 더 죽이고 싶을 만큼 미웠다. 제어가 불가능한, 미친 듯이 날뛰는, 나조차 몰랐던.

내 안의 악마.

언젠가 정말 제 안의 악마가 연아를 망가뜨릴 날이 올지도 모른다. 그래도…… 넌 못 놔줘.

지훈은 속으로 웅얼거리며 매일 밤 향했던 곳으로 발걸음을 옮겼다.

하늘에서 나풀나풀 솜털 같은 눈이 내렸다. 첫눈이었다. 바닥에는 싸라기눈이 바람에 휩쓸려 이리저리 굴러다니고 있었다. 두어 시간 후면 거리는 솜털을 깐 듯 새하얗게 변할 게 분명했다.

눈이 쌓이는 골목 안, 자박이는 발걸음 소리가 차가운 밤공기를 울렸다. 일정하게 한 곳으로 향하던 걸음 소리는 한울 빌라 앞에서 멈췄다. 지훈은 익숙한 듯 빌라 맞은편 으슥한 골목 안으로 몸을 숨겼다. 가로등 불빛이 닿지 않는, 어둠이 고인 곳이었다.

지훈은 연아의 방에 불이 꺼지는 걸 확인하기 위해 매일 밤 이곳을 찾았다. 하루라도 들르지 않으면 잠을 이룰 수 없었다. 연아가 집에 있다는 사실, 밤늦게 집을 빠져나가 누군가를 만나지 않는다는 사실을 확인하지 않고서는 견딜 수가 없었다. 불이 꺼질 때까지 기다리는 시간은 지옥 같았다. 행여나 기다리는 와중 호윤과 손을 잡고 오는 연아를 발견하게 될까 봐. 혹은 연아의 집을 찾아온 호윤과 마주치게 될까 봐. 불안하고 초조한 마음에 매일같이 피가 마르는 느낌이었다.

지훈은 고개를 들어 창문을 바라봤다. 아직 밤 10시였건만 벌써 불이 꺼져 있었다. 아침부터 감기에 걸려 비실비실하던 아이다. 어쩌면 오늘은 일찍 잠자리에 들었을지도 모른다. 그래도…….

대체 언제까지 이 짓을 할 셈이냐. 이렇게 매일 의심하고 집착하는 자신이 끔찍했다. 이제 정말 그만하자.

스스로에게 치를 떨며 지훈이 몸을 숨겼던 골목 사이에서 나오려 할 때였다. 한 가지 생각이 번뜩이며 머리를 스쳤다.

'그래, 마지막으로 딱 한 가지만.'

지훈은 핸드폰을 꺼내 문자판을 눌렀다. 얼어붙은 뭉툭한 손끝에 버튼이 자꾸만 겹쳐 눌렸다.

「나 호윤이. 할 말 있어. 지금 집 앞인데 잠깐 나와 줘.」

지훈은 발신 전화번호에 호윤의 번호를 입력한 뒤 연아에게 문자를 보냈다. 치졸하고 야비한 짓이라는 건 알고 있다. 하지만 이렇게라도 확인하지 않으면 자신은 이 미친 짓을 영원히 하고 있을 것만 같았다. 지훈은 긴장감에 주먹을 쥐었다 폈다 하며 불 꺼진 방을 주시했다.

제발 나오지 마. 제발…… 나오지 마.

방 불이 켜졌다. 꽉 움켜쥔 지훈의 주먹이 바들바들 떨렸다.

아니다. 아닐 것이다. 문자를 확인하려 불을 켠 것뿐이다. 진정하자.

누군가 현관문으로 나오는지 4층 복도에 주홍색 불이 켜졌다. 뒤이어 3층, 2층, 차례대로 불이 들어왔다. 피가 거꾸로 솟았다. 눈앞이 하얘지며 심장이 흉곽을 부술 듯한 기세로 요동쳤다. 찬바람이 무섭게 몰아치는 데도 식은땀이 흘렀다.

죽일 거다. 두 연놈 다 갈가리 내 눈앞에서 찢어 죽여버릴 거다. 제 앞에선 그렇게 미안하다 사과하고 아니라 해명했으면서 이렇게 뒤로 몰래 만났던 거다.

혈관을 타고 흐르는 피가 몸을 태울 듯 뜨거워졌다. 온몸의 근육이 잘게 찢기는 것 같은 아픔이 느껴졌다. 지훈은 제어할 수 없는 분노에 휩싸여 성큼성큼 건물로 향했다. 그때 누군가 빌라 건물을 빠져나왔다.

어……?

무서운 기세로 출입문을 향하던 지훈은 건물 밖으로 나온 이를 보고 놀라 발걸음을 멈췄다.

'연아 이모?'

그녀 역시 집 앞에 있는 지훈을 보고 놀란 눈치였다.

"지훈이? 너 지훈이 아니니? 여기서 뭐 해?"

"이모님. 안녕하세요."

지훈은 불안정하게 흔들렸던 호흡을 가다듬으며 미화를 향해 꾸벅 인사를 했다.

"연아 보러 온 거야?"

"아니, 그게."

분노에 잠식당했던 뇌는 제 기능을 하지 못했다. 지훈이 궁색한 변명이라도 짜내려 골몰하고 있는 사이, 미화가 걱정스러운 듯 말했다.

"오늘 아침에 골골거리면서 학교 갔던 애가 어디서 뭘 하는지 모르겠다. 걱정되게시리."

"연아, 아직 집에 안 왔어요?"

"응. 게다가 핸드폰도 안 받아. 아까부터 몇 번을 했는데. 같이 있었던 거 아니니?"

미화는 연락이 되지 않는 연아를 찾으러 나온 모양이었다.

마지막으로 본 게 언제였더라? 아까 학교에서였다.

연아는 내내 양호실에 누워 있다 수업이 끝날 무렵 교실로 왔다. 교실에선 진승환 패거리에게 괴롭힘을 당했고……. 거기에 자신이 한바탕 퍼붓기까지 했다. 펑펑 울고 있는 아이를 내버려 두고 왔다. 감기

몸살 때문에 제대로 서 있지도 못하고 열꽃이 핀 얼굴로 떨고만 있던
아이였다.

"아, 맞다. 야자실에 있는 거 봤어요. 제가 나올 때 보니 자는 것 같
았는데, 아무도 안 깨웠나 봐요. 제가 가서 데리고 올게요."

지훈은 일단 거짓말로 걱정하는 미화를 안심시켰다.

"그래 줄래? 대체 아픈 애가 무슨 야자까지 한다고 이 난리인지 모
르겠다. 지훈이 네가 수고 좀 해줘."

신신당부를 한 미화가 빌라 안으로 사라지자 지훈은 뒤돌아 골목을
걸어 나가기 시작했다.

대체 어디에 있는 거지? 우리 집 앞? 아니면 아직도 학교? 어제 그
리고 오늘 아침까지 연아는 집 앞에 찾아왔었다. 계속 사과할 거라 했
으니 어쩌면 지금도 집 앞에 있을지 몰랐다. 지훈은 걸음에 속도를 내
며 핸드폰으로 연아에게 전화를 걸었다.

뚜르르르, 하며 신호가 울렸으나 연아는 전화를 받지 않았다. 여러
번 다시 걸어도 마찬가지였다.

몸도 아픈 게 어디서 뭘 하는 거야?

자꾸만 불길한 생각이 머릿속을 갉아먹었다. 근래 들어 동네에 빈집
털이가 부쩍 기승을 부렸다. 얼마 전, 아래 골목 파란 지붕 집엔 강도가
들었다고도 했다. 금품을 훔치곤 칼로 주인댁을 위협해 몹쓸 짓까지
했다는 소문이 흉흉하게 나돌았다. 아닐 거다, 하면서도 끔찍한 상상이
스멀스멀 머릿속에서 부피를 키워나갔다. 어두운 골목을 혼자 걷는 연
아, 금품을 훔쳐 달아나던 흉기 든 강도, 그리고 마주친 두 사람.

그럴 리 없어.

등줄기를 따라 식은땀이 흘러내렸다.

왜 전화를 안 받는 거지?

어느새 지훈은 가파른 길을 정신없이 달리고 있었다.

지훈은 거센 숨을 몰아쉬며 동네 곳곳을 뒤졌다. 한 번도 쉬지 않고 달려왔건만 집 앞에는 아무도 없었다. 눈 쌓인 바닥에 발자국 하나 없는 걸 보니 이곳에는 오지 않은 모양이었다. 지훈은 혹시나 하는 마음에 인근 거리를 샅샅이 뒤졌다. 그 와중에도 잊지 않고 연아에게 전화를 걸기도 했다. 여지없이 신호음만 울릴 뿐 핸드폰 너머에서는 아무런 응답이 없었다. 발신 전화 22통. 이만하면 일부러 받지 않는 게 아니다. 받을 수 없는 상황인 거다.

시간이 흐를수록 지훈의 머릿속에는 더욱 절망적인 상황이 그려졌다. 어디에 있는지, 어떤 상황인지 알 수 없으니 속이 새까맣게 타들어 갔다.

침착하자, 류지훈. 너까지 당황하면 어쩌자고.

마음가짐과는 다르게 핸드폰을 쥔 손이 미친 듯이 떨렸다. 다리가 아프도록 온 동네를 뛰어다녔지만 연아는 어디에도 보이지 않았다. 편의점에 들러 연아의 인상착의를 설명해봤지만 본 적 없다는 말만 되돌아올 뿐이었다. 이렇게 무작정 뒤진다고 될 일이 아니었다. 지훈은 멈춰 서서 심호흡을 한 다음 윤새에게 전화를 걸었다.

[류지훈?]

"이윤새. 혹시 연아랑 같이 있어?"

[아니.]

"그럼 연아랑 통화한 적 있어?"

[아니. 나 오늘 오후엔 병원 가느라.]

"알았어."

통화를 종료하고 이번에는 서정에게 전화를 걸었다.

[여보세요. 지훈이?]

"박서정. 너 혹시 오늘 학교 끝나고 연아 어디 갔는지 알아?"

[연아……? 글쎄…… 왜?]

"생각 좀 해봐."

느릿한 서정의 말투가 답답해 지훈이 조급하게 몰아붙였다.

[아, 그러고 보니…… 오늘 연아 아픈 거 걱정돼서 학원 끝나고 전화했었는데…… 안 받더라고.]

"학원 끝나고? 그때가 몇 시였는데?"

[음…… 7시쯤?]

서정과도 통화가 되지 않은 것이다.

"알았어. 고마워."

지훈은 서정의 뒷말을 듣지도 않은 채 전화를 끊고 다시 어디론가 뛰어가기 시작했다.

12. 첫눈이 오면 만나자

지훈이 학교 앞 버스 정류장에 내릴 즈음, 솜털처럼 사뿐사뿐 내리던 눈은 어느새 함박눈으로 변해 있었다. 펑펑 쏟아지는 눈은 고요한 밤의 세상을 하얗게 물들였다. 골목을 지나 학교 정문을 향해 뛰어가는 지훈의 머리 위에 차가운 눈이 내려앉았다.

숨이 턱 끝까지 차오르고 폐가 찢어질 듯 아팠지만 지훈은 속도를 줄일 수 없었다. 요즘 학교에 이상한 남자가 출몰하니 늦게까지 남아있지 말라던 담임의 당부가 기억났다. 자신에게 모진 말을 듣고 펑펑 울던 연아는 몸이 아파 집에 갈 힘조차 없었는지도 모른다. 간신히 잠재웠던 불길한 상상이 머릿속에서 마구 튀어 올랐다. 밤이 된 줄도 모르고 교실에서 잠이 든 연아, 어둑한 학교 건물 안을 어슬렁거리던 학교의 침입자. 마주치는 두 사람. 상상만으로도 살이 떨릴 만큼 끔찍했다.

아, 제발. 제발. 제발.

그대로 얌전히 교실 안에 있어 주길. 다치지 말고 아프지도 말고 있어 주길. 멀쩡한 모습의 연아를 발견한다면 모든 걸 용서할 수 있을 것 같았다. 아니, 오히려 제가 연아를 붙들고 잘못했다, 미안하다, 사과할 수 있을 것만 같았다. 그저 있어만 준다면.

지훈은 학교 건물 안으로 들어가 불 꺼진 계단을 오르기 시작했다. 4층에 오르자 멀리 12반 교실 팻말이 보였다. 심장이 터질 듯이 뛰었다. 끔찍한 상상들이 무자비하게 머릿속을 희롱했다. 낭자한 선혈, 나무토막처럼 딱딱하게 굳은 거무스름한 신체, 바닥에 넓게 풀어 헤쳐진 새까만 머리카락.

안 돼. 제발, 제발…….

지훈은 땀이 흥건한 손으로 교실 뒷문 손잡이를 잡았다. 눈을 꼭 감은 채 힘차게 문을 열어젖혔다. 슬며시 눈을 떴지만 교실은 텅 비어 있었다. 상상했던 최악의 상황이 아니라 안도한 것도 잠시, 대체 어디서 연아를 찾아야 할지 알 수가 없었다.

지훈은 교실에서 나와 학교 곳곳을 돌아다니며 비어 있는 공간들을 확인했다. 문을 열 때마다 연아의 환영이 보였다. 하지만 이내 환영이 사라지며 끝도 없는 절망이 지훈을 덮쳤다. 학교 건물을 빠져나온 지훈은 운동장으로 이어지는 스탠드에 힘없이 주저앉았다. 미친 사람처럼 뛰어다니며 연아를 찾았건만 어디서도 그녀의 모습은 보이지 않았다.

대체 어디에 있는 거야.

지훈은 허망한 눈으로 운동장을 바라봤다. 하늘에서 함박눈이 펑펑 쏟아져 내려 운동장은 새하얀 눈밭으로 변해 있었다. 지훈의 머리 위로 내려앉은 눈은, 이윽고 물기로 변해 얼굴선을 따라 흘러내렸다. 지훈은 다시 연아에게 전화를 걸었다. 동복 재킷 위로, 핸드폰을 쥔 새빨간 손 위로 차디찬 눈이 내려앉았다. 뚜르르르, 여전히 신호음만 울릴 뿐 그토록 원하는 목소리는 들리지 않았다.

"잘못했어."

목소리가 갈라져 나왔다.

"오해인 거 알아."

제 목소리인데도 귓가에 들리는 음성이 생경했다.

"그런데도 내가 못 참았어. 화나는 거 안 참았어. 너 괴롭게 하고 싶었어. 너 가슴 아프게 하고 싶었어."

눈가에 눈물이 고였다.

"네 잘못이 아니야. 내 문제였어. 내 집착, 내 소유욕, 다 내 문제였어. 연아야……. 어디에 있어……? 너 어디에 있는 거야……?"

이럴 때 떠오르는 얼굴이 하필이면 마지막에 본 상처 입고 우는 얼굴이라 가슴이 미어졌다. 하늘에서는 여전히 꽃송이만 한 함박눈이 내리고 있었다. 추위도 많이 타는 주제에 겨울을 제일 좋아한다던 아이였다. 그래서 첫눈이 오면…….

첫눈이 오면…….

아……! 지훈이 자리에서 벌떡 일어났다. 그러고는 쏜살같이 달리기 시작했다. 어디 있는지 알 것 같았다.

운동장 등나무 벤치에서 연아는 얼어붙은 손끝을 호호 불었다. 축축하게 젖은 자리에는 앉을 엄두도 나지 않아, 벤치 주변을 서성이고만 있었다.

첫눈이 내리면 등나무 벤치에서 만나자고 했었다.

"첫눈 오는 날?"

"응. 첫눈 오는 날."

"에이, 싫어. 춥잖아. 게다가 웬 학교야. 안 그래도 맨날 가는 학곤데."

"그래도 로맨틱하잖아. 나 어렸을 때부터 꿈이었단 말이야. 첫사랑이랑 첫눈 오는 날 첫 키스 하는 거. 게다가 학교는 우리가 처음 만난 곳이니까 의미가 있고."

"첫 키스?"

"야, 죽을래? 중요 포인트는 첫 키스가 아니라 첫눈 오는 날이잖아."

"으하하하. 알았어, 알았어. 첫눈 오는 날 만나자."

첫눈 오는 날 만나자. 지훈이 그 약속을 기억하고 있는지 알 수 없었다. 기억을 한다 해도 올 것인지 자신할 수 없었다. 마음 가득 들어찬 의구심의 한편에, 반드시 올 것이라는 막연한 믿음 또한 있었다.

얼마나 더 기다려야 하는 걸까?

연아가 얼어붙은 발끝을 녹이려 발을 동동거리는 와중이었다. 운동장 저 끝에서 까만 점처럼 보이는 뭔가가 이쪽을 향해 빠르게 다가왔다. 문득 조회 시간, 학교에 침입자가 있다며 대독이 주의를 주었던 기억이 떠올랐다. 연아는 슬금슬금 뒷걸음질 쳤다. 운동장 끝쪽에 위치한 등나무 벤치라 더 이상 물러날 곳도 없었지만 엄습해오는 두려움에 머리가 먹통이 되었다. 까마득한 공포심에 다리가 후들거리기 시작할 무렵, 점처럼 보이던 침입자의 모습이 점점 선명해졌다. 익숙한 체형에 연아는 눈을 가늘게 뜨고 침입자를 살폈다. 지훈이었다.

"헉…… 헉. 멍청아! 허억…… 너 도대체…… 헉. 언제부터 여기 있었던 거야?"

쉬지 않고 달려온 지훈이 연아 앞에 섰다. 그는 가쁜 숨을 몰아쉬느라 말조차 제대로 잇지 못했다.

"학교 끝나고……서부터……."

"너 바보야? 머리 없어? 대가리 안 굴러가? 한 시간쯤 기다리다 안 오면 집에 갈 것이지. 내가 안 오려면 어쩌려고 여기서 기다리고 있었어? 지금 몇 신지 몰라서 그래? 학교에 이상한 사람 드나드니까 빨랑 하교하라고 했던 대독 말 못 들었어? 제정신이야? 머리가 붙어 있긴 한 거냐고!"

추위 때문인지 화가 나서인지, 얼굴이 새빨개진 지훈이 와락 고함을 질렀다.

"부…… 붙어 있잖아."

기세에 눌려 연아는 바보 같은 말을 내뱉었다. 기막힌 대답에 지훈도 할 말을 잃은 듯 황당한 눈초리였다.

"감기는? 기침은 안 해? 열은? 너 아까 수업도 못 들을 만큼 아팠잖아."

"괜찮아. 이제 다 나았어."

거짓말이다. 제대로 서 있는 게 용할 만큼 어지럽고 몸이 아팠다.

"이게 어디서 거짓말을 해."

지훈이 팔을 뻗어 연아의 이마에 손바닥을 갖다 댔다. 과연 불에 덴 것처럼 뜨끈뜨끈했다.

"너 진짜 미쳤냐? 어떻게 이 몸으로!"

지훈이 또다시 화내려 하자 연아가 지훈의 소매 깃을 붙잡았다.

"괜찮다니까."

지훈이 지금까지와는 다른 방식으로 화내고 있었다. 그 명백한 차이에 연아의 가슴이 기대로 부풀었다.

"핸드폰은? 핸드폰은 대체 왜 안 받는 건데? 나랑 너네 이모가 얼마나……."

번뜩 떠오른 장면에 지훈은 말을 잇지 못했다.

"오늘 오후에 진승환네 패거리가…… 내 가방 쏟고 물건들 창문 밖으로……."

"아, 젠장."

지훈은 스스로가 바보처럼 느껴졌다. 이 모든 걸 왜 진작 생각하지 못했는지.

"괜찮아. 그래도 네가 이렇게 와줬잖아."

생긋 웃는 얼굴인데 두 뺨이, 코끝이, 눈가가 모두 새빨갰다.

"그게 중요해?"

"기억하고 와줬잖아. 그러면 됐어. 상관없어."

"넌, 넌……."

"……."

"연아야……."

물기 어린 지훈의 목소리가 떨렸다. 울컥 치미는 감정에 지훈은 할 말을 찾지 못했다.

"미안해……."

지훈이 연아를 향해 두 팔을 뻗었다. 그리고 연아를 힘껏 잡아당겨 품에 안았다. 따뜻한 온기가, 쿵쿵거리는 심장소리가 맞닿은 가슴으로 전해졌다.

"아니야. 내가 더 미안해. 너 상처받을 수 있단 거 생각 못 했어."

"미안해."

"호윤이랑은 정말 아무 사이도 아니야. 네가 싫다면 앞으론 호윤이랑은 말도 하지 않을게."

"미안해."

"나 정말 아무렇지도 않아. 감기 걸리긴 했지만 나아가고 있고……."

"미안해."

연아는 지훈의 등을 꼭 감싸 안았다.

뭐 하나 숨길 줄 모를 만큼 모든 감정에 솔직했던 너, 맹목적으로 나만을 사랑해주었던 너. 나로 가득했던 네 세상, 그리고 그 세상을 지키기 위해 홀로 고군분투했던 너. 그래서 난 마냥 네가 강하기만 한 줄 알았다. 너도 상처받고 힘들어할 거라곤 생각지 못했다. 네 행동을 이해하려 하지 않고 오랫동안 널 미워하고 증오했었다. 하지만 너 역시, 고작 18살이었다.

지훈의 품 안에서 얼어붙은 몸이 녹아내렸다. 이 온기에 마냥 젖어 있고만 싶었다. 지금 이 순간만큼은 걱정도, 해야 할 일도 연아의 머릿속에서 몽땅 사라졌다.

마음이 아프면 몸도 아프다는 말이 있다. 그렇다면 마음이 치유되면 몸도 낫는 걸까? 연아의 경우는 그랬다. 다음 날 감기가 더 심해져 끙끙 앓아눕겠구나 했던 예상은 보기 좋게 빗나갔다. 기분 좋은 엇나감이었다. 연아는 가뿐해진 몸으로 등교 준비를 한 후 현관문을 나섰다.

보자, 앞으로 화재 사건이 난 날까지 4일 남았다. 지훈과 오해를 풀고 화해를 했다. 중요한 사건이니만큼 현재로 돌아간다면 무언가 바뀌어 있을 것이다. 어쩌면…… 화재 사건은 발생하지 않았을지도 모른다. 자신이 체육 창고에 갇혔던 건 지훈이 외면한 왕따 때문이었다. 이제 지훈과 화해를 했으니 화재가 발생할 이유는 없었다. 확인하고 싶은 마음이 굴뚝같았으나 이번이 마지막 기회이니 섣불리 행동할 순 없었다. 화재 사건이 일어나는 15일까지 무조건 버텨야만 했다. 그때까지는 당분간 이 설렘을 만끽하고만 싶었다.

"몸은?"

연아의 눈이 휘둥그레졌다. 남색 떡볶이 코트, 둘둘 감은 버버리 체크 목도리, 멋쩍은 듯 감정을 숨기는 불퉁한 얼굴. 집 앞에 지훈이 서 있었다.

"아. 어……어, 괜찮아. 푹 자고 났더니 살 것 같다."

연아는 지훈의 눈을 제대로 마주할 수가 없었다.

어젯밤에는 부둥켜안기까지 했는데 새삼스레 얼굴이 빨개질 게 뭐람.

"다다음주 시험인데 공부는 했어?"

지훈의 입에서 먼저 공부라는 말이 튀어나오다니. 하긴 곧 2학기 기말고사였다. 공부는? 당연히 책 한 장 보지 못했다.

"오늘부터 해야지……."

연아는 시선도 마주치지 못한 채 말을 얼버무렸다. 이상했다. 분명히 화해를 했는데도 지훈을 평소처럼 대할 수가 없었다.

"그럼…… 같이 할까?"

"어? 응, 그래……."

"그럼 이따 학교 끝나고 우리 집 갈래……?"

"어? 응……."

한참 동안, 둘은 말없이 가파른 언덕길을 내려갔다.

그동안 지훈이와 둘이서 어떤 이야기를 했더라. 도저히 생각이 나지 않았다. 더욱이 자신은 지금 18살이 아니라 32살이었다. PPWM센터에서 둘째가라면 서러울 만큼 능숙능란하게 대화를 이끌던 자신이 아니었던가. 그런데 고작 18살짜리 남자아이 앞에서 왜 이렇게 헤매는지 이해하기 힘들었다. 오래도록 과거를 오갔더니 진짜 18살이 된 것만 같은 기분이었다.

"그거 귀엽다."

지훈이 어색한 침묵을 깼다.

"뭐가?"

"그거. 처음 보는 코트."

베이지색 더플코트. 2000년대 초반을 휩쓸었던 핫아이템이었다. 이모에게 사흘 밤낮을 졸라 장만했던 기억이 어렴풋이 떠올랐다.

"이모가 사 줬어. 이번에 시험 못 보면 갈가리 찢어버린대."

지훈이 피식 웃었다.

"아, 단추 다 안 채워졌다."

지훈은 연아를 붙잡아 세운 뒤 제일 윗단추를 채워주었다. 지훈과 가까이 마주 서니 이상할 만큼 가슴이 진정되지 않았다. 심장은 펄떡 펄떡 날생선처럼 뛰었고, 얼굴 가득 열이 올랐다.

"다 됐다."

지훈은 어깨 위에 있던 머리카락마저 떼어준 후 연아의 손을 붙잡아 자신의 코트 주머니 속으로 집어넣었다.

"뭐가 그렇게 어색해? 나 네 남자친구야."

"알아. 누가 몰라서 그래?"

갑자기 남자친구라는 말까지도 생경하게 들렸다. 지훈은 연아의 어색한 감정을 알아챈 듯 전에 없던 다정한 목소리로 말을 이었다.

"앞으론 더, 더 잘해줄게. 절대 화도 안 내고, 네 말도 잘 듣고, 그 뭐냐 공부도 열심히 하고. 네가 딴생각 안 나도록 내가 정말 정말 잘할게."

"괜찮아. 지금으로도 충분해."

"아냐. 너 실망하지 않게, 진짜 열심히 노력할게. 그러니까……."

더 잘해주겠다는 지훈의 다짐 기저에서 짙은 불안감이 느껴졌다. 행여라도 지난 행동 때문에 자신의 마음이 식진 않을까, 떠나진 않을까 초조해하는 기색이 느껴졌다. 제 잘못도 아니면서, 다시 약자가 되어버린 지훈이 안쓰러웠다.

"그런 말 하지 마. 나 안 떠나. 그런 일 없어."

이미 넘치는 사랑을 받았다. 허용치를 넘는 사랑의 무게에 둘 다 짓눌리지 않도록, 건강하게 오래오래 사랑하길. 연아는 속으로 간절히 기도하며 코트 주머니 속 지훈의 손을 꼭 마주 잡았다.

두 사람은 버스에서 내려 후문으로 향하는 꼬불꼬불한 길을 나란히 걸었다. 학교까지 한참 돌아가는 길이라 학생들의 그림자도 보이지 않았다. 그 길 위에서, 연아가 〈반지의 제왕〉 마지막 편을 꼭 같이 보고 싶다고 우기자 지훈은 판타지 영화는 질색이라며 고개를 흔들었다. 지훈이 경민과는 앞으로 〈스타크래프트〉를 같이 못 하겠다며 투덜대자 연아는 게임은 그만하라고 타박했다. 그렇게 둘은 시종일관 재잘거리며 하나도 중요하지 않은 사소한 이야기를 주고받았다. 이윽고 학교 후문이 보이자 연아는 슬그머니 지훈의 코트에서 제 손을 빼냈다.

"왜?"

"그게…… 갑자기 우리 이렇게 같이 등교하면 애들이 뭐라 그러지 않을까?"

학교를 한바탕 뒤집어 놓을 만큼 큰 소란이었다. 지훈은 시종일관 험악한 얼굴로 흉흉한 분위기를 만들며, 학교를 공포의 도가니로 몰고 가는데 지대한 공헌을 했다. 어제까지만 해도 그랬다. 그런데 단 하루 만에 화해했다고 둘이 딱 붙어서 등교를 하려니, 연아는 조금 민망했다.

"애들이 뭐? 감히 누가 너한테 뭐라 그래?"

단순한 지훈은 별생각 없었지만 불행히도 연아는 지훈의 반의반만큼도 낯짝이 두껍지 않았다.

"내 말대로 해. 좀 그렇단 말이야……."

"그래서 뭘 어쩌자고?"

"일단 학교에 따로 들어가자. 그리고 교실에서도 좀……."

"교실에서 뭐? 화해한 거 티 내지 말자고?"

"……응."

시훈이 단박에 인상을 썼다. 태어나서 지금껏 남의 눈치라는 걸 본 적 없는 인간이라 연아의 제안이 도통 이해되지 않았다. 연아는 또 시훈이 뻗대며 성질을 부리겠구나 싶었다.

"알았어."

불퉁하지만 알겠다는 말이 지훈의 입에서 튀어나왔다.

"진짜?"

"뭘 들은 거야. 알겠다고 하잖아."

"웬일이야? 말도 잘 듣고?"

"내가 언제 허튼소리 하는 거 봤어? 앞으로 네 말 잘 듣겠다고 했잖아. 그래도 오늘 우리 집에 가서 같이 공부하기로 한 약속은 지켜."

"응. 알았어. 걱정하지 마."

지훈이 눈앞에서 사라지자 연아는 시간 차를 두고 교실로 향했다. 연아가 자리에 앉자 윤새가 냉큼 다가왔다.

"안 마주쳤어?"

"누구랑?"

"류지훈."

"아, 아니. 안 마주쳤는데."

혹시 봤으려나?

"그럼 다행이고. 너랑 비슷하게 교실에 왔길래 혹시나 마주쳤다 네가 봉변당한 건 아닌가 싶어서. 류지훈 그 새끼는 맨날 조회 시간 간당간당하게 오더니, 오늘은 왜 이렇게 일찍 왔대?"

윤새는 모든 게 마음에 안 드는지 지훈에 대해 이야기하며 이를 갈았다.

"일찍 올 일이 있었나 보지 뭐······."

"그 새끼 일찍 와봤자 교실 분위기만 험악해지지. 학교 안 나오는 게 우리 모두를 도와주는 일이야. 도대체 이게 몇 주째야? 하여간 미친 새끼."

"그래도 미친 새끼라니······."

연아는 슬슬 기분이 나빠졌다.

미친 새끼라니. 너무 심한 말 아닌가?

"말이야 맞는 말이지, 완전 미친놈 아냐? 지 기분 나쁘다고 반 분위기를 이렇게 개차반을 만들어야겠어? 우리 반 애들 좀 봐. 다 그 새끼 눈치 보느라 말 한마디 제대로 못 하잖아."

"그거야 그렇지만······."

"너한테 하는 짓도 그렇고 진짜 쓰레기야, 쓰레기. 너 걔랑 잘 헤어졌어. 앞으론 상종도 하지 마. 내가 속이 다 후련하다."

"그래도 쓰레기라니. 너무 심하잖아."

울컥했다. 쓰레기라니. 아무리 윤새라도 지훈에 대해 함부로 말하는 건 들어줄 수 없었다. 애당초 자신이 자초한 일이고 지훈에겐 화낼 만한 이유가 있었다. 조금 과한 게 문제였지만. 18살, 감수성이 한참 예민한 시기임을 감안하면 충분히 이해할 수 있는 일이다. 그런데 다짜고짜 남의 금쪽같은 남친 님께 쓰레기라니.

"뭐야? 너 왜 그래?"

"아······ 아니, 그게 아니라."

윤새가 눈을 치켜뜨는 바람에 뜨끔한 연아는 말을 얼버무렸다. 화해한 것 티 내지 말자 했는데 지훈의 편을 들어주다 들킬 판이었다.

"하여간 연아 넌, 너무 착해서 탈이야……. 지훈이가 그렇게 너한테 못되게 구는데도 감싸 주는 거 보면. 앞으론 그러지 마."

착하디착한 서정조차 윤새 편을 들었다.

"그러니까. 연아 넌, 좀 더 세게 나갈 필요가 있어."

서정의 말에 맞장구를 치던 윤새의 얼굴에 결심이 서렸다.

아니, 굳이 그러지 않아도 되는데.

"어떻게 세게 나가야 하지?"

"우리가 먼저 선빵 날려도 되고."

연아의 속도 모른 채 윤새와 서정은 계속해서 지훈을 욕하기에 바빴다. 자신을 위해서라는 건 알고 있지만 연아는 소리 없는 아우성을 질러댈 뿐이었다.

얘들아, 이제 우리 화해했단 말이다……!

"좋다고 웃는다. 너한테 그런 짓 해놓고."

우태의 삐뚜름한 말에 지훈이 고개를 들었다. 우태의 시선을 따라가자 몇 걸음 앞에서 윤새, 서정과 함께 웃으며 복도를 걸어가는 연아의 모습이 보였다.

"지경민은 너 빨리 이연아랑 화해하라고 하지만 난 반대야. 한 번 배신한 애는 두 번, 그리고 세 번도 배신할 수 있어. 천하의 나쁜 년."

지훈의 눈썹이 꿈틀거렸다.

"그러니까 쟤, 너 좋아한 건 맞대냐? 어떻게 강호윤이 지 좋아하는 거 알고서도 꼬리를 칠 수가 있어?"

지훈과 우태의 대화를 듣고 있던 이광태가 대화에 끼어들었다. 연아 욕이라도 하며 지훈과 친해져 볼 심산이었다.

"시끄러, 새끼들아. 넌 입 닥치고 갈 길이나 가."

지훈은 남들이 아무렇게나 나불거리는 연아의 욕을 더 이상 들어줄 수 없었다. 하지만 우태는 탄력이라도 받은 건지 주절대는 주둥이를 다물지 않았다.

"말이야 맞는 말이지. 자기 남자친구의 절친인데. 하여간 너 진짜 잘한 거야. 깔끔하게 잊고 새 출발 하자, 우리."

우태는 위로랍시고 통실통실한 팔을 지훈의 어깨에 올렸다. 불끈 쥔 지훈의 주먹이 떨렸다. 당장 저 나불대는 입을 손으로 막아버리고 싶었다. 하지만 제발 티 내지 말아 달라는 연아의 부탁이 떠올라 끓어오르는 화를 간신히 참았다. 제가 벌여놓은 판이라 다른 사람을 탓할 수도 없었다. 지훈은 과거의 자신을 원망하며 그저 입을 꾹 다물었다.

그때 맞은편에서 오던 남자아이 하나가 연아의 어깨를 부딪치며 지나갔다. 세게 부딪힌 모양인지 연아의 몸이 휘청거렸다. 들고 있던 교과서와 노트들마저 와르르 바닥으로 떨어졌다. 남자아이는 힐끔 돌아볼 뿐 사과 없이 지나쳤다.

저 개새끼가.

지훈의 눈에서 불꽃이 튀었다. 당장이라도 남자아이를 붙들고 사과하라고 소리치고만 싶었다.

"야, 눈 똑바로 뜨고 다녀!"

지훈을 대신해 소리를 지른 건 윤새였다. 그녀는 연아에게 괜찮냐고 물으며 바닥에 떨어진 교과서와 노트들을 함께 주웠다. 일순 지훈과 연아의 시선이 마주쳤다.

'안 돼, 티 내지 마.'

타이르는 눈빛을 보낸 연아는 떨어진 책을 주워들고는 가던 길을 마저 걸어갔다.

우리는 제자리로 돌아왔는데.

아무것도 변하지 않은 상황에 지훈은 짜증이 치밀었다.

내가 네 옆에 있던 게 당연했던 그때. 그래서 누구도 너에게 함부로 하지 못했던 그때. 지훈은 그때로 얼른 돌아가고 싶었다.

늦은 밤 학습실 책상 앞에서 연아는 펼쳐놓은 수학 문제집을 멍한 눈으로 응시했다. 영혼은 이미 저 멀리 안드로메다를 부유하고 있었다. 학교가 끝나면 같이 공부하기로 지훈과 철석같이 약속했건만 상황이 이상하게 돌아갔다.

"집에 간다고? 야, 그냥 학습실에서 같이 공부하다 가. 뭘 집에 가서 한다고 그래?"

"아니, 나 학습실에서 공부가 잘 안 돼서."

"그럼 서정이랑 다 같이 니네 집에 가서 할까?"

"아니, 됐어. 근데 너 물리 치료하러 안 가?"

"이젠 월화수만 오래."

수업을 마치고 쏜살같이 도망가려던 연아는 윤새와 서정에게 붙들리고 말았다. 한사코 집에서 혼자 공부하겠노라 거절해봤지만 명분이 부족했다. 아니, 처음 한 변명부터 틀려버렸다.

윤새는 거절 이유를 집요하게 물고 늘어졌고 제대로 된 변명이 궁색했던 연아는 두 손 두 발 다 들고 항복할 수밖에 없었다. 자신을 혼자 두지 않으려는 윤새의 배려라는 건 알고 있었다. 그럼에도 얄궂은 상황이 반복되자 속이 답답했다. 연아는 결국 눈물을 머금고 지훈의 책상 위에 쪽지를 올려뒀다.

「미안. ㅠㅠㅠ 윤새하고 서정이한테 붙들려서 오늘은 학습실에서 공부해야 할 것 같아. 내일 너네 집에서 같이 하자.」

지훈은 가타부타 말이 없었다. 연아는 지훈이 화가 많이 났을까 봐 조바심이 났다. 어떻게 마음을 풀어줘야 하나 고민하고 있는 찰나 노트 사이에 빠꼼히 끼워진 쪽지가 눈에 띄었다.

「어쩔 수 없지, 뭐. 나도 오늘은 애들하고 할게.」

저녁을 먹은 뒤 학습실로 이동하니 한구석에서 지훈과 경민, 우태가 공부는 제쳐 두고 낄낄거리고 있었다. 윤새와 서정이 일행을 발견하고 눈살을 찌푸렸지만 '신경 쓰지 말자, 피하면 우리가 지는 거다.'라며 가장 멀리 떨어진 곳에 새로이 자리를 잡았다.

13. 32살의 고백

문제집을 펼쳐 든지 한참이 지났지만 연아는 도저히 공부에 집중할 수가 없었다. 같은 공간에서 일부러 외면하는 척하기란 쉽지 않았다. 신경이 온통 학습실 끝쪽에 자리한 지훈에게 쏠려 있으니 오늘 공부는 물 건너간 셈이었다.

샤프로 문제집 한 귀퉁이에 꽃 그림만 그리고 있으려니, 누군가 스쳐 지나가며 툭, 쪽지를 떨어뜨렸다.

「소각장」

지훈의 쪽지였다. 연아는 쪽지 하나에 심장이 내려앉는 진기한 경험을 하며 목을 빼 주변을 둘러봤다. 엎드려 숙면을 취하는 경민과 우태의 등짝만 보일 뿐 지훈의 자리는 비어 있었다. 쪽지를 떨어뜨린 지훈은 이미 학습실을 나가고 있었다.

연아는 소리 나지 않게 의자를 밀어내며 자리에서 일어났다.

"어디 가?"

옆자리에서 공부하던 윤새가 연아의 기척을 느끼곤 낮게 속삭였다.

"잠깐 화장실."

"같이 갈까?"

아, 진짜!

"……이 아니라, 교무실에 잠깐 다녀올게. 채홍식 선생님한테 물어볼 게 있어서."

윤새는 "응, 빨리 와." 하며 문제집에 고개를 도로 파묻었다.

비밀 연애를 하는 것도 아닌데 지훈의 얼굴 보기가 하늘의 별 따기다. 더욱이 들켜선 안 된다는 생각에 긴장감과 함께 묘한 스릴까지 느껴졌다.

소각장에 도착하니 담장에 붙어선 지훈의 모습이 보였다. 자신도 모르게 슬그머니 얼굴에 미소가 지어졌다. 한 공간 안에 계속 같이 있었건만 굉장히 오랜만에 보는 기분이었다.

"오래 기다렸어?"

연아는 가벼운 발걸음으로 지훈에게 다가갔다.

"잠깐만."

지훈이 대뜸 입고 있던 코트의 단추를 풀었다.

"자."

그는 속에 품었던 하얀 봉지를 꺼내 연아에게 내밀었다. 잠시 스친 손끝은 차가웠으나 봉지는 따끈따끈한 열기를 품고 있었다.

"아……."

"너 좋아하잖아."

붕어빵이었다. 학교 앞 트럭에서 파는 5개 1,000원 하는 붕어빵. 3개는 팥, 2개는 크림일 게 분명했다. 그게 바로 황금비율이라며 18살 자신이 무척이나 좋아했던 간식이었다.

"……고마워."

"더 빨리 주고 싶었는데 애새끼들이 틈을 안 주네. 겨우 몰래 빠져나가서 사 왔어. 따끈할 때 얼른 먹어. 너 아까 저녁도 윤새랑 컵라면하고 소시지로 때웠잖아."

그건 또 언제 봤는지. 당연한 듯 말하는 지훈을 보며 연아는 웃음을 삼켰다.

"같이 먹자. 여기."

지훈과 연아는 소각장 화단에 쭈그려 앉아 붕어빵을 나눠 먹었다. 따끈하고 달콤한 팥이 입 안 가득 퍼졌다. 온몸을 휘감는 매서운 칼바람에도 손안의 온기 때문에 추위 따윈 느껴지지 않았다. 지훈은 연아 곁에 바짝 당겨 앉으며, 연아의 한쪽 손을 잡아 자신의 코트 주머니 속으로 넣었다.

"공부는 잘돼?"

"아니, 전혀. 이번 시험 망할 것 같아."

연아가 울상을 짓자 지훈은 이번에는 다른 쪽 손으로 연아의 머리를 다정하게 쓸어 넘겼다.

"그러면 안 되지. 난 네가 목표인데. 네가 분발해야 나도 열심히 할 것 아냐."

"치, 내 탓 하기는."

"진짠데? 나 너 때문에 공부 열심히 하는 거야. 너랑 같은 대학 가려고."

"같은 대학 가서 뭐 하게?"

"같은 대학 가고, 같은 회사 들어가고, 같은 집에서 살 거야."

"평생 나한테 들러붙게?"

"당연하지. 어디 내빼려고 했어? 넌 말이야, 다 좋은데 자꾸 깜빡하는 게 문제야. 내 얘기 대체 뭘로 들은 거야? 넌 평생 나한테서 못 벗어나. 왜냐?"

"왜?"

연아는 답을 알면서도 지훈의 입으로 듣고 싶어 일부러 모르는 척했다.

"넌 내 거니까. 평생 내 거니까."

지훈은 남부끄러운 말을 얼굴색 하나 안 바꾸고 잘만 쏟아냈다. 그런 지훈의 모습을 보니 가슴 한구석이 아렸다. 지훈이 원하는 그 미래 속에 둘이 함께 있을 수 있길 연아 역시 간절히 바랐다.

"그러려면 앞으로 엄청 열심히 해야 할 거야. 너 지금까지 망쳐놓은 내신을 생각해."

"죽어라 해야지. 이번 시험부터는 진짜 잘 볼 거다."

"응. 우리 둘 다 잘 보자."

"시험 끝나면 우리 코엑스 아쿠아리움 갈까? 너 예전부터 가 보고 싶어 했잖아."

연아는 선뜻 대답할 수가 없었다. 단 며칠 후의 미래, 그 미래조차 장담할 수 없는 현실이 가슴 아팠다.

4일 후에 체육 창고에서 화재가 발생한다. 아쿠아리움을 가자는 약속도, 같은 대학을 가자는 꿈도, 앞으로 네 앞에 펼쳐질 무수한 미래도…… 그 사고로 인해 불타버릴지 모른다. 그 끔찍한 상상에 심장이 쪼개지는 것 같은 두려움이 엄습했다. 바로 옆에서 느껴지는 온기, 지훈의 체향, 살아있는 지훈을 계속 느끼고 싶었다.

넌 이렇게 숨 쉬며 살아 있는데. 이렇게나 환한 빛을 내며 내 눈앞에 있는데.

현재로 돌아가고 싶지 않았다. 그저 18살인 채로 남아 지훈이 살아 있는 세상 속에서 좀 더 있고 싶었다. 현재로 돌아가 지훈이 죽었다는, 세상에 존재하지 않는다는 현실을 느낄 때 몰려오는 참담함을 더 이상 견딜 수가 없었다. 연아는 지훈의 뺨을 양손으로 가만히 붙잡았다. 그리고 따뜻한 입술에 제 입술을 갖다 댔다. 살짝 입술을 떼자 지훈이 놀란 표정으로 바라보고 있었다.

네가 없는 과거나 현실, 아니 그 어떤 시간도 이제 더는 견딜 수 없어. 지훈아, 내가 꼭 널 살려낼게.

"야, 이연아."

"응."

지훈은 연아의 손을 잡고는 손등에 가만히 입술을 눌렀다.

"좋다……."

"……."

"진짜 좋아."

"……."

"난 네가 너무 너무 너무 좋아."

이번엔 연아가 그 마음에 응답할 차례였다.

"나도 네가 너무 좋아."

32살의 연아가 대답했다.

아무도 없는 한적한 공터, 가까이에서 서로 마주 보는 두 사람, 좋아한다는 고백. 야릇한 분위기를 조성하는 삼박자는 완벽했다. 어색한 공기가 흐르며 지훈의 얼굴이 점점 가까이 다가오는 순간 어디선가 발걸음 소리가 들려왔다. 연아와 지훈은 화들짝 놀라 소각로 컨테이너 뒤쪽으로 재빨리 몸을 숨겼다.

"귀찮게 왜 여기까지 와서 얘기하자는 거야?"

짜증스런 목소리의 주인은 윤새였다.

"쉿, 조용히 좀 해. 하여간 목소리는 커가지고. 지훈이랑 연아가 혹시라도 우리 둘이 얘기하는 걸 보면 이상하게 생각할 거 아냐."

윤새에게 목소리를 낮추라고 말한 우태는 제가 더 큰 목소리를 냈다.

"연아 곧 돌아올지도 모른단 말이야. 빨랑 얘기해."

연아와 지훈은 무슨 일인가 싶어 컨테이너 뒤에서 숨도 크게 못 쉬며 둘의 대화에 귀를 기울였다.

"넌 어떻게, 연아랑 얘기 좀 해봤어? 어떤 거 같아?"

"에휴, 말도 마. 연아 마음 완전히 돌아섰어. 안 그래도 오늘 은근히 지훈이 욕하면서 떠봤는데 아주 눈에 쌍심지를 켜고 같이 욕하더라."

'내가 언제!'

지훈이 눈에 불을 켜며 바라보자, 연아는 입만 벙끗거리며 억울한 얼굴로 고개를 저었다.

"하긴 지훈이도 아직 엄청 화난 것 같더라. 남자친구의 친구한테 꼬리 친 천하의 나쁜 년이래."

'아니, 저 새끼가! 어디서 뚫린 입으로 똥을 싸고 지랄이야.'

이번엔 연아가 눈에 쌍심지를 켜고 지훈을 쏘아봤다. 지훈 역시 양손으로 엑스를 만들며 무언으로 항변하기에 바빴다. 아버지를 아버지라 부를 수 없는 홍길동도 아니고, 이미 화해했다 말하지 못한 연인들의 속내가 새까맣게 타들어 갔다.

"그렇다고 해서 둘을 가만히 내버려 둘 순 없잖아. 그 둘이 얼마나 죽고 못 살았는데 어떻게 이런 일로 헤어져?"

윤새가 이를 앙다물며 중얼거렸다.

"아니, 그 둘은 그렇다 쳐. 반 분위기 어쩔 거야? 우리 학년 끝날 때까지 이 분위기에서 둘 눈치만 보면서 지낼 거야? 그건 아니지. 우리라도 고양이 목에 방울 다는 쥐새끼의 심정으로 나서야 하지 않겠어? 무슨 수를 내야 해."

우태의 목소리에서는 비장함마저 느껴졌다.

"그런데 어떻게 해야 하지?"

"가만있어 봐. 안 그래도 내가 생각을 좀 해봤는데……."

우태는 누가 들어서는 안 된다는 듯이 목소리를 낮췄다.

"그러니까 둘이…… 에…… 만나게…… 그래서."

뜨문뜨문 들리는 단어들이 있긴 했으나 한껏 목소리를 낮춘 탓에 우태의 말소리는 들리지 않았다.

"오! 좋다, 그 계획! 나도 생각해봤는데, 이리 와봐."

이번엔 윤새가 작은 목소리로 얘기했다.

271

"둘이…… 에 가두고…… 그래서……."

윤새의 목소리 역시 세차게 이는 바람 소리에 파묻혀 제대로 들리지 않았다.

"좋다, 좋아. 이윤새 천잰데?"

"그럼 거사일은 언제로 할까? 네가 말한 것부터 시작하자."

"쇠뿔도 단김에 빼자고. 내일 당장 어때?"

"오케이!"

둘은 "야, 들키지 않게 따로 가자."라고 하더니 몇 분 정도 간격을 둔 채 소각장 공터를 빠져나갔다. 연아와 지훈은 둘이 완전히 사라진 걸 확인한 후 소각로 컨테이너 뒤에서 빠져나왔다.

"어쩌지?"

지훈이 곤란한 듯 머리를 긁적였다.

"뭘?"

"얘들 우리 화해시키는 계획 세우는 거 같은데 그냥 말해버릴까, 화해했다고."

"아냐, 안 돼. 그냥 적당히 맞장구쳐 주는 척하면서 화해했다고 그러자. 그게 자연스러울 거 같아."

당분간 '너희 화해시켜준 건 우리'라며 윤새와 우태가 거들먹거리는 소리를 들어야 하겠지만, 그편이 훨씬 자연스러울 것 같았다.

"그럼 시간도 늦었는데 우리도 들어갈까?"

연아의 말에 싱긋 웃는 지훈의 미소가 달빛에 반짝였다.

윤새와 우태가 머리를 맞대고 고민한 계획은 이러했다.

1. 윤새가 연아를 불러낸다.

2. 우태가 지훈을 불러낸다.

3. 윤새와 우태는 약속한 장소에 나타나지 않는다.

둘은 싸운 채로 어색하게 만난 연아와 지훈이 이 작전으로 화해할 것이라 생각했다. 무척 뻔했지만 세 번이나 반복되니 연아와 지훈에게도 꽤 그럴듯한 계획처럼 느껴졌다.

연아는 점심시간, 고추장과 커다란 스테인리스 그릇을 든 채 미술실 문을 열고는 허탈하게 웃었다.

"또 윤새가 불렀어?"

"오늘 점심은 급식 말고 미술실에서 비빔밥 해 먹자고 하더라고. 우태도 그래?"

"응. 그러면서 밥이랑 참치 가져오라더라."

"난 고추장이랑 채소랑 그릇."

각자 준비물이 달랐으니 둘이 화해하지 않으면 밥도 먹지 못한다. 윤새와 우태는 나름대로 치밀하게 계획을 세운 것이다.

"하여간 새끼들 괜한 짓 하고 있어. 뭐 나야 좋지만."

지훈의 손짓에 연아는 미술실 안으로 들어섰다. 그러자 복도 끝에서 후다닥 뛰어온 윤새와 우태가 미술실 문을 닫았다. 뒤이어 자물쇠로 문을 걸어 잠그기까지 했다.

"야, 니들 뭐 해!"

연아가 달려가 봤지만 문은 이미 잠겨 있었다.

"니들 같이 밥 먹으면서 화해 좀 해. 제발!"

윤새와 우태는 후다닥 뛰며 복도가 쩌렁쩌렁할 정도로 소리쳤다.

"아이씨, 문까지 잠갔어."

"냅둬. 모처럼 조용하게 둘이서 점심이나 먹지 뭐."

지훈은 전혀 신경 쓰지 않는다는 듯 그릇에 채소와 밥, 참치, 고추장을 넣고는 열심히 비비기 시작했다. 한 입 떠 준 걸 먹어보니 맛이 썩 괜찮았다.

"근데 우리 언제까지 싸운 척해야 해? 이제 그만 화해했다는 거 오픈하면 안 되나?"

지훈이 입 안 가득 밥을 우물거리며 물었다.

"이번만으로는 좀 그렇고 다음번쯤 되면 화해한 것처럼 굴자."

숟가락은 한 개뿐이었다. 아, 해보라며 지훈이 숟가락 가득 비빔밥을 떠서 연아의 입 안에 넣어주었다. 양이 많아 고추장과 밥풀이 연아의 입가에 묻었다. 지훈은 아무렇지 않게 그 밥풀을 손으로 떼어 자기입에 넣었다.

더러워 죽겠네. 네가 먹던 건데 뭐가 더러워. 너 자꾸 지경민 닮아가지 마. 안 그래. 그 자식 얼마 전에 수업 시간에 자다가 방귀 뀐 거 알아? 당연히 알지, 소리가 그렇게 컸는데. 갈수록 왜 자꾸 추잡스러워지는 거지? 여자친구가 없어서 그래. 맞다, 지경민은 좋아하는 사람 없어? 글쎄, 얼마 전에는 최인경한테 고백한 걸로 아는데. 뭐? 진짜? 왜 말 안했어? 말했어야 했나? 당연하지, 완전 빅뉴스인데. 지경민이 고백한 거따위가 무슨 빅뉴스라고. 그래서 어떻게 됐어? 몰라, 관심 없어.

숟가락 하나가 이 입, 저 입을 번갈아 가며 들락날락하는 사이 둘은 시종일관 대화를 멈추지 않았다. 그것은 너무나도 사소하고, 자잘한,

보잘것없는 일상의 이야기였다.

커다란 창문으로 한낮의 햇살이 교실 안을 내리쬐었다. 비현실적일 만큼 안온한 시간이었다.

"와…… 진짜 제대로 까였네. 지경민도 상심이 컸겠어."

그렇게 경민의 가슴 아픈 러브 스토리를 반찬 삼아 비빔밥을 먹어 치우는 와중이었다. 미술실 밖에서 문을 잡아당기는 소리가 들렸다.

"어? 뭐야? 잠겼나 봐. 안 열리는데?"

낯선 여자아이의 목소리였다.

"잠겼네. 자물쇠로 잠겨 있잖아. 지영아, 너 미술반이지? 번호 뭐야?"

뒤이어 들리는 다른 여자아이의 목소리에 연아가 얼어붙었다. 삼켰던 밥알이 목에 턱 걸렸다. 김정혜. 정혜의 목소리였다.

"자물쇠 번호? 뭐더라? '5443'이었나?"

자물쇠 번호를 입력하는 소리가 들렸다. 이대로 마주쳐버리면 현재로 소환되어버리고 만다. 아직 화재 날까지는 이틀이나 남았다.

시간 여행의 규칙 하나. 연아와 정혜가 마주치면 둘 다 현재로 소환된다. 그 마주침이 직접 보는 것만 해당하는지, 아니면 이야기를 나누는 것도 해당하는지는 전혀 알 수가 없었다.

"왜 그래?"

새파랗게 질린 연아의 얼굴을 보며 지훈이 물었다. 그사이에도 정혜와 지영이라 불린 여자아이는 미술실 문을 열기 위해 안간힘을 쓰고 있었다.

제발, 제발 그냥 가주길 …. 제발

"아, 안 되겠다. 비밀번호 도저히 생각 안 나. 우리 그냥 다른 데 가자."

다행히 둘은 자물쇠를 열지 못했다. 둘의 발걸음 소리가 멀어지자 연아는 목구멍에 틀어 막혔던 숨이 겨우 터져 나오는 것 같았다.

"3학년, 아직도 등교해?"

수능이 끝나고 난 다음 주다. 논술 준비니 뭐니 해서 3학년은 오전 수업만 한다 들어서 오전에만 조심하자 생각했었다. 등 뒤로 식은땀이 흘러내렸다. 과거의 생활에 너무 심취해서, 진짜 18살이 된 것만 같아서, 지훈과 보내는 하루하루가 좋아서, 진짜 조심해야 할 일을 잊고 있었다. 마냥 마음 놓고 있어선 안 된다.

연아는 의아해하는 지훈을 앞에 두고 조용히 주먹을 말아 쥐었다.

화재 날까지 남은 기간은 이틀. 연아는 수학 문제집을 펼쳤지만 도무지 집중할 수 없었다.

"왜? 잘 모르겠어?"

탁상 맞은편에 앉은 지훈이 연아의 얼굴 앞에서 손을 흔들었다.

"어? 어어…… 이 문제 좀 어렵네."

둘은 학교를 마친 후 아이들 눈을 피해 지훈의 집에 공부하러 와 있었다. 가방 가득 가져온 문제집과 노트를 늘어놓았지만 연아가 펼쳐놓은 책은 장수 하나 넘어가지 않았다.

"어디 봐봐."

지훈은 건수 하나 생겼다는 표정으로 냉큼 연아의 옆자리에 앉으며 문제집을 끌어당겼다. 수학은 지훈이 연아보다 잘하는 과목이었다.

"이거 지수함수로 풀면 되잖아. 일단은 'x'를 여기에 내입해서… ."

함께 공부하자고 한 건 연아였지만, 오히려 내내 딴생각만 하고 있었다. 곁에서 풍겨오는 익숙한 체향이 코끝을 간지럽혔다. 집중하고 있는 얼굴이, 작은 기척 하나하나가 내내 연아의 눈길을 끌었다.

"이연아."

서걱서걱 써 내려가던 샤프가 멈췄다. 지훈이 낮고 조용한 음성으로 연아를 불렀다.

"응?"

"그렇게 쳐다보면."

지훈의 시선은 여전히 문제집 한 귀퉁이를 향해 있었다.

"내가 좀 힘들어."

침묵이 흘렀다. 지훈의 한마디에 팽팽한 긴장감이 감돌았다.

"야, 죽을래?"

연아는 지훈을 옆으로 밀치며 끌어안고 있던 쿠션으로 등을 팡팡 때렸다. 숨 막히는 긴장감에, 노골적인 지훈의 발언에 무어라도 하지 않으면 견딜 수가 없었다. 이런 식으로라도 묘한 분위기를 흐트러뜨리고 싶었다.

"그렇잖아. 밀폐된 방 안에서 그렇게 쳐다보면 어떻게 해? 넌 왜 그렇게 남자를 몰라?"

"네가 무슨 남자야? 18살밖에 안 된 게."

"아야야야. 야, 그만."

지훈은 엄살을 부리며 연아가 휘두르는 쿠션을 팔로 막았다.

"공부하랬더니 딴생각이나 하고."

"그만해, 그만하라니까."

맞고만 있던 지훈이 연아의 양손을 붙잡았다. 그러고는 연아의 두 팔을 훅 잡아당겼다. 코가 맞닿을 만한 거리까지 지훈의 얼굴이 다가왔다.

"뭐…… 뭐야, 너?"

새까만 눈동자를 바로 마주하자 심장이 쿵쾅쿵쾅 요동을 쳤다. 방 안에 기이한 정적이 내려앉았다. 단 1초였을지도, 아니면 1분이었을지도 모를 시간이 흘렀다.

"이렇게 봐도 남자 아니야?"

"무, 무슨 소리야? 너 갑자기 왜 그래?"

"방 안에 단둘이 있어도 아무렇지 않을 만큼 나, 너한테 남자 아니야?"

아, 시그널이다.

쿵. 쿵. 쿵쿵. 쿵쿵쿵쿵.

심장 소리가 조용한 방 안을 가득 메우는 듯했다. 연아의 몸속에서 왕왕 울리는 소리와 지훈의 가슴이 들썩이는 소리가, 서로에게 들릴 정도였다.

"지용아, 지용아! 엄마 말 좀 들어보라니까!"

그 순간, 아래층에서 성난 걸음 소리와 함께 찢어질 듯한 여자의 외침이 들려왔다.

"그만. 그만 좀 하라고! 내가 어딜 도망가? 엄마, 진짜 나한테 왜 이래?"

"지용아……."

"그냥 애들하고 PC방 간 거야. 한 시간도 안 있었어. 그런데 그렇게 전화한 것도 모자라서 학교를 발칵 뒤집어놔? 엄마, 진짜 왜 그래? 이제 나 어떻게 학교 가라고!"

침착하고 차분해 보이던 아이였다. 나이에 어울리지 않는 어른스러운 말투에 15살이라는 걸 잊을 정도였다. 하지만 지금 온 집 안에 쩌렁쩌렁 울려 퍼지는 지용의 목소리는 신경질적이고 날카로웠다.

곤란한 상황에 연아는 안절부절못하며 지훈의 눈치를 살폈다. 두 사람의 다툼을 듣고 있는 지훈의 얼굴에, 짙은 혐오와 경멸이 자리하고 있었다.

"어쩌지? 나, 나가야 하나?"

"……일단 있어 봐."

여자친구에게 이런 집안 꼴을 보였으니 부끄러울 것이다. 연아는 괜찮다는 듯 지훈의 주먹 쥔 손을 가만히 두드려 주었다. 지훈의 마음이 상처 입을까 걱정되었다.

그와 함께 바깥 상황 역시 신경 쓰였다. 얼마 전 편의점에서 만난 지용은 쉴 새 없이 울려대는 핸드폰을 보여주며 엄마의 집착에 대해 얘기했다. 둘의 말싸움을 듣고 있자니 지용의 말이 과장이 아니었음을 알 수 있었다.

덜컹덜컹. 지훈의 방문 너머로 2층에 올라온 지용이 방 문고리를 잡고 흔드는 소리가 들렸다.

"뭐야? 엄마 내 방문 잠가놨어? 왜!"

"지용아……."

"왜 잠갔냐고! 나 내 방에도 들어가지 말라고?"

"너 그렇게 들어가서는 나오지도 않잖아."

당연하다는 듯 차분하게 던져진 한마디에 연아는 온몸에 소름이 돋았다. 잠시도 제 곁에서 아들을 떼어놓지 않겠다는 집착의 실체를 본 것 같은 기분이었다. 지용 역시 비슷한 감정이었는지 어디론가 향하는 발걸음 소리가 거칠었다.

……어? 이리로 오는 건가.

연아가 엉거주춤하게 자리에서 일어남과 동시에 지훈의 방문이 활짝 열렸다. 자신의 방에 들어갈 수 없자 지용은 지훈의 방으로 피신하려는 것이다. 열린 문 사이로 놀란 지용의 얼굴이 보였다.

"아, 안녕."

짓누르는 긴장 사이로 연아가 먼저 어색하게 인사를 건넸다.

"아, 안녕하세요. 누나 있는지 몰랐어요. 미안해, 형."

"알았으면 꺼져."

서늘한 지훈의 일갈 뒤로 지훈의 엄마가 모습을 드러냈다. 그녀는 지훈과 연아는 안중에도 없었다. 냉담한 눈길로 둘을 힐끔 쳐다본 후 지용의 팔을 붙들었다.

"지용아, 엄마가 미안해. 그러니까 엄마랑 얘기 좀 해."

시뻘겋게 달아오른 얼굴, 화를 참지 못하고 들썩이는 얄팍한 가슴. 지금 지용이 받고 있는 스트레스가 얼마나 극심한지 짐작할 수 있었다. 더 이상 소란 피우지 말라는 지훈의 살벌한 눈빛을 알아챈 건지, 지용은 엄마에게 붙들려 힘없이 돌아섰다. 1층으로 내려가는 소리, 아래층에서 문을 닫는 소리가 차례로 들렸다.

"미안, 이런 집안 꼴 보여서."

"아, 아냐, 전혀. 아무렇지도 않아. 나 그런데 너네 어머니한테 제대로 인사도 못 드렸는데……."

"됐어. 나도, 너도 신경 안 쓰니까."

시선을 떨군 지훈의 얼굴이 굳어 있었다.

14. 첫사랑이 시작되는 순간

긴 오르막길 끝, 높은 지대에 위치한 사당동 빌라촌에는 놀이터가 하나 있었다. 평소라면 수많은 아이들이 소리 지르며 뛰어다니고 있었겠지만 추운 겨울날, 그것도 늦은 밤이 되자 놀이터는 적막하기만 했다. 그네에 걸터앉은 연아는 지훈을 향해 캔 커피를 내밀었다. 집까지 바래다주겠노라 동행을 제안한 건 지훈이었지만 내내 말이 없었다.

"아직도 신경 써? 난 괜찮다니까. 그리고 아무렇지도 않아."

"······내가 쪽팔려서 그렇지 뭐."

"쪽팔릴 게 뭐가 있어? 원래 가족이란 게 다 그렇지 뭐. 누가 한 말인지는 모르겠는데 알고 보면 콩가루가 아닌 집이 없다더라."

"너 그 말, 우리 집 콩가루란 얘기지?"

지훈이 다소 풀린 얼굴로 슬쩍 노려봤다.

"아, 아냐! 그만큼 모든 가족에겐 그들만의 사정이 있다는 거야. 그리고 우리 집은 안 그래? 부모님 일찍 돌아가시고 철없는 동생 데리고 이모 집에 얹혀살면서 망나니 삼촌까지 부록으로 달고 있잖아. 난 이미 훨씬 전에 너한테 콩가루 집안 인증했는데, 뭘."

"됐어. 그만해. 네 상처 들쑤시면서 나 위로할 것 없어. 나 그렇게 못난 놈 아니다."

지훈은 멋쩍게 연아의 머리를 손으로 헝클었다. 연아는 이럴 때조차 자신의 마음을 먼저 헤아려주는 지훈의 마음 씀씀이가 고마웠다.

"그니까 너무 풀 죽어 있지 마. 내가 이런다고 너한테 위로는 안 되겠지만."

지훈은 알겠다는 뜻으로 싱긋 웃어 보인 뒤 고개를 들어 하늘을 바라봤다. 겨울 하늘엔 별들이 제법 빼곡했다.

"이연아."

"응?"

"아까, 그리고 지금까지 내 기분이 별로인 건 너한테 그런 모습을 들켜서만은 아니야."

"그럼?"

"엄마가 저렇게 지용이한테 집착하는 걸 보면…… 꼭 나 같아서 그래. 내가 엄마를 닮았다는 게, 엄마 피가 내 몸속에 흐른다는 게 실감 나서 그래."

지훈은 하늘을 향했던 고개를 내려 연아와 시선을 마주했다. 밤하늘만큼이나 새까만 눈동자가 흔들리고 있었다.

"떠날까 봐 두려운 마음이 강박증이 되고, 의심하고 집착하는 마음이 상대를 괴롭게 하고. 결국 상대를 고통 속으로 몰아넣는다는 걸 알면서도 멈추지 못하는 거."

지훈은 연아의 손을 붙잡곤 자신의 심장에 갖다 댔다.

"넌 모를 거야. 이 안에 얼마나 끔찍한 게 들어 있는지. 자제하려고 애쓰는데 잘 안 될 때가 많아. 그럴 땐 저렇게 엄마가 일깨워 줘. 너도 나랑 똑같은 괴물이야, 하면서."

"아냐, 무슨 소리야. 넌 너희 엄마랑 달라. 날 그렇게 힘들게 한 적도 없고 괴롭힌 적도……."

"괴롭혔잖아. 네가 오해라 얘기해도 믿지 않고 너한테 정말 해서는 안 되는 말도 많이 하면서 못되게 굴었잖아. 그러면서도 난 실은 너랑 헤어질 생각은 눈곱만큼도 없었어. 네가 만약 그때 정말 나에게서 등을 돌렸다면, 내가 얼마나 끔찍하게 날뛰었을지 나 자신도 확신할 수가 없어."

"지훈아……."

"가끔 이런 생각을 해. 행여나 나중에 우리가 정말 헤어지거나, 네가 나에게서 완전히 등 돌리는 날이 온다면…… 난 제정신을 유지할 수 있을까. 폭주해서 날뛰지 않도록 참아낼 수 있을까. 네가 이런 나에게 질려서 언젠가는 떠나지 않을까."

사실 돌이켜 생각해보면 지훈의 행동은 과한 면이 있었다. 다른 남자아이와 얘기만 해도 무섭게 질투를 하거나, 수시로 집 앞에 찾아오거나 하는 행동들이었다. 당시에는 그것을 사랑에 서툰 남자아이의 치기 정도로만 생각했다. 하지만 지훈이 이런 고민을 진지하게 하고 있을 줄은 생각지도 못했다. 지훈은 제가 가진 감정에 비해 제 그릇이 턱없이 작음을 알고 있었던 것이다.

18살. 그를 짓누르는 감정의 무게가 버거워 보였다.

"지훈아. 넌 달라. 넌 너희 어머니가 아니야."

"같은 피가 흐르잖아. 학대받은 아이는 그러지 말아야지 하면서 학대하는 성인으로 자랄 확률이 높다는 얘길 들었어. 엄마의 행동이 끔찍하다 생각하면서 무의식적으로 답습하고 있을지도 몰라."

"그렇지 않아, 지훈아."

"네가 어떻게 알아?"

"내가 제일 잘 알지. 난 전혀 괴롭지 않거든. 넌 네가 생각하는 것보다 훨씬 괜찮은 애야. 따뜻하고 배려심 많고 다정하고 속도 깊고."

시간이 해결해 줄 것이다. 수많은 시행착오 끝에 우리는 반드시 이 사랑의 크기에 걸맞도록 각자의 그릇을 빚어낼 것이다. 과도한 열정, 지독한 열병에서 나아가 깊은 신뢰를 나누고 상대의 본질을 온전히 수용하는 단계까지, 우리는 많은 사랑을 경험할 것이다.

네가 살아만 있다면.

"됐어, 그만해."

지훈이 쑥스러워했지만, 연아는 멈추지 않았다.

"더 해볼까? 그러고 보니 나 네 칭찬을 제대로 해준 적이 없는 것 같아. 네가 얼마나 좋은 앤데. 물론 생각은 무식하리만큼 단순하지만 그래서 명쾌해. 앞에서 이 말 하고 뒤에서 저 말 하는 애들보다 훨씬 나아. 그리고 항상 날 진심으로 대해주고."

연아는 열심히 손짓까지 해가며 지훈의 장점을 말해주었다. 지훈은 웃음기가 감도는 얼굴로 기분 좋게 밤공기를 울리는 연아의 재잘거림을 듣고만 있었다.

"그리고 약속한 건 절대 어기지 않아. 거짓말도 절대 하지 않고. 게

다가 너 외모도 제법 괜찮아. 그만하면 아주 훌륭해. 키도 크지, 생긴 것도 뭐, 잘 생겼지. 리더십도 있고 카리스마도 있어. 고등학생인데 그런 거 갖기 쉽지 않다, 너. 1학년 때 내가 체육대회 때 처음 보고 얼마나……."

끊임없이 말을 이어가던 연아가 갑자기 입을 다물었다. 자신을 지그시 바라보던 지훈의 입가가 씰룩이고 있었던 것이다. 급기야 지훈은 못 참겠는지 크게 웃음을 터뜨렸다.

"너 죽을래? 일부러 그런 거지? 내 입으로 이런 말들 듣고 싶어서?"

"그런 건 아니지만 아, 이연아. 애쓴다, 애써. 나 위로해주려고 무지 애쓴다."

벤치에서 일어난 연아는 당황해서 제자리를 빙빙 돌다가 지훈의 널따란 등판을 후려쳤다.

"죽을래? 이게! 아, 진짜 쪽팔려."

"그래서? 그래서 더 해봐. 너 체육대회 때 나 보고 어땠는데?"

아까의 사뭇 진지했던 대화도 잊었는지 지훈이 눈을 반짝이며 물었다. 연아는 눈을 흘겼지만 다시 지훈을 우울하게 만들고 싶진 않았다.

"1학년 체육대회 때."

연아는 한 번 더 지훈을 째려본 후 벤치에 도로 앉으며 입을 열었다.

"체육대회 때면 나 혹시 응원단장 할 때?"

"아니."

"그럼 반 대표로 농구할 때?"

"아니."

"그럼 계주할 때?"

286

지훈이 정답을 말하자, 연아는 대답 대신 입을 다물었다.

"얘기해봐. 나 그때 처음 봤어? 하긴 그때 내가 좀 날렸지. 우리 반 3등 하고 있었는데 내가 마지막 주자로 나서서 애들 다 제치고 1등으로 테이프 끊었잖아."

따사로운 봄 햇살에 운동장 모래알이 반짝이던 날, 아이들의 웃음과 함성 소리가 운동장을 가득 메우던 날. 연아는 1등으로 달리던 같은 반 아이를 응원하는 것도 잊었다. 운동장에 잘게 이는 흙먼지도, 레일 주변에 우르르 몰려든 아이들의 새까만 머리통도 시야에서 사라졌다. 목청이 터져라 질러대는 아이들의 고함 소리도, 쉴 새 없이 울려대는 북소리도 일순 귓가에서 멀어졌다.

연아의 눈에는 오로지 강인한 두 다리로 트랙 위를 무섭게 질주하는 지훈의 모습만이 또렷했다. 멀어서 들릴 리 없는 그의 숨 가쁜 호흡이, 귓가에 닿는 듯한 느낌이었다. 테이프를 끊어내며 환하게 웃는 그의 미소를 보자 사라졌던 감각들이 돌아왔다. 그러고도 한참 동안 둥둥 울려대는 소리가 응원단장이 쳐대는 북 때문인지, 제 심장 때문인지 알 수가 없었다.

"응, 맞아. 결승점을 3미터 앞에 두고 네가 우리 반 아이를 제쳤어."

"별걸 다 기억한다."

그 순간이었다.

"그럼 당연하지, 어떻게 잊겠어."

첫사랑이 시작되는 순간. 누군가에게는 호감이 시작되는 순간, 또 다른 누군가에게는 처음으로 이성임을 인식하는 순간.

연아에게는 우주의 중심이 뒤바뀌는 순간이었다.

15. 절망 그리고 또 절망

　지훈과 연아는 손을 잡은 채 한울 빌라 앞 가로등 아래 섰다. 이미 둘은 애정 섞인 실랑이를 하며 골목길과 오르막 계단 사이를 몇 번이나 왕복한 후였다.

　"집에 다 왔다. 이제 들어가."

　"그러네. 너 가는 거 보고 들어갈게."

　"아냐. 너 먼저 들어가. 들어가서 방에 불 켜는 거까지 보고 갈 거야."

　"너 혼자 가기 심심하잖아. 아님, 내가 계단까지 데려다줄까?"

　여느 연인이 그렇듯, 이런 과정은 헤어짐이 아쉬운 연인들의 필수 레퍼토리였다.

　"이제 진짜 들어가. 늦었다. 벌써 12시야."

　말과는 다르게 지훈은 아쉽다는 듯 연아의 손을 놓아주지 않았다.

　"그럼 들어갈게."

날씨도 추운데 보나 마나 곧장 자리를 뜨지 않고 자신의 방 창문을 올려다보고 있을 것이다.

얼른 들어가서 창문 밖으로 손 흔들어줘야지.

연아는 빌라 출입구 앞에서 마지막으로 다시 뒤돌았다. 빙긋 웃는 지훈의 미소가 가로등 불빛 아래에서 빛나고 있었다.

"얼른 들어가라니까."

"너 가는 거 보고."

자정이 넘었으니, 이제 남은 시간은 하루뿐이다. 18살의 지훈을 보는 것도 얼마 남지 않았다. 그 아쉬움과 섭섭함이 연아의 발을 붙들어 맸다.

"먼저 들어가. 너 들어갈 때까지 나 여기서 꼼짝도 안 할 거야."

유치하면서도 기분 좋은 실랑이에 연아의 가슴 한편이 간질간질했다. 연아는 아쉬움을 뒤로한 채 얼른 집으로 들어갔다. 아직 밖에 서 있을 지훈에게 손을 흔들어주려 방으로 향하는데 집 전화가 울렸다.

'이 시간에 누구지?'

최근에 바꾼 전화기 액정 위에는 낯선 번호가 떠 있었다. 모르는 번호라 받지 않으려 했는데 묘하게 끝자리가 낯익었다.

「8220」

김정혜. 그녀의 번호였다.

왜 이 시간에 전화를 한 거지? 무슨 일이라도 생긴 건가?

행여나 조금 빨리 현실로 돌아가야겠다는 전화인가 싶어 불안감이 엄습했다.

받아야 하나. 받지 말아야 하나. 아직 자신들은 현재로 소환되는 시간 여행의 규칙을 정확히 알지 못한다. 새로운 행동은 자제하는 것이 마땅했다. 정혜는 대체 왜 이 시간에 전화를 한 걸까.

연아는 결국 수화기를 들었다.

"여보세요."

[연아니? 나 정혠데.]

"아, 선배. 무슨 일……."

별안간 공기의 흐름이 바뀌었다.

설마, 마주친 것도 아닌데!

새하얀 빛이 연아를 집어삼킬 듯 내리쬐었다. 순식간에 눈앞이 환해지며 사물의 모습이 흐려졌다.

"안 돼! 지훈아, 지훈아!"

말도 안 돼. 하루 남았다. 이제 하루만 버티면 화재 사건이 일어나는 날인데. 지훈을 구할 수 있는데!

안 돼. 이대로 돌아갈 수 없어. 절대, 절대 안 돼!

연아는 빛 속으로 빨려 들어가지 않겠다는 듯 주저앉은 채로 바닥을 기며 몸부림을 쳤다. 갈 수 없다. 이대로 지훈을 죽게 내버려 두고 돌아갈 수 없었다.

제발, 제발……. 지훈아.

연아가 절규하고 몸부림치는 사이 버둥대는 몸은 아득한 공간 속을 부유했다.

잠시 후, 감각이 돌아오며 빛의 잔여물 또한 사라졌다. 연아는 눈을 떴다. 눈앞은 온통 암흑뿐이었다. 나락으로 추락하는 것 같았다.

"아, 안 돼……. 안 돼. 안 돼! 으흑…… 안 돼. 지훈아. 지훈아…….”

누군가의 절망을 닮은 깊은 어둠 속, 연아의 울부짖음이 학교 안 가득 울려 퍼졌다.

며칠이나 지났을까. 아마도 일주일은 넘게 지난 것 같았다. 연아는 방 침대에 쪼그리고 앉아 빈 벽만 응시했다. 회사에는 결국 휴가를 냈다. 결혼하면 신혼여행과 붙여 쓰려고 남겨두었던 열흘간의 휴가였다. 밤일까, 낮일까. 잠시 생각해봤지만 하등 중요한 게 아니었다. 중요한 건 자신은 결국 지훈을 살리지 못했다는 사실뿐이었다.

이럴 거면 왜 그 계단을 알게 되었을까?

희망은 때로 절망보다 잔인하다. 아니, 그것은 희망이란 가면을 쓴 절망인지도 모른다. 희망이 귓가에 속삭인다. 조금 더, 조금만 더 해봐. 그렇게 하면 원하던 걸 손에 쥘 수 있을 것 같아서 쉼 없이 달린다. 희망만을 바라보며, 몸이 부서져도 마음이 망가져도 달리는 걸 멈추지 못한다. 하지만 결국 희망이 희롱 섞인 웃음과 함께 사라지면, 처음부터 절망뿐이었던 것보다 몇 배는 고통스럽다. 더 깊고, 더 진창인 곳으로, 더 빠르게 수직 낙하한다.

연아는 13번째 계단을 알아낸 스스로가 원망스러웠다. 지훈과 함께 하던 시간으로 돌려보내 과거의 진실을 알려주고, 살릴 수 있으리라 헛된 희망을 심어준 계단이 저주스러웠다. 앞으로 어떻게 살아야 할지

막막하기만 했다. 지훈을 잊고 살아보려고 했던 게 무려 14년이었다. 살릴 수 있던 그를 다시 잃었으니 이번엔 얼마나 더 많은 시간을 대가로 치러야 하는 것일까.

20년, 아니 30년이면 난 이번에 만났던 너를…… 너를 잊을 수 있을까……?

연아는 아득한 절망을 느끼며 무릎 사이로 고개를 파묻었다.

딩동.

현관 벨이 울렸다. 윤새가 다시 찾아온 모양이었다. 얼마 전 찾아온 윤새는 연아가 파혼 때문에 상심한 줄로 알고 혁준의 욕만 실컷 하다가 돌아갔다.

딩동.

또 한 번 벨이 울리자 연아는 침대에서 일어나 현관을 향해 비척비척 걸어갔다. 누구와도 만나고 싶지 않지만 윤새를 그대로 두었다간 요양차 구미에 내려가 있는 이모에게 전화하겠다고 협박할 게 분명했다. 연아는 제대로 씻지 않은 몰골로 현관문을 열었다.

"내내 이러고 있었어? 전화는 계속 꺼놓고?"

현관문 앞에는 연아가 전혀 생각지 못했던 인물, 정혜가 서 있었다. 시간 여행에서 현재로 돌아오자마자 곧장 이곳으로 왔는지 그녀는 과거로 갈 때의 옷차림 그대로였다. 현관문으로 들어서는 그녀에게서 비린 바람 냄새가 풍겼다.

"정혜 선배. 오늘 돌아왔어요?"

시간 여행의 주인인 정혜의 현재는 과거에서 보낸 시간과 똑같이 흘렀기에 아마도 오늘 돌아온 것이 맞을 테다.

"……들어가도 돼?"

연아는 고개를 끄덕이곤 정혜를 거실 소파로 안내했다.

"현재로 돌아오자마자 여기로 오신 거예요? 피곤할 텐데……."

정혜를 원망하고 싶진 않았다. 그녀는 자신이 과거로 갈 수 있게 도와준 진짜 시간의 주인이다. 자신은 방해자일 뿐이며 그녀의 잘못은, 잘못은…….

선배, 왜 전화한 거예요? 왜…….

연아는 맞은편에 앉은 정혜를 똑바로 바라볼 수가 없었다. 행여나 눈빛에 원망이 담겨 있을까, 그래서 그녀가 고맙다는 인사는 못 할망정 누구 탓을 하는 거냐 화를 낼까, 두려웠다.

"밥은…… 먹었고?"

서로 아무 말 없었지만 지금 연아의 심정이 어떠할지 가장 잘 아는 사람은 정혜일 것이다.

"우리 집은 어떻게 알고 오신 거예요?"

"민경이한테 무작정 전화해서 물어봤어. 전화도 안 받길래 걱정되더라고."

정혜의 말투에 조심스러움이 묻어났다.

"내가 없는 동안, 내가 아직 과거에서 돌아오지 못하는 동안 이렇게 지냈어? 회사에도 안 가고? 먹지도 않고?"

"……."

"따라 죽으려고 작정이라도 한 거야? 왜 이래, 대체."

안쓰러운 마음이 책망하는 말이 되어 쏟아져 나왔다.

"선배. 행여나 선배 때문이라고는 생각하지 말아요. 나 선배한테 무척 감사하고 있어요. 그저 과거를 바꾼다는 건…… 정말 쉬운 일이 아닌가 봐요."

"그런 생각 안 해. 난 너 과거로 돌아갈 수 있게 도와준 것뿐이야. 거기서 일이 잘되든, 못되든 그것까지 나한테 책임이 있다고 생각하지 않아."

맞는 말이다. 그 누구의 잘못도 아니다. 자신도, 정혜도, 지훈도. 하지만 일이 왜 이렇게 틀어져 버린 것일까.

"선배. 이 시간 여행, 애초부터 내가 하면 안 되는 거였나 봐요. 난 시간의 주인도 아니잖아요. 방해자일 뿐인데, 방해자인 주제에 감히 바꾸려 들어서……. 아마 과거는 원래부터 바꿀 수 없었나 봐요. 그런데 욕심만 컸어요. 바꾸고 싶다는 욕심, 내가 바꿀 수 있다는 자만, 그리고 그 헛된 욕심의 결과가 바로 이거네요."

"……"

"그래도 정말 잔인하죠? 이럴 거면 애초부터 알려주지 말지. 넌 아무것도 할 수 없다고. 네가 바꿀 수 있는 건 아무것도 없다고. 지훈일 구할 수 있다는 희망이나 보여주지 말지……."

너무 많이 울어서 더 이상 흘릴 눈물이 없을 줄 알았다. 그럼에도 메말라 바삭바삭한 눈가에 또다시 물기가 방울지고 있었다. 정혜는 가만히 연아의 등을 쓸어주었다. 같은 경험을 공유한 사람들만이 나눌 수 있는 위로였다.

[나오라니까. 언제까지 집에 처박혀 있을 건데? 휴가라며? 너 진짜 올해 휴가 이렇게 보낼 거야? 일 년간 그것만 보고 살았으면서.]

"생각 없다니까. 게다가 나 오늘은 짐 정리도 좀 해야 하고⋯⋯."

[기분 전환하자니까. 영화도 보고 맛있는 것도 먹고 그러면 기운이 날 거야. 이연아, 결혼 깨진 게 뭐 대수냐? 그리고 네가 깽판 쳤으면서 이렇게 죽상을 하고 있는 이유가 뭔데?]

커튼을 열자 따사로운 햇살이 창을 넘어 거실 바닥에 비쳐들었다. 연아는 꼭 닫혀있던 베란다 문을 활짝 열어젖혔다.

"아직 마음이 좀 그래."

냉기를 품은 바람이 그득 들어와 얼굴을 스쳤다.

[일단 나와. 나와서 콧바람 쐬고 그러면 기운이 난다니까. 너 혼자 추스르려고 하니까 더 힘든 거지.]

추스른다는 말로 잠재울 수 있는 감정일까.

"됐어. 니들끼리 그냥 만나."

[너 진짜 이럴래? 서정이도 시어머니한테 애 맡겨놓고 간신히 외출 허락받은 건데.]

서정이란 말에 연아는 항복할 수밖에 없었다. 보나 마나 윤새가 서정을 들들 볶아 나오게 한 걸 테지만, 출산하고 오랜만에 외출하는 친구를 모른 체할 순 없었다. 게다가 언제까지 이렇게 지낼 수는 없었다. 의식적으로 노력해서라도 생활감을 찾아야 했다.

"알았어, 나갈게. 어디야?"

연아는 결국 윤새가 원하는 답을 내놓았다.

약속 장소를 듣고 연아는 난감한 기분이었다. 하필이면 윤새가 예약한 브런치 카페가 방배동 서래마을, 지훈이 살던 곳 근처였다. 지훈의 집은 카페가 있는 메인 골목과는 떨어진 주택가에 있었지만, 걸어서 오갈 수 있을 만큼 가까운 곳이었다. 연아는 불편한 마음을 감추며 카페 안으로 들어섰다. 평일 낮인 만큼 내부는 한산한 편이었다.

"괜찮지? 여기 최근에 생긴 데야."

이미 윤새와 서정은 머리를 맞대고 메뉴를 고르느라 정신이 없었다.

"근데 연아야 넌 좀 괜찮아……?"

음식을 주문한 서정이 강아지처럼 선한 눈에 걱정을 담아 물었다.

"나……? 뭐?"

"그…… 결혼…….."

파혼한 사실조차 깜빡 잊었다. 이 둘에게는 지금 그것 때문에 우울한 걸로 되어 있었다.

"아, 뭐. 괜찮아. 이젠 아무렇지도 않고."

콧바람을 쐬면 마음이 괜찮아질 거라고 했던 윤새의 말은 아주 조금이나마 사실이었다. 혼자 우울하게 방 안에 틀어박혀 있는 것보다 좋은 사람들을 만나는 게 확실히 위로가 됐다.

"그런데…… 뭣 때문에 파혼한 거야?"

서정이 테이블 위에 식기류를 늘어놓으며 조심스레 말을 꺼냈다. 먼저 나온 커피를 마시던 윤새가 귀를 쫑긋했다. 윤새 역시 연아의 갑작스런 심경 변화의 이유가 궁금했다.

"사랑하지 않는다는 걸 인정했어."

둘 다 놀란 듯 아무 말이 없었다.

"윤새 말대로 내가 그 사람에 대해 제대로 아는 건 통장 잔고뿐이더라고. 그 사람하고 결혼하면 얻게 될 경제적인 혜택, 안온한 생활, 사회적 지위. 그런 것만 생각했더라고."

"우리가 궁금한 건 그걸 왜 갑자기 깨달았냐 이거야. 너 애초부터 알고 있었잖아. 네가 그 사람 사랑하지 않는 거. 그리고 네가 그 사람 돈 보고 결혼하는 거. 언제는 결혼에는 조건이 중요하다, 조건에는 돈만 해당되는 게 아니다 하면서 눈에 쌍심지를 켜더니."

윤새가 추가적인 해명을 요구하며 끼어들었다.

"왜 갑자기……? 글쎄……."

어떻게 설명할 수 있을까?

시간 여행을 하면서 깨달은 많은 것들을.

16. 새로운 퍼즐 조각

"나중에 후회할 것 같았어."

"후회?"

다시는 후회하고 싶지 않았다.

"문득, 사람은 다 변한다는 생각이 들었어. 나이가 들고 환경이 변하면 변할 수밖에 없겠지. 그러면 가치관 역시 달라질 텐데, 시간이 흐르면 달라진 가치관 때문에 과거의 선택을 후회할 수 있겠다는 생각이 들었어. 그때 후회하지 않으려면 시간이 지나도 변하지 않을 가치를 선택해야 하지 않을까 싶었어. 통장 잔고나 상품 판매 1등 같은 물질적이고 쉽게 변하는 것보다 고루하지만, 사랑…… 같은 거. 물론 인생에 있어 순간의 선택보다는 삶의 방향성이 더 중요하겠지. 그래도 그 순간의 선택들이 모여 방향성이 되는 거잖아. 난 그저 가장 좋은 선택을 하고 싶었어."

"야, 사랑? 사랑도 다 변해. 시간이 지나면 퇴색되고, 낡은 종이처럼 너덜너덜해지는 게 사랑이야. 오히려 자본주의 사회에서 돈이 더 쉽게 변하지 않지. 돈 있는 사람이 더 많이 쥐게 되는 구조가 지금 우리가 사는 자본주의 사회거든. 사랑? 말이 쉽지 돈 없어봐라. 사랑이 사랑으로 남을 수 있나."

돈만 보고 하는 결혼이라며 결사반대할 땐 언제고, 연아의 진의를 확인하고 싶은지 윤새가 일부러 반대되는 의견을 내세웠다.

"맹목적인 사랑을 말하는 거 아니야. 우리가 무슨 십 대도 아닌데. 훅 달아올랐다가 훅 꺼지는 그런 정열적인 사랑 말고. 그냥 일평생 인생이란 험난한 여정을 함께할 수 있고, 서로에게 흔들리지 않는 확신이 있고, 서로를 좀 더 나은 사람이 되게 해주는…… 그런 사랑."

"그치. 원래 인생이란 게 고난의 연속이잖냐. 내 생각엔 뭐냐, 인생은 사막을 건너는 거랑 비슷한 거 같아. 사막을 건널 때 낙타고, 물이고, 음식이고 잔뜩 챙겨가는 사람이 유리하긴 하지. 하지만 진짜 고난이 닥쳤을 때, 가령 모래바람이 다 휩쓸고 가거나 예기치 못한 적을 만나 가진 걸 다 잃어버리면 무슨 소용이겠어. 그땐 그냥 저 멀리 있는 오아시스까지 힘 빠진 서로를 포기하지 않고 함께 가는 전투력 의지력 충만한 사람이 백배 낫지."

잘했다는 이야기를 윤새는 이렇게 돌려서 말했다.

"문제는 그런 사람을 만날 수 있는가 하는 거지."

연아가 한숨 섞인 목소리로 말했다.

"당연히 만날 수 있지. 넌 분명히 그런 사람 만나서 결혼하고 애 낳고 행복하게 잘 살 거다."

"그럴 수 있을까?"

"그럼."

"그쪽에 관련된 내 운은 지훈일 만나면서 다 써버린 것 같은데."

연아의 입에서 지훈의 이름이 나오자 둘의 얼굴이 굳었다.

"야야…… 지훈이 얘긴 왜 또 갑자기……."

"누군가를 지훈이보다 더 사랑할 수 있을까?"

내 생애, 너보다 더.

"14년이나 지난 일이야. 아직도 그 끈을 붙들고 있으면 어쩌자는 거냐."

사랑하고, 사랑받을 수 있는 사람이 있을까. 놓아…… 줄 것이다. 떠나보내 줄 것이다. 언젠가는. 내가 좀 더 굳센 인간이 되었을 때. 너라는 상실을 껴안고 살아갈 용기가 생겼을 때. 너라는 고통을 내 일부로 받아들일 준비가 되었을 때.

셋 사이에 침묵이 흐르자 연아가 입을 열었다.

"내가 괜한 얘길 했나 보다. 신경 쓰지 마."

때마침 종업원이 주문한 음식을 가져와 테이블 위에 올려놓았다. 세 사람은 모두 먹음직스러운 파스타를 개인 접시에 한 움큼씩 덜며 다른 이야기로 재잘거리기 시작했다.

잠시 후, 카페 안으로 두 사람이 들어왔다.

"여기야, 새로 생긴 데가."

"괜찮네. 집에서 멀지도 않고."

키가 크고 잘생긴 젊은 남자와 청초한 미인이었다. 남자는 다리를 절룩이고 있었고 여자는 산달이 다 되어 가는지 배가 남산만 했다. 무심하게 스치던 연아의 시선이 두 사람에게 고정됐다. 이내 연아의 두 눈이 둥그렇게 커졌다.

"연아야, 아는 사람이야?"

서정이 물었다. 연아는 방금 들어온 두 남녀에게서 눈을 떼지 않은 채 대답했다.

"응. 아는 사람."

지훈의 동생, 지용이었다.

"우리, 정말 오랜만이네요."

카페의 야외 테라스에서, 지용은 연아의 맞은편에 앉으며 환한 미소를 지었다.

"하나도 안 변했네. 정말 그대로다. 그래서 금방 넌 줄 알아봤어."

연한 갈색 머리카락, 하얀 얼굴, 단정하고 차분한 이목구비, 지훈을 닮은 길게 찢어진 눈매까지. 예전보다 훨씬 단단해진 성인 남자의 얼굴이었지만 여전히 소년 같은 싱그러움이 풍겼다.

"잠깐 이야기 나눠도 괜찮겠어? 같이 오신 분은……."

연아는 홀 테이블에 홀로 앉아 있는 청초한 인상의 여자를 쳐다봤다.

"와이프예요. 저 작년 초에 결혼했거든요."

"그랬구나. 축하해. 와이프 예쁘다. 인상이 참 좋네."

"좋은 여자예요. 많이 힘들 때 곁에 있어 줬거든요."

연아의 시선이 제 다리 끝에 걸리자, 지용의 입가에 쓸쓸한 미소가 번졌다.

왜, 얼마나, 언제 다친 건지 묻기도 애매한 사이라 연아 역시 지용을 따라 곤란한 웃음을 지었다.

"에이, 그렇게 미안한 얼굴 하지 말아요. 사람들은 꼭 그러더라. 괜히 자기들이 미안해한다니까요. 꼭 내 다리를 다치게 한 게 자기들인 양."

"……."

"전에 사고가 좀 있었어요. 지금 이 다리는 그때의 상처죠."

지용은 오른쪽 다리를 툭툭 치며 아무렇지 않은 표정으로 말했다. 오래전 일이라며 새삼 위로하지 않아도 된다고 얘기하는 듯했다.

"그랬구나. 하여간 여전히 키도 크고 멋진데? 어렸을 때랑 전혀 달라진 게 없어서 깜짝 놀랐어."

"누나도 예전이랑 똑같아요. 저도 누나 바로 알아봤잖아요. 누난…… 잘 지내고 있죠?"

지용이 건넨 잘 지내냐는 말에서 같은 상처가 느껴졌다.

"나야 뭐, 그럭저럭 지내고 있지. 은행 다니고 있어."

"아, 그렇구나. 그럼 결혼은요?"

"……아직."

"아아."

대화는 불어터진 면발처럼 뚝뚝 끊기기만 했다. 주고받는 대화마다 기저에 깔려 있는, 말끝마다 걸리는 지훈의 존재감에 둘 다 쉽사리 말을 잇지 못했다.

"그럼 전 이만 가볼게요. 와이프가 임신 중이라. 여기 크루아상이 유명하대서 사러 온 거였어요."

다시는 볼지 안 볼지 모르는 사람. 어쩌면 안 보는 게 나을 사람에게 뭐라고 헤어짐의 인사를 건네야 하는 걸까.

"어어. 그래, 그래. 얼른 가봐야지. 어머니께도 안부 전해드리고. 부모님은 잘 계시지?"

연아는 고르고 골라 가장 무난한 인사말을 건넸건만, 지용의 얼굴에 당혹스러운 빛이 스쳤다.

"아······ 누나 모르는 건가? 우리 엄마 병원에 계세요."

"아, 그래?"

진땀이 흘렀다. 혀가 자꾸만 꼬이는 것 같았다.

"병원에 계신 지 한참 됐어요. 14년쯤 됐겠네요."

지훈이 죽었을 무렵이다. 하긴 자식을 먼저 보냈으니 지훈의 엄마처럼 예민한 신경 줄을 가진 사람이 제대로 버텨냈을 리가 만무했다.

한층 더 무거워진 분위기에 연아는 생각나는 대로 지껄였던 제 혀를 뽑아버리고 싶은 심정이었다.

"그랬구나. 내가 몰랐어. 미안해. 괜한 걸 물어서."

"하긴 엄마가 제정신인 게 더 이상한 거겠죠. 같은 날에 아들 하나는 죽고, 다른 하나는 사고를 당했으니."

싸늘한 바람이 불었다. 어디선가 불어온 찬바람이 살갗을 파고드는데, 그게 어디서 불어온 건지는 불명확했다.

"가, 같은 날? 2003년 11월 15일?"

정확한 날짜를 말하자 지용이 고개를 끄덕였다. 물어보고 싶은 말이 더 있었다. 다급해진 연아가 다른 질문을 꺼내려 했지만 지용은 카페 홀을 돌아보더니 자리에서 일어섰다.

"누나. 전 이만 가봐야 할 것 같아요. 와이프가 힘들어하네. 먼저 일어날게요. 그럼 식사 잘하고 가세요."

지용은 마지막까지 예의 바르게 인사를 한 후 홀 안으로 사라졌다.

혼자 테라스에 남겨진 연아는 계속 한기에 몸을 떨었다. 화재 사건이
났던 날, 지용이도 사고를 당했다. 대체 무슨 사고를 당한 걸까. 혹시
그 사고도 지훈의 죽음과 관련이 있는 건 아닐까?

연아가 자리로 되돌아오자, 윤새가 궁금증 가득한 얼굴로 질문했다.

"누구야? 무슨 얘기를 했길래 그렇게 넋 나간 얼굴이야?"

"지용이. 지훈이 동생."

윤새는 카운터에서 빵을 계산하고 있는 지용을 힐끔 쳐다봤다.

"쟤가 그 지훈이 동생이구나."

"응."

"그런데 무슨 얘길 했길래 그렇게 놀라?"

서정이 조심스럽게 물었다. 연아는 윤새와 서정을 번갈아 쳐다봤다.
오래도록 자신은 그 누구와도 지훈에 대한 이야기를 하지 않았다. 어
쩌면 둘만이 알고 있는 얘기가 있을지도 모른다.

"너넨 알고 있었어? 지훈이가 죽은 그날 지용이도 사고당한 거."

"정말? 지훈이가 죽은 날 걔 동생도?"

"너네도 몰랐어?"

"아니, 우린 지훈이 동생 얘긴 알고 있었어. 그게 같은 날인지 몰랐
던 거지. 아마 두 사건 다 지훈이 집안에 치명적인 얘기라 쉬쉬해서 그
런 걸 거야."

지용의 사고를 알고 있었다고?

서정의 말에 다급해진 연아가 물었다.

"지용이가 당한 사고가 뭔데? 뭐길래 저렇게 다리를 저는 거야?"

"내가 알기론…… 사고 아니야."

"사고가 아니야?"

"응. 자살 미수라고 들었어. 트럭에 뛰어들었대."

집으로 돌아오자마자 연아는 노트북으로 인터넷 기사를 검색했다. 오래전 사고였지만 샅샅이 뒤진 결과 다행히도 3~4줄짜리 짤막한 기사 몇 개를 찾을 수 있었다. 기사의 내용은 대동소이했다. 15일 오후 1시경. 방배동 중앙로 4차선 도로로 뛰어든 남학생이 트럭에 치여 중상을 입고 병원으로 이송되었다는 내용이었다.

별개의 사고였다. 하나는 자살 미수, 하나는 화재 사건. 연아는 두 형제에게 갑작스럽게 닥친 불행이 찜찜하기만 했다. 무엇 때문에 지용은 자살을 하려 했을까? 문득 예전 기억이 불쑥 솟아올랐다.

"어떻게 해야 멈춰질까요? 내가 사라져야 우리 엄마 집착이 멈추려나."

과거에 지훈의 집 근처 편의점에서 만난 지용이 했던 말이었다. 당시에는 감수성이 예민한 15살 사춘기 소년이 경중을 모른 채 내뱉은 말이라 생각했다.

엄마 때문이었나? 엄마의 집착을 견디지 못해서? 설마 자살까지야. 아니다. 어쩌면 그랬기 때문에 죄책감을 이기지 못한 지훈의 어머니가 병원에 들어간 건지도 모른다. 그렇다면 지용이 말한 병원은 정신병원이라는 건가?

생각이 꼬리에 꼬리를 물고 확장되었다. 연아는 노트북을 덮고 머리를 움켜쥐었다. 이래 봐야 아무 소용없는 걸 알고 있다. 이제 다시는 과거로 가 지훈을 구할 수 없다. 비록 지용의 자살 미수와 지훈의 죽음에 심상치 않은 연관성이 있는 것 같긴 하지만 그렇다고 해서 자신이 할 수 있는 건 아무것도 없었다.

정말 방법이 없는 것일까?

정혜에게 남은 기회는 이제 한 번뿐이다. 정혜는 그 마지막 기회를 대학 원서를 넣는 날에 쓰겠다고 이미 못 박아둔 상태였다. 분명히 존재하지만 손에 쥘 수 없는 기회다.

이걸 봐서 뭘 어쩌자는 거냐. 할 수 있는 건 아무것도 없는데.

연아는 잡을 게 없다는 걸 알면서도 무언가를 잡으려 허공을 향해 한없이 손을 내뻗는 것 같은 기분이었다.

그때 침대에 올려놓은 핸드폰이 울렸다. 발신자는 정혜였다.

"여보세요? 정혜 선배, 웬일이에요?"

[뭐 하고 있어? 또 집에만 틀어박혀 있는 건 아니지?]

"······저야 뭐."

[그럼 혹시 시간 돼? 잠깐 만났으면 해서.]

왜 만나자고 하는 걸까.

혹시나 하는 희망에 연아의 가슴이 두근거렸다. 아닌 걸 알면서도 어쩔 수 없이 품게 되는 마음이었다.

"그럼요. 어디서 볼까요?"

[저번에 우리 만났던 그 카페. 거기서 봐.]

언아는 종료된 핸드폰을 보며 정혜의 얼굴을 떠올렸다. 처음, 정혜는 적대적이었다. 시간 여행을 여러 번 방해받았으니 당연한 일이었다. 아무것도 모른 채 눈앞에 나타난 자신을 봤을 땐 어떤 마음이었을까? 아마 황당하고 어이가 없었을 것이다. 그래서 더 쌀쌀맞고 신경질적이었을지 모른다. 하지만 정혜는 마음 약한 사람이었고, 결국 시간 여행에 대해 설명해준 것도 모자라 따라올 수 있게끔 허락까지 해주었다. 그러니 한 번 더 그 사람의 선의를 기대해볼 수 있지 않을까. 언아는 일말의 기대를 품은 채 약속 장소로 향했다.

먼저 도착한 정혜는 창가 자리에 앉아 책을 보고 있었다.

"선배, 언제 왔어요?"

언아가 다가가자 정혜가 책을 내려놓았다.

"한 30분 전쯤. 뭐 시킬래?"

언아와 정혜는 각각 커피와 과일 주스를 시켰다. 시간 여행이 아니었다면 얼굴조차 몰랐을 사람. 시간 여행의 비밀을 공유하는 지구상에 단 하나뿐인 사람. 얼마 전까지만 해도 낯선 타인이었던 정혜가 지금은 그 누구보다 가깝게 느껴졌다.

"그런데 오늘은 무슨 일 때문에……?"

"천천히 하자고. 휴가도 낸 사람이 뭐가 그렇게 급하다고."

정혜는 종업원이 내온 과일 주스를 시원하게 한 모금 들이켰다. 할 말이 있는 듯 조금 뜸 들이는 모습이었다. 잔을 내려놓은 정혜는 반대편 자리의 언아를 깊은 눈으로 응시하며 천천히 입을 열었다.

"언아 씨. 난 그렇게 착하고 배려심 많은 사람이 아니야."

무슨 이야기가 나올지 짐작조차 되지 않아, 언아는 그저 온기를 품은 커피 잔만 감싸 쥐었다.

"난 지금 프리랜서로 외국 학생들에게 한국어 가르치는 일을 해. 정규직도 아니고 계약직이라 간간이 잡힌 강의 나가면서 먹고살아. 돈을 많이 버는 것도 아니고 내가 하고 싶었던 일도 아니야."

"……."

"저번에도 얘기했겠지만 난 공부를 꽤나 잘했기 때문에 의대에 들어갔어. 하지만 곧 자퇴를 했고, 그 실패로 오랜 시간 방황을 했지. 다시 대학에 들어갔지만 변변찮은 대학이었고 졸업하고선 직장도 구할 수 없었어. 여전히 난 내 인생이 이렇게 꼬인 게 의대에 갔기 때문이란 생각을 해. 그래서 지금 이 기적과도 같은 기회를 절대 놓치고 싶지 않아. 연아 씨에 비하면 과거로 가고자 하는 이유가 하찮을지 몰라도 연아 씨는 알 거야. 내가 어떤 마음인지."

과거로 가는 정혜의 목적을 하찮게 생각한 적은 없었다. 크든 작든, 인간은 자신이 짊어진 십자가의 무게를 가장 무겁게 느끼기 마련이다.

"게다가 몇 번 봐서 알겠지만, 난 남을 돕는 걸 좋아하거나 동정심이 많은 사람도 아냐. 까칠하고 예민하고 신경질적이고 남에게 무관심하지."

시종일관 가쁘게 울려대던 심장이 바닥까지 추락하는 기분이었다. 연아는 정혜의 입에서 다음에 나올 말이 어떤 말인지 알 것만 같았다.

그래서 난 이 기회를 놓칠 수 없어. 미안해. 더 이상 도와줄 수 없어.

아직 소리가 되어 나오지 않은 말이 환청처럼 귓가에 울렸다.

"그런데 말이지, 자꾸만 신경이 쓰여. 그날 울면서 나한테 부탁하던 연아 씨의 모습이 머리에서 사라지지가 않아."

"네에……?"

"그동안 나 사는 거에 바빠서 남들 돌아볼 여유조차 없었는데, 다른 사람의 고통이나 간절함 따위 보이지도 않았는데 자꾸 연아 씨가 신경이 쓰여. 그래서 진짜 평생 후회할지도 모를 선택을 하려고 해."

"그, 그게 무슨."

연아의 목구멍에서 바람 빠진 소리가 흘러나왔다.

"나에게 남은 마지막 기회를 연아 씨를 위해 써볼까 싶어."

연아는 자신의 귀를 의심했다. 정녕 지금 들은 이야기가 사실인지. 혹시 간절한 바람이 만들어낸 환청은 아닌지.

"서, 선배. 지…… 지금."

"맞아. 제대로 들은 거 맞아. 15일로 갈 수 있게 해줄게."

"말도 안 돼. 왜, 왜 선배가……. 난 그저 얼마 전에 만난…… 그저 모르는 사람일 뿐인데."

커피 잔을 쥔 연아의 손이 바들바들 떨렸다. 하고 싶은 말이 머릿속에서 잔뜩 소용돌이치는데, 목구멍이 틀어 막힌 듯 입 밖으로는 한마디도 꺼낼 수 없었다. 연아의 마음을 알아챈 정혜는 조금 머쓱한 듯 소파에 등을 기댔다.

"사실 저번에 돌아올 때 내가 잘못한 것도 있고. 난 진짜 몰랐어. 그저 하루 남았으니까, 어떻게든 서로 잘 피해 보자 싶어 연아 씨의 일정 확인을 위해 전화를 한 건데. 설마 전화하는 것만으로 현재로 소환될 줄은 전혀 몰랐거든."

"저도 몰랐는걸요. 선배 잘못은 아니었어요."

"그래도 일말의 죄책감은 느껴진다고. 나도 사람이니까. 게다가 사람 목숨보다 중요한 게 뭐가 있겠어. 연아 씨 지금 그걸 위해 과거로 가려는 거잖아. 도와주지 못할망정 막지는 말자는 생각이 들었어."

전혀 기대하지 않았다고 한다면 거짓말이다. 하지만 연아는 알고 있었다. 지금 정혜가 손을 내밀기까지 얼마나 큰 용기와 결단이 필요했는지. 얼마나 큰 희생을 한 건지도.

"제가 뭐라고 얘기해야……."

연아의 눈가가 빨개졌다. 다시는 울지 말아야지 결심했건만 북받쳐 오르는 감정에 눈물이 차올랐다.

"자꾸 그러지 마. 나 진짜 고귀한 정신으로 양보하는 거 아니니까. 지금도 이게 과연 잘하는 짓인가 싶어. 여기 오면서도 마음이 열두 번은 더 바뀌었다고. 그래서…… 오늘 밤에 과거로 가려고 해. 연아 씨한테는 좀 갑작스럽지만 내 마음이 바뀌기 전에 가고 싶어서."

좋은 일을 하면서도 정혜는 미안해했다. 오늘 밤이라. 아직 아무것도 준비된 게 없는데.

"그럼 언제로 가실 건데요?"

연아가 물었다.

"15일로 가야 하지 않을까 싶어. 시간 여행의 규칙 중 하나가 시간을 역행해서 과거로 갈 수 없다는 건데, 동일 날짜로 갈 수 있는지는 모르겠어. 한 번도 해보지 않았거든. 마지막으로 머물렀던 과거의 시간 이전으로는 갈 수 없으니 14일 또는 15일로 갈 수밖에 없어."

"그럼 통제할 수 없는 변수가 발생할지도 모르는 14일보다는 15일이 낫겠네요."

"그렇지."

15일, 당일이라. 뭘 어떻게 해야 하는 걸까?

바라던 기회가 눈앞에 왔는데, 머릿속이 텅 빈 것만 같았다.

"그러니까 연아 씨는 그 화재 사건에 대해 철저히 조사해."

"그날 일은 직접 겪었으니 당연히 잘 알고 있어요. 화재 사건에 대해서도……."

"다 알아봤어? 그러면 어떻게 구하면 될지도 다 생각해둔 거야?"

"사실 구하고 뭐 하고 할 것도 없어요. 애초부터 제가 체육 창고에 갇히지만 않으면 불이 날 일도 없거든요. 그래도 혹시 모르니 이번에 돌아가면 창고 안에 소화기도 비치해놓을 거예요."

"아니면 그날 지훈이를 데리고 어디 멀리 가 있을 순 없어? 학교가 아닌 다른 곳에 가 있으면 되잖아."

일리 있는 말이다. 가장 그럴듯한 방법이었다. 연아 역시 그 방법을 생각해보지 않은 것은 아니었다.

"그게……. 전 그날 지훈이의 행적에 대해 아무것도 몰라요."

"뭐? 그게 무슨 말이야? 구하려는 사람이 그때 어디에서 뭘 했는지 모르면 어떻게 구해? 화재고 연아 씨의 기억이고 그게 다 무슨 소용이야. 정작 구하려고 하는 사람이 그날 어디에 있었는지, 뭘 했는지도 모르는데."

맞는 말이다. 가장 중요한 건 화재 사건을 막는 것이 아닌, 화재에서 지훈을 '구하는 것'이다. 그런데 정작 자신은 그날 지훈의 행적에 대해 아는 것이 아무것도 없다.

"일단 이게 제일 중요하네. 그날 지훈이가 어디에서 뭘 했는지. 연아 씨가 가장 먼저 알아내야 할 건 그거야."

"난 오늘 과거로 갈 거야. 그러니까 연아 씨는 최대한 지훈이의 행적을 알아낸 뒤 구할 방법을 강구해서 다음 날 날 따라와."

정혜가 자리를 뜨며 남긴 마지막 말이었다.

연아는 정혜의 말대로 곧장 동창들에게 연락을 해 그날 지훈의 행적에 대해 물었다. 윤새와 서정을 비롯해 대부분은 오래전 일이라 기억을 하지 못했다. 오로지 경민만이 4교시 중간에 지훈이 갑자기 사라졌다는 정보를 주었다. 그마저도 확실치 않다는 단서가 붙었다. 연아는 고심 끝에 지훈의 행적을 알 만한 또 다른 사람을 떠올렸다.

지훈의 집으로 향하는 길을 오르며 연아는 부푼 기대와 압박감으로 심경이 복잡했다. 이 동네는 시간이 흘렀지만 변한 게 없었다. 간혹 지은 지 얼마 안 된 고급 빌라들이 눈에 띄긴 했지만, 전반적인 동네 분위기는 그대로였다. 골목을 걷다 보니, 오래전 그 거리를 배회하는 느낌이었다. 문득 예전에 누군가가 한 이야기가 떠올랐다. 진짜 좋은 곳은 10년, 20년이 지나도 변함없는 동네라고.

연아는 붉은 담장을 따라 걷다 대문 앞에 섰다. 초인종으로 향하는 손이 떨렸다. 벨을 누르면 인터폰 너머로 지훈의 목소리가 들릴 것만 같았다.

딩동.

잠시 후 인터폰 소리가 들렸다.

[누구세요?]

다행이다. 결혼을 한 후 다른 곳으로 이사했으면 어쩌나 싶었는데 지용은 아직도 이 집에 살고 있었다.

"지용아, 안녕. 나 연아야."

인터폰 너머에서 당황하는 기색이 느껴졌다.

[누나, 어쩐 일로……. 아, 잠시만요.]

곧이어 대문이 열리고 실내복 차림의 지용이 놀란 얼굴로 나타났다.

"안녕."

"누나가 우리 집엔 어쩐 일이세요?"

"너한테 물어볼 게 있는데, 연락할 길이 없어서 이렇게 무작정 찾아 왔어. 이사 갔으면 어쩌나 싶었는데 다행이다."

"물어볼 거라니요? 아, 여기서 이럴 게 아니라 얼른 들어와요."

지용은 연아를 집 안으로 안내했다. 의아할 텐데도 연아가 거실에 앉아 숨을 돌릴 때까지, 찾아온 이유를 묻지 않고 기다려주었다.

"이제 여쭤봐도 되죠? 무슨 일이세요? 사실 좀 당황스러워서."

"미안해. 나 정말 무례하지? 그런데 너 아니면 물어볼 사람이 없어 서 그래."

"무슨 일인데요?"

아마 지용은 알고 있으리라. 자신이 이렇게 간절하게 물을 이야기는 하나밖에 없었다.

"지훈이에 대해 묻고 싶은 게 있어서."

지훈의 이야기는 연아에게뿐만 아니라 지용에게도 큰 상처였다. 너 무 아프고 고통스러워 차라리 잊는 게 낫겠다 싶을 만큼, 다시는 들추 고 싶지 않은 기억이었다. 역시나 지훈의 이름을 꺼내자 지용의 미간에 작은 주름이 생겼다.

"형에 관해서요?"

"그날, 화재가 일어난 날. 지훈이의 행적에 대해 알고 싶어. 난 지훈이가 그날 어디에서 뭘 했는지 전혀 몰라."

지용은 고개를 숙인 뒤 한숨을 쉬었다. 불쑥 찾아와서 이미 화석화된 옛일을 들추는 연아의 저의를 알 수 없었다.

"누나……. 그게 지금, 갑자기 왜 궁금한 건데요?"

말투는 힐난에 가까웠다. 유가족을 찾아와 겨우 아문 상처를 헤집는다 생각한 것이다. 연아는 지용이 마음의 문을 닫아버리기 전 제 진심을 전하고 싶어 다급하게 말을 내뱉었다.

"너만큼 나도 긴 시간 힘들었어. 그 시절을 떠올리는 것조차 힘들어서, 그 일에 대해서는 아무와도 얘기할 수 없었어. 그만큼 큰 상처였어. 하지만 더 이상 이렇게 살고 싶지가 않아. 이제 제대로 알고 싶어. 그날 진짜 무슨 일이 있었는지."

지용은 새로운 가족과 함께 가슴 속 상처를 치유해가고 있을 것이다. 좋은 아내와 사랑스러운 아이가 곁에 있기에, 과거의 상처와 대면할 용기를 낼 수 있을지도 모른다.

"……형이 그렇게 죽고 우리 부모님은 누나를 참 많이 원망했어요. 누나를 구하다가 형이 죽었으니, 모든 걸 누나 탓으로 돌렸죠. 그런데 난 그렇게 생각할 수 없었어요. 왜인지 알아요?"

"왜?"

"누나를 원망해버리면, 나 자신도 원망해야 하니까요."

"그게 무슨 소리야?"

선뜻 대답하기 힘든지 지용은 몇 번이나 입을 달싹거렸다. 그리고 호흡을 가다듬은 후에야 어렵게 말을 꺼냈다.

"난 그날 엄마에게서 벗어나기 위해 트럭 앞으로 뛰어들었어요. 정말 죽겠다는 생각이었어요. 그런데 어디에선가 갑자기 나타난 형이 날 안고 옆으로 굴렀어요. 하지만 한쪽 다리는 채 피하지 못해 바퀴에 깔렸죠. 그때 형은 절 구하느라 손목을 심하게 다쳤어요. 제대로 움직일 수 없을 만큼요. 아마 체육 창고에서 빠져나오지 못한 건 그 때문일 거예요."

쿵. 쿵. 쿵. 쿵. 쿵쿵. 쿵쿵. 쿵쿵쿵쿵.

심장이 미쳐 날뛰었다. 드디어 지훈의 행적 하나를 알게 되었다. 자신뿐만 아니라 지용까지 구한 그날 지훈의 행동은 말로 표현할 수 없을 만큼 기묘했다.

"그, 그때가 몇 시였어?"

"학교 돌아와서 바로였으니까 1시쯤이었을 거예요."

오후 1시? 화재가 일어났던 건 1시 20분이다. 지훈의 집에서 학교까지는 아무리 빨라도 20분은 걸린다. 지용의 말대로라면 수업을 마치고 하교한 지훈이 동생 지용을 구하고 바로 학교로 돌아갔다는 얘기다. 이상했다. 도대체 왜 지훈은 다친 동생을 내버려 두고, 거기다 본인도 다친 상황에서 학교로 돌아간 걸까? 대체 무슨 사정이 있었기에.

"그러면 지훈인 왜 학교로 돌아간 거야?"

"글쎄요. 그건 저도 모르겠어요."

"너도 이유를 모른다고? 화재가 일어난 건 1시 20분이었어. 1시에 네가 차 사고를 당했으니, 지훈인 사고 직후 바로 학교로 갔다는 얘기야. 다친 널 두고 왜 그랬던 걸까?"

"글쎄요. 저도 내내 이상했던 게 바로 그 부분이에요."

"혹시 그날……."

지훈이가 너한테 얘기 안 했어? 왜 학교에 가야 하는지?

연아가 뒷말을 이으려 할 때였다.

"저기……."

지용의 와이프가 인상을 쓰며 안방 문을 열고 거실로 나왔다.

"혜미야, 왜?"

"나…… 배가 좀……."

여자의 얼굴이 새파랗게 질려 있었다. 다리 사이에서 흘러나온 양수가 거실 바닥에 흥건했다.

"저기, 누나! 저, 전화 좀……!"

당황한 지용은 엉거주춤하게 혜미를 붙들고 어쩔 줄 몰라 했다. 첫아이라 지용도, 그의 와이프도 완전히 패닉 상태였다. 연아는 서둘러 택시를 부르고 지용과 그의 와이프를 태웠다.

"미안해요, 누나. 얘기는 나중에 해도 되죠?"

"그럼, 당연하지. 난 신경 쓰지 마. 얼른 와이프나 챙겨."

"네. 그럼 가볼게요."

부웅, 하고 달리는 택시의 뒤꽁무니를 바라보다 연아는 발걸음을 돌렸다.

연아는 서초동 대로변에 위치한 카페에 앉아 지훈의 행적이 적힌 노트를 펼쳤다. 아무리 들여다봐도 그날 지훈의 행적은 이상하기만 했다. 도대체 왜 하교하고 집에 갔던 지훈이 학교로 돌아와야 했을까. 이해할 수 없는 행동이었다.

「8시~12시 반 : 학교

12시 반 : 집으로 돌아감

12시 55분~1시 : 지용의 차 사고

1시~1시 20분 : 다시 학교로 돌아옴

????

1시 20분 : 화재 발생

????

이후 : 사망」

원래의 계획대로라면 11월 15일로 돌아가서 지훈을 데리고 어디론가 멀리 가버릴 예정이었다. 하지만 그렇게 한다면 지용은 죽게 될 것이다. 아무리 생각해도 지훈을 구할 수 있는 시간은 노트 위에 '???'이라고 적힌 시점이었다. 화재가 일어나기 바로 전 혹은 바로 후. 그 시각 지훈이 뭘 하고 있는지 목격한 사람은 하나뿐이었다.

김재욱.

불이 난 체육 창고에 갇힌 자신을 보고 도망간 아이. 근처에 숨어 화염에 휩싸인 창고를 지켜봤던 아이. 이제는 변호사가 된 아이.

연아는 길 건너편에 위치한 법률 사무소 '우일'의 간판을 노려보며 핸드폰을 들었다. 때마침 점심을 먹으러 가는 재욱이 사무소 밖으로 나왔다. 뚜르르르, 하는 신호 연결음이 들렸지만 재욱은 핸드폰을 본 후 다시 주머니 속으로 넣어버렸다. 연아는 창가 너머로 재욱이 동료들과 함께 움직이는 모습을 두 눈으로 좇았다. 얼마 전 동창회에서 재욱을 만나 그때의 일을 추궁했지만, 제대로 된 답은 들을 수가 없었다.

"난 이렇게 생각해. 그날 넌 날 내버려 두고 도망을 갔어. 하지만 네가 정말 멀리 도망갔을까? 난 그러지 않았을 거라 생각해."
"어떤 의도였는지는 모르겠어. 네 치부를 목격한 내가 창고에서 죽는 걸 보기 위해서였는지, 아니면 그저 무서움에 다리가 굳어버렸기 때문이었는지는. 하지만 넌 창고에서 멀지 않은 곳에 계속 있었어."
"모, 몰라……. 난 아니야."
"다 지난 일인데 굳이 들추고 싶진 않아. 단, 네가 나랑 눈이 마주치고 도망친 후 뭘 봤는지 얘기해줘. 지훈이가 창고에 들어가는 걸 봤는지. 그리고 대체 창고에서는 무슨 일이 있었는지."
"그거면…… 된 거야?"

당시 연아는 재욱이 추궁한 걸 모두 인정하고 사실을 털어놓으리라 생각했다. 하지만 재욱은 잠시 어물어물하더니 완강하게 고개를 저었다. 체육 창고에 들어갔었다는 사실도, 불이 난 창고에 갇힌 연아를 보고 도망쳤다는 사실도, 멀리 도망가지 않고 근처에서 연아와 지훈이 죽어가는 걸 지켜봤다는 사실도 모두 부정했다.
이후에 몇 번이나 전화를 했지만 재욱은 전화를 받지 않았다. 만나자는 문자에도 답장 한번 주지 않았다. 재욱의 입장에선 증거도 증인도 없는데, 성공 가도를 달리는 인생에 흠만 남길 과거의 일 따위 인정하고 싶지 않을 것이다. 재욱의 심정을 모르는 건 아니었지만 연아 역시 지금 눈에 아무것도 보이지 않았다. 어떻게 해서라도 재욱에게서 자세한 이야기를 들어야 했다.

연아는 노트를 가방 안에 챙겨 넣고 카페를 나왔다. 횡단보도를 건너 법률 사무소 '우일' 간판이 걸린 건물 앞에 섰다. 그러고는 결심한 듯 건물 안으로 한 걸음 내디뎠다.

"안녕."

상담실 문을 열고 들어온 재욱이 연아를 발견하고는 돌처럼 굳었다.

"너였어? 난 손님이 와 있다길래 누군가 했네."

재욱은 여유로움을 가장하며 맞은편 자리에 앉았다.

"네가 하도 연락이 안 되길래 그냥 직접 찾아왔어. 방해한 건 아니지? 문자도 씹길래 일부러 피하나 생각했을 정도야."

연아의 뼈 있는 말에도 재욱은 얼굴 표정 하나 바꾸지 않았다. 마음을 단단히 먹은 모양인지 완벽한 포커페이스로 위장하고 있었다.

"피하기는 무슨, 바쁘다 보니 업무 시간에 핸드폰을 보기 힘들어서 그랬지. 회사 전화로 했으면 바로 연락됐을 텐데, 괜한 고생했네. 그런데 오늘은 무슨 일이야? 내가 좀 바빠서 시간이 별로 없다."

재욱은 연신 시계를 확인하며 이 갑작스런 방문이 달갑지 않다는 기색을 풍겼다. 그는 이미 이 방문의 목적을 짐작하고 있었다. 연아는 마른침을 삼켰다. 재욱의 입을 열 수 있는 방법. 다소 과격할 순 있지만, 그 방법을 써야 한다.

"우리, 동창회 날 마저 끝내지 못한 얘기가 있잖아. 나 그거 들으러 왔어."

"그때 말했잖아. 나 그날 체육 창고에 간 적도……."

재욱은 같은 변명을 반복하려 했다. 연아는 쓸데없는 실랑이로 시간을 낭비하고 싶지 않았다.

"긴말하고 싶지 않아. 너 그날 체육 창고에 있었던 거 내가 잘 알아. 그리고."

"너 진짜 자꾸 왜 그……"

"진승환도 알겠지."

재욱의 얼굴이 순식간에 일그러졌다.

"대체 무슨 꿍꿍이야. 왜 자꾸 다 지난 옛날 사건을 들쑤시고 다니는 건데?"

"꿍꿍이 따윈 없어. 너만 솔직하게 얘기해주면 돼. 그러면 더 이상 다른 동창들 만나고 다니면서 이 일 들쑤시지 않을게. 하지만 네가 끝까지 얘기해주지 않는다면. 진승환을 만나러 갈 생각이야. 진승환은 나한테 얘기해줄 수 있을 거야. 네가 그날 체육 창고에 있었다는 사실. 내가 기절하자 다 같이 창고를 빠져나갔지만 너만은 그곳으로 다시 갔던 사실. 그리고 불이 난 뒤로도 한참 동안 되돌아오지 않았던 사실까지. 네가 체육 창고 근처에서 화재를 지켜 보고만 있었다는 걸, 진승환은 증언해줄 수 있을 거라 생각해."

"너 진짜 왜 그래? 갑자기 나한테 이러는 이유가 뭔데?"

재욱의 얼굴이 새빨갛게 변했다. 분노와 당혹감으로 목소리가 떨렸다. 연아는 표정 하나, 목소리 톤 하나 바꾸지 않았다. 그저 준비했던 말들을 외우듯 쏟아낼 뿐이었다.

"그날 일은 성공한 네 삶에 옥에 티 같은 거겠지. 알아, 감추고 싶다는 거. 하지만 알려줘. 나, 그때 무슨 일이 있었는지 알아야겠어."

재욱은 여전히 말이 없었다. 그저 마주 낀 손깍지가 하얘질 만큼 힘주어 무언가를 참아내고 있었다.

"난…… 아는 게 없어."

끝끝내 부정하는 소리에 연아는 화가 치밀어 올랐다. 14년 전, 많은 일이 있었다. 어떤 일은 누군가의 명백한 잘못이기도 했고, 어떤 일은 단순히 불행한 사고이기도 했다. 하지만 이 일은.

김재욱, 명백히 너의 잘못이야.

"그래? 그럼 진승환한테 그날 일에 대해 물어보지 뭐."

연아는 여유로운 몸짓으로 의자에서 일어나 상담실 문을 향해 걸어갔다. 조용한 공간에 또각또각, 하는 연아의 구두 소리만 울려 퍼졌다.

"아. 그리고 나, 그날 일 그냥 넘어가지 않을 거야. 이리저리 알아보니 과실치사의 공소시효는 7년이더라고. 너에게 법적인 책임을 물을 순 없겠지만, 이건 어떨까? 소문이라는 게 난다면 말이야."

뒤에서 움찔하는 기색이 느껴졌다.

"진승환 무리에게 휩쓸렸다고 변명하겠지만……. 넌 그날 분명히 나에게 나쁜 짓을 하려고 했어. 진승환 일행을 말리지도 않고 디카를 꺼내 사진을 찍으려 했지. 불이 난 체육 창고에 갇힌 날 보고도 그냥 도망갔어. 그리고 멀리서 지훈이와 내가 죽어갈 때까지 그걸 지켜보고 있었지. 용기가 없어서? 무서워서? 그래, 어디 한번 그렇게 변명해봐. 세상 사람들이 널 얼마나 이해해줄지 지켜보자고."

실제로 그렇게까지 할 생각은 없었다. 하지만 재욱에게서 진실을 들으려면, 최대한 강하게 압박해야 했다.

"요즘 인터넷 무섭더라."

준비한 말을 다 쏟아낸 연아는 상담실 문 손잡이를 힘주어 잡았다.

"넌 그때 119에 전화 한 통만이라도 해줬으면 됐던 거였어."

진심이 담긴 마지막 말과 함께 손잡이가 달칵 돌아갔다. 그 순간.

"전화……했었어."

읊조리는 듯 낮은 목소리가 연아의 귓가에 닿았다.

"뭐?"

"119에 전화했었다고."

연아는 천천히 뒤를 돌아봤다. 재욱은 불안 혹은 두려움이 휘몰아치는 눈동자로 연아를 올려다보고 있었다. 연아는 다시 재욱에게로 되돌아가 반대편 자리에 앉았다.

"그래서."

이제, 재욱의 이야기를 들을 차례였다.

"콜록콜록."

체육 창고 안에서 희미한 기침 소리가 들렸다.

'살아 있나 보다.'

재욱은 가슴을 쓸어내렸다. 하지만 안도하기 무섭게 오싹한 기운이 등골을 훑고 올라왔다. 체육 창고에 이상한 기류가 흐르고 있었다. 재욱은 눈을 가늘게 뜨고 자세히 살펴봤다. 불이 난 건지 창고 문틈 사이로 한 줄기 연기가 새어 나왔다.

'설마 담뱃불 때문인가.'

재욱은 더럭 겁이 났다. 연아가 살아있는지 확인하러 온 것뿐인데 상황이 이상하게 돌아갔다.

"살려주세요……! 살려주세요! 제발, 제발…… 좀! 콜록, 켁. 제, 제발……."

연아는 쇠창살을 붙들고 자신을 향해 소리치고 있었다. 연기에 제대로 눈도 못 뜬 채 연신 기침을 하고 있었다. 눈물범벅이 된 얼굴은 처절해 보이기까지 했다. 재욱은 망설였다. 당연히 문을 열어주러 가야 했지만 쉬이 발걸음이 떨어지지 않았다. 아직 불길이 크게 번지진 않았으나 실제 상황이 주는 두려움은 상상 이상이었다.

'어떻게 해야 하지?'

순간, 눈이 마주쳤다.

'날 알아봤을까?'

눈이 마주쳤으니 알아봤을지도 모른다.

'망했다, 망했어.'

재욱은 냉큼 뒤돌아 달리기 시작했다. 때마침 주머니에 넣어두었던 핸드폰이 울렸다. 개 짖는 벨소리가 공터 안에 요란하게 울려 퍼졌다. 재욱은 발신자도 확인하지 않고 종료 버튼을 눌렀다. 두려움이 심장을 옥죄었다. 식은땀이 흐르고 온몸이 바들바들 떨렸다. 머릿속이 텅 빈 듯 아무 생각도 나지 않았다. 오직 인생이 끝났다는 새까만 절망과 공포만이 재욱을 집어삼켰다.

'분명 날 신고할 거다.'

체육 창고에서 진승환 패거리와 함께 해코지하려 했다고, 불이 난 창고에 두고 도망갔다고 증언할 게 분명했다.

'왜 하필······.'

그러다 문득 재욱은 도망가던 발걸음을 멈췄다.

'만약 이연아가 죽는다면?'

재욱은 천천히 뒤를 돌았다. 그리고 왔던 길을 살금살금 되돌아가기 시작했다. 어느덧 체육 창고에서 새어 나온 회색 연기 뭉치가 새파란 하늘을 향해 솟아오르고 있었다.

'그래, 차라리 죽어버려. 죽어줘.'

마음 저편에서 끔찍한 생각이 스멀스멀 피어났다. 살면서 한 번도 가져보지 못한 강렬한 악의였다. 연아에게 아무런 잘못이 없다는 건 알고 있다. 하지만······.

토요일 한낮의 학교는 사방이 고요하기만 했다. 간혹 말라비틀어진 낙엽과 나뭇가지 잔재들만이 바람에 휩쓸려 부스럭거리는 소리를 냈다. 재욱은 창고에서 얼마 떨어지지 않은 소각로 컨테이너 뒤에 몸을 숨겼다. 창문으로 얼굴을 내밀고 있던 연아는 쓰러진 건지 보이지 않았다. 그 순간 하필 주머니에 넣어놓았던 핸드폰이 재차 울렸다. 조용한 사방에 개 짖는 벨소리가 다시 스산하게 퍼졌다.

'이크.'

재욱은 발신자를 확인하고선 종료 버튼을 눌렀다. 발신자는 엄마였다. 학원에 늦을지도 모른다는 재촉 전화일 것이다. 재욱은 이번에는 종료 버튼을 길게 눌러 핸드폰 전원을 아예 꺼버렸다. 지금은 연아의 생사 여부를 확인하는 것이 더 중요했다.

'죽은 건가? 죽었으려나?'

그때였다. 멀리서 세찬 뜀박질 소리가 들렸다. 누군가가 엄청난 속도로 이쪽을 향해 달려오고 있었다. 기겁한 재욱은 몸을 최대한 웅크렸다.

'누구지? 불이 난 걸 아는 사람은 아무도 없는데, 도대체 누가?'

무서운 기세로 달려온 누군가는 컨테이너 뒤에 몸을 숨기고 있는 재욱을 빠르게 지나쳤다.

'류지훈……?'

재욱은 체육 창고를 향해 멀어지는 지훈의 뒷모습을 보며 눈을 커다랗게 떴다.

그는 소화기를 들고 있었다.

17. 마지막 기회

"나도 정신이 번쩍 들었어. 내가 무슨 짓을 하려 했는지."

피곤한지 재욱은 안경을 벗고 관자놀이를 꾹 눌렀다.

"……."

"그래서 다시 핸드폰 전원을 켜고 119에 전화를 걸었어."

기사 한 줄이 연아의 머릿속에 둥실 떠올랐다.

「화재를 목격한 학생의 신고를 받고 출동한 119…….」

"그런데 이미 화재 신고 접수가 되어 있었지. 5분 전에 소방차가 출발했다고 하더라고. 정말 몇 분 안 있어서 소방차 사이렌 소리가 들렸고, 난 그곳을 벗어났어."

연아는 소름이 돋았다. 화재 사건을 분 단위로 조사했던 자신이다. 재욱의 이야기를 들을수록 위화감이 점점 더 심해졌다.

"그때가 몇 시였어?"

연아의 목소리가 떨렸다.

"1시 반쯤이었을 거야."

"확실해? 소방서에서 그렇게 얘기한 게 맞아?"

"확실해. 5분 전에 이미 신고됐다고 했었어."

"말이 돼? 불이 난 건 너밖에 몰랐어. 그리고 5분 전이라니, 5분 전이면 불이 막 나기 시작했을 때잖아."

"나도 그 점이 이상하다고는 생각했어."

이상했다. 진승환 일행은 자신이 기절한 뒤 바로 도망쳤으니 불이 났다는 사실을 알 리가 없었다. 그런데 화재를 발견한 최초의 목격자인 재욱보다 먼저 신고를 한 사람이 있었다니.

"나중에 류지훈이 아닐까 하는 생각을 하긴 했었어. 창고로 뛰어갈 때 소화기를 가지고 있었으니까."

마치 불이 날 걸 알고 있었던 것처럼. 둘은 감히 내뱉을 수 없는 말을 목구멍으로 삼키며 서로 마주 봤다.

어슴푸레한 저녁이 찾아왔다. 연아는 등나무 벤치에 앉아 학교 건물 사이로 가라앉는 붉은 노을을 바라봤다. 발밑의 그림자도 지는 해를 따라 길게 드리워져 있었다.

연아는 차분하게 해야 할 일을 정리했다. 제일 먼저 과거에 도착하자마자 지훈을 찾아야 했다. 그리고 지용을 구한 뒤 함께 어디론가 피신할 것이다. 만약 그게 불가능하다면, 자신이 체육 창고에 갇히지만 않으면 된다. 그곳만 피한다면 불이 날 일도, 지훈이 창고에 올 일도 없을 테니.

어느새 시간이 흐르고 칠흑 같은 어둠이 학교에 내려앉았다. 연아는 학교 안으로 들어가 괘종 소리에 맞춰 13번째 계단에 올랐다. 어김없이 쏟아져 내리는 하얀빛 속에서 연아는 눈을 감았다. 지훈에게로 데려다줄 그 빛에 몸을 맡겼다.

"집에 안 가?"

누군가 연아의 어깨를 쳤다. 연아는 감긴 눈꺼풀을 들어 올려 시야에 가득한 한낮의 학교 정경을 확인했다. 다시, 돌아왔다.

기쁨을 만끽할 새는 없었다. 연아는 윤새에게 다급하게 물었다.

"지금 며칠이야? 몇 시고?"

"뭐?"

"몇 시냐고!"

"지금? 15일 토요일. 그리고 12시 20분."

너무 늦어버렸다.

"지훈이, 지훈이 지금 어디에 있어?"

"걔 왜?"

"지훈이 어디 있는지 몰라?"

윤새는 여전히 영문을 모르겠다는 얼굴이었다.

"나도 모르지. 4교시 수업 시간 중에 갑자기 교실 밖으로 뛰쳐나갔 잖아. 너도 같이 봐놓고선 왜 그래?"

"아." 하는 탄식이 입 밖으로 새어 나왔다. 15일로 왔으나 하필이면 지훈이 사라져버린 후였다.

"어디로 간다는 말은 없었어? 집으로 갔을까?"

"모르지. 수업 중에 갑자기 자리를 박차고 나갔는데 누구든 물을 새가 어딨겠어? 선생님이 불렀는데도 대답도 않고 나갔잖아."

분명 지용 때문이었을 것이다. 그런데 갑자기 왜? 수업 중에 엄마나 지용의 전화를 받은 것일까.

"윤새야. 지훈이 집에 제일 빠르게 가는 방법이 뭐지? 택시 타면 되나? 1번 버스? 아니다. 그러면 길이 엇갈릴지도 몰라."

처음부터 계획한 일이 틀어지자 연아는 초조해졌다. 지금 당장 지훈을 쫓아간다 하더라도 길이 어긋날지 모른다. 자신이 지훈의 집 근처에 있는 사이, 지훈이 학교로 돌아와 화재가 난 체육 창고에 들어갈 가능성도 배제할 수 없었다.

"야, 너 왜 그래? 정신 차려. 무슨 일이라도 생겼어?"

"아냐. 윤새야. 나 먼저 가볼게. 오늘은 너 혼자 집에 가. 미안."

지금 시각은 12시 25분. 자신이 창고에 갇힌 건 12시 40분쯤. 지훈이 학교로 돌아왔을 거라 추정하는 시각은 1시 15분에서 20분 사이. 그리고 화재가 난 시각은 1시 20분.

지훈을 놓쳐버리자 머릿속이 백지장처럼 하얘졌다. 일단 창고 근처를 피해 학교 정문에서 지훈을 기다리는 게 맞을 것 같았다. 연아는 황당해하는 윤새를 뒤로하고 학교 계단을 정신없이 뛰어 내려갔다. 그러다 문득 중앙 현관으로 향하던 발걸음을 멈췄다. 학교 문은 정문만이 아니라는 생각이 떠오른 것이다.

맞아. 후문도 있었지.

지훈이 학교로 오는 길은 다양했다. 함께 등교할 때는 항상 정문을 이용했지만 혼자 올 때는 후문으로 오기도 했다. 집에서 버스로 오는 거면 정문, 택시로 오는 거면 후문이 가까웠다. 게다가 후문은 체육 창고와 훨씬 가깝기도 했다.

아, 진짜 미쳐버리겠네. 어디서 지훈일 기다려야 하는 거지?

마음이 급하니 머리가 제대로 돌아가지 않았다. 연아는 머리를 세차게 흔들며 생각을 집중하려 애썼다.

급하게 굴면 안 된다. 생각, 생각을 해야 해. 역시…… 체육 창고 근처에서 기다려야 하나. 지훈이가 그리로 올 테니.

생각의 끝이 창고로 향하자 문득 목 뒤에 소름이 오소소 돋았다.

미쳤어, 내가 무슨 생각을.

연아는 자신도 모르게 창고 근처로 가려던 스스로에게 질겁했다. 어떤 강력한 힘이, 화재 사건이 발생하는 방향으로 자꾸만 자신을 움직이려 했다.

일단은 이곳을 피하자. 난 후문에 있고, 경민이에게 전화를 해서 정문에 있다가 지훈이 오면 알려달라고 하면 될 거야.

가까스로 합리적인 생각에 도달한 연아는 가방을 뒤적거리며 핸드폰을 찾았다. 하지만 가방 속에도 앞주머니에도 교복에도 핸드폰은 없었다.

도대체 어디에 있지?

교실에 두고 왔나 싶은 순간, 또다시 한 가지 사실이 번뜩 생각났다.

아……. 절망스러운 탄식이 입 밖으로 흘러나왔다. 얼마 전 진승환 일행이 가방 속 물건을 몽땅 꺼내 창밖으로 던진 일이 있었다. 그때 핸드폰은 4층 높이에서 던져져 완전히 부서졌다. 이후 이모와 함께 핸드폰을 사러 가기로 약속했지만, 아직 새 핸드폰을 장만하지 못한 상황이었다. 엎친 데 덮친 격. 일이 잘못되려는지 악재가 겹치고 상황이 꼬였다.

당황하지 말자. 정신 똑바로 차려야 해.

연아는 침착하려 애쓰며 주위를 살폈다. 다행히 중앙 현관 근처에 소화기가 비치되어 있었다. 소화기를 창고에 가져다 놓는 것도 연아가 생각한 화재를 피하는 방법 중 하나였다. 연아는 소화기를 집어 들었다. 시계를 보니 아직 12시 25분. 체육 창고에 갇힌 시각보다 15분이나 앞서 있었다.

"아직 안 갔어? 먼저 가겠다더니. 그리고 그건 왜 들고 있어?"

뒤늦게 나타난 윤새가 소화기를 든 연아를 보고 의아해했다. 연아는 잠시 망설였다. 체육 창고로 갈 것이냐, 말 것이냐.

"윤새야, 너 나랑 어디 좀 같이 가자."

달리 방법이 없었다. 소화기도 가지고 있고 윤새와 같이 간다면 큰일 없을 것이다.

"어디?"

"체육 창고에. 이거 좀 갖다 놓게."

연아는 어리둥절해하는 윤새를 붙잡고 본관 뒷문으로 향했다.

연아와 윤새는 본관 뒷문을 빠져나와 야트막한 길을 올랐다. 이대로 강당을 지나면 한적한 공터가 나온다. 왼쪽으로는 소각장과 소각용 컨

테이너들이 있고, 오른쪽으로 체육관과 연결된 체육 창고가 있었다.

"그건 대체 왜 가져온 거야?"

윤새가 소화기를 보며 물었다.

"나 오늘 체육 창고 청소 담당이잖아. 선생님이 이거 좀 갖다 놓으래."

"그래? 근데 말이야 너 지훈이랑 화해했어?"

윤새가 난데없이 지훈의 이야기를 꺼냈다. 연아의 눈치를 살피는 듯 조심스러운 말투였다. 하지만 다른 생각으로 머리가 꽉 찬 연아는 윤새의 의도를 전혀 알아차리지 못했다.

"그게……. 윤새야, 잠깐만."

어느새 둘은 체육 창고 근처에 도착했다. 군데군데 도색이 벗겨진 석재 건물이 유난히 스산해 보였다. 연아는 입안의 침이 마를 정도로 긴장하며 창고 문 앞에 섰다. 녹슨 철문에는 잠기지 않은 자물쇠가 고리만 걸린 채 매달려 있었다. 연아는 자물쇠를 걸이에서 빼고 문을 활짝 열었다. 컴컴한 창고 안으로 한낮의 햇살이 사선을 그으며 바닥에 내려앉았다. 갇힌 공간을 떠돌던 탁한 먼지와 함께 퀴퀴하고 습한 냄새가 코를 찔렀다. 도저히 안으로 들어갈 용기가 나지 않았다. 환영처럼 검은 연기가 피어오르며 연아의 목을 틀어막았다. 연아는 몸을 떨며 윤새를 향해 소화기를 내밀었다.

"이거 네가 좀 안에다가 갖다……."

느닷없이 윤새가 연아를 창고 안으로 밀쳐 넣고 문을 닫았다. 매트 위로 넘어진 연아가 벌떡 일어나 달려갔지만, 쿵 소리를 내며 문이 닫힌 후였다.

"이윤새! 너 지금 뭐 하는 거야? 이거 당장 못 열어?"

뒤이어 자물쇠 채우는 소리가 나자 연아는 맨주먹으로 철문을 두드렸다.

"너 거기 있어. 지훈이 데려올 테니까."

문밖에서 윤새의 장난기 어린 목소리가 들렸다.

"그게 무슨 소리야!"

"너네 제발 화해 좀 하란 말이다. 저번에 미술실에 둘이 가둬놨더니 같이 점심도 먹고, 응? 사이 좀 좋아진 거 같던데?"

"야, 이윤새! 장난하지 말고 당장 문 열어!"

"이번에도 그 안에 지훈이 넣어줄 테니, 오붓하게 얘기도 하고 그래 봐. 너네 땜에 우리가 딱 죽겠어! 이번에는 화해 좀 해라, 제발."

"윤새야, 안 돼! 제발…… 이 문 좀 열어줘! 윤새야!"

쾅, 쾅, 쾅쾅. 연아가 주먹으로 절박하게 철문을 내리쳤다.

"나중에 화해하면 나랑 우태한테 크게 한턱이나 쏴, 이 기지배야!"

깔깔대는 웃음과 함께 윤새의 발걸음 소리가 점점 멀어져갔다. 윤새에 의해 체육 창고에 갇혀버린 연아는 망연자실했다. 윤새와 우태가 작당한 계획이 이런 식으로 화재 사건에 영향을 끼치리라곤 상상도 하지 못했다.

연아는 잠시 호흡을 가다듬었다. 또 갇히고 말았다는 생각에 절망감이 몰려왔다. 운명이라는 놈의 손바닥 위에서 희롱당하는 느낌이었다. 결국 이렇게 갇히게 될 걸 알면서도 '네가 노력하면 얼마든지 바꿀 수 있어, 그러니 어디 한번 힘껏 해봐.'라며 부추기는, 누군가의 악질적인 장난 같았다.

연아는 매트에 내동댕이쳐진 소화기를 품에 꽉 안았다. 소화기를 챙겨온 게 불행 중 다행이었다. 큰불로 번지기 전에 담뱃불을 끌 수 있을지도 모른다. 그전에, 진승환 일행이 문을 열자마자 틈을 파고들어 잽싸게 도망부터 가야 했다. 여차하면 소화기를 무기처럼 휘두를 것이다.

'지금이 몇 시지?'

시계도 없이 컴컴한 곳에 있자니 얼마나 시간이 흐른 건지 감각이 무뎌졌다. 잠시 후 바깥에서 자박이는 발걸음 소리가 들렸다.

"야야, 그러니까 오창석 그 개새가 졸라 깝쳐서……."

문이 열리자 연아는 뒷걸음질 쳤다.

"야, 이게 누구야? 이년아 아냐? 왜 여기 있냐?"

진승환 무리가 우르르 창고 안으로 들어왔다. 제일 끄트머리에는 재욱이 쭈뼛거리며 따라 들어오고 있었다.

'지금이다.'

연아는 소화기를 휘두르며 무리 사이를 파고들었지만, 진승환은 "워워." 하며 손으로 간단히 소화기를 막아냈다.

"뭐냐, 너? 갑자기."

인상을 찌푸린 진승환이 위협적으로 다가왔다. 숨을 몰아쉬고 있는 연아 앞에 서더니 소화기를 뺏어 구석에 내동댕이쳤다.

"위험하게시리 이런 걸 휘두르면 안 되지."

소화기를 뺏기자마자 연아는 돌진하듯 문 쪽을 향해 달렸다. 하지만 진승환이 먼저 연아의 팔을 잡아챘다.

"어딜 가려고."

"이거 놔!"

"오늘 심심한데 잘됐다. 야, 우리 재밌는 거 하자. 너 디카 꺼내 봐."

진승환의 말에 남자아이들이 연아의 팔을 양쪽에서 붙잡았다. 한 아이는 뒤에서 연아의 입을 틀어막았다.

"아아……악! 읍, 읍. 으읍!"

연아는 몸을 뒤틀며 발버둥을 쳤다. 남자아이들이 단단히 붙들었지만 정신이 돈 것처럼 날뛰며 발광하는 연아를 완전히 제압할 순 없었다.

"이게 진짜. 가만 안 있어? 맞고 할래, 그냥 할래?"

"으읍! 윽! 컥……! 놔! 놓으라고!"

별안간 붙들렸던 팔이 쑥하고 빠지며 몸이 크게 기우뚱했다. 관성을 이기지 못한 연아의 몸이 뒤로 넘어가면서 의자 모서리에 부딪혔다.

퍽―. 쿠웅―.

머릿속이 찌리리 울렸다. 뒤통수에 엄청난 고통이 몰려오며 눈앞이 까맣게 변했다.

'수, 숨 막혀.'

뒤통수에서 아릿한 통증을 느끼며 무거운 눈꺼풀을 겨우 들어 올리자. 눈앞에 매캐한 연기가 자욱했다.

연아는 무거운 팔다리를 움직여 겨우 자리에 앉았다. 구석에 방치된 포대 자루에서 연기와 함께 시뻘건 불길이 치솟고 있었다. 후다닥 문으로 달려가 손잡이를 잡아당겨 봤지만 열리지 않았다.

'아무것도 변한 게 없어.'

전혀 달라지지 않은 상황에 연아는 절망감에 휩싸였다. 하지만 이대로 포기할 순 없었다. 휘청이는 다리를 딛고 일어나 구석에 나뒹구는 소화기를 집어 들었다. 은행 소방 훈련 때 배웠던 작동법을 떠올리며 힘껏 레버를 눌렀다.

피슈우욱―.

바람 빠지는 소리만 들렸다.

"뭐야? 이거 왜 이래? 왜 안 되는 거야?"

레버를 몇 번 더 눌러도 마찬가지였다. 두어 번 더 레버를 누르던 연아는 결국 소화기를 던져버리고 창문을 향해 달려갔다. 그러고는 쇠창살 사이로 고개를 내밀었다. 저 멀리 재욱으로 보이는 남자아이가 뛰어가고 있었다.

"김재욱! 야, 김재욱! 나 좀 살려줘! 야!"

연아는 있는 힘껏 소리를 질렀지만, 재욱은 한 번 돌아본 후 그대로 도망쳤다. 멀어지는 재욱의 등 뒤로 개 짖는 벨소리만이 메아리쳤다. 재욱을 부르는 것 역시 소용없는 짓이었다. 연아는 입을 틀어막으며 주위를 살폈다. 그사이 불길이 포대 자루에서 매트로 옮겨붙었다. 무언가로 덮어서 끌 수 있는 정도의 불길이 아니었다.

생각을…… 생각을 해야 해. 이연아, 정신 차려.

스스로를 다그쳐 봤지만, 정신이 혼미했다. 이미 한번 겪은 화재였다. 무의식 속에 각인된 두려움이 불길보다 거세게 연아를 집어삼켰다. 그제야 후회가 물밀 듯 밀려왔다. 너무 쉽게 생각했다. 화재 날로 오기만 하면 과거를 쉽게 바꿀 수 있을 줄 알았다.

그동안 불길은 더 크게 타오르며 매트에서 책상 더미로 옮겨붙었다. 검은 연기가 뭉게뭉게 피어오르며 연아의 시야를 잠식했다. 연기를 들이마시지 않기 위해 애를 썼지만, 점차 정신이 혼미해졌다.

조금만 더 있으면 지훈이가 올 텐데.

지훈이가…….

온몸에서 힘이 빠졌다.

올 텐데…….

정신이 가물가물했다.

지훈이가…….

눈이 스르륵 감겼다.

지훈아.

멀어지는 의식 속 누군가의 목소리가 들렸다. 그 목소리는 무언가를
한참 얘기했지만, 연아는 꺼져가는 의식 속을 헤맬 뿐이었다. 한참 뒤,
누군가 체육관으로 뛰어오는 소리와 자신을 부르는 정혜의 목소리가
희미하게 들렸다.

웅웅, 하는 기계음이 의식의 저편에서 서서히 들려왔다. 연아는 무
거운 눈꺼풀을 천천히 들어 올렸다. 몇 번 눈을 깜빡이자 뿌옇게 흐렸
던 시야가 점차 또렷해졌다.

"괜찮아? 정신이 들어?"

윤새가 걱정스런 얼굴로 내려다보고 있었다.

"여, 여긴 어디……?"

연아의 목에서 쇳소리가 났다. 상체를 일으키려 하자 뒤통수가 찌릿
하며 온몸에 둔탁한 통증이 느껴졌다.

"으웃."

"움직이지 마. 너 다쳤어."

의식은 여전히 가물가물했다. 정신을 차려보려 했지만 힘겹게 떴던
눈이 다시 스르르 감겼다. 전신이 물먹은 솜처럼 무겁게 가라앉아 손
가락 하나 까딱할 수 없었다. 무엇보다 발목부터 무릎, 갈비뼈와 어깨
까지 몸 구석구석 욱신거리고 아프지 않은 곳이 없었다.

"윤새야."

"응?"

"윤새야……."

"응. 나 여기 있어. 뭐 필요한 거 있어?"

"지금 몇 년도…… 여, 여기 어디야……?"

"연아야, 일단 조금 더 자. 너 많이 다쳤거든……."

윤새의 목소리에 물기가 묻어났다. 훌쩍거리는 소리도 들렸다.

지금은 몇 년도인 걸까. 그리고 여긴 어딘 걸까.

아니, 그것보다는.

"훈이……."

"응? 뭐라고?"

"지훈이……."

"뭐? 지훈이……? 류지훈?"

"지훈이…… 어떠…… 어떻게?"

"……."

"살아…… 있어?"

새까만 덩어리 같은 것이 회오리치며 다가왔다. 정신을 차려야 한다

338

고 생각하기도 전, 그리고 윤새의 대답도 듣기 전, 의식은 새까만 구덩이 속으로 빨려 들어갔다.

몇 번이고 의식이 돌아왔다 사라지길 반복한 후, 마침내 정신이 들었다. 연아는 눈을 뜨고 눈앞의 하얀 천장을 바라봤다. 시선을 돌리자, 거치대에 매달려 있는 링거병에서 노란색 액이 떨어지고 있었다. 병원이었다. 침대 옆에는 윤새가 보호자용 간이침대에 쪼그린 채 잠들어 있었다.

아, 돌아왔구나.

윤새의 모습을 보자, 현재임을 알 수 있었다.

어떻게 된 거지? 아니, 그것보다는 지훈이, 지훈이⋯⋯!

몸을 일으키려 하자 뒤통수에서 느껴지는 통증에 비명과 함께 신음이 흘러나왔다.

"으윽."

그 소리에 윤새가 눈을 떴다.

"괜찮아? 정신이 들어? 너 함부로 움직이면 안 돼. 여기저기 많이 다쳤어."

"아냐, 괜찮아⋯⋯. 윤새야⋯⋯. 지훈인?"

삽시간에 윤새의 얼굴이 어두워졌다. 울컥하는 감정을 애써 눌러 참고 있는 표정이었다.

"너 자꾸 왜 이래? 지훈이 얘긴 왜 하는 거야? 아까도⋯⋯."

"지훈인 어떻게 됐어?"

연아의 머릿속에는 오로지 지훈의 생사여부에 대한 생각뿐이었다.

내가 다친 게 뭐, 움직이면 안 되는 게 뭐.

"연아야, 그만해. 너 지금 몸이 너무 아파서 그런가 보다. 일단 좀 더 쉬어. 아무 생각 말고……."

"지훈인 어떻게 됐냐고!"

연아는 자신을 눕히려는 윤새의 팔을 쳐내곤 숨이 넘어갈 것처럼 헐떡였다.

"너 진짜 왜 이래? 옛날에 죽은 애 애길 왜 자꾸 꺼내는 거야!"

윤새가 연아의 어깨를 붙들며 소리를 질렀다.

아.

털썩. 팔이 힘없이 떨어졌다.

풀썩. 몸이 옆으로 쓰러졌다.

연아는 얼굴을 양손으로 감쌌다.

결국…… 구하지 못했다.

"연아야! 이러지 마. 진짜 속상하게. 지훈이 죽었잖아. 갑자기 왜 이러는 거야. 몰랐던 것처럼. 기억이라도 잃은 거야? 까먹었어? 왜 그래, 연아야."

이번에는 구할 수 있을 거라 생각했는데.

"이연아, 너 진짜 이럴 거야?"

네가, 네가 바로 내 눈앞에 있었는데.

"미쳤어! 진짜 미쳤어!"

난 그 기회를 놓쳐버렸어.

"으…… 으엉. 어어, 엉……. 흑. 으흑, 으흑……. 허억."

심장이 터져버릴 것 같이 조여왔다. 가슴이 꽉 막힌 것 같았다. 주먹으로 가슴을 퍽퍽 두들겼다. 이러지 않고서는 제대로 숨을 쉴 수 없을

것 같았다

"으어어어헉. 지…… 지훈아. 내, 내가…… 흐윽, 널……."

연아는 가슴을 잡아 뜯듯 환자복의 앞섶을 쥐어뜯었다.

"이연아! 이러지 마. 제발 정신 좀 차려!"

발작하듯 온몸을 뒤틀었다.

"지훈아! 허……헉."

"연아야! 그만해……. 그만해!"

윤새가 연아의 몸을 끌어안아 버둥거리지 못하게 진정시켰다.

널 살릴 수 있었는데. 네가 바로 눈앞에 있었는데.

병동 안에는 짐승의 울부짖음 같은 비통한 소리만이 내내 울려 퍼
졌다.

[Silent night, holy night. All is calm, all is bright~.]

스피커에서 흘러나온 소년 합창단의 미려한 음색이 응접실을 가득
채웠다. 한가로이 잡지를 보며 대기하는 사람에게도, 따뜻한 김이 모
락모락 피어오르는 커피를 음미하는 사람에게도, 분주하게 응접실을
오가는 직원에게도, 잔잔하게 울려 퍼지는 캐럴만큼 안온함이 느껴지
는 오후였다.

"음, 글쎄요. 사모님께 그 펀드는 추천해드리고 싶지 않네요."

"왜? 요즘 수익률 제일 좋은 거라면서. 윤길재 사모님도 그거 추천
하던데."

상담 중인 박신영 사모가 의아해했다.

"사모님, 이거 노후 자금으로 쓰고 싶다고 하셨잖아요. 그런데 공격적인 해외 펀드에 몽땅 넣으시려고요? 투자의 기본은 하이리스크, 하이리턴이에요. 높은 수익률을 얻으려면 그만큼 높은 위험도 감수해야 하는데, 이 자금은 그런 목적이 아니잖아요."

"그러면 어떻게 해?"

"80퍼센트는 안정 자산에 넣으세요. 안정적인 채권형 펀드나 정기 예금에요. 주기적으로 관리해주면, 수익률이 아주 낮진 않을 거예요. 그리고 나머지만, 그러니까 리스크를 감수할 수 있는 정도의 금액만 분산해서 펀드에 넣으세요. 이게 제가 생각하는 추천 펀드들인데요."

연아는 추천 펀드 리스트를 꺼내 보이며 설명을 이어나갔다. 박신영 사모는 고개를 끄덕이며 이야기에 집중했다. 그러고는 알겠노라, 남편과 상담해보고 다시 오겠노라는 말을 남긴 뒤 자리에서 일어섰다.

"그럼요, 충분히 생각해보세요. 금융 상품도 다 따져보고 고민한 후에 결정하셔야죠."

"그치? 역시 믿을 사람은 대리뿐이다. 고마워, 이 대리. 나중에 다시 올게."

연아는 싱긋 웃으며 상담실을 나서는 박신영 사모를 배웅했다. 난방이 후끈한 공간에서 1시간 넘게 상담을 이어갔더니 목이 칼칼해졌다. 연아는 한숨을 돌리며 생수병을 들이켜다 상담실 창문 밖으로 시선을 던졌다. 눈이 내리고 있었다. 하늘과 땅 사이의 희뿌연 공간에 싸라기눈이 휘날렸다. 잔털 같은 눈은 바람에 휘감겨 올라가기도 하고 내려가기도 했다.

연이는 창가로 다가갔다. 내려다본 세상은 이미 새하얀 눈밭이었다. 생각하지 않으려 해도 저절로 떠오르는 얼굴이 있었다. 추위에 붉어진 눈가, 꽁꽁 얼어붙은 새빨간 코, 하얗게 입김을 내뿜던 입술. 심장이 조이며 이내 숨이 막혔다. 연아는 책상으로 돌아가 물을 들이켜고는 주먹으로 가슴을 쳤다. 그날 이후, 지훈을 떠올릴 때면 으레 따라오는 후유증이었다. 대가는 쓰고, 후회는 길었다. 회한은 몸 안에 짙은 흔적을 남겼다.

한 달 전, 연아는 쓰러진 채 학교 계단에서 발견되었다. 온몸은 멍투성이였고, 연기를 마신 듯 일산화탄소 중독과 산소 결핍도 심각했다. 학교를 순찰하던 경비원이 위독한 상태로 쓰러져 있던 연아를 발견하고는 119에 신고를 했고, 곧바로 응급실에 실려 왔다. 이후, 경찰이 찾아왔지만 연아는 일시적인 기억 장애로 아무것도 기억나지 않는다는 말만 되풀이했다. 경찰은 늦도록 근무하던 윤새를 만나러 학교에 온 연아가 괴한으로부터 폭행을 당하고 쫓기다 쓰러진 것으로 추측했다. 이로 인해 학교 경비가 훨씬 강화된 건 물론이었다.

처음에는 절망뿐이었다. 구하지 못했다는 죄책감에 몸부림치며 죽은 듯이 며칠을 보냈다. 오열하고 쓰러지고 원망하고 저주하고 그리워하며, 지훈이 죽은 14년 전에 겪었던 끔찍한 과정을 하나도 빠짐없이 반복했다. 그렇게 한참을 견뎠다.

한 달간의 병가가 끝나갈 즈음, 연아는 겨우 몸을 회복해 출근했고 이제 조금씩 생활감을 찾아가며 마음을 다스리는 와중이었다. 그래도 지훈과 함께 제대로 된 추억을 만들었으니, 그 추억만으로 남은 생을 살아갈 수 있지 않을까 하는…….

아니다. 거짓말. 내가 널 그 속에 남겨두고 어떻게 살아.

가슴이 다시 먹먹해지자 연아는 애써 생각의 꼬리를 잘라냈다.

똑똑.

퇴근 준비를 하고 있으려니 노크 소리가 들렸다.

"연아 씨. 오늘 약속 있어? 한잔 어때?"

상담실 문을 열고 들어온 이는 고 차장이었다. 결혼을 앞둔 새신랑
답게 얼굴에선 번쩍번쩍 광이 났다. 기분이 우울해서 그냥 들어가고
싶지 않았는데, 때맞춰 권해준 번개가 고마웠다.

"아뇨, 없어요. 오랜만에 한잔하러 가죠."

연아는 의아해하는 고 차장을 향해 빙그레 웃으며 재킷을 챙겨 들
었다.

챙ㅡ.

건배와 함께 잔들이 부딪혔다. 모두들 "캬." 소리를 내며 맥주를 목
구멍에 털어 넣었다.

"이햐. 고 차장님 오늘 막 달리시네. 결혼하면 이제 술은 꿈도 못 꿀
테니 오늘 거하게 이별주를 마시겠다 이건가요?"

정 과장이 돼지고기 숙주 볶음을 젓가락으로 집으며 짓궂게 물었다.

"무슨 소리! 하나하고 나하고 어떻게 맺어진 사인데. 바로 이 술이
중매쟁이며 오작교 아니었겠냐. 그런데 결혼하게 됐다고 날름 못 본
척 입 닦으면 안 되지. 자고로 술이란 마누라랑 집에서 오붓하게 먹는
게 최고 아니겠어? 응, 아니야? 내 말이 틀려?"

기차 화통을 삶아 먹은 듯한 커다란 목소리가 술집 안에 쩌렁쩌렁

술렁다.

"내가 못살아."

장하나가 고 차장의 허리를 찔렀지만 눈에는 애정이 듬뿍 묻어났다.

"이봐요. 작작들 좀 합시다."

"아우. 결혼도 안 했으면서 벌써부터 마누라야?"

연아 역시 웃으며 사람들의 짓궂은 말에 맞장구를 쳤다. 시끌벅적한 대화가 이어졌다. 시간이 흐르자 사람들은 두세 명씩 무리를 지어 대화를 나눴다. 고 차장 역시 옆자리에 앉은 연아의 잔에 맥주를 따르며 말을 건넸다.

"연아 씨. 우리 결혼식 때 예쁘게 하고 와. 후배 중에 멀쩡한데 장가 아직 안 간 놈 여럿 있다고."

"파혼한 지 얼마나 됐다고요."

연아가 시큰둥하게 대답했다.

"그게 뭐 어때서? 잘한 거야. 몸에 맞지 않는 옷 억지로 입으면 불편하기만 한데 뭘. 언젠가 찢어지거나 터질지도 모르고. 결혼하고 이혼하느니, 아니다 싶은 마음 들었을 때 용기 있게 잘 관뒀어."

"그런가요? 글쎄요. 요즘은 잘 모르겠어요. 내가 잘살고 있는 건지. 내가 하는 선택이 맞는 건지. 어떻게 살아야 하는지."

"그러게. 요즘 연아 씨 많이 변한 건 인정. 사실 진작부터 물어보고 싶었는데, 연아 씨 얼굴이 말이 아니라 물어보지도 못했어. 파혼 때문에 그런 것 같진 않고, 무슨 일 있었던 거야? 그리고 그 일 때문에 파혼한 거야?"

고 차장은 놀랍도록 촉이 강한 사람이었다. 사람의 내면을 읽어내는 직관과 통찰력 때문에 지금껏 뛰어난 실적을 거양했는지도 몰랐다. 하지만 술김에 안주 삼아 털어놓을 일은 아니었기에 연아는 가만히 고개를 저었다.

"일은 무슨 일이요. 심란한 일도 있고 마음이 답답해서 그렇죠."

"술의 효능이 뭐겠어? 평소에 못 할 말 이렇게 술 마시고 털어놓는 거지."

"털어놓을 것도 없어요. 그냥 그런 일인데요, 뭘."

"그냥 그런 일이 뭔데? 뭐길래 이렇게까지 마음이 안 좋아?"

고 차장이 비스듬히 몸을 틀었다.

"글쎄요, 얘기를 시작하자면 너무 기네요. 간단히 말하자면, 지독히도 후회하던 일을 바로잡으려 했었어요."

"그 지독히도 후회하던 일이라는 게…… 음, 보자."

고 차장은 무언가 생각난 듯 머리를 긁적였다.

"예전에 말한, 그 자식을 피하는 일. 그거랑 관련된 일이야? 저번에 그랬었잖아. 인생에서 가장 후회하는 일이 누군가를 피하지 못했던 일이라고."

연아는 진심으로 놀랐다. 고 차장이 아직도 기억하고 있을 거라곤 생각지도 못했다.

"그걸 기억하고 계셨어요?"

"조금 인상적인 답변이라."

연아는 그때의 기억을 떠올리곤 잠시 헛웃음을 지었다. 그 자식을 피하는 일. 그래, 그땐 그게 인생에서 제일 후회하는 일이었다.

"그러니까 차장님, 그것부터 잘못이었던 거죠. 뭐가 잘못된 건지도

346

몰랐으니까요."

"그럼 지금은 알고?"

"그런…… 것 같아요."

"후회하던 일을 바로잡으려 했는데, 결과가 잘 안 된 모양이네."

"네. 시도하지 않는 게 나았을 정도로 대실패 했어요. 거의 성공할 뻔했다가 실패한 거라 더 애달프고 안타까워요. 그간의 노력도 몽땅 무의미한 일이 된 것 같고."

"그래도 잘못된 걸 알았으니 다행인 거 아닌가? 적어도 노력을 해봤 잖아. 후회는 없을 거 아냐."

"아니요. 후회만 첩첩산중이에요. 만약 이렇게 했더라면, 저렇게 했 더라면, 바로 잡을 수 있었을 텐데, 성공할 수 있었을 텐데. 이런 후회 만 남아 더 비참해졌어요."

얘기를 듣고 있던 고 차장은 맥주를 들이켜고는 테이블을 손가락으 로 톡톡 치며 생각에 잠겼다.

"구체적인 얘기는 하고 싶어 하지 않는 거 같아서 물어보진 않겠는 데, 실패했다고 그게 정말 무의미한 일일까?"

"그럼 아닌가요? 목적한 걸 이루지 못한걸요."

"글쎄, 내 생각은 좀 달라."

"네?"

"인간은 과정을 사는 존재야. 왜냐. 인간의 삶에는 결과라는 게 없거 든. 필연적으로 '죽음'이라는 똑같은 결과를 맞이하게 되니까. 그래서 인간의 삶은 성공과 실패로 재단할 수 없는 거지. '파멸할지언정 패배 하지 않는다.' 알지?"

연아는 알고 있다는 뜻으로 고개를 끄덕였다.

"사투를 벌이다가 빈손으로 돌아온 사람을 과연 패배했다고 말할 수 있을까? 아니, 그는 정말 빈손으로 돌아온 걸까? 난 이렇게 생각해. 그 일 이전의 나와 이후의 나는 다른 나야. 전력을 다했던, 열정을 쏟아부었던 일의 모든 과정. 그건 오롯이 내 것이거든. 그 과정과 변화된 나 자신. 그건 오로지 연아 씨의 것이야. 한 번 무언가를 미칠 듯이 열망하고 그걸 위해 노력해보고, 실패했다 할지라도 그걸 온전히 받아들이고 딛고 서 봤잖아. 한 번 해 본 사람은 다시 또 할 수 있어. 딱 한 번의 경험, 그게 정말 중요한 거거든. 연아 씨는 삶을 이겨내는 힘을 길렀으니 또다시 그런 일이 닥쳤을 때, 지금보다 더 잘 극복할 수 있을 거야."

자신이 무슨 일을 경험했는지 짐작조차 못 할 사람이었지만, 이상하게도 그가 던진 한마디, 한마디가 연아의 가슴에 와 닿았다.

"차장님. 정말 고마워요."

연아는 진심을 담아 말했다.

"내가 주제넘은 말 한 건 아니지?"

멋쩍어하는 고 차장에게 연아는 아니라는 뜻을 담아 그의 잔에 자신의 잔을 맞부딪혔다.

연말을 앞둔 강남역 거리는 온통 들뜬 분위기에 휩싸여 있었다. 알록달록한 불빛들이 곳곳에 장식되어 있었고, 경쾌한 캐럴이 열린 가게 문 사이로 흘러나왔다.

"아우, 날씨 춥다. 저 먼저 들어갈게요!"

"조심히 들어가. 내일 보자고!"

회식이 파하고 거리로 나온 사람들은 제각기 흩어졌다. 일부는 손을 흔들고 지하철역으로 발 빠르게 사라졌고 일부는 2차를 외치며 모여들었다.

연아는 2차 가자는 제안을 거절하며 거리의 인파 속으로 모습을 감췄다. 오후 내내 눈이 내린 터라 길거리는 꽝꽝 얼어붙어 있었다. 이런 날 택시 잡기는 하늘의 별 따기보다 어려웠다. 운 좋게 택시를 잡아탄다 한들 집까지 엉금엉금 거북이걸음을 할 게 빤했다. 집에 갈 방법을 고민하며 잠시 길가에 멈춰 서자 찬바람이 옷자락 사이를 무섭게 파고들었다. 입 밖으로 내뿜은 하얀 입김이 새까만 밤공기 속에 부서졌다. 손이 시려 장갑을 꺼내려 하는데 가방 속에 넣어둔 핸드폰이 울렸다. 윤새였다.

[어디냐? 아우, 오늘 왜 이렇게 추워. 건물 나와서 주차장까지 걸어가다 얼어 죽는 줄 알았어. 아직도 회식 중이야?]

연아가 쓰러진 채 학교에서 발견되어 병원으로 실려 간 후, 윤새의 인내심은 바닥이 났다. 윤새는 대체 무슨 일인지 털어놓으라고 진지하게 화를 냈다. 하지만 며칠간의 냉전에도 연아는 한사코 입을 열지 않았다. 결국 제풀에 꺾인 윤새가 "알았다, 대신 죽기 전에만 말해다오."라며 항복 선언을 했을 때에야, 연아는 미안하다며 고개를 떨궜다. 이후 한 달 정도가 지났지만 윤새는 여전히 불안한지 매일같이 전화해 연아가 어디에서 뭘 하는지 확인하곤 했다.

"이제 집에 들어가고 있어."

[걸어가는 중이야? 오늘 같은 날 얼어 죽어. 얼른 택시 잡아타.]

"강남역이야. 연말이라 그런지 택시 잡기가 하늘에서 별 따기야. 술도 깰 겸 좀 걷고 있어."

[이 날씨에 걷긴 뭘 걸어? 얼른 지하철 타.]

"알았어. 걱정하지 마. 들어가서 연락할게."

[꼭 해야 한다. 나 전화 안 받으면 톡이라도 남겨봐.]

잔소리. 잔소리. 갈수록 이모를 닮아간다. 그래도 애정 어린 잔소리가 마냥 싫지만은 않았다. 연아는 윤새에게 미안하면서도 고마웠다. 떠나버린 이들에 대한 아쉬움 때문에 윤새의 소중함을 잊고 있었지만 한결같이 제 곁에 있어 준 건 윤새 뿐이었다.

짧은 통화였는데도 찬바람을 맞은 손이 그새 얼어붙었다. 마침 맞은 편에서 걸어오던 고등학생 커플이 연아의 어깨를 치고 지나가자, 어설프게 쥐고 있던 핸드폰이 바닥에 떨어졌다.

"으아, 어떻게 해……."

연아보다 먼저, 여자아이가 재빨리 핸드폰을 집어 들었다. 교복 위에 하얀 파카를 입고 분홍색 목도리를 둘러맨 귀여운 인상의 여자아이였다. 여자아이는 핸드폰을 연아에게 건네며 울상을 지었다.

"으이그, 조심하지 그랬어."

여자아이 뒤에서 불쑥 고개를 내민 건, 키가 큰 남자아이였다.

"죄송합니다. 핸드폰은 괜찮은가요? 혹시 긁힌 곳이 있나요?"

남자아이가 정중하게 사과하며 물었다.

"괜찮아요."

무심코 마주 본 남자아이의 얼굴에 연아의 심장이 쿵 바닥으로 떨어졌다. 새까만 눈동자, 길게 찢어진 날카로운 눈매, 날렵한 콧대까지.

"정말 죄송합니다. 너도 뭐 해, 사과 안 하고."

남자아이는 옆에 선 여자아이의 뒤통수를 잡고 고개를 꾸벅하니 숙이게 했다. 여자아이가 "죄송해요." 하며 웅얼거렸다.

"괘, 괜찮아요."

재차 사과를 한 둘은 이내 연아를 스쳐 지나갔다. 장난스레 여자아이를 타박하는 남자아이, 부루퉁한 얼굴로 대꾸하는 여자아이. 두 사람은 서로를 밀치며 툭탁거리더니 곧 다정하게 손을 잡고 인파 속으로 사라졌다.

지훈인 줄 알았다. 이 세상에 없다는 걸 알면서도, 있다 해도 저만한 나이가 아님을 알면서도. 지훈인 줄 알았다.

연아의 눈시울이 붉어졌다. 고작 비슷한 얼굴의 남학생을 본 것만으로도 가슴이 무너졌다. 거리를 오가는 수많은 사람이 연아를 스쳐 지나갔다. 하지만 그 많은 사람 중 꿈에서라도 보고 싶은 얼굴은 어디에도 없었다.

이제 곧 크리스마스인데 축복이 가득한 그 시기에 자그마한 기적이 하나 일어났으면.

연아가 인파 속에 우두커니 선 채 생각에 잠겨 있을 때였다. 저 멀리 누군가가 연아를 바라보고 있었다. 바라던 기적은 아니었지만, 그리운 얼굴이었다.

18. 학교의 침입자

"신기하네. 널 길거리에서 만나다니."

"그러게."

"그동안 단 한 번도, 우연으로라도 마주친 적 없잖아, 우리."

"……"

"사실 우연히 마주칠까 봐 어딜 가든지 주위를 참 많이 둘러보곤 했었는데. 이건 무슨 선물 같다, 크리스마스 선물."

카페 안은 연말이어서 그런지 늦은 시간인데도 사람들로 북적였다. 훈훈한 공기가 돌고 얼어붙은 몸이 녹자 긴장도 함께 녹아내렸다. 눈 앞에는 예전처럼 따뜻한 눈을 한 호윤이 앉아 있었다.

"정말 놀랐어. 이번에도 비슷한 사람인가 싶었는데, 설마 너일 줄이야."

연아는 온기가 남은 커피 잔을 매만지며 낯익은 음성에 귀를 기울였다. 조금 흥분한 듯 한 톤 높은 목소리, 귓가를 감싸고도는 기분 좋

은 울림. 예전 처음 만났을 때도 꼭 이런 모습이었다. 항상 느긋한 그
에게서 좀처럼 듣기 힘든 말투였다.

"늦은 시간인데, 뭐 하고 있었어?"

"회식하고 돌아가는 길이었어."

"넌?"

"나도."

직장인의 애환이라는 동질감에 둘은 마주 보며 웃었다.

"연말인데, 누구 만나는 사람은…… 없고?"

여유로움을 가장하고 있었으나, 끌어 올린 호윤의 입술 끝이 미묘하
게 떨리고 있었다.

"넌?"

"난 뭐, 알잖아. 방송 기자의 삶. 일에 치이다 보니 여자 만날 시간이
어딨겠어? ……넌?"

"난 그냥……."

"너 기분 나쁠지 모르겠는데. 얘기 들었어. 결혼…… 하려다 잘 안
됐다고."

"그렇게 됐어."

흐릿한 기대감이 호윤의 얼굴에 잔잔히 번졌다.

"그럼 지금은 혼자고?"

무심한 듯 던지는 그 한마디에 어떤 감정이 담겨 있는지 이제는 알
았다. 언젠가, 과거로 가기 전 호윤에 대한 감정을 헷갈렸던 적이 있었
다. 우정 이상의 그 감정이 사랑일지도 모른다고, 꽁꽁 닫힌 마음을 열
어줄 사람이 호윤일지도 모른다고 생각했었다. 하지만 다시 보니 분명

하게 알 것 같았다.

"사실 동창회 때 연락할 일 있을 것 같다고 네 핸드폰 번호 물었었
잖아."

다른 마음이었다. 사랑이 아닌, 호감의 연장선으로밖에 봐줄 수 없
는 마음. 같은 상처를 공유하는 유대감. 그리고 상처를 핥아줄 존재에
대한 간절한 필요.

"응."

"가끔…… 연락해도 돼?"

친구이길 바랐다. 시공간을 관통해 우리가 똑같이 그런 의지를 갖고
있다면, 과거에 지지 않고 다시 친구가 될 수 있을 것이라 믿었다. 하
나 내 이기심, 내 욕심일 뿐이다. 똑같은 의지라 생각했던 건 나뿐이었
다.

"친구로라면. 얼마든지."

설핏, 호윤의 눈동자가 흔들렸다. 눈을 가만히 내리깔았다가 뜨며
천천히 연아를 응시했다. 침묵이 두 사람 사이를 갈랐다. 그 사이로 잔
잔한 캐럴만이 흘렀다.

"밥 좀 먹고 다녀. 내가 이렇게 매번 챙겨줘야 해?"

"파혼해. 너 그 사람 사랑하는 거 아니잖아."

"연아야. 이래도 우린 친구인 거야?"

친구였던 시절이 파노라마처럼 머리를 스치고 지나갔다. 변한 현재
속에는 존재하지 않는 혼자만의 기억이었다. 혼자 추억하는 것이 괴로

워 다시 친구가 되려 했다. 하지만 연아는 알 것만 같았다. 어중간하게 붙잡고 있던 호윤을 이제는 정말로 놓아주어야 한다는 걸. 친구가 될지 타인이 될지 미래는 알 수 없지만, 바뀐 기억을 끌어안고 살아야 하는 건 온전히 제 몫이라는 것을.

"그럼, 당연히 친구지."

해묵은, 아주 오래된 감정이 잘려나가는 순간이었다.

둘은 한동안 서로를 마주 봤다. 자신을 바라보는 눈길에서, 연아는 제 뜻이 호윤에게 온전히 전달되었다는 사실을 알 수 있었다. 이제 일어나야 했다. 연아는 자리에서 일어서며 코트를 집어 들었다.

"늦었다. 그럼 난 이만 가볼게."

눈인사를 하고 돌아서려는데 호윤이 다급하게 불렀다.

"아, 맞다. 연아야, 할 이야기가 있어. 너, 그날 지훈이 화재 사건에 대해 알고 싶어 했잖아."

"그날? 동창회 날?"

동창회 날 호윤과 나눴던 대화가 떠올랐다.

"애들한테 뭘 물어보고 있었는데?"

"그날 지훈이의 행적, 그리고 화재가 난 날 체육 창고에서 정확히 무슨 일이 있었는지."

그때 호윤은 고개를 갸웃거리며 생각에 빠진 듯 한참이나 말이 없었다. 잊고 있었는데 그걸 마음에 담아 두고 있었나 보다.

"아, 그건……."

"그래서 말인데, 나 사회부 있을 때 출입처가 마포 경찰서였거든. 친한 형사님들께 그때의 화재 사건에 대해 물어볼 수 있을 거 같은데. 어때, 같이 갈래?"

과거로 갈 수 있는 기회가 남아있었다면 당연히 따라갔을 것이다. 화재가 났던 체육 창고 현장 사진, 스케치를 보는 듯 생생한 묘사와 증언, 수치화된 조사 결과. 이제는 모두 무용한 일이었다. 보면 더 큰 상흔으로 남을 것이 뻔했다.

"글쎄, 시간이 날지 모르겠다. 미안해. 그땐…… 아니다, 잊어줘. 미안해, 호윤아. 그럼 나중에 보자."

호윤은 무어라 몇 마디 더 붙이려 했지만, 빠르게 돌아서는 연아를 보며 남은 말을 목구멍으로 삼켰다.

방학을 맞이한 학교 교정은 고요했다. 연아는 통학로를 따라 걸으며 어둠에 휩싸인 학교 정문을 바라봤다.

왜 또 여기에 왔을까.

이제 더 이상 과거로 갈 수 있는 기회는 없다. 학교에 온들 할 수 있는 일은 아무것도 없었지만 발걸음은 계속 학교를 향했다. 멀찍이서 건물만 바라보다 되돌아가길 벌써 십수 번이었다. 이곳으로 오면 과거로 다시 갈 수 있을 것만 같아서, 매번 절망감에 휩싸여 발걸음을 돌리면서도 학교에 오게 되었다.

연아는 학교 정문으로 이어지는 가파른 길을 올랐다. 귀가 떨어져 나갈 만큼 차가운 바람이 불었지만, 오르막길을 걷다 보니 등에 땀이 축축하게 배었다. 정문은 굳게 잠겨 있었다. 연아는 낮은 담장 너머로 보이는 하얗게 언 등나무 벤치를 바라봤다. 첫눈이 내리면 만나자 했었다.

가슴 한편이 쿡쿡 쑤셔왔다. 꼭 누군가 그곳에 서 있을 것만 같았다.

오늘이 첫눈 오는 날이 아니라 없는 거야?

물어보고 싶었지만 대답해줄 이는 없었다.

매년 첫눈 오는 날이면 이곳에서 만나기로 했잖아.

연아의 눈가가 촉촉하게 젖어들었다. 떠올리려 하지 않아도 머리는 이미 과거의 어느 날을 끄집어내고 있었다.

"얼른 집에 가자니까. 감기 몸살까지 걸린 애가 뭘 어쩌겠다고 여기 있자는 건데."

코끝이 빨개진 지훈이 투덜거렸다.

"첫눈 오는 날이잖아."

"그래서 만났잖아. 그럼 된 거 아니야?"

"그냥 만나서 얼굴도장 찍고 땡이야? 그러려고 내가 만나자고 했겠어?"

"그러면 뭐?"

"하여간 분위기는 쥐뿔도 없지. 내가 너한테 뭘 기대해."

"흐음."

연아가 볼멘소리로 투덜거리자, 지훈이 입가에 능글맞은 미소를 띠었다.

"왜?"

"역시."

"뭐가?"

"첫눈 오는 날, 첫 키스 하는 게 꿈이라고 하더니."

"너 죽을래? 그런 거 아니라니까!"

"알았어, 알았어."

지훈은 연아의 주먹을 가뿐하게 막아내며 킬킬댔다.

"이리 와. 아우, 춥다."

토라진 연아를 끌어당겨 품에 안았다. 연아는 잠시 버둥거렸지만 진심이라곤 손톱만큼도 없는 행동이었다.

"가만히 좀 있어."

지훈이 한 번 더 힘주어 연아를 안았다. 귀를 울리는 규칙적인 심장 소리에 연아는 마음이 녹아내렸다. 눈을 감고 안온함에 취해 있으려니 지훈이 연아의 정수리 위에 턱을 올려놓았다.

"키 큰 거 자랑해? 죽을래?"

"가만있어 봐. 따뜻해서 좋다."

지훈은 다시 힘주어 꼭 안거나 뺨으로 머리를 비비기도 했다. 사랑스러워 어쩔 줄 모르겠다는 그의 감정이 고스란히 느껴졌다. 살을 에는 듯한 바람에도 맞닿은 가슴으로 온기가 전해져 가슴까지 따뜻해졌다.

"좋다."

"그치? 나도 좋아."

"우리 첫눈 오는 날마다 여기서 만날까?"

지훈의 말에 연아가 고개를 들었다.

"진짜? 추워서 싫다며?"

"아냐. 다시 생각해보니 괜찮을 거 같아. 우리 첫눈 오는 날마다 여기서 만나자."

"첫눈 오는 날은 하루잖아."

"멍충아. 그러니까 내년에도, 내후년에도, 그리고 그다음 년에도 계속 여기서 만나자는 거지."

"만약 우리가 헤어지고 각자 다른 사람이랑 결혼한다면?"

사나운 표정의 지훈이 턱으로 연아의 정수리를 내리찍었다.

"아얏."

"이게 죽을라고."

"아프다고."

"그래도 만나."

"그래도?"

"응, 무조건. 무조건 매년 첫눈 오는 날에는 여기서 만나는 거야. 알겠지?"

"헤어져도?"

"그럴 리는 없겠지만, 응."

"다른 사람이랑 결혼해도?"

"그럴 리는 없겠지만, 응."

"죽어도?"

"응. 무조건 만나는 거야. 알겠지?"

"알았어. 무조건 만나."

"약속 지켜. 안 그러면 옆에서 평생 괴롭힐 거다."

지훈이 간지럼을 태우자 연아가 꺄르르 웃음을 터뜨렸다. 약속을 안 지키는 대가가 고작 간지럼뿐이었다.

그래, 평생 만나자. 첫눈 오는 날이면 이곳에서.

거짓말쟁이. 지키지도 못할 거면서. 첫눈이 오는 날에도, 첫눈이 온 다음 날에도, 그다음 날에도 이곳에 왔어. 난 약속 지켰어. 약속을 어긴 건 너야.

연아는 빈 등나무 벤치를 바라보며 원망의 말을 속으로 삼켰다. 떨어지지 않는 발걸음을 억지로 잡아떼며 돌아서는 찰나, 운동장에서 거무스름한 형체 하나가 획, 하고 스쳐 지나갔다. 연아는 잘못 본 건가 싶어 눈을 가늘게 뜨고 운동장을 살폈다. 분명 사람이었다. 검은 인영은 빠르게 운동장 외곽으로 향한 뒤 연아가 늘 넘던 담벼락 아래 섰다. 그러곤 익숙한 몸놀림으로 담벼락에 올랐다. 연아는 마른침을 삼키며 검은 인영에게서 시선을 떼지 않았다.

'누구지?'

자정이 지난 시간이었다. 담을 넘어서 학교를 오갈 만한 사람은 없었다. 윤새는 얼마 전, 늦은 밤 학교에 누군가 침입하는 바람에 한바탕 소동이 일어났다고 했었다.

'침입자?'

연아는 정문을 빙 둘러 학교 담벼락을 따라 걸었다. 겨울이라 담장 주변의 나무들이 온통 헐벗어 담 위에 올라선 검은 인영의 모습이 고스란히 드러났다. 연아는 좀 더 빠르게 뛰기 시작했다. 침입자의 모습이 눈에 익었기 때문이었다. 이윽고 침입자가 담을 넘어 바닥으로 뛰어내렸다. 침입자는 아무도 없다 생각했는지 손을 털고는 허리를 곧추세웠다. 새파란 달빛이 침입자의 얼굴을 비췄다.

"여, 여기서 뭐 하는 거예요?"

왜…… 여기에.

침입자가 뒤돌아섰다.

정혜였다.

"대체 여긴 왜 온 거예요?"

정혜의 뒤를 바짝 쫓으며 연아가 물었다.

"지나가던 길이었어."

"지나가다 학교에 왔다고요? 선배 아까 학교 건물에서 나오는 거 봤어요."

잠시 멈칫하는 기색이었으나 정혜는 걷는 속도를 줄이지 않았다.

"12번의 기회는 다 썼으니 이제 학교에 올 이유 따윈 없잖아요."

"……."

"선배!"

연아가 정혜의 어깨를 붙잡았다. 피하려는 듯 한사코 빠르게 걷기만 하던 정혜가 걸음을 멈추고 돌아봤다.

"알 거 없잖아? 이제 우리 볼일도 없고."

차가운 표정만큼 날 선 말투였다.

"선배, 혹시 나한테 감추는 거 있어요? 무슨 이유로 왔냐고요!"

"넌? 너도 왔잖아. 난 왜 오면 안 되는데? 나도 볼일 있어서 온 거야."

"난 지훈이랑 했던 약속이 생각나서 온 거예요. 선배는요? 선배는 무슨 이유 때문이에요?"

불안과 기대로 이상하게 가슴이 떨렸다. 자신이 생각하는 이유 때문이 아니겠지 하면서도, 그 이유이길 바랐다.

"너야말로 왜 이래? 내가 학교에 오든 말든 네가 무슨 상관이야? 우리 이제 볼일 끝난 거 아니야? 게다가 네가 무슨 자격으로 나한테 이러는 건데?"

정혜가 빽 소리를 질렀다. 분노를 가장한 불안이 전해졌다. 무언가를 감추고 있다는 사실이 명백했다.

"맞아요. 나 자격 없어요. 선배의 시간 여행의 끼어든 방해자일 뿐이니까. 그래도……."

'그래도'는 무슨. 그래도 뒤에 나올 말 따윈 없었다. 정혜의 말대로 자신은 그녀의 시간 여행에 자격 없이 끼어든, 무임승차자일 뿐이니까.

싸늘한 침묵이 흘렀다. 둘 다 말없이 서로를 노려봤다. 설마 하는 마음으로 먼저 침묵을 깬 건 연아였다.

"선배. 설마…… 과거로 가려고 했던 거예요?"

"……."

"아직 기회가 더 남아있는 거예요?"

맞구나. 미묘하게 일그러지는 정혜의 표정이 질문에 대한 답이었다. 준비된 상황이라면 태연하게 거짓말을 할 수도 있었을 것이다. 하지만 갑작스럽게 맞닥뜨린 상황에 정혜의 당황한 속마음이 고스란히 노출되어버렸다.

"너랑 상관없는 일이야."

스산한 바람이 둘 사이를 가르며 불어왔다. 정혜는 연아의 손을 떨쳐낸 후 성큼성큼 걸어갔다. 길거리에는 넋 빠진 얼굴을 한 연아만이 덩그러니 남았다.

기회가 더 남아있다. 과거로 갈 수 있는 기회.

부리나케 업무를 마친 연아는 퇴근하자마자 학교로 향했다. 그리고 버스에서 내려 윤새에게 전화를 걸었다.

"어디야?"

[학교. 수위실 앞이야. 넌 어디?]

"이제 내렸어. 5분 있으면 도착해."

[그런데 그걸 꼭 봐야겠어?]

수화기 너머로 윤새의 못마땅한 목소리가 들렸다. 요즈음 연아가 가장 미안한 사람은 윤새였다. 고등학교 시절부터 서로의 생리 주기마저 꿰고 있을 만큼 숨길 게 없는 사이였는데, 자꾸만 윤새에게 거짓말을 하게 되었다. 오늘 역시 마찬가지였다. 연아는 CCTV를 확인하기 위해 윤새에게 한 달 전 일을 직접 눈으로 봐야겠다는 얼토당토않은 핑계를 댔다.

"봐야지. 꼭 내 눈으로 확인하고 싶어."

윤새는 연아가 학교로 오는 것조차 마뜩잖아 했지만 결국 연아의 고집에 백기를 들었다.

[알았어. 지금 경비 아저씨 식사하러 가셨으니까. 빨리 와.]

항상 져주기만 하는 윤새에게 무척 미안했지만, 그렇다고 CCTV를 보려는 이유를 사실대로 말할 수도 없었다.

정말로 죽기 전엔 꼭 얘기해줄게.

연아는 핸드폰을 주머니 속에 깊숙이 집어넣으며 오르막길을 올랐다. 수위실에 도착하니, 윤새는 의자에 앉아 핸드폰 게임을 하고 있었다. 수위실 책상 위에는 커다란 모니터 화면이 여러 개 놓여 있었고, 화면 안에는 9등분으로 작게 분할된 화면들이 떠 있었다.

"너 근데 CCTV 작동법은 알아?"

핸드폰에서 시선을 떼지 않은 채 윤새가 물었다.

"은행에서 허구한 날 보는데 뭘."

연아는 은행에서 시재 사고가 일어날 때마다 CCTV를 돌려보곤 했다. 같은 제품은 아니지만 기본 원리는 동일하니 작동법은 비슷할 것이다. 연아는 책상 앞에 앉아 마우스를 손에 쥐었다. 행여나 윤새가 쳐다보진 않을까 조바심이 났지만 윤새는 핸드폰 게임에 정신이 팔려 있었다.

연아는 본관 건물 뒤편을 비추고 있는 카메라 화면을 확대하고 날짜를 일주일 전으로 돌렸다. 낮 시간은 빨리 감기로 돌려버리고 밤 11시부터 12시 사이만 빠른 배속으로 재생했다. 윤새는 일주일 전 자정 무렵 학교에 누군가가 침입했다고 했는데, 연아는 그 침입자의 모습을 확인해야만 했다. 학교에서 정혜를 다시 만난 건 3일 전이었다. 정혜는 그전에도 몇 번이나 학교에 왔었던 게 분명했다. 대체 언제부터 다시 학교에 왔던 걸까.

새까만 화면 속은 여전히 아무런 움직임이 없었다. 화면 구석에 있는 시계는 휙휙 빠르게 넘어갔지만 화면은 고정된 듯 그대로였다. 그러다 일순간 거무스름한 형체가 나타났다 사라졌다. 연아는 영상을 되감았다. 일주일 전, 밤 11시 40분이었다. 까만 옷을 입고 모자를 쓴 누군가가 본관 건물 뒤편으로 살그머니 다가갔다. 뒷문이 잠긴 걸 확인하고는 열려 있는 1층 창문 손잡이를 붙들었다. 이내 뭔가에 화들짝 놀라더니 재빨리 달아났다. 마우스를 움켜쥔 연아의 손이 떨렸다.

종종 사건 사고를 다루는 시사 프로그램에서 제보를 해달라며 화질 나쁜 CCTV에 찍힌 범인의 모습을 보여줄 때가 있었다. 당시 연아는 저렇게 나쁜 화질에, 얼굴도 제대로 찍히지 않은 영상으로 어떻게 범인을 알아볼 수 있을까 생각했다. 그때는 몰랐다. 그 영상은 이미 범인을 알고 있는 사람들을 위한 것임을.

까만 옷차림, 깊이 눌러쓴 모자. 윤새가 봤다면 화면에 잡힌 학교의 침입자가 누구인지 짐작도 못 했을 것이다. 하지만 연아는 알 수 있었다. 익숙한 걸음걸이, 익숙한 체형. 학교의 침입자는 정혜였다.

"뭐? 바로 간다고? 저녁이나 먹고 가지."

"저녁에 볼일 있어. 내일 먹자."

연아는 윤새에게 급한 볼일이 생겼다고 변명한 뒤 학교를 빠져나왔다. 머릿속에서 정돈되지 않은 생각들이 잠자리 떼처럼 정신 사납게 윙윙거렸다. 연아는 핸드폰을 꺼내 호윤에게 전화를 걸었다.

[어…… 연아야?]

생각지도 못한 연락이었는지 호윤은 의아한 목소리였다.

"호윤아. 이렇게 갑자기 전화해서 미안해. 물어볼 게 있어서."

[뭔데?]

"너 선도부 선배 중에 정재용이라고 알지? 그 사람이 아마 김정혜란 사람에 대해 알고 있을 거야."

연아는 한창 13번째 계단 학교 괴담을 조사하던 때의 기억을 끄집어냈다. 그때 자신은 윤새와 호윤을 통해 괴담의 갖가지 버전을 수집했다.

"혹시 13번째 계단에 대한 괴담…… 정확히 알고 있는 사람이 있을까?"

당시 호윤은 이렇게 얘기했다.

[네 말대로 선도부 선배한테 물어봤거든. 정재용 선배, 기억하지? 우리보다 한 학년 위였던. 그 선배 버전은 또 다르더라고. 근데 그 선배가 좀 이상한 얘길 하더라.]

"이상한 얘기?"

[응. '얼마 전에도 누가 이거 물어보던데 요즘 유행이야?' 이러던데?]

"누가 물어봤대?"

[글쎄, 그거야 나도 모르지.]

정재용에게 학교 괴담에 대해 물었던 인물은 정혜임이 틀림없었다. 그렇다면 정혜가 처음 과거로 간 시점 역시 자신과 비슷할 것이다. 추측이 맞다면 정재용이란 선배는 괴담에 대한 이야기를 주고받을 만큼 정혜와 가까운 사이임이 분명했다.

[김정혜? 글쎄…… 물어봐야 할 것 같은데.]

"혹시 정재용 선배한테 전화해서 김정혜에 대해 물어봐 줄 수 있어? 어느 대학에 들어갔고 어떻게 지냈으며 지금 무슨 일을 하고 있는지."

[응, 알았어. 물어볼게.]

"부탁할게. 되도록 좀 빨리. 아니 혹시 지금 물어봐 줄 수 있어?"

[급한 일인가 보네. 알았어. 내가 바로 전화해볼게.]

"고마워."

[아냐, 뭘.]

연아가 전화를 끊으려 한 그때였다.

[아, 연아야. 내일 저녁에 전에 말했던 그 형사님들하고 만나기로 했는데, 혹시 같이 안 갈래? 저번에 묻긴 했지만 생각이 바뀌었나 싶어서.]

"미안……. 내가 동창회 때 괜한 말을 했나 보다. 너만 귀찮게 만들었네. 안 그래도 되는데."

[아냐. 괜찮아. 난 혹시 너한테 도움이 될까 싶어서.]

두 번이나 거절하는 게 미안했지만 형사를 만나러 갈 시간은 없었다. CCTV 화면을 보고 난 후 의심은 확신으로 바뀌었다. 더 이상 확인할 것도 없었다. 정혜는 그간 몇 번이나 학교에 침입하려 했다.

그 말인즉슨 기회가 아직 남아있다는 것. 기회가 몇 번이나 더 남아있는지 먼저 알아야 했다.

연아는 학교를 나오자마자 보이는 카페 안에 들어가, 커피를 시키고 자리를 잡았다. 초조함에 손톱을 물어뜯으며 테이블 위에 올려둔 핸드폰을 노려봤다. 시간은 더디게만 흘렀다. 30분 정도가 지났을까, 핸드폰이 웅웅 진동했다.

"여보세요? 호윤아."

[어, 어. 진짜 급한 일인가 보네. 이렇게 빨리 받을 줄은 몰랐어.]

"알아봤어?"

[네 말대로 정재용 선배는 김정혜란 사람이랑 같은 반이었어. 지금까지 간간이 연락한다고 하더라고.]

"그런데 뭐래? 김정혜 선배, 지금은 뭐 한데?"

[법대 졸업하고 꽤 오랫동안 사시 준비하다가 결국 변호사가 되긴했는데, 요새 변호사도 힘들잖아. 로펌도 못 들어가고 수입이 없어 오랫동안 힘들었다더라고. 한참 동안 잠수를 타서 소식을 모르다가, 2년 전쯤 간신히 연락이 닿았는데 공무원 준비한다고 했었대.]

호윤의 이야기가 현실감 없이 귓가를 맴돌았다. 마지막으로 과거에 다녀온 후, 지훈을 구하지 못했다는 자괴감에 빠져 정혜의 인생은 어떻게 변했는지 신경 쓰지 못했다. 그저 수능을 보고 왔으니 잘 봤겠지 법대에 들어가서 원하던 대로 성공적인 인생을 살고 있겠지, 막연하게만 생각했다.

"그리고 또?"

[결혼은 아직 안 한 것 같다…… 그 정도. 정재용 선배 연락처 가르쳐줄까? 네가 직접 전화해볼래? 아니면 내가 정재용 선배한테 김정혜란 사람 연락처 물어볼까?]

"아냐. 그 정도면 충분해. 고마워, 호윤아. 정말 정말 고마워."

전화를 끊고 나니 정신이 또렷해졌다. 왜 정혜가 거짓말을 했는지 이유를 알 것 같았다. 마지막 기회라 거짓말을 하고 한 번의 기회 정도는 양보한 뒤, 자신을 시간 여행에서 완전히 배제 시키고 싶었을 것이다. 다시는 따라 들어오지 못하도록, 방해하지 못하도록, 혹시나 바뀐 과거가 마음에 들지 않으면 다시 바꿀 수 있도록 몇 번의 기회를 감춰 놨던 게 분명했다. 하지만 자신이 학교에서 쓰러진 채 발견되는 바람에 세콤 시간이 당겨지며 학교 경비도 강화되어 버렸다. 그 때문에 정혜는 기회가 남아있음에도 불구하고 과거로 갈 수 없게 된 것이다.

연아는 무언가를 결심한 듯, 자리를 박차고 일어났다. 머릿속에서 해야 할 일들이 차례대로 정리되었다.

쉽지 않겠지만, 한번 부딪쳐봐야 했다.

19. 마주한 진실

낡은 아파트 단지 안에는 말라비틀어진 낙엽들이 버석거리며 나뒹굴었다. 파카를 입고 목도리를 둘러맸지만 옷자락 사이로 찬바람이 숭숭 드나들었다. 전화는 소용없어진 지 오래였다. 자신이 정혜라도 방해자의 전화 따위 받지 않을 것이다. 얼마나 더 기다려야 하나, 얼어붙은 발가락을 꼼지락거리는데 저 멀리에서 몸을 잔뜩 움츠린 채 종종걸음으로 다가오는 정혜의 모습이 보였다.

"선배, 얘기 좀 해요."

출입문까지 다가온 정혜가 연아를 알아보고 얼굴을 구겼다.

"너 정말 징글징글하다. 난 할 말 없거든."

연아는 지나치려는 정혜를 붙들었다.

"기회, 몇 번이나 더 남은 거예요?"

남의 피를 빨아먹으며 제 살을 찌우고서도 떨어져 나갈 줄 모르는 찰거머리. 남에게 기생하지 않고서는 연명하지 못하는 기생충.

"너 정말 왜 이렇게 뻔뻔해? 한 번 양보해줬잖아. 날 더러 뭘 어떻게 더 하라고."

"혹시 몇 번 더 남았다면…… 한 번만, 나 진짜 한 번만 더 도와줘요. 다른 일도 아니고 사람 살리는 일이잖아요."

그럼에도 부탁하는 수밖에 없었다. 애원하는 수밖에 없었다. 열쇠를 쥐고 있는 건 정혜였다.

"한 번만 더? 한 번만 더라고 했니? 그래, 이렇게 된 김에 솔직해질 게. 나 너한테 거짓말한 거 맞아. 내가 너에게 양보했던 기회, 그거 마지막 아니었어. 그런데 한 번 더 양보할 수는 없어. 왜냐고? 이제 정말 한 번밖에 안 남았거든."

마지막 기회. 정혜를 붙든 연아의 손이 스르륵 떨어졌다. 얼마 남지 않았을 거라고 짐작하고 있었으나 설마 한 번일 줄이야.

"마지막으로 한 번 남았다고요?"

"그래. 그런데 그걸 양보해달라고? 너 미친 거 아니니? 내가 그동안 너한테 얼마나 방해를 받았는데. 그걸 알면서도 네가 절박해 보여서 한 번 양보까지 해줬어. 그런데 마지막 기회를 양보해달라고? 무슨 애가 이렇게 뻔뻔하고 염치가 없어?"

"알아요. 뻔뻔스럽죠. 정말 철면피가 따로 없죠. 남의 시간 여행에 들러붙어 기생하는 거머리처럼 보이겠죠."

연아의 자기 비하적 발언에 정혜는 입을 다물었다. 그렇게까지 생각하진 않았다. 자꾸만 안쓰러운 마음이 튀어나오려 했다.

처음 정혜는 정체를 알 수 없는 방해자에게 화가 나고 짜증이 났다. 다음에는 누구인지 궁금했고 어떻게 치워버려야 하나 싶은 마음뿐이었다. 하지만 만나고 보니 정작 당사자는 자신이 시간 여행의 방해자인 줄도 모르는 맹탕이었다. 시간 여행을 하는 이유를 듣고는 안타깝고 불쌍한 마음도 들었다.

사실 정혜는 연아를 만난 이후 동창들에게 연아와 지훈에 대해 캐물었다. 그때 들은 사연이 가슴 아프고 애틋해, 양보한 기회로 연아가 지훈을 꼭 살려냈으면 싶었다. 하지만 아무리 동정심이 든다고 해도 타인의 불행이 자신의 불행보다 우선하지는 않았다.

"알면 이런 짓 하지 마. 네가 뭐라고 해도 난 양보할 마음 없어."

정혜는 다시 모질게 마음을 먹었다.

"이번에 과거로 가면…… 언제로 가려는 거예요?"

'너랑 상관없는 일이다.'라며 모질게 못 박으려 했지만, 적어도 연아는 이 얘기 정도는 들을 자격이 있었다.

"12월 12일. 수능 특차 원서 넣는 날로. 이번엔 법대 말고 경영학과 넣으려고."

"……왜요?"

"의대도, 법대도 아니었어. 경영학과에 가면 직업 선택의 폭이 넓어질 거 같아서. 적어도 졸업하면 취직 걱정 안 하고 대기업에 입사할 수 있겠지."

"그러면 이번에는 실패하지 않을 자신은 있고요?"

정혜의 눈빛이 흔들렸다. 그녀가 무엇을 두려워하는지 연아는 정확히 꿰뚫고 있었다. 정혜는 실패한 인생의 원인을 잘못된 대학 선택에서 찾았다. 이과가 아니라 문과를 갔더라면, 의대가 아니라 법대를 갔더라면. 하지만 과거를 바꾸어도 여전히 원하는 인생을 살지 못했다.

이번이 대학을 선택할 수 있는 마지막 기회다. 경영학과를 가면 성공한 인생을 살 수 있을까. 원하는 삶을 살게 될까. 인생이 실패한 이유가 뭘까. 정말 대학 선택을 잘못해서일까. 아니, 애초에 지금의 인생이 과연 실패한 것일까. 만약 그게 아니라면, 시간 여행으로 엉뚱한 것들을 바꾸고 있는 것일지 모른다. 시간 여행을 하는 내내 이런 불안감이 정혜의 가슴 속에 차곡차곡 쌓이고 있었다.

"무슨 말을 하고 싶은 거야?"

"이번에 과거로 가서 대학을 바꾼다 해도 상황은 똑같을 수도 있어요. 아니, 더 나빠질 수도, 더 후회하게 될 수도 있다고요."

"이번엔 성공할 거야."

"그건 선배 생각이죠. 저번에 문과로 수능 봤을 때도 마찬가지였잖아요. 법대만 간다면 성공한 인생을 살 수 있을 거라 확신했죠. 그런데 아니잖아요."

"이번엔 다르다고."

"선배 인생이 이렇게 된 거!"

연아가 목소리를 높였다.

"그거…… 진짜 대학 선택을 잘못해서 그런 거예요? 정말 그 이유가 맞느냐고요."

연아가 쏟아낸 말이 비수처럼 정혜의 가슴을 찔렀다.

"그건 너도 마찬가지 아니야? 내가 백번 양보해서 다시 화재 사건이 난 날로 돌아간다 치자. 그러면 넌 성공할 수 있어? 너야말로 마지막 기회인데 그 애를 구하지 못했다는 죄책감에 더 괴로운 인생을 살게 될 수도 있어."

"구하지 못해도 할 수 없어요. 하지만 지훈이를 구하기 위해 전 제가 할 수 있는 최선을 다했어요. 마지막에도 구하지 못한다면…… 그땐 받아들일 거예요. 그리고 감사하면서 살 거예요. 다시 지훈이를 만나게 된 것, 많은 오해를 풀게 된 것, 그리고 그 애와 좋은 추억을 더 많이 만든 것."

"그 마음, 지금도 가질 수 있어. 그렇게 생각할 거면 왜 굳이 다시 실패할지도 모르는 일을 하려고 하는 거야? 지금 그냥 받아들여. 지훈이와 좋은 추억을 만든 것에 감사하면서 살라고. 넌 이미 실패했어. 운명으로 받아들이고 네 살길 찾아."

"아니요, 선배. 그전까지 최선을 다할 거라고 말했잖아요. 아직 한 번의 기회가 남았어요. 전 지훈이를 살리기 위해 마지막의 마지막까지 최선을 다할 거예요. 지금 이렇게 선배한테 구걸하는 것도 그 최선을 다하는 일에 포함돼요. 뭐든지 다 할 거예요. 엎드려 개처럼 기라고 하면 길게요. 돈을 달라고 하면 전 재산 다 드릴게요. 정말 끝, 완전한 끝이 올 때까지 최선을 다할 거예요. 그래도 안 되면…… 그땐 받아들일 거예요. 쉽지 않겠죠. 정말 고통스러운 일이겠죠. 하지만 전 받아들일 각오가 되어 있어요."

"……."

"선배는요? 선배는 그런 각오, 되어 있어요?"

누가 더 절박한가. 누가 더 분명한 목적을 가지고 있는가. 누가 더 마지막 실패를 받아들일 각오를 하고 있는가. 정혜 자신도 그에 대한 답을 알고 있었다. 하지만 시간 여행의 기회는 더 절박한 이에게 주어지지 않았다. 선점한 이에게 그 문이 먼저 열렸다. 부당하지만 어쩔 수 없는 일이다.

"그런 각오 따위가 나 무슨 상관이야. 더 많은 각오를 한 사람이 시간 여행의 주인이 되는 게 아니잖아? 네가 더 절박하고, 더 각오가 단단하다는 건 알아. 하지만 어찌 됐건 시간의 주인은 나고, 너에게 양보할 생각 따위 없어."

이 말은 정혜가 스스로에게 하는 말이나 다름없었다.

최선을 다한다고? 나도 마찬가지야. 나도 내 인생을 바꾸기 위해 최선을 다하고 있는 거라고. 경영학과에 가도 실패한 인생이 바뀌지 않는다면, 나도 받아들이면 되잖아. 이 시궁창 같은 인생이, 뭘 해도 계속 실패만 하는 인생이 내 인생이다, 인정하면 되잖아.

정혜는 흔들리는 마음을 다잡고 차갑게 뒤돌아섰다.

"선배."

연아가 정혜의 손을 붙들었다.

"이거 놔."

"11월 15일로 되돌아가서…… 12월 12일까지 과거에서 버티면 되잖아요. 그래서 경영학과에 원서 넣으면 되잖아요."

"한 달이나? 너 잊었어? 난 그러면 현재에서 한 달이라는 시간이 통째로 사라져. 게다가 이번엔 또 무슨 변수가 있을 줄 알고? 너랑 나랑 실수로라도 연결이 되면 현재로 소환되는데. 또다시 그런 변수가 없으리라 어떻게 장담하는데? 난 이번에 가면 12월 12일, 당일로 갈 거야. 그리고 바로 다시 현재로 돌아올 거야."

정혜는 매몰차게 쏘아준 후 아파트 출입문을 열었다. 이번에는 연아도 붙잡지 않았다.

정혜는 단호했다. 전화를 걸어도 받지 않았으며 집으로 찾아가도 만나주지 않았다. 벌써 일주일째, 연아는 밤마다 학교 담 아래를 지키고 있었다. 이따금 나타난 정혜는 연아를 차갑게 쏘아보고는 주위를 빙빙 돌다 집으로 돌아갔다. 팽팽한 신경전에 하루하루 피가 말랐다.

자신의 절박함을 정혜가 알아주길 바랐다…… 아니, 거짓말.

연아는 매일 정혜가 마지막 기회를 쓰지 못했다는 걸 확인하고 나서야, 비로소 안심하고 잠이 들 수 있었다. 침입 사건 이후로 학교의 경비는 강화되었고 야자와 세콤 시간은 10시 반으로 앞당겨졌다. CCTV도 추가로 설치했다 했으니 예전처럼 한밤중에 학교 안에 들어가기란 사실상 불가능했다. 연아에게는 다행인 일이었다.

어느덧 퇴근 시간이 다가왔다. 연아는 PC를 종료하고 책상 위 서류들을 정리했다. 우웅, 우웅, 하는 진동 소리에 핸드폰을 보자 액정에 생각지도 못한 이름이 떠 있었다.

"지용이?"

[누나. 잘 지내셨죠?]

"그럼. 너도 잘 지냈어?"

[그럼요. 그날 감사했다고 인사드리려 전화했어요. 저도 와이프도 처음이라 당황했는데 도와주셔서 정말 감사했어요.]

지용의 대답에 연아는 지용의 와이프가 출산했다는 사실을 떠올렸다.

"아기는? 와이프도 건강하고?"

[네. 누나 덕분에 모두 건강해요.]

"다행이네. 정말 축하해."

[조리원에 있다가 집으로 왔는데, 한번 놀러 오시겠어요? 와이프도 고맙다고 저녁 식사라도 대접하고 싶다던데.]

지훈의 집이라……. 선뜻 좋다는 대답이 나오진 않았다.

[사실 줄 것도 있고요.]

계속된 설득에 지용의 호의를 무시하긴 힘들었다. 그리고 한 번쯤, 한 번쯤은 그 집에 다시 가보고 싶었다.

"좋아. 언제 갈까?"

오늘도 좋다는 지용의 말에 연아는 퇴근 준비를 서둘렀다.

택시를 타고 방배동 서래마을 주택가에 도착하니 지용이 마중 나와 있었다.

"누나, 여기예요!"

"와이프는 어쩌고 나와 있어?"

연아는 기저귀를 선물로 건네며 지용을 따라 집 안으로 들어갔다. 기다리고 있던 지용의 와이프와 축하와 감사의 인사말을 주고받은 후 연아는 거실로 안내받았다.

"그때도 느꼈지만 정말 변한 게 없구나."

한결 여유가 생긴 연아는 집 안을 찬찬히 둘러봤다.

"그렇죠? 아버지가 내부를 바꾸는 걸 안 좋아하셔서요. 옛날이랑 똑같죠?"

예전 지훈을 따라 자주 왔던 곳이었다. 변함없는 모습을 보니 시간이 흐르지 않고 고인 것 같은 느낌이 들었다.

"정말 그러네."

"형 방도 그대로예요."

연아의 얼굴이 굳었다.

"2층 오른쪽 방이지?"

"보고 싶어요? 사실…… 이제 형 방도 정리할 거라서."

지용은 지훈의 그림자가 짙게 내려앉은 집에서 생명의 탄생을 맞이했다. 이제는 죽은 형에 대한 추억을 가슴에 묻은 채, 새로운 생명과 함께 새로운 추억을 쌓으며 살아갈 것이다. 어쩌면 오늘의 초대는 고맙다는 인사와 함께 지훈의 흔적을 마지막으로 만나게 해주려는 지용의 배려인지도 몰랐다.

연아는 지용을 따라 2층 계단을 올랐다. 복도에 서자, 굳게 닫힌 오른쪽 방문이 보였다. 연아가 주춤하는 사이 지용이 방문을 열고 불을 켰다.

"예전 그대로예요. 부모님도 이 방은 못 치우셨거든요."

연아는 방 안으로 천천히 발을 내디뎠다. 모든 것이 그대로였다. 오른쪽에 자리한 원목 프레임의 싱글 침대. 회색과 파란색 체크무늬 침구와 베개. 왼쪽 벽면 하나를 가득 채운 책상과 책장. 빽빽하게 꽂혀 있는 책과 교과서, 노트들, 〈슬램덩크〉 만화책까지. 책상에는 지훈이 방금 전까지 숙제를 하고 있었던 것처럼 노트와 샤프가 아무렇게나 놓여 있었다. 지용의 앞에서 울지 말아야지 생각했건만 울컥 치밀어 오르는 감정에 눈가가 젖어들었다.

방 안의 물건들은 오래도록 돌아오지 않는 주인을 기다리는 듯 모두 얌전히 제자리를 지키고 있었다. 곳곳에 지훈의 환영이 어른거렸다. 침대에서 뒹굴며 만화책을 보는, 책상에 앉아 문제집과 씨름을 하는 지훈의 모습이 눈앞에 나타났다 사라졌다. 지용은 연아가 감정을 추스를 때까지 기다린 뒤 책장 서랍에서 작은 상자 하나를 꺼냈다.

"이거, 누나는 모르는 거죠?"

지용이 뚜껑을 열었다. 상자 안에는 편지와 사진들이 가득했다. 가만 보니 편지와 사진들뿐만이 아니었다. 종이 쪽지, 핸드폰, 지우개, 샤프, 머리띠 등 자잘한 잡동사니들도 잔뜩 있었다.

"형이 모아둔 거예요. 누나랑 관련된 물건들인 것 같은데…….."

생일 선물이랍시고 주었던 싸구려 샤프, 공부할 때 씌워주었던 앞머리 방지용 머리띠. 얼마 전 돌아간 과거에서 지훈의 집 우편함에 넣었던 사과 편지까지. 모두 별거 아닌 것들이었다.

우글쭈글한 편지를 펼치자 얼마 전 자신이 지훈의 집 앞에서 추위와 싸우며 써 내려간 글씨가 빗물에 번져 있었다. 자신에게는 한 달 전 일이건만, 편지는 14년이란 세월을 훌쩍 지나 있었다.

"별걸 다 모아놨어."

연아는 편지를 접어 다시 상자에 넣었다. 가슴속에서 폭풍우가 휘몰아쳤다.

이까짓 게 뭐라고. 이런 것도 다 추억이라고 모아놓은 바보 같은 놈.

"이 방, 곧 치울 거라서……. 이건 누나한테 주려고."

지용의 눈가가 붉어졌다.

"제가 잘못 생각한 건 아니죠? 형을 가장 많이 기억해주는 사람이 가져갔으면 싶었어요."

"고마워. 정말 고맙다. 그날 일로 나 원망도 많이 했을 텐데."

"아뇨. 저번에도 얘기했지만 그런 적 없어요. 제 자신을 원망했지, 누나 탓이라고 생각한 적 없어요. 그때 형이 날 구하느라 팔만 안 다쳤어도……. 아, 맞다."

무언가 생각난 듯 지용이 말을 멈췄다.

"저번에 누나가 그랬었잖아요. 형이 죽은 날 왜 형이 학교로 돌아갔는지 모르겠다고."

"응, 그랬었지."

"그때 혜미 양수 터지고 병원에 가느라 정신이 없어서 잊고 있었는데. 나중에 생각해보니 말 못 했던 게 있었어요."

"뭔데?"

"그날 우리 형 조금 이상했거든요."

"이상해? 어떻게 이상했는데?"

"아니, 사실 많이 이상했어요. 전 그날 엄마랑 싸우다 트럭 앞으로 뛰어들었거든요. 그런데 어디에선가 갑자기 나타난 형이 날 안고 옆으로 굴러서 간신히 살았어요."

"그랬었지. 그리고 지훈인 곧바로 학교로 돌아갔다고 했고."

"그런데 말이죠. 아무리 생각해도 이상한 게 형은 그날 엄마와 절…… 기다리고 있었던 것 같아요."

뭐……라고?

"기다린 것 같다고? 그게 무슨 소리야? 지용아, 자세히 얘기해줘."

"토요일 날, 형이 저보다 먼저 집에 온 적은 단 한 번도 없었어요. 형이 놀다가 늦게 들어온 적이 많기도 했지만, 그런 걸 떠나서 제가 다니년 문경 중학교가 세현고보다 집에서 훨씬 가까웠어요. 버스를 탔을 때 10분 이상 가까운 거리거든요. 물리석으로 형이 저보다 일찍 올 순 없다는 얘기예요."

문득 화재 사건이 난 날로 갔을 때 윤새가 한 말이 떠올랐다.

"나도 모르지……. 4교시 수업 시간 중에 갑자기 교실 밖으로 뛰쳐 나갔잖아. 너도 같이 봐놓고선 왜 그래?"

"어디로 간다는 말은 없었어? 집으로 갔을까?"

"모르지. 수업 중에 갑자기 자리를 박차고 나갔는데 누구든 물을 새가 어딨겠어? 선생님이 불렀는데도 대답도 않고 나갔잖아."

그때 자신은 지훈이 지용이나 엄마의 전화를 받고 갔을 것이라 생각했다.

"네가 지훈이에게 전화한 거 아니었어?"

"아뇨, 그런 적 없어요. 그날 엄마가 절 데리러 왔었는데, 같이 집에 가다가 격분해서 싸우기 시작했거든요. 그러다 정말 홱 돌아서 도로로 뛰어들었죠. 저는 그때까지 형이 근처에 있는 줄도 몰랐어요."

"그럼 지훈인 왜 거기에 있었던 거야? 우연이었어?"

"아직도 그걸 모르겠어요. 그때 형이 왜 거기에 있었는지. 그리고 왜 날 구하자마자 학교로 돌아갔는지. 지금도 그날 형이 엄청 이상했던 생각만 들어요."

전류가 몸을 관통한 듯 사지가 떨렸다.

아니야. 아니야……. 설마? 그럴 리 없어.

검고 진득한 것이 두 눈에 찰싹 달라붙어 아무것도 보이지 않았다. 잡아떼려 해도 그것은 한사코 엉겨 붙어왔다. 떼 내기만 하면 제대로 볼 수 있을 것 같은데.

"누나, 얼굴이 창백해요."

"아, 아니야…… 이제 그만 나가자."

그 후로 연아는 넋이 빠진 채 저녁 식사 자리를 마쳤다. 메뉴가 무엇이었는지, 어떤 대화를 했는지 기억도 나지 않았다. 예의를 차려 커피까지 마신 연아는 그 집에서 나오자마자 호윤에게 전화를 걸었다. 급한 마음에 내리막길을 걷는 걸음이 점점 빨라졌다. 몇 번의 연결음 끝에 핸드폰 너머로 "여보세요." 하는 호윤의 목소리가 들렸다.

"호윤아. 너 그 형사님 만났어? 친하다고 한 형사님."

다급한 마음에 앞뒤 설명 없이 본론부터 튀어나왔다.

[연아야? 아니, 안 만났는데. 네가 필요 없다고 해서.]

"이랬다저랬다 해서 정말 미안한데, 혹시 만나볼 수 있을까? 그 형사님 만나면 수사 자료 같은 거도 볼 수 있는 거지?"

[비공식적인 루트지만 가능해. 수사 자료 보여달라고 하면 구해다 주실 거야.]

"그러면 약속 좀 잡아줘. 부탁이야."

[알았어. 그런데 무슨 일 때문이야?]

미리 생각해놓은 변명 따위 없었다. 그러니 제대로 된 대답이 나올 리 없었다.

"이상해서…… 이상해서. 호윤아, 너무너무 이상해."

[왜 그래, 연아야? 뭐가 이상한데?]

"모르겠어. 그냥 너무 이상해. 너무 이상해. 지훈인 왜 그랬을까? 너무 이상해, 호윤아……."

연아는 길거리에 멈춰 섰다. 살을 에는 듯한 바람이 불어닥쳤지만, 몸이 떨리는 건 그 때문이 아니었다. 뒷머리에서 시작된 서늘한 기운이 전신을 휘감고 있었다. 그 이유가 아니어야 했다.

호윤은 한동안 말이 없었다. 그저 연아의 목소리와 두서없는 대답에서 심상치 않은 일이라는 걸 짐작할 뿐이었다.

[진정해, 연아야. 내가 최대한 빨리 형사님하고 약속 잡을게. 넌 얼른 집에 들어가. 날씨 무척 춥다.]

"알았어. 꼭 부탁할게. 꼭. 꼭이야, 호윤아."

정확히 사흘 후, 허깨비처럼 핸드폰만 붙들고 있던 연아에게 애타게 기다리던 전화가 걸려왔다.

높다란 빌딩에 걸린 해가 붉은 기운을 흩뿌리며 저물어갈 무렵이었다. 연아는 을지로4가 골목에 세워둔 호윤의 SUV로 향했다. 뒷좌석 문을 열자 따뜻한 공기가 후끈 밀려왔다. 연아는 차 안으로 몸을 밀어 넣으며 호윤에게 커피를 건넸다.

"여기, 샷 추가한 라떼."

"어떻게 알았어?"

"그냥."

호윤은 고맙다는 눈인사를 한 후 뜨거운 김이 모락모락 나는 커피를 홀짝였다.

"조금만 기다리면 형사님 오실 거야. 뒷좌석 안 춥지?"

"응. 괜찮아."

연아의 말이 채 끝나기도 전에 호윤의 차로 중년 남자가 다가왔다.

"아이고, 춥다 추워. 강 기자, 오랜만이야."

남자는 조수석 문을 열고 차에 올라탔다. 그가 매달고 온 냉기가 차 안에 훅 퍼졌다. 남자는 추운지 연신 팔을 매만지다 뒷좌석에 앉은 연아를 향해 눈인사를 했다.

"안녕하세요. 중부 경찰서 정만길입니다."

"안녕하세요. 이연아예요."

호윤과는 막역한 사이인지 서로의 근황과 주변인에 대해 한동안 말을 주고받았다. 연아는 호윤의 세계를 엿보는 것 같아 조금은 낯선 감정으로 두 사람의 이야기를 듣고만 있었다.

"그러니까…… 14년 전 세현고 화재에 대해 듣고 싶다는 분이 이분 이시라고?"

"네, 맞아요."

"와, 미인이시네. 강 기자가 그동안 연애를 안 했던 이유가 있네. 그런데 화재 때 죽은 학생과는 무슨 관계신지?"

만길이 자신과 연아를 엮는 소리를 하자 호윤은 당황스러워 했다. 그가 해명의 말을 내뱉기도 전에 연아가 먼저 대답했다.

"죽은 학생의 여자친구요. 살아남은 쪽이기도 하고요."

실수했다는 걸 깨달은 만길이 뒷머리를 벅벅 긁었다.

"아이고, 내가 큰 실수를 했네. 그래도 지금은 건강해 보여 다행입니다만, 그 사건에 대해 뭐가 궁금하신 건지?"

"혹시 수사 자료를 좀 볼 수 있을까 해서요."

"수사 자료요?"

만길이 곤란한 얼굴을 했다.

"그게 참. 수사 자료에 개인 정보가 얼마나 많은지 아십니까? 특히, 피해자에 대한 상세 내용이 들어 있어서 인권 보호 차원에서도 보여드릴 수 없어요. 애초에 일반인한테는 공개할 수 없는 자료라고요."

어디서나 비공식적인 루트는 있기 마련이다. 국과수 부검의나 담당 형사들이 알음알음 수사 자료를 누출하는 일은 암암리에 자주 일어났다. 특히 종료된 사건에 관해서는 더욱 빈번한 일이었다. 만길 역시 체면치레 차 일부러 어깃장을 놓고 있었다.

"에이 형사님. 부탁 좀 할게요. 게다가 연아는 사건 관계자잖아요. 네?"

"진짜 잘 안 해주는데……. 요즘은 전산 검색 기록도 다 남는단 말이지."

"그래도 오래전 사건이고 민감한 사건도 아니었잖아요. 해줄 거면서 왜 이래요?"

호윤과의 실랑이 끝에 만길은 결국 고개를 끄덕였다.

"그래도 반출은 안 됩니다. 조만간 연락할 테니 경찰서로 직접 오세요."

"고맙습니다."

수사 자료를 본다고 새로운 사실을 발견할 수 있을 것이라 기대하진 않았다. 하지만 정확한 타임라인, 현장 사진, 수치화된 증거 등. 수사 자료는 화재에 대해 가장 객관적인 정보를 담고 있을 터였다. 어쩌면 지훈을 구할 실질적인 방법을 찾을 수 있을지도 모른다. 또 어쩌면…… 지용의 말을 들은 이후 내내 자신의 가슴을 짓누르는 이상한 예감에 대한 실마리까지 찾을 수 있을지도.

만길이 내리고, 호윤의 차는 어둑해진 도로를 달렸다. 차 안에는 허스키한 여성 보컬이 부르는 재즈가 흐르고 있었다.

"어, 이거."

"응. 최자현. 저번 동창회 때 CD 받았거든. 노래가 좋아서 운전할 때 종종 듣고 있어. 아는 사람이 음반 냈다고 하니 신기한 것도 있고."

연아도 아는 노래였다. 예전보다 훨씬 성숙된 기교와 음색이 부드럽게 차 안 공기를 울렸다.

"그런데 연아야, 왜 그렇게 그 사건에 대해 조사하고 다니는지 물어봐도 돼?"

호윤이 조심스레 물었다.

"이상한 게 있어서."

"뭐가?"

"그날 지훈이 행동이나 행적, 여러 가지 이해가 안 되는 것들이 많아서. 그 이유를 알지 못하면 도저히 지훈일 보내지 못할 것 같아서 그래."

"그치. 그날 지훈이 조금 이상하긴 했지."

"뭐?"

"그날 지훈이 좀 이상하긴 했다고."

호윤은 연아가 못 들어서 되묻는 줄 알고 무심하게 같은 말을 반복했다. 연아는 심장이 그대로 내려앉는 것 같은 기분이었다. 호윤의 입에서 동의하는 말이 나올 거라고는 생각지도 못했다.

"어떻게 이상했는데?"

연아는 다급하게 호윤을 향해 몸을 기울였다. 연아의 태도에 호윤은 살짝 당황하며 말을 이었다.

"아…… 그게 말이지. 지훈이하고 나, 오해 풀고 화해한 뒤에도 좀 어색했었잖아."

"그랬지."

"그런데 화재 사건이 난 날. 그러니까…… 내 기억으로는 수업이 거의 다 끝날 무렵이었을 거야. 아니다, 지훈이가 4교시 도중에 교실을 뛰쳐나갔으니까 3교시 쉬는 시간이었나 보다. 갑자기 지훈이가 나한테 와서는 너 어딨냐고 묻는 거야. 정말 아무렇지 않게, 예전처럼."

쿵, 다시 심장이 내려앉았다. 연아는 떨리는 손을 힘주어 움켜쥐었다.

"그래서?"

"좀 놀랐어. 그때 너는 양호실에 있었던가 그랬을 거야. 그래서 그대로 알려줬는데, 그러고도 소소하게 몇 마디를 더 나눴어. 그때 뭐랄까, 좀 감격스러웠나 봐. 지훈이 마음이 완전히 풀린 건가 싶어서. 그래서 어쩌면 지금까지 생생하게 기억하고 있는 건지도 모르고."

"……"

"4교시 시작하는 종이 치고 네가 교실로 들어왔어. 그런데…… 난 그때 지훈이 표정을 아직도 잊을 수가 없어."

"왜? 어땠길래?"

호윤은 적당한 대답을 찾지 못하겠는지 한쪽 눈썹을 찡그리며 생각에 잠겼다.

"글쎄, 뭐라고 말로 표현을 못 하겠다. 그냥 되게 애절하고 그랬어. 보는 내가 다 먹먹할 정도로. 그런데 지훈인 4교시 내내 너하고 시계를 번갈아 보면서 안절부절못하더라고. 그러다 갑자기 노트를 펼쳐 뭘 쓰더니 그 부분을 찢어 주머니에 넣고는 곧장 교실 밖으로 뛰쳐나갔어."

꽉 조여오는 심장 때문에 숨쉬기가 힘들었다. 미칠 것 같았다. 머릿속에 휘몰아치는 생각들이 뚜렷하게 어떤 방향을 향해 뻗어 가고 있었다. 하지만 그 생각의 끝에 도달한 진실을 감당할 수 없을 것만 같았다.

호윤은 연아의 안색을 살피더니 뭐라 말하고 싶은 것을 참았다. 기묘한 침묵이 감도는 가운데 차는 연아의 집 앞에 도착했다.

"고마워. 바래다줘서. 그리고 오늘 형사님 만나게 해준 것도."

"뭘 그런 걸 가지고. 어려운 일 아니었어. 너 안색이 안 좋다. 얼른 들어가."

인사를 하고 돌아서려던 호윤은 핸드폰을 보고 작게 인상을 썼다.

"왜?"

"아까 만났던 정 형사님인데, 부재중 통화가 와 있는 걸 못 봤네."

"무슨 일로?"

"이따 통화해 보지 뭐. 넌 얼른 들어가 봐."

연아는 점차 멀어지는 호윤의 차 뒤꽁무니를 바라보다 발걸음을 돌려 골목을 벗어났다. 어디로 가야 하는지 알 수가 없었다. 그저 발걸음이 제멋대로 그곳을 향하고 있을 뿐이었다.

연아는 등나무 벤치에 앉아 발을 동동거렸다. 날이 어둑해지자 부쩍더 차가워진 바람이 맹위를 떨쳤다. 집에 들어가도, 따뜻한 온기가 도는 카페에 들어가도 될 일이었다. 하지만 어쩐지 이 장소가 아니면 안 될 것 같았다. 연아는 양팔로 몸을 감싸 안은 채 무릎 위에 얼굴을 파 묻었다.

오늘도 정혜가 올 거란 보장은 없었지만……. 아니, 아니다.

엉망이 된 머리가 제대로 된 사고를 멈췄다. 뭘 해야 하는지, 무슨 생각을 해야 하는지 알 수 없었다. 시간은 더디게만 흘렀다. 밤이 깊어 지려면 아직 한참이나 남았다. 얼어붙은 몸을 오들오들 떨고만 있는데 문득 핸드폰 진동이 느껴졌다. 화면을 켜니, 호윤에게서 문자가 여러 개 도착해 있었다. 부재중 전화도 여러 통이었다. 처음 전화가 온 시간 을 보니 3시간 전이었다. 꽤나 여러 번 울렸는데 받지 못한 것이다. 연 아는 전화를 해볼까 하다 문자부터 먼저 확인했다.

첫 번째 문자였다.

「연아야, 전화 왜 안 받아? 지금 정 형사님 만나러 가야 할 것 같아. 갑자기 사건이 터져서 정 형사님 앞으로 시간을 못 낼 것 같으시대. 지 금 수사 자료 보여주고 싶다고 하시는데, 너 어디야?」

「연아야, 전화 좀 받아.」

「너랑 도저히 연락이 안 돼서 나 먼저 형사님 만나고 올게.」

다음은 호윤이 정 형사를 만나고 난 뒤 보낸 문자들이었다. 문자 아 래로는 불에 그슬어 새까맣게 된 체육 창고를 찍은 사진들이 연달아 있었다.

「현장 사진 보고 싶다고 했던 거 같아서 몇 장 찍어 왔어.」

수사 자료도 일부 발췌되어 찍혀 있었다.

「그리고 다른 사진도 있긴 한데, 너한테 보여주는 게 맞을진 모르겠
다.」

조금 전 도착한 마지막 문자였다. 연아는 얼어붙은 손으로 답장을
했다.

「무슨 사진인데?」
「지훈이 사진.」

·······.

「보내줘.」
「그럼 한 장만 보내줄게. 보면 너 좀 힘들 거야. 얼굴 사진은 그렇
고.」

호윤이 망설이는 기색이 느껴졌다. 잠시 후 진동이 다시 울리자 연
아는 떨리는 손가락으로 화면을 터치했다. 검안실에 엎드려 있는 지훈
의 목 아래에서 엉덩이 위까지를 찍은 사진이었다. 까맣게 그을린 몸
뚱이를 보자 울컥 토기가 치밀었다. 그때 연아의 시선이 사진 속 어딘

가에 머물렀다.

"……!"

벼락을 맞은 듯한 엄청난 충격에 연아는 핸드폰을 떨어뜨렸다. 발아래가 쩍쩍 소리를 내며 갈라지더니 후드득 무너져 내렸다. 견고하기만 했던 세상이 조각조각 갈라지다 이내 산산이 부서져 가루처럼 흩날렸다. 사진 속에는 어깨부터 등 그리고 허리까지 이어지는, 새까만 화상 자국이 선명하게 남아있었다.

아.

아…….

아……. 지훈아.

다리가 꺾여 주저앉은 연아가 핸드폰을 향해 덜덜 떨리는 손을 뻗었다. 가슴이 갈가리 뜯기고 살점이 떨어지는 것 같은 격통에 숨쉬기조차 힘들었다. 끅끅하는 새된 호흡만이 흘러나왔다. 연아는 바닥을 짚어 흙투성이가 된 손으로 핸드폰을 집어 들었다. 잘못 본 게 아니었다. 보고, 또다시 봐도 자신의 등에 있는 화상 자국과 꼭 같았다. 어찌 모를 수 있을까. 14년을 거울에 비춰 봤던 것이다. 분명 같은 상처였다.

왜 난 한 번도 의심해보지 않았을까.

시간 여행의 중요한 규칙 중 하나는, 시간 여행을 하며 생긴 신체의 상처는 지워지지 않고 그대로 남는다는 것이다. 지훈이 찬 공에 맞아 부은 이마는 현재로 돌아왔을 때도 남아있었고, 정숙에게 뺨을 맞아 생긴 흔적은 과거로 갔을 때도 남아있었다.

연아는 치밀어 오르는 토기에 속에 든 것을 쏟아냈다. 먹은 게 커피뿐이라 누런 신물만을 토해냈지만 구역질이 멈추지 않았다.

왜 난 한 번도 의심해보지 않았을까. 왜 시간 여행을 하는 건 나뿐이라 생각했을까. 학교에서 귀신 놀이를 하다 13번째 계단을 발견한 건 자신뿐만이 아니었다. 지훈도 함께였다. 왜 지훈이 시간 여행을 했을 거라 의심해보지 않았을까.

"지훈아. 이 바보야……. 이 바보야."

과거는 훨씬 더 예전에 이미 바뀌어 있었다.

"흐흑. 왜 그랬어……. 왜 그랬어. 으어어엉……. 으흑."

연아의 몸이 앞으로 꼬꾸라졌다. 세찬 바람이 사정없이 뺨을 할퀴어 댔지만 가슴 속에서 솟아오르는 불길이 전신을 태우고 있었다. 신경세포 하나하나, 실핏줄 하나하나가 화염에 휩싸여 타올랐다.

"으흑…… 흑. 지훈아……. 으흑."

연아는 엎드려 주먹으로 땅을 내리쳤다. 언 바닥에 부딪힌 주먹이 까지고 피가 흘렀지만 감각이 사라진 듯 아프지 않았다. 연아는 가쁜 숨을 몰아쉬었다. 누군가 억센 손으로 목을 틀어쥔 듯 숨이 제대로 쉬어지지 않았다. 그저 지훈의 얼굴만이 머릿속에 소용돌이치는 가운데, 연아는 그대로 정신을 잃었다.

의식이 가물거리며 돌아왔다.

"정신이 들어?"

옆에서 정혜가 걱정스럽게 내려다보고 있었다.

"쓰러져 있는 걸 경비 아저씨와 내가 발견했어. 도대체 왜…… 그렇게까지."

정혜의 찌푸린 얼굴에는 안쓰러움과 분노가 뒤섞여 있었다. 연아는 다시 고개를 정면으로 향하고 눈을 감았다. 감은 눈가로 눈물이 흘러내렸다.

"왜 그랬어? 나 보여주려고 그런 거야? 죄책감 느끼라고? 그래서 양보하라고? 너 진짜 왜 이래? 그냥 죽었다는 사실 받아들일 수 없어? 왜 이렇게까지 하는 거냐고!"

정혜가 언성을 높이자 응급실에 있던 몇몇 보호자들이 조용히 하라는 눈짓을 보냈다.

"선배."

"……."

"과거가…… 한 번 바뀐 적이 있었어요."

연아의 입에서 잔뜩 쉰 목소리가 흘러나왔다.

"그게 무슨 말이야?"

"아마 지훈이가 바꿨을 거예요."

"그게 무슨 말이냐고."

"사실 체육 창고에서 죽었던 건 저였나 봐요."

"뭐?"

"14년 전에 지훈이와 함께 장난삼아 해본 일 때문에 13번째 계단이 시간 여행을 하는 방법이라는 걸 깨달았는데, 지훈이라고 왜 몰랐을까요."

"서, 설마……."

"상처가 똑같아요. 지훈이 등에 난 화상과 제 등의 화상. 선배도 알죠? 과거와 현재를 오가더라도 몸에 생긴 상처는 사라지지 않는 거.

393

원래는 제가 체육 창고 선반에 깔려 죽었기 때문에…… 지훈이가 과거를 바꾸고 대신 죽었어도, 제 등 뒤의 상처는 그대로 남은 거예요."

"마, 말도 안 돼. 거짓말이야. 거짓말하지 마. 나한테 마지막 기회 양보하라고 지어낸 말이라는 거 다 알아."

연아는 간이침대에서 상체를 일으키고는 셔츠 단추를 풀었다.

"너 뭐 하는 거야?"

정혜가 황급히 커튼을 쳤다. 연아는 셔츠 단추를 모두 풀고 속옷만 남긴 채 상의를 벗어 던졌다. 그리고 핸드폰 속 지훈의 사진을 보여준 뒤, 정혜를 향해 등을 내보였다. 사진과 등 뒤의 상처를 번갈아 본 정혜의 얼굴에 경악이 번졌다.

"말도 안…… 돼. 이건 진짜……."

"……."

"어떻게, 어떻게 이런 일이……."

"우리가 과거로 갔다면 다른 누군가도 갔겠죠. 그게 지훈이일 수도 있는 거고. 우린 우리도 모르는 새에 이미 바뀌어버린 시간을 살고 있는지도 모르죠."

"말도 안 돼……."

"우리가 바꾼 과거 때문에 아무것도 모른 채 바뀌어버린 시간을 사는 다른 모든 사람처럼요."

정혜는 의자에 주저앉았다. 혼란이 뒤범벅된 얼굴이었다. 그러더니 갑자기 무언가 깨달은 듯 입을 크게 벌렸다.

"설마…… 그럼 그게……."

"네?"

"설마……."

정혜의 얼굴이 극심한 충격으로 하얗게 질렸다. 옆에 연아가 있다는 것도 잊은 듯했다.

"왜요? 뭐가요?"

"아, 아냐……. 연아야, 어쩌면. 어쩌면…… 아냐."

정혜는 자리에서 일어나더니 간이침대 옆 좁은 공간을 서성였다. 창백한 얼굴로 손톱을 깨물며 무언가를 골똘히 생각했다. 오래전, 어떤 남자아이가 제 손에 쥐여주었던 쪽지. 누군가에게 전해주라던 간곡한 부탁이 떠올랐다.

정혜는 그 약속을 미루다 이내 까맣게 잊어버렸다. 그리고 옛날 다이어리에 껴 있던 쪽지를 발견한 건 1년 전이었다. 그 쪽지에 쓰인 짤막한 내용에서 얻은 힌트로, 정혜는 시간 여행의 주인이 될 수 있었다.

"선배……."

여전히 충격에 빠져 있던 연아는 정혜가 이상하다는 걸 눈치채지 못했다.

"으응?"

"저 이제 어떻게 살아요? 그 애가 목숨 바꿔 선물해준 삶인데…… 이렇게 보잘것없이 살았으니 미안해서 어쩌죠. 내 삶이 내 건 줄 알고 그 애의 목숨값으로 받은 줄도 모르고…… 형편없이 살았는데…… 나 앞으로 어떻게 해야 하죠?"

회한이란 이토록 지독했다. 후회와 절망의 깊은 늪 속으로 자꾸만 발이 빠져들었다. 연아가 떨군 눈물이 어느새 이불을 축축하게 적셨다.

"이번에 가면 지훈이 구할 수 있겠어? 정말 마지막 기회야. 이번에도 지훈이 못 구하면 너 어쩌려고."

"구해야 해요. 구할 수 있어요."

"너도 알잖아. 과거를 바꾸기 쉽지 않다는 거. 사람의 의지만으로는 안 되는 일도 있어. 지훈이 못 구할 수 있다고."

지훈을 구하지 못할 수도 있다. 하지만⋯⋯.

"그래도 마지막으로 한 번만, 고맙단 인사만이라도 하고 싶어요. 네가 선물해준 삶, 네가 목숨 걸고 구해준 인생. 잘 살겠다고, 고맙다고 말하고 싶어요."

"⋯⋯."

"설사 구하지 못해도. 그걸로 족해요."

"어쩌면 말이지. 일이 처음부터 이렇게 되려고 했는지도 모르겠다."

"네?"

"모든 게 이렇게 되려고 시작됐는지 모르겠다고."

"그게 무슨 말⋯⋯."

"모든 시작과 끝에는 지훈이가 있었어."

혼잣말을 하던 정혜는 다시 의자에 앉아 연아의 손을 꼭 잡아 쥐었다.

"어쩌면 너에게 중요한 건 지훈일 구하는 게 아닌지도 모르겠다."

"⋯⋯네?"

"끝맺음이라는 거, 그걸 못해서 그래. 해원(解冤)이라고 해야 하나? 왜 가족 중 누군가 비명횡사하면 굿 같은 거 하잖아. 그래서 죽은 사람이 빙의한 무당한테서 다 괜찮다, 난 이 생에 아무 미련 없다, 너도 잘 살아라, 이런 얘기 듣기도 하고. 어쩌면 굿판은 죽은 사람이 아니라 산 사람을 위해 벌이는 게 아닌가 싶어. 진짜인지 거짓인지 모르지만, 무당을 통해 죽은 사람의 마지막 유언을 들으면 마음의 짐을 내려놓을 수 있잖아. 끝맺음이랄까, 해원이랄까, 그런 걸 해야…… 산 사람도 훌훌 털고 살아갈 수 있을 테니까."

"……."

"연아야."

정혜의 눈빛이 단단해졌다.

"가보자, 다시 그날로. 어떻게 끝이 날지 모르겠지만. 어떤 형태로든 이제 진짜 끝맺음하러 가자."

연아의 몸이 무너졌다. 아이같이 목 놓아 우는 소리가 응급실에 가득 울려 퍼졌다. 정혜는 어깨를 들썩이며 우는 연아의 등을 쓰다듬었다. 손끝으로 울퉁불퉁한 상처가 만져졌다.

독한 척, 이기적인 척, 못된 척, 다 하면서 결국 이거다. 어렸을 때부터 늘 그랬다. 못된 신데렐라 언니같이 굴고서도 막상 손에 쥔 건 없었다. 우는 아이에게서 사탕을 빼앗고 돌아서면 마음이 찝찝해서 제대로 잠을 이루지 못했다. 그래서 결국 빼앗은 사탕에 새로운 사탕을 얹어 돌려줘 버리곤 했다.

그래, 잘한 일이다. 연아 말대로 이제부터 제대로 된 인생을 살아볼 작정이었다. 생각해보면 지금껏 한 번도 이토록 치열하게 살아본 적이 없었다. 무언가를 간절하게 염원하며 혼신의 힘을 다한 적이 없었다. 왜 진작 현재를 이렇게 살지 못했던 것일까. 지금부터는 과거를 바꾸고자 절박하게 노력했던 힘으로 현재를 바꿔 볼 작정이었다.

정혜는 눈물을 그치지 못하는 연아의 등을 쓸어내리며 조용히 결심했다.

"앉아서 기다려. 뭐 마려운 똥개 마냥 정신 사납게 굴지 말고."

밤 11시 반. 연아는 텅 빈 교무실 안을 초조하게 서성였다. 그 옆에서 윤새는 핸드폰에 고개를 처박은 채, 연신 연아를 향해 핀잔을 주었다. 윤새는 제대로 된 설명을 해주지 않는 연아에게 여전히 화가 나 있었다.

어젯밤 정혜는 윤새의 도움을 받아 학교 안으로 들어온 뒤, 자정에 맞춰 계단에 올랐다. 하얀빛과 함께 정혜가 사라지자 윤새는 입을 떡하니 벌렸다.

"저, 저거 뭐야!"

연아는 난리를 치는 윤새를 어르고 달래 교무실로 데려왔다. 윤새는 길길이 날뛰며 무슨 일인지 당장 털어놓으라고 연아를 몰아붙였다.

"저거야? 너 여태 이상했던 게 저것 때문이었어? 죽기 전에 얘기해준다고 했던 게 저거였냐고! 나 그때까지 못 기다려. 당장 얘기해."

연아는 이번 일만 끝내면 모든 걸 다 털어놓겠다며 사납게 날뛰는 윤새를 겨우 진정시켰다. 그리고 오늘, 연아 역시 과거로 가기 위해 윤새와 함께 학교에 온 것이다. 학교 경비가 강화되었기에 학교 선생인 윤새의 도움이 절실했다.

"진짜 미치겠네. 내가 이 밤에 여기서 뭘 하고 있는 건지 모르겠다. 너, 하여간 내일 얘기 안 해주기만 해봐. 그땐 진짜 절교야."

집중이 안 되는지, 윤새는 핸드폰을 던져버렸다.

"알았어. 약속할게."

지훈을 살린다면 현재가 몽땅 바뀔 테니 윤새에게 말할 필요도 없을 것이다. 과거가 바뀌지 않는다면…… 미쳤다고 하든, 정신병원에 끌려가든, 모든 걸 털어놓을 작정이었다.

윤새와 실랑이하는 사이에도 시간은 계속 흘러갔다. 이윽고 11시 55분이 되었다.

"나 갔다 올게."

가야 할 시간이었다.

"같이 가줄까?"

"아니, 됐어. 금방 갔다 올게."

윤새는 불안한 얼굴로 연아를 놓아주지 않으려 했다. 결국 윤새는 복도까지 연아를 따라왔다.

"저번처럼 쓰러져 있거나 그러면 다시는 너 안 도와줘. 알겠어?"

"알았어."

"난 아직도 네가 무슨 짓을 하려는지 모르겠다. 아무튼 몸조심해."

연아는 빙긋 웃으며 거듭 고개를 끄덕인 뒤 윤새를 돌려보냈다. 스산한 바람이 이는 가운데 연아는 조심스레 난간을 쓸며 계단을 올랐다. 1층, 2층, 그리고 3층. 과거로 향하는 계단 앞에 서서 불안정한 호흡을 진정시켰다.

마지막 기회. 그 앞에선 누구든 경건해질 수밖에 없다.

댕—.

괘종 소리가 들려왔다. 종소리에 맞춰 연아는 오른발을 계단 위에 내디뎠다.

댕—.

지훈아.

댕—.

기다려.

구하러 갈게.

"집에 안 가?"

윤새가 연아의 어깨를 쳤다. 연아는 감긴 눈꺼풀을 들어 올려 시야에 가득한 한낮의 학교 정경을 확인했다.

"지금 며칠이야? 몇 시고?"

"뭐?"

"몇 시냐고!"

"지금? 15일 토요일. 그리고 12시 20분."

저번과 같은 시간이었다. 화재가 일어나기까지 1시간이 남았다. 연아는 빠른 걸음으로 계단을 내려갔다.

"너 오늘 체육 창고 청소 아니야?"

윤새가 소리쳤지만 연아는 난간을 쓸며 바쁘게 본관 건물을 빠져나갔다.

어떻게 지훈을 구할 수 있을까. 연아는 정혜와 함께 오랜 시간 고민을 했다. 과거는 어떠한 힘에 의해 화재 사건이 발생하는 방향으로 움직인다고 전제한 뒤, 화재를 피할 수 있는 방법과 발생 가능한 변수들을 정리해봤다. 하지만 화재를 완벽하게 예방할 수 있는 방법 따윈 없었다.

"체육 창고에서 철제 선반을 치워놓는 건 어때?"

"그러면 다른 자재들이 지훈일 덮칠 수도 있잖아요. 영화 〈데스티네이션〉 시리즈 못 보셨어요? 죽을 운명이면 욕실의 빨랫줄 같은 것도 살인 흉기가 되잖아요."

결국 연아가 할 수 있는 최선의 방법은 '체육 창고에 갇히지 않는 것'이었다.

아무것도 생각하지 말자. 최대한 체육 창고에서 멀어져야 해.

연아는 학교 정문을 향해 무작정 달렸다.

"이연아!"

그때 누군가가 엄한 목소리로 연아를 불렀다. 뒤를 돌아보니, 체육 변장호 선생이 무서운 얼굴로 다가오고 있었다.

"아, 선생님……."

"여기서 뭐 해?"

"저요? 저……."

"너 오늘 체육 창고 청소 담당인 거 몰라? 땡땡이치겠다는 거야?"

변장호 선생이 무서운 걸음걸이로 다가와 연아의 앞에 섰다. 잡히면 꼼짝없이 창고로 직행이다. 변장호 선생의 별명은 파리채였다. 그가 늘상 입에 달고 다니는 "도망가는 똥파리 새끼들. 걸리면 다 죽는다!" 라는 말처럼 변장호 선생의 주특기는 도망가는 학생들을 잡아다 족치는 일이었다.

"저, 그게. 선생님……."

다가오는 변장호 선생을 피해 연아가 슬금슬금 뒷걸음질 쳤다.

"이게 이게, 감히 뒷걸음을 쳐?"

"선생님, 진짜 죄송해요. 오늘 급한 일이 있어서요. 제가 나중에, 그러니까…… 다음 주 내내 체육 창고 청소 혼자 다 할게요! 오늘은 좀 봐주세요."

연아는 말을 쏟아낸 뒤 냅다 뒤돌았다.

"이연아!"

천둥 같은 고함소리와 함께 변장호 선생이 연아의 한쪽 귓불을 잡아당겼다.

"아야야야. 선생님!"

"너 오늘 죽고 싶어? 체육 시간에 체육복 안 갖고 와서는 수업 시간 내내 땡땡이쳤으면서 청소까지 땡땡이친다고? 네가 진짜 오늘 내 손에 죽고 싶지?"

변장호 선생은 귓불을 세게 잡아당기며 연아를 끌고 본관 뒤편으로 향했다. 눈물이 핑 돌 정도로 귓불이 아팠지만 학교 뒤편으로 끌려가는 공포심이 더 컸다. 자신을 체육 창고로 이끄는 거대한 힘 앞에, 벗어나려는 의지는 한낱 휴지 조각처럼 구겨졌다.

"선생님, 이거 좀 놔주세요. 도망 안 갈게요. 제발, 제발요……!"

연아가 사정했지만 변장호 선생은 꿈쩍도 하지 않았다. 점점 체육 창고에 가까워졌다.

안 돼……. 안 돼. 이럴 순 없어.

연아는 귓불을 잡은 변장호 선생의 팔을 움켜쥐고 깨물어 버렸다.

"으아아악! 이게 진짜 미쳤나? 이연아! 너 이리 안 와? 이연아!"

변장호 선생의 고함소리가 쩌렁쩌렁하게 메아리쳤다. 연아는 앞만 보며 내달렸다.

무서웠다. 두려웠다. 자신을 집어삼키려는 운명이라는 거대한 불덩이로부터 도망치고 싶었다. 연아는 헉헉, 밭은 숨을 내뱉었다. 벌어진 입술 사이로 차가운 냉기가 한 움큼 머금어졌다. 연아가 본관 건물에 다다랐을 무렵이었다.

턱―.

돌부리에 발이 걸렸다.

"으아아악."

몸이 공중으로 치솟더니 바닥으로 꼬꾸라졌다.

20. 해원(解冤)

"그러니까 왜 도망은 가고 난리야! 엉?"

연아는 양호실에서 까진 무릎을 치료하고 있었다. 변장호 선생은 연아의 곁에 선 채 가까스로 분노를 참아냈다.

"죄송해요······."

양호 선생이 까진 곳에 소독약을 바르자 찌릿한 아픔이 몰려왔다. 심하게 넘어졌는지 한쪽 무릎이 온통 까졌고 발목까지 시큰거렸다. 변명도 핑곗거리도 없어 연아는 연신 고개를 숙였다. 청소하기 싫다고 선생의 팔을 물어뜯은 꼴이니 어찌 사과를 해야 할지 몰랐다.

"오늘은 다쳤으니 얼른 집에 들어가. 그리고 너 다음 주 내내 체육 창고 청소니까 각오해."

변장호 선생은 분이 풀리지 않은 얼굴로 양호실을 빠져나갔다.

"너도 참, 아무리 청소하기 싫다고 해도 선생님 팔을 물고 도망가면 어떻게 해? 거봐, 벌 받았잖아."

"죄송합니다."

양호 선생까지 연아를 타박하며 발목에 붕대를 감았다. 벌써 12시 40분. 헛짓거리를 하는 사이 시간은 속절없이 잘도 흘렀다.

"자, 다 됐어. 이제 그만 가봐. 양호실도 잠가야 하니까."

양호 선생의 말에 연아는 침대에서 내려와 바닥에 발을 디뎠다. 무게가 실리자 욱신 아픔이 몰려왔다. 넘어지면서 발목을 삐끗한 모양이었다. 이래서야 제대로 지훈을 구할 수 있을까. 참담했지만 정신을 차려야 했다.

연아는 양호 선생이 뒤돌아 있는 틈을 타 수건 하나를 슬쩍했다. 그리고 세면대에서 수건을 물에 흠뻑 적셨다.

"손만 씻고 갈게요."

얼른 나가 보라는 양호 선생의 눈짓에 연아는 젖은 수건을 주머니에 넣고 양호실을 빠져나왔다. 그래도 다행이었다. 변장호 선생한테 가도 좋다는 허락을 받았으니 이제 체육 창고에 갈 일은 없을 것이다.

연아는 쩔뚝이며 본관 건물 출입문으로 걸어갔다.

"너 꼴이 그게 뭐야?"

누군가의 비꼬는 소리에 고개를 들었다. 출입문 앞에 오소라, 황예은, 진선미가 버티고 서 있었다. 연아는 주위를 둘러봤다. 토요일 오후라 선생과 아이들 할 것 없이 썰물처럼 학교를 빠져나간 후였다. 수업이 끝난 지 얼마 되지도 않았건만 학교에는 이상한 적막이 흘렀다.

"비켜줘."

연아는 막아선 오소라를 밀치려 했다. 하지만 오소라가 연아의 머리채를 휘어잡은 게 먼저였다.

"이 미친년이 또 건방 떠네. 야, 네가 아직도 류지훈 여자친구인 줄 알아?"

약이 바짝 오른 오소라는 연아의 머리채를 쥐고 힘껏 흔들었다.

"놔! 오소라! 너 이거 안 놔?"

"오냐오냐 봐줬더니. 이게 어디서 하늘 높은 줄 모르고 염병이야? 제대로 한번 밟아줘야 정신을 차리지?"

오소라는 연아의 머리채를 잡고 건물 뒤편으로 질질 끌고 가기 시작했다. 머리채를 잡혀버린 데다 발목까지 삐끗하는 바람에 연아는 제대로 저항할 수가 없었다.

"놔! 놓으라고! 선생님! 선생……. 컥."

연아가 소리 내어 사람을 부르려 하자 황예은이 주먹으로 배를 때렸다. 배를 얻어맞으니 내지르던 소리도 들어갈 만큼 숨이 막혔다. 아무리 여자아이들이라고 해도 세 사람이 함께 달려드니 당해낼 재간이 없었다. 게다가 이 아이들은 독이 오를 대로 오른 상태였다. 그간 기회를 엿보며 이를 갈았으니 연아가 혼자 남은 지금을 절호의 기회라고 생각했다.

발버둥 쳐봐도 소용없었다. 결국 연아는 머리채가 잡힌 채 소각장 공터에 도착하고 말았다. 비로소 연아는 자신이 계산에 빠뜨린 중요한 사실 하나가 생각났다. 애초에 누가 자신을 체육 창고에 가두었냐는 것. 아마도 체육 창고 문을 잠근 건 오소라 일행이었을 것이다.

공터에 도착하자 오소라가 머리채를 놓으며 연아를 바닥에 패대기 쳤다. 언 바닥에 세게 부딪히자 어깨가 시큰거렸다. 한 움큼 뽑힌 머리

채, 얼얼한 어깨와 엉덩이, 까진 무릎과 삐끗한 발목까지. 온통 아프지 않은 곳이 없었다. 세 사람은 넘어진 연아를 둥그렇게 에워쌌다. 해를 등진 그들의 모습이 깊게 그늘져 흡사 악귀와도 같아 보였다.

"미안해. 그러니까 이제 그만해."

연아는 힐끔 곁눈질을 했다. 몇 발자국 떨어진 곳에 체육 창고가 있었다. 또다시 자신을 짓눌러오는 어떤 강력한 힘에 연아는 몸이 덜덜 떨릴 만큼 두려웠다.

"웃기시네. 너 같은 년은 맞아야 정신을 차리지."

퍽. 퍽.

오소라의 말이 떨어지기 무섭게 세 사람은 연아를 마구 짓밟았다. 얼굴과 머리를 감싸며 몸을 웅크린 연아 위로, 발길질이 무자비하게 쏟아졌다.

"컥. 그, 그만……. 윽. 얘들아……."

사정해봤지만 오히려 오소라의 화를 돋우기만 했다.

"이게 아주 지가 잘난 줄 알지. 건방지게!"

"그러니까 네가 류지훈한테 팽 당한거야. 알겠냐?"

재수 없는 년, 미친년. 걸레 같은 년. 발길질과 함께 상스러운 욕이 쏟아졌다. 연아는 발길질이 잠잠해질 때까지 몸을 움츠린 채 덜덜 떨었다. 무자비한 폭력에 정신이 혼미해졌다. 거대한 돌덩이가 온몸을 찍어대는 것처럼 아팠다. 시간이 흐르자 때리는 아이들도 지친 모양인지 발길질이 서서히 잦아들었다. 숨이 차 헉헉대는 소리도 들렸다. 연아는 바닥에 웅크려 꼼짝도 할 수 없었다.

"재수 없는 년."

퉤, 하고 누군가 침을 뱉었다.

그래, 그러고 돌아가.

고통과 모멸감 속에서 연아는 안도의 말을 속으로 삼켰다. 이렇게 얻어터졌어도 체육 창고에만 갇히지 않는다면 상관없었다. 하지만 돌아서던 일행 중 하나가 이런 연아의 바람을 무참하게 박살 냈다.

"이대로 끝낼 거야? 이번 기회에 저년 버릇을 제대로 고쳐 놓자고."

"그럼?"

"저기다 가둬놓자. 며칠 갇혀 있으면 정신 좀 차리겠지."

전신에 소름이 돋았다. 연아는 상체를 일으키며 겨우 목소리를 쥐어짰다.

"그, 그러지 마."

오소라가 히죽 웃었다. 겁에 질린 모습에 만족한 모양이었다.

"좋은 생각이네. 저년 좀 끌고 와봐."

두 사람이 연아를 양쪽에서 들어 올리자, 걸레짝처럼 너덜해진 연아가 쑥 들렸다. 그러고는 체육 창고를 향해 질질 끌려갔다. 까진 무릎이, 접질린 발목이 얼어붙은 까칠한 바닥에 쓸리자 칼에 베인 것 같은 아픔이 몰려왔다.

"얘들아. 제발, 제발 이러지 마!"

"이것 봐. 문도 안 잠겼어. 잘됐다."

오소라는 자물쇠를 걸이에서 빼고 창고 문을 활짝 열었다. 컴컴한 체육 창고 안으로 햇살이 사선을 그으며 내려앉았다. 황예은과 진선미는 연아를 창고 안으로 던져 넣었다. 곰팡내가 나는 매트에 연아가 힘없이 엎어지자 공중으로 희뿌연 먼지가 자욱하게 솟았다.

"거기서 반성이나 좀 해."

킬킬거리는 웃음소리가 짖이들며 창고 문 사이가 좁아졌다. 문틈을 비집고 내리쬐던 햇살도 점점 가늘어졌다. 육중한 철문이 닫히자 창고 안은 캄캄한 동굴처럼 어두워졌다. 밖에서 희미하게 문 잠그는 소리가 들렸다.

넘어지고 두들겨 맞은 몸이 딱 죽을 만큼 아팠다. 연아는 조심스레 상체를 일으켰다. 엉덩이걸음으로 자리를 옮겨 벽에 등을 기댔다. 그제야 이제껏 숨도 제대로 쉬지 못하고 있었던 걸 깨달았다. 연아는 후우, 하고 아픈 갈비뼈를 누르며 규칙적으로 숨을 내쉬었다. 조금 있으면 진승환 일행이 체육 창고에 들어올 것이다. 하지만 꼼짝도 할 수 없을 만큼 몸이 아팠다. 그때까지 회복되어야 할 텐데 자꾸만 눈이 감겨 왔다.

지금이 몇 시지? 시간이 얼마나 흐른 거지? 몸은 왜 이렇게 아픈 거야.

상체가 자꾸만 매트로 비스듬히 기울었다. 잠시 눈을 감았을지도 모르겠다. 삐걱 문 열리는 소리에 연아는 눈을 떴다.

"야야, 그러니까 오창석 그 개새가 졸라 깝쳐서……."

열린 문 틈새로 햇살이 들어오나 싶더니 남자아이들의 시끄러운 말소리가 들렸다. 연아는 몸을 일으켜 세우려다 갈비뼈에서 느껴지는 통증에 얼굴을 찌푸렸다.

"야, 이게 누구야? 이년아 아냐? 너 왜 여기 있냐?"

진승환이었다. 불붙은 담배를 저마다 손에 든 일행도 함께였다.

"여기서 뭐 하냐?"

진승환이 상체만 겨우 일으킨 연아를 향해 어슬렁거리며 다가왔다.

"누구한테 맞았냐? 우리 이연아 꼴이 말이 아니네."

연아는 승환을 노려보며 땅을 짚고 겨우 자리에서 일어났다.

"어딜 가려고."

진승환이 연아의 팔을 잡아채자 갈비뼈가 찌릿 울렸다. 연아는 인상을 찌푸리며 힘겹게 입술을 뗐다.

"돈 줄게."

"뭐?"

난데없는 말에 진승환과 일행이 의아해했다.

"여기서 나가게 도와주면 돈 줄게. 오소라 애들한테 맞아서 지금 꼼짝도 못하겠어. 얼마 전에 알바비 받아서 돈 좀 있거든. 교실에 가방 있으니까, 거기까지 데려다주면 그거 다 너네한테 줄게."

일행은 서로를 마주 보며 눈짓을 주고받았다. 지난번 소화기를 휘두르고 무력으로 도망가려던 시도는 성공하지 못했다. 이번에는 다른 방법을 써봐야 했다. 연아는 자신에게 나쁜 짓을 하는 것보다 더 솔깃한 제안을 해서 진승환의 주의를 돌리고자 했다.

"얼마 있는데?"

"30만 원."

진승환이 휘파람을 불었다. 다른 아이들도 기대하는 눈빛으로 저들끼리 키득댔다. 연아는 일행의 관심이 돈에 쏠린 것에 안도했다. 이대로 이들을 잘 구슬려 체육 창고를 빠져나가기만 하면 되는 것이다.

"아, 나도 담배 한 대만 줄래?"

화재의 원인인 담뱃불도 끌 참이었다. 연아는 자연스럽게 진승환이 들고 있는 담배를 향해 손을 뻗었다. 진승환에게서 저 담배를 받은 뒤

피는 척하다가 꺼버리기만 한다면.

"돈도 좋긴 한데. 나 방금 더 재밌는 게 생각났거든?"

진승환이 갑자기 연아의 손목을 틀어쥐며 징그럽게 웃었다.

"오늘 심심한데 잘됐다. 야, 우리 재밌는 거 하자. 너 디카 꺼내 봐."

단숨에 남자아이들이 연아의 팔을 양쪽에서 붙잡았다. 한 아이는 뒤에서 연아의 입을 틀어막았다.

"아아⋯⋯악! 읍, 읍. 으읍!"

연아는 몸을 뒤틀며 발버둥을 쳤다. 남자아이들이 단단히 붙들었지만 정신이 돈 것처럼 날뛰며 발광하는 연아를 완전히 제압할 수는 없었다.

"이게 진짜. 가만 안 있어? 맞고 할래, 그냥 할래?"

"으읍! 윽! 컥⋯⋯. 놔! 놓으라고!"

별안간 붙들렸던 한쪽 팔이 쑥하고 빠지며 몸이 크게 기우뚱했다. 관성을 이기지 못한 연아의 몸이 뒤로 넘어가면서 의자 모서리에 부딪혔다.

퍽―.

쿠웅―.

연아의 머릿속이 찌리리 울렸다. 뒤통수에 엄청난 고통이 몰려오며 눈앞이 까맣게 변했다.

잠시 후 눈을 뜨자 체육 창고 안에 하얀 연기가 자욱했다. 구석에 방치된 포대 자루에선 시뻘건 불길이 치솟고 있었다. 연아는 자리에서 일어나 창문으로 고개를 내밀었다. 역시나 도망치는 재욱의 모습이 보였다.

"김재욱! 야, 김재욱! 나 좀 살려줘! 야!"

기대도 않았지만 재욱은 한 번 뒤를 돌아본 후 도망가기에 바빴다. 개 짖는 벨소리만이 공터에 메아리쳤다. 연아는 주머니에서 축축한 손수건을 꺼냈다. 입가를 단단히 막으며 창문 창살 사이로 고개를 내밀었다. 뻐끔거리며 바깥의 산소를 들이마시기 위해 애썼다.

몇 분만, 1~2분만 버티면 지훈이 올 것이다. 문이 열리자마자 이곳을 빠져나가면 된다. 보폭으로 치면 열다섯 걸음 정도. 온몸이 부서질 듯 아팠지만 그 정도는 걸을 수 있었다.

콜록콜록. 불길이 매트로 옮겨붙으며 시커먼 연기가 솟아올랐다. 연기가 뭉게뭉게 천장 위로 피어오르자 연아는 수건으로 입을 막으며 몸을 낮췄다.

그때 소각장 문 쪽에서 두드리는 소리가 들렸다.

"연아야! 연아야!"

지훈의 목소리였다.

"지훈아, 나 여기 있어! 들어오지 말고 문만 열어줘!"

연아가 수건을 떼고 크게 외쳤지만, 무언가로 문을 내리치는 소리에 파묻혀 버렸다. 연아는 낮은 보폭으로 문을 향해 이동했다. 연아가 문가에 도착하기 전, 문이 활짝 열렸다.

"연아야!"

맑은 공기가 창고 내부로 훅 들어왔다. 동시에 겹겹이 쌓인 농도 짙은 연기가 열린 문으로 뭉게뭉게 빠져나갔다.

사색이 된 지훈은 입구를 가로막은 불길을 향해 소화기를 분사했다. 불길을 조금이나마 잠재우고 체육 창고로 들어올 모양이었다. 연아는

412

필사적으로 지훈을 향해 움직였다. 문이 열린 뒤 간신히 숨은 쉴 수 있었지만, 눈이 따가워 앞은 여전히 보이지 않았다. 불길을 향해 소화기를 분사하던 지훈은, 이윽고 소화기를 팽개치고 연아에게 다가왔다. 그리고 한쪽 팔로 연아를 일으켜 세웠다.

"괜찮아? 빨리 나가자."

"지훈아……."

연기와 눈물에 가려 지훈의 얼굴이 흐릿했다.

"이제 괜찮아. 내가 왔으니까. 너무 오래 걸렸지?"

연아는 지훈의 부축을 받아 절뚝거리며 문으로 향했다. 묻고 싶은 이야기가 산더미였지만 이곳을 빠져나가는 게 우선이었다.

지훈아.

넌…….

넌 몇 년도의 지훈이니?

문가에 쌓여 있던 불붙은 책상들이 와르르 무너졌다.

"안 돼!"

순간적으로 지훈이 연아를 끌어당기는 바람에 간신히 책상 더미에 깔리는 건 피할 수 있었지만 불붙은 책상 더미들이 문 앞을 가로막고 말았다. 지훈은 재킷으로 입을 틀어막고 책상 더미를 발로 차며 길을 터보려 했다. 하지만 자욱한 연기 속에서 불붙은 자재들을 맨몸으로 치우기란 불가능한 일이었다.

"너라도 가."

연아는 지훈의 등을 떠밀었다. 진심이었다. 지훈 혼자라면 저 정도 높이의 불길은 뛰어넘을 수 있을 것이다.

"무슨 소리야. 내가 여길 왜 왔는데. 다친 널 두곤 안 가."

"가라니까!"

연아는 울먹이며 소리를 질렀다. 흘러내린 눈물과 콧물, 검댕으로 얼굴은 엉망이었다.

"이연아, 헛소리하지 말고 입 다물어. 이 타이밍에 너랑 싸우면서 힘 빼고 싶지 않아. 누구 혼자 가는 건 없어. 난 여기서 너랑 같이 나갈 거야. 살아도 같이 살아."

연아는 쌕쌕거리며 가쁜 숨을 내뱉었다.

"여기서 고개 내밀고 공기 들이마시고 있어 봐."

지훈은 연아를 창문 앞에 세운 뒤 반대편 문을 향해 달렸다. 체육 창고에는 두 개의 문이 있었다. 소각장 쪽 문과 체육관 쪽 문. 지훈은 체육관으로 이어지는 문을 향해 돌진했다.

"지훈아! 그쪽 문은 아니야! 거긴 안 돼! 지훈아!"

연아는 발작하듯 소리를 지르며 지훈을 향해 기어갔다. 막아야 했다. 지훈은 체육관 쪽 문 앞에 있던 선반에 깔려 죽었다. 연아가 지훈의 옷깃을 잡으며 말려봤지만, 지훈은 문을 부수는 데 온 신경을 집중했다.

쿵.

허술해 보이는 나무문은 덜컹이는 소리만 낼 뿐 쉬이 부서지지 않았다.

쿵. 쿵. 쿵쿵.

덜컹덜컹.

쿵.

지훈은 쉬지 않고 문을 향해 몸을 던지고, 발로 손잡이 부분을 걷어 찼다. 몇 번이나 반복하자 나무문의 이음새가 조금 벌어졌지만 잠금쇠가 걸린 부분은 여전히 다물린 채였다.

"으아아아아!"

지훈이 다시 한번 있는 힘껏 손잡이를 발로 내리쳤다. 마침내 둔탁한 소리를 내며 손잡이가 부서졌다.

양쪽 문이 모두 열리자 바깥 공기가 체육 창고 안을 관통하기 시작했다. 열린 문으로 매캐한 연기가 빠져나가자 숨쉬기가 훨씬 수월해졌다. 지훈은 연아를 일으켜 세워 팔을 자신의 어깨에 두르게 한 뒤, 보폭을 맞춰 걷기 시작했다. 연아는 안간힘을 쓰며 빨리 걸어보려 했지만, 다친 발목 때문에 걷는 속도는 더디기만 했다.

"걱정하지 마. 몇 걸음만 더 가면 돼."

연아의 허리를 감싸 안은 지훈의 손이 덜덜 떨렸다. 모든 것이 같았지만, 또 달랐다.

"콜록. 켁……. 너, 넌 몇 년도에서…… 온 거야?"

희뿌연 시야 너머로 지훈의 멈칫하는 기색이 느껴졌다.

"너……."

"콜록. 아…… 안녕, 지훈아."

연아는 까만 손등으로 눈가를 문질렀다. 시야를 가로막았던 것들을 걷어내자, 비로소 지훈의 얼굴이 보였다.

내가 어떻게 모를 수가 있겠어. 18살의 네가 놀라는 얼굴, 날 보는 눈빛, 당황할 때의 행동, 화낼 때의 표정. 넌 지금…… 내가 알지 못하는 얼굴을 하고 있어.

똑같은 지훈의 얼굴이었지만 그 미묘한 차이를 알 수 있었다. 시간
여행을 하지 않았다면 알아차리지 못했을 미세한 차이였다.

넌…… 미래에서 온 지훈이구나.

"연아야."

지훈의 떨리는 손이 연아의 얼굴을 향했다. 소용돌이치는 새까만 눈
동자에 물기가 촉촉하게 번졌다.

"어디에서 온 거야? 응?"

선뜻 말이 나오지 않는지, 지훈이 마른 침을 삼켰다. 이 한마디로 지
훈은 모든 상황을 알아챈 것 같았다. 그가 대신 죽었다는 사실, 자신이
그를 구하러 과거로 온 사실마저.

"15년……."

30살의 지훈이었다.

심장이 터져버릴 것 같았다. 네가 살았던 삶은 어땠을까, 얼마나 반
짝반짝 빛나는 삶을 살았을까. 넌 나 없이도 그런 삶을 살았을 것이다.
꼭 너만큼 눈부시게 화려하고, 생명력이 충만한 삶을 살았을 것이다.

연아의 머릿속에서 지훈의 생애가 파노라마처럼 그려졌다. 흰 눈이
소복하게 쌓인 학교 운동장에서 졸업 사진을 찍는 지훈, 푸르른 5월의
어느 날 친구들과 함께 대학 교정을 걷는 지훈, 늦은 밤 도서관을 나서
며 피곤한 눈을 비비는 지훈, 회사 사무실에서 셔츠 소매를 걷고 전화
통과 씨름하는 지훈.

넌 마침내 꽃처럼 아름다운 누군가와 사랑에 빠져 결혼을 했을까.
너를 꼭 닮은 예쁜 아기를 품에 안으며 행복한 미소를 지었을까.

"고마워, 지훈아……."

무슨 생각을 하는지 알고 있다는 듯 지훈은 연아를 바라봤다. 괜찮아, 난 괜찮아. 부드러운 눈길이 그리 말하고 있었다.

"네가 날 구했어."

연아의 말에 지훈이 입가에 미소를 지었다.

"그랬구나. 네 생일날 난 이곳에 왔는데. 괜찮은 생일 선물이었나 보네."

"……."

"어떤…… 삶이었어?"

어떤 삶이었냐고? 네가 네 목숨과 바꾸어준 삶, 그것만으로도 너무나…….

"끝내주게 멋진 삶."

지훈이 까맣게 그을린 손으로 연아의 머리를 쓸어내렸다. 피식, 소리 내어 웃기도 했다.

"다행이다. 그거면 돼."

널 만나서 행복했어. 너와의 추억만으로 내 생이 반짝거렸어. 네가 준 사랑이, 보잘것없던 내 삶을 세상 가장 고귀한 것으로 만들어줬어.

콜록콜록. 다시 기침이 터져 나왔다. 양쪽 문으로 연기가 빠져나가긴 했지만, 연기를 너무 많이 들이마신 상태였다. 이제 체육관 쪽 문에거의 다다랐다. 벽면에 위태롭게 세워진 선반에 지훈이 깔린 걸 알고있었지만 이곳이 아니면 나갈 방도가 없었다.

연아는 지훈을 끌어당겨 문밖으로 밀어내려 했다. 그 순간, 불길에휩싸인 선반이 기우뚱했다.

"안 돼!"

두 사람이 동시에 소리쳤다. 지훈이 먼저 연아를 열린 문밖으로 밀쳐냈다. 슬로모션처럼, 꿈속의 한 장면처럼, 불길에 휩싸인 선반이 천천히 지훈을 향해 기울었다.

연아는 문밖으로 떠밀리며 있는 힘을 다해 손을 뻗었다.

안 돼⋯⋯. 지훈아!

쿵, 하고 뒷머리가 바닥을 찧었다.

멀어지는 의식 속, 손에 잡힌 것이 지훈의 옷자락이었는지 아니면 다른 무언가였는지 알 수 없었다.

"정신이 들어?"

귓가에 웅웅, 하는 이명이 울려 퍼졌다. 연아는 간신히 눈을 떴다.

"윤새야⋯⋯."

상체를 일으켜 세우려 했지만 갈비뼈에서 격통이 느껴졌다. 물먹은 솜처럼 몸이 무겁고, 구석구석 아프지 않은 곳이 없었다. 윤새가 다급하게 다가와 연아를 부축했다.

"많이 다쳤어. 일어나지 마."

병원이었다.

"윤새야⋯⋯."

목소리가 쇳소리처럼 갈라져 나왔다.

"말하지 마. 기도까지 상했어. 도대체 이게 뭔 일인가 몰라. 무슨 일이 있었던 거야? 왜 네가 학교에 쓰러져 있었냔 말이야. 이 상처들은 다 뭐고? 난 정말…… 네가 누구한테 폭행이라도…….”

목이 메는지 윤새가 말을 멈추곤 코를 훌쩍거렸다.

“나 어떻게 된 거야……?”

“네가 알지, 내가 어떻게 알아? 경비 아저씨가 널 발견하고…….”

윤새는 말을 멈추고 눈을 동그랗게 떴다.

“너 설마 기억 안 나? 아무것도? MRI 찍어봐야 하는 거 아냐? 기억 상실 뭐 이런 거야?”

윤새가 목소리를 높이자, 머릿속에서 누가 망치질을 하는 것처럼 머리가 울렸다.

아, 뭐지? 왜 이렇게 머리가 아프지? 아니, 그것보다도…….

“지훈이!”

연아는 상체를 벌떡 일으켜 세웠다. 통증은 여전했지만 이불을 젖히고 일어서려 했다.

“지훈이……. 지훈이는.”

연아는 뒷말을 소리 내어 말하지 못했다. 두려웠다. 윤새의 입에서 나올 대답이 간절하게 듣고 싶으면서도 듣고 싶지 않았다.

“지훈인 왜?”

되묻는 윤새의 표정을 읽을 수가 없었다.

지훈인 살아 있어? 아니면.

울컥 쏟아내고 싶은 말이 여전히 목구멍에 걸려 있었다.

“너 어떻게 된 건지 정말 기억 안 나? 경찰들 병실까지 찾아오고 난리가 났었어. 경비 아저씨가 한밤중에 학교에 쓰러져 있는 널 발견해 데려왔기 망정이지, 아니었다면 정말 큰일 날 뻔했어.”

윤새는 다시 연아를 침대에 앉히고 이불을 덮어주며 쉴 새 없이 잔소리를 했다. 연아는 윤새의 말을 한 귀로 흘리며 생각에 빠져들었다.

바뀐 현재와 대면하는 순간, 바뀐 기억이 몰려온다. 지훈이 살았는지, 죽었는지 아직은 알 수가 없었다. 문밖으로 밀려나며 필사적으로 손을 뻗었다. 손끝에 무언가가 잡힌 것 같았는데, 그게 무엇이었는지는 알 수가 없었다.

연아는 덜덜 떨리는 손으로 이불을 움켜잡았다.

난 각오가 되어 있는 걸까. 어떤 끝에 도달했는지 받아들일 각오가.

"윤새야."

연아가 입을 열었다.

"왜? 어디 아파? 목말라? 따뜻한 물이라도 줄까? 아, 맞다. 좀 전에 네 핸드폰으로 그 자식한테서 전화 왔어. 얘기 듣고 기겁하더니 바로 오겠다고 하더라. 지금쯤 하얗게 눈 뒤집어 까고 오고 있을걸?"

귀가 번쩍 뜨였다.

그 자식?

누구? 지훈이? 호윤이?

누군지 물으려는 찰나, 병원 복도에서 뛰어오는 소리가 들렸다. 발걸음 소리는 연아의 병실 앞에서 멈췄다.

벌컥.

성급하게 문이 열렸다. 찬바람을 매달고 누군가가 서 있었다. 연아가 고개를 돌렸다. 시선이 먼저 남자의 구두 끝에 닿았다. 그리고 천천히 위로 향했다.

"아……."

눈이 마주쳤다.

시야기 뿌옇게 흐려졌다.

바뀐 기억이 몰려왔다.

에필로그. 구하러 갈게

2003년 11월.

세상이 무너졌다.

지훈은 화마가 휩쓸고 지나간 체육 창고 앞에 무너지듯 주저앉았다. 화재 현장에는 그을린 철골과 새까만 잔해더미만 가득했다. 그는 얼어붙은 땅바닥을 주먹으로 내리치며 흐느꼈다. 믿을 수가 없었다. 꿈일 것이다. 꿈이어야 했다.

"야, 류지훈! 정신 차려. 이러다 너까지 죽겠어!"

지훈의 주먹에서 피가 배어 나왔다. 지훈이 기어코 이마까지 바닥에 내리찍으려 하자, 호윤이 뒤에서 붙들었다.

"이거 놔, 놓으라고!"

사납게 발악하는 그의 눈은 이미 반쯤 돌아가 있었다. 벌써 며칠째였다. 지훈은 매일 화재 현장에 나타나 갈 곳 없는 화를 쏟아냈다.

이제 고작 18살. 한없는 생명력으로 반짝이는 이들에게, 죽음은 멀고도 낯선 것이었다. 가까운 이의 죽음을 한 번도 경험하지 못했던 지훈은 연아의 사망 소식을 받아들일 수 없었다. 부정하고 부정하길 거듭하다 분노하기 시작했다. 세상이 두 쪽 나는 끔찍한 일이 벌어졌는데, 가슴이 갈기갈기 찢어질 만큼 고통스러운 일이 벌어졌는데 누구에게 책임을 물어야 할지 몰랐다. 시간이 지나도 타오르는 불구덩이 같은 분노는 잠잠해질 줄 몰랐다. 아니, 오히려 전신을 태울 기세로 불길을 키워나갔다. 원망하고 저주할 대상이 필요했다. 안 그러면 미쳐버릴 것 같았다.

그래서 지훈은 매일같이 재만 남은 체육 창고에 찾아와 악을 쓰고 있었다.

"이제 그만해."

호윤은 볼품없이 초췌해진 친구를 잡아 일으켰다. 슬픔과 분노로 얼룩진 몸이 바들바들 떨리고 있었다. 자신도 감당할 수 없을 만큼 큰 충격을 받았는데, 지훈은 얼마나 지독한 고통 속을 헤매고 있을지 짐작하기 힘들었다. 그때 수업 시작을 알리는 종이 울렸다. 호윤이 지훈을 다독이며 교실로 데려가려는 찰나 무섭게 돌진해오는 발걸음 소리가 들렸다.

"류지훈, 이 새끼야!"

윤새였다. 그녀는 연아의 사망 소식을 듣고 쓰러져 일주일 동안 병원에 입원했었다. 눈물범벅이 된 얼굴로 곧장 달려온 윤새는 다짜고짜 지훈의 뺨을 때렸다.

철썩.

둔탁한 소리가 싸늘한 공기를 울렸다. 윤새는 한 번으로 그치지 않았다. 연이어 지훈의 뺨을 갈기더니 이내 주먹으로 두드려 패기 시작했다.

"살려내. 살려내라고! 네가 죽였으니 네가 살려내!"

윤새는 비명을 지르듯 울부짖었다.

"다 너 때문이야. 너 때문에 죽은 거라고! 너 때문에 애들이 연아 괴롭힌 거라고. 네가 그렇게 못되게 굴지만 않았어도 연아가 창고에 갇힐 일 없었어!"

호윤이 발악하는 윤새를 말렸다.

"이윤새, 그만해. 지훈이 때문이 아니란 거 알잖아. 우리 중에 안 슬픈 사람이 어딨어? 힘들고 괴로워서 누군갈 탓하고 싶은 마음은 알겠는데, 그래도 연아 죽은 거 지훈이 탓 아니잖아. 제일 힘들 사람이 지훈인 거 몰라? 제발 우리끼리 상처 주진 말자."

뺨이 벌겋게 부어오른 지훈이 호윤의 말을 잘랐다.

"아냐. 이윤새 말이 맞아. 연아, 나 때문에 죽은 거야."

"야, 류지훈. 너까지 왜 윤새 말에 장단을……."

"윤새 말 틀린 거 없어. 내가 그렇게 연아한테 지독하게 굴지 않았다면, 연아가 창고에 갇힐 일도 없었을 거야. 그러면 죽지도 않았겠지. 내 탓 맞아. 나 때문이야."

지훈의 말에서 짙은 자책이 배어 나왔다. 호윤은 침통하고 참담한 마음으로 친구의 얼굴을 바라봤다. 그는 기어코 자신의 심장을 스스로 도려내려 했다. 윤새마저 말없이 쌕쌕 가쁜 호흡만 내쉬었다.

"죗값 치르면서 살 거야. 평생 연아한테 용서 빌면서 살 거야. 하지만."

무언가를 결심한 듯한 표정으로 지훈이 잠시 말을 멈췄다. 두 눈에는 광기가 번뜩였다.

"연아의 죽음에 책임 있는 사람들이 모두 죗값을 치른 다음이야."

그의 선언은 결코 허튼소리가 아니었다.

이후 지훈은 마치 생의 사명을 새로 찾은 사람처럼 생기가 돌았다. 오로지 연아를 창고에 가두고, 화재를 일으킨 범인을 찾기 위해 혈안이 되어 뛰어다녔다. 그 끈기와 집요함에 모두들 혀를 내둘렀다.

지훈은 목격자를 찾기 위해 전교생 모두와 면담하다시피 했다. 그러다 '어느 반 누구누구가 화재가 난 날 늦게까지 학교에 남아있었다더라.'라는 단서를 찾아냈고, 끈질기게 추적을 해나갔다. 이주일 만에 황예은의 꼬리가 잡혔다. 그녀가 술자리에서 한 실언을 누군가 퍼 나른 것이다. 지훈은 황예은을 다그쳐 오소라, 진선미까지 엮어냈다. 그리고 그들이 작당해 연아를 창고에 가둔 사실을 끝내 밝혀냈다.

진승환을 잡아낸 방식 역시 비슷했다. 지훈은 아이들에게 평소 누가 체육 창고에서 자주 담배를 피우는지 캐물었다. 진승환 외에 많은 이들이 후보에 올랐지만 지훈은 소거법으로 용의자 후보를 하나씩 탈락시켰다. 화재가 난 시각 알리바이가 있었던 이들, 질문에 막힘없이 대답한 이들은 제외시켰다. 이윽고 진승환과 몇몇 아이들이 후보로 남자, 지훈은 진승환이 범인임을 확신했다.

지훈은 재욱이 진승환 패거리와 어울렸다는 사실을 알아내고 그를 은밀히 불러냈다. 재욱은 한사코 얘기하지 않으려 했지만 지훈의 집요함에 버텨낼 수가 없었다. 결국 재욱은 자신이 화재 사건의 목격자임을 실토하고 진승환이 한 짓을 낱낱이 밝혔다. 이후 지훈은 모든 사실을 경찰과 선생들에게 알리고 교육청에 진정서를 넣었다. 사람이 죽은 사고였다. 미성년자에다가 고의성은 없었지만, 진승환은 죄에 대한 정당한 대가를 받았다.

지훈은 이 과정을 끝까지 지켜본 뒤 할 일을 마쳤다는 듯 겨울 방학 동안 어디론가 사라졌다. 그리고 다시 나타난 그는 완전히 다른 사람이 되어 있었다. 생의 활기를 모두 빼앗긴 듯 빈껍데기만 남은 모습이었다.

어느 날, 지훈은 윤새를 찾아와 이렇게 말했다.

"약속한 대로 이제는 내 차례야. 내가 죗값을 치를 차례라고."

윤새는 지훈이 어떻게 죗값을 치르려 하는지 알 수가 없었다. 아니, 실은 그냥 하는 소리라 여겼다. 그래서 지훈이 누군가를 향해 쏘아대던 분노의 화살을 자신에게로 틀었다는 사실을 알지 못했다.

그렇게.

12년이 흘렀다.

눈부신 야경이었다. 통유리창 너머에는 유리조각을 흩뿌려놓은 듯 자잘한 불빛이 가득했다. 마치 밤바다 위에서 반짝이며 부서지는 달빛과도 같았다. 하지만 유리창 너머를 응시하는 지훈에게 야경 따위는 눈에 들어오지 않았다. 그는 온통 딴 생각뿐이었다.

"지훈 씨?"

감미로운 재즈 선율과 함께 여자의 목소리가 지훈의 귓가를 파고들었다.

"아, 네. 세아 씨."

번뜩 정신을 차린 지훈이 고개를 돌려 맞은편에 앉은 상대를 바라봤다. 아름다운 얼굴에 공들인 단장을 한 여자가 해맑은 미소를 짓고 있었다. 여자는 국내 굴지의 전자제품제조기업 창업주와 저명한 국회의원 사이의 고명딸로 유명 갤러리의 큐레이터이기도 했다. 일평생 비단 강보에 싸여 자랐을 게 분명한 여자의 눈에는 확신이 가득했다. 여태껏 걸어온 길이 황금칠을 한 평탄대로였듯이 앞으로도 그러할 것을, 눈앞의 남자가 자신에게 청혼할 것을.

반면 지훈은 그 눈동자를 통해 다른 얼굴을 겹쳐 보고 있었다. 두 번째 만남에 응한 건 오로지 저 눈동자 때문이었다. 오래전 죽은 그 아이와 꼭 같은 빛깔이라, 지훈은 한 번 더 그 눈동자를 마주 하고 싶었다.

"날이 맑아서 그런 걸까요? 오늘 야경이 정말 멋지네요. 갑자기 만나자고 하셔서 제대로 거울도 못 보고 나왔는데, 그럴 만한 보람이 있었어요."

여자는 양 뺨을 붉게 물들이며 수줍게 웃었다. 커피 잔을 들어 올리는 손길마저 세련되고 우아했다. 지훈은 마주쳐오는 여자의 시선을 피하며 씁쓸하게 웃었다. 준비했던 말을 꺼내는 순간 여자의 표정이 어떻게 변할지 짐작 가능했기 때문이었다.

"세아 씨, 드릴 말씀이 있습니다."

지훈의 말에 여자는 커피 잔을 조용히 내려놓았다.

"오늘 보자고 하신 이유인가요?"

여자의 눈동자에 기대감이 일렁였다. 지훈은 고개를 끄덕이고는 천천히 입술을 떼었다.

"그만 만났으면 합니다. 우리."

"네?"

여자의 눈이 둥그렇게 커졌다. 예상치 못한 상황에 할 말을 잊은 듯 놀란 얼굴이었다.

"집안 간에 어떤 얘기가 오가는 줄 모르는 바는 아니지만, 더 깊은 얘기가 나오기 전에 그만 만났으면 합니다."

"그게 무슨 말이에요? 그만 만나자니요."

여자가 다급하게 몸을 앞으로 기울였다. 당황한 듯 말이 빨라졌다.

"미안합니다. 애초에 그 자리가 선 자리인 줄 알았다면 나가지 않았을 겁니다. 어머니가 자주 하는 거짓말인 걸 알면서도 알아차리지 못했던 제 실수였어요."

"지훈 씨."

"그날 사실대로 말하지 못했던 제 잘못이기도 하고요."

여자의 눈가가 붉어졌다. 치욕을 참는 듯 앙다문 입술이 바들바들 떨렸다.

"그렇게 얘기하시면 제가 더 비참해져요."

"전부 다 제 책임입니다."

어떻게 거절의 말을 꺼내야 할까. 여자를 만나러 오기 전 지훈은 잠시 고민했다. 여러 가지 변명거리를 떠올려 봤지만 솔직하게 털어놓는 게 도리라 생각했다. 여자는 눈가에 눈물을 매단 채 쌕쌕거리며 숨을 내쉬었다. 생각을 정리하려는 듯 한동안 말이 없기에 지훈은 여자의 앞으로 물잔을 조용히 밀어줬다.

"우리 잘 만나고 있었잖아요. 갑자기 왜 이러시는 거예요?"

한동안 숨을 가다듬은 여자가 표정을 굳히며 날카롭게 물었다. 의외의 반응에 지훈은 머리가 지끈거렸다. 지금의 자리를 포함해 고작 3번의 만남이었다. 첫 만남은 어머니에게 속아서 나간 자리였다. 이후 지훈이 먼저 연락하거나 만나자고 제안한 일도 없었다. 두 번째 만남 때는 여자가 지훈의 회사 앞으로 연락도 없이 찾아왔다. 어떤 여지도 준적 없건만 그 짧은 만남을 통해 여자가 어떤 마음을 품고, 어떤 기대를 펼쳤을지 지훈은 알지 못할 일이었다.

미모와 지성, 재력까지 무엇 하나 빠질 게 없는 여자였다. 지훈은 그녀가 적당한 정도의 불쾌감을 표시할 거라 생각했다. 아니면 담담하게 알겠다 말하고 돌아설 거라 예상했다. 그래서 이유를 따져 묻는 여자의 태도가 꽤나 당황스러웠다.

"갑자기, 아닙니다. 아까 말씀드렸다시피……."

"양가 부모님들께서 많이 서두르셨다는 건 인정할게요. 일이 너무 빨리 진행되니 지훈 씨도 당황하셨겠죠. 남자 나이 서른이면 결혼하기엔 이른 감도 있으니까요. 하지만 저와 결혼하는 거, 지훈 씨한테 밑지는 장사 아니잖아요? 지훈 씨 사업하는데도 저희 집안 분명 도움 될 거고요."

지훈은 눈을 잠시 내리깔았다가 여자를 똑바로 쳐다봤다.

뭐가 그렇게 인상적이었던가. 그동안 자신이 알게 모르게 그녀의 환상을 충족시켰던 탓인지, 아니면 거절에 대한 단순한 분노인지 알 순 없지만 여자의 말에선 오기마저 느껴졌다.

"세아 씨는 장삿속으로 결혼하려는 남자를 원하는 겁니까?"

지훈의 말에 충격을 받은 듯 여자의 눈이 커졌다.

"장삿속으로 결혼하려는 남자를 원하지 않아서 사랑하는 사람과 결혼하고 싶다고 얘기했던 거 아닙니까?"

"그러니까, 그 사랑이라는 거 지훈 씨랑 해보고 싶다고요. 우리 첫 만남이 그다지 인상적이지 않았다는 건 알아요. 선이라는 거, 첫 만남이라기엔 정말 흔해 빠지고 재미없죠. 하지만 지훈 씨 보고 생각이 바뀌었어요. 저, 지훈 씨하고 연애해보고 싶단 말이에요."

솔직하고 당돌한 여자의 말에 지훈은 한 대 맞은 것 같은 기분이었다. 요즘 애들이라 그런가.

지훈은 헛웃음을 지으며 여자를 향해 입을 열었다.

"일단은 고맙다는 말을 먼저 해야겠군요. 비꼬는 말 아닙니다. 세아 씨 같은 분께 이런 얘길 듣다니요. 하지만 잘못 짚으셨네요. 전 그 상대가 아닐 겁니다."

"제가 마음에 안 들어요? 아니, 그럴 리는 없고 대체 진짜 이유가 뭐예요?"

여자는 자신을 거절할 남자가 있다는 생각은 눈곱만큼도 하지 않는 듯싶었다. 제가 먼저 '마음에 안 들어서'라는 정답을 내놓고도, 그 선택지는 생각도 하지 않는 듯한 모습이었다. 지훈은 터져 나오는 한숨을 가까스로 참았다. 상처 주고 싶지 않아 빙 둘러 말한 게 독이었다.

"……여유가 없어요."

"지훈 씨 바쁜 거 알아요. 시간 낭비하지 않고 열심히 사는 거 보기 좋아요. 그 부분 감안하고 있어요."

"아니, 마음의 여유요."

"시간에 쫓겨 바쁘게 살다 보면 마음의 여유가 없을 수 있죠. 하지만 그 정도 여유 만들어드릴 자신 있어요."

"아니, 세아 씨가 들어올 만한 마음의 공간이 없다는 말입니다."

"마음의 공간이요?"

그제야 여자는 쏟아내던 말을 멈추고 의아하다는 표정을 지었다. 지훈은 관자놀이를 손으로 꾹 눌렀다. 소모적인 실랑이에 두통이 일었다.

"납득할 만한 대답을 원하세요? 아니면 솔직한 대답을 원하세요?"

"……후자요."

여자는 입술을 깨물고 초조하게 지훈의 대답을 기다렸다. 침묵이 흘렀다.

이런 얘기까진 하고 싶지 않았다. 함부로 입에 담고 싶지 않은 얘기였다. 과연 자신의 상처를 드러내면서까지 이 여자에게 거절의 이유를 설명할 필요가 있을까 하는 의문도 들었다. 하지만 지훈은 오늘 반드시 여자와의 만남을 마무리 짓고 싶었다. 비록 모든 게 없던 일로 돌아간다 할지라도 연아 앞에서 떳떳해지고 싶었다.

"첫사랑을 못 잊었습니다. 제가."

"네?"

"앞으로도 못 잊을 거 같고요. 이런 마음으로 세아 씨를 만나는 건, 세아 씨에게도 큰 실례인 것 같아 그만 만나자고 말씀드린 겁니다."

정적이 흐르는 가운데 여자의 얼굴이 서서히 일그러졌다. 입술을 깨물었다 다리를 꼬았다 하는 두서없는 행동이 이어졌다. 이윽고 여자는 눈을 치켜뜨며 가시 돋친 말투로 물었다.

"그런데 그 잊지 못할 첫사랑은 어쩌고 선 자리에 나오셨던 거예요?

결혼이라도 했나요?"

"……죽었어요. 오래전에."

'죽었다.'라는 말의 여운이 입 안에 까슬하게 달라붙었다. 그가 가장
입에 올리기 힘들어하는 말이었다. 말을 내뱉는 순간, 언제나처럼 그
아이가 죽었다는 현실이 가슴 아프게 와 닿았다. 삶의 뒷면은 죽음이
라는 사실이, 무섭도록 생생하게 느껴져 두렵기까지 했다.

지훈은 저도 모르게 헛웃음을 지었다. 긴 시간이 흘렀지만 여태 이
지경이었다. 여전히 연아의 죽음을 받아들이지도, 감당하지도, 극복하
지도 못한 채였다. 아직도 오래전 일에 붙들려 고통 속에서 허우적대
며 살고 있었다. 하지만 여자는 지훈의 대답을 다른 의미로 해석한 모
양이었다.

"진짜 어이가 없어서."

여자의 비틀린 입가에 냉소가 번졌다. 여자는 팔짱을 끼더니 삐딱하
게 의자에 기댄 채 싸늘한 눈빛으로 지훈을 노려봤다.

"이봐요. 류지훈 씨. 정말 매너 한 번 끝내주네요. 이게 당신 방식이
에요? 귀찮게 매달리는 여자 떼놓는 방식? 죽은 첫사랑? 어디서 말 같
지도 않은 소리를."

여자는 날카롭게 쏘아붙인 뒤 코트를 집어 들고 벌떡 일어났다. 지
훈 역시 여자를 따라 자리에서 일어났다.

"거짓말한 거 아닙니다. 세아 씨 기만한 거 아니에요. 솔직하게 대답
해 달라고 한 건 세아 씨잖아요."

"됐거든요? 정말 재수가 없으려니."

"믿기지 않는다는 거 압니다. 하지만 그게 진실인데 어떻게 합니까?

432

저도 어렵게 얘기한 겁니다. 세아 씨에게는 정당한 대답을 들을 자격
이 있다 생각해서요."

"아, 듣기 싫어요. 됐고요. 이제 그만 눈앞에서 고이 꺼져드리죠. 그
애절한 첫사랑 생각하면서 혼자 늙어 죽으시든지, 따라가시든지. 어쨌
든 저세상에서라도 그 사랑 꼭 이루길 바랄게요."

여자는 찬바람을 쌩하니 일으키며 뒤돌아섰다. 홀을 울리는 여자의
구두 소리가 점차 멀어졌다.

어떤 대답을 해야 했을까. 아마도 여자는 솔직한 대답 대신 납득할
만한 대답이 필요했을 것이다. 최대한 자신의 자존심이 상하지 않을
만한 이유가. 그 대답을 유도하고자 끈덕지게 물고 늘어졌는지도 모
른다. 가령 당신 같은 여자를 만나기에 내가 많이 부족한 것 같다거나,
혹은 해외 주재원으로 발령이 나서 더는 만남을 지속하기가 어렵다거
나 등이 그녀가 기대한 대답이 아니었을까.

지훈은 멀어지는 여자의 뒷모습을 바라보다 고개를 절레절레 흔들
었다. 그다지 개운한 결말은 아니었지만 오늘 해야 할 첫 번째 일은 무
사히 마친 셈이었다. 커피값을 계산하고 출구로 향하던 지훈은 문득
여자가 남긴 마지막 말이 떠올라 피식 웃고 말았다.

그 사랑 꼭 이루길 바란다라······.

"고맙군요."

여자의 말이 진심이 아니라는 걸, 잔뜩 비꼬는 말이라는 걸 알고 있
다. 하지만 지훈은 어쩐지 그 말이 기분 좋은 예감처럼 들렸다.

종로의 밤거리는 도심이 빚어내는 소음으로 가득했다. 세찬 바람에 몸을 움츠린 사람들이 인파와 자동차로 혼잡스러운 거리를 종종걸음으로 지나고 있었다. 지훈은 건물을 나와 길가에 잠시 멈춰 섰다. 건물 지하에 차가 주차되어 있었지만 그는 버스를 타고 이동할 셈이었다. 코트 깃을 여미며 발걸음을 옮기는데 핸드폰이 울렸다. 호윤이었다.

[어디야.]

"종로."

[올래?]

"아니."

잠시 호윤은 말이 없었다. 뒤에서 뭐라고 구시렁대는 경민과 우태의 말소리가 들렸다. 아마도 둘의 재촉에 못 이겨 전화한 모양이었다.

[얼굴에 금칠했냐? 왜 이렇게 비싸게 구는 건데? 너 때문에 다들 시간 맞춘 거잖아. 애들 정성 생각해서라도 얼굴 내밀어.]

"그게 정성이냐? 오지랖이지. 한 번 더 말하지만 거절한다. 끊을게."

[야, 류지훈.]

"오늘 무슨 날인지 몰라서 그래?"

[아니까 그렇지.]

오후 내내 경민과 우태로부터 지겹도록 나오라는 전화가 걸려왔다. 연아의 기일과 생일이 이어지는 시기. 이맘때쯤이면 세 사람은 약속이나 한 듯 번갈아, 혹은 단체로 지훈을 불러댔다. 호윤마저도 이 시기만큼은 군말 없이 경민과 우태에게 동조하곤 했다. 생각해주는 그들의 마음이 고맙긴 하지만 지훈에겐 오늘 해야 할 일이 있었다.

"알면 좀 내버려 둬."

[어디 가서 궁상떨지 말고 그냥 와.]

지훈은 힐끔 손목시계를 보고 시간을 확인했다. 아직 밤 9시였다. 잠시 들를까 하는 생각도 들었지만 한번 잡히면 순순히 놓아줄 것 같지 않았다.

"안 돼."

지훈이 내뿜은 입김이 새까만 밤공기 속에서 아스라이 부서졌다.

"연아가 기다려."

[⋯⋯미친 새끼.]

진짜 화난 듯한 호윤의 반응에도 지훈은 장난스럽게 웃기만 했다.

"얼른 가서 생일 축하해줘야지. 연아가 좋아하는 케이크 사 들고. 늦으면 화낼지도 몰라."

[⋯⋯.]

"딸기 케이크 살까? 아님 초코 케이크 살까?"

[작작해라, 진짜.]

사람들은 잊으라고만 했다. 이제 그만하면 됐다고, 연아를 마음에서 지워버리라고 했다.

지훈도 노력하지 않은 건 아니었다. 함께했던 추억도, 상처 주고 아프게 했던 기억도, 모든 걸 집어삼킨 화재 사건도, 떠올리지 않기 위해 의식적으로 노력했다. 그렇게 한동안은 그 지독한 상처를 돌아보지 않기 위해 애썼다. 하지만 그렇게 해도 결코 아물지 않는 상처가 있었다. 상실의 고통과 사무치는 그리움을 제 일부로 받아들이며 한평생 안고 가야 하는 상처가 있었다. 그 고통을 극복하는 방법은 오로지 모든 과정을 견디며 지나가길 기다리는 것뿐이라는 사실 또한 나중에 깨달았다.

지훈은 언제 끝날지 모르는 지난한 과정을 견디며 그 상처를 제 일부로 받아들이는 와중이었다. 6개월 전까지만 해도 말이다.

"선택에 도움 줄 거 아니면 끊는다."

지훈은 길 건너편에 보이는 베이커리를 향해 걸으며 전화를 끊으려 했다.

[……초코 사.]

"뭐?"

생각지도 않았던 호윤의 답변에 놀란 지훈이 목소리를 높였다.

[금붕어냐? 기억력이 뭔 아메바 수준이야. 작년에 딸기 샀잖아.]

"야, 기분 나쁘게 네가 그런 걸 왜 기억하냐?"

[됐다, 됐어. 말을 말자.]

얼마 전, 호윤은 지훈에게 고등학교 시절 연아를 좋아했다는 사실을 고백했다. 같은 자리에 있던 경민과 우태는 이미 알고 있었던 듯한 눈치였지만 지훈은 까마득하게 몰랐던 이야기였다. 당시 놀라고 당황한 마음에 비꼬는 소리 몇 마디를 했다. 정확히 언제부터 언제까지였냐고, 얼마나 진지했었냐고 따져 묻기도 했다. 아니, 솔직히 말하자면 기분이 썩 좋진 않았다. 호윤의 감정은 과거 완료형이었고, 그 대상 또한 이제 세상에 존재하지 않지만 그럼에도 설명할 수 없는 감정이 일었다. 그 바람에 경민과 우태로부터 미친놈이라는 말을 동틀 때까지 들은 건 물론이었다.

왜 기억하냐며 따지듯 물은 말은 장난이었지만 호윤은 질린다는 듯 전화를 끊어버렸다. 지훈은 끊긴 핸드폰을 바라보며 코웃음을 친 다음 코트 주머니에 넣었다. 그리고 환한 불빛이 새어 나오는 베이커리 문

436

을 잡아당겼다.

초코 케이크라⋯⋯.

지훈은 훈훈한 공기가 도는 베이커리 안으로 들어가 케이크 진열대 앞에 섰다. 작년에 딸기 케이크를 샀던 사실은 당연히 기억하고 있었다. 그러니 올해는 초코를 살 생각이었다. 진열된 케이크를 살펴보던 지훈은 잠시 고민한 뒤 직원에게 말했다.

"딸기 케이크 하나 주세요."

왠지 기분이 나빴다.

칠흑 같은 어둠을 덧입은 지훈이 가파른 길을 올랐다. 오르막길 끝에 서서, 굳게 잠긴 정문 너머로 학교를 바라봤다. 웅장하게 솟은 건물은 어둠 속에도 그 위세를 고요히 뽐내고 있었다. 낮에 왔더라면 아니, 다른 사람이었다면 감회에 젖어 바라볼 정경이었다. 하지만 지훈에게는 암흑이 내려앉은 학교가 음산하기 이를 데 없었다.

그 아이를 집어삼킨 학교.

메마른 눈동자로 학교를 응시하던 지훈은 곧 담장을 따라 걷기 시작했다. 어느 한 지점에 선 뒤 주위를 살피곤 가뿐하게 담을 넘었다. 잠시 서서 호흡을 가다듬자 찬바람이 선득하게 뺨을 스쳤다. 가파른 길을 오르느라 등에 맺혔던 땀이 마르며 한기가 느껴졌다. 지훈은 코트를 고쳐 입곤 그늘진 곳을 따라 등나무 벤치로 향했다.

오늘은 연아의 서른 번째 생일이었다. 지훈은 매년 연아의 생일날 학교를 찾았다. 하지만 오늘은 좀 더 특별한 날이었다. 케이크 외에 연아에게 줄 다른 선물이 있기 때문이었다. 지훈은 차가운 벤치에 상자를 내려놓고 케이크를 꺼낸 다음 생일 초에 불을 붙였다.

"생일 축하해."

세찬 바람에 촛불이 꺼지자 하얀 연기가 하늘로 피어올랐다. 지훈은 연기를 따라 시선을 옮기다 새까만 밤하늘을 올려다봤다. 오늘따라 더욱 사무치게 그리운 얼굴이 눈앞에 아른거렸다.

"직접 얘기해주고 싶어. 생일 축하한다고."

밤하늘에 또렷하게 새겨진 얼굴은 환하게 웃는 듯했다.

"보고 싶다고."

입 밖으로 소리 내어 말하자 진한 그리움이 파도처럼 밀려왔다. 한동안 밤하늘을 바라보던 지훈은 정신을 번뜩 차리고 시계를 확인했다. 이제 가야 할 시간이었다. 케이크 상자를 정리한 지훈은 다시 그늘진 곳을 따라 본관으로 이동했다. 오늘 학교에 온 것은 비단 연아의 생일 때문만은 아니었다. 훨씬 더 중요한 일이 있었다.

본관 뒷문에 다다른 지훈은 누군가에게 전화를 걸었다. 몇 번의 신호음 후 상대방이 전화를 받았다.

[왔어?]

"뒷문이야."

조용한 복도에 발걸음 소리가 메아리치며 점점 가까워졌다. 곧 끼익, 하는 쇳소리를 내며 뒷문이 열렸다. 문이 열리자 어둠 속에서 윤새가 모습을 드러냈다.

"류지훈. 네가 부탁한 건 다 들어줬어. 이제 네 차례야. 무슨 일인지 얘기해."

지훈이 열린 문으로 1층 복도에 들어서자마자 윤새가 따라붙으며 득달같이 물었다. 하지만 지훈은 곧장 중앙 현관 쪽으로 걸어가기에 여념 없었다. 아직 몇십 분의 여유가 있었지만 3층 계단 앞에 도착하지 않으면 안심이 되지 않았다.

"뭐야? 왜 올라가는 건데?"

윤새는 투덜대면서도 지훈의 뒤를 바지런히 쫓았다. 밤 11시 반에 학교에 들어가게 해달라는 그의 부탁이 이상하면서도 궁금했기 때문이었다. 게다가 부탁할 때의 그 절박한 얼굴이란, 윤새가 살면서 처음 본 지훈의 모습이었다.

3층에 도착한 지훈은 차오르는 숨을 몰아쉬며 풍향 앱을 켰다. 풍향 앱에는 동쪽에서 불어온 바람에 깃발이 펄럭펄럭 날리는 그림이 표시되어 있었다.

동풍, 오른발, 12시. 모든 조건이 완벽하다는 사실을 확인하자, 지훈은 숨통이 트이는 기분이었다. 그제야 윤새를 신경 쓸 여력이 생겼다.

"이윤새."

이름이 불리자, 궁금함을 눌러 참고 있던 윤새가 지훈을 쳐다봤다.

"응, 왜."

"그렇게 궁금해?"

"당연하지. 대뜸 11시 반에 학교 안으로 들어오게 해달라는데."

"말해줘도 안 믿을 텐데."

"그건 내가 판단해."

"미친놈이라고 욕할 텐데."

"네 미친 짓이야 하루 이틀도 아니고."

윤새의 여상한 대답에 지훈은 피식 웃었다. 문득 누군가에게 비밀을 털어놓고 싶은 충동이 일었다. 그 대상이 윤새라면 나쁠 것 같진 않았다.

"오늘 12년 전 과거로 갈 거야."

추위에 양팔을 쓰다듬던 윤새의 눈이 둥그렇게 커졌다. 입을 떡하니 벌리더니 얼굴이 경악으로 물들었다.

"뭐?"

"긴말 할 시간은 없고. 지금 눈앞에 보이는 저게 과거로 갈 수 있는 시간의 계단이거든. 난 저길 통해 화재가 났던 2003년 11월 15일로 갈 거야. 연아를 구하러."

윤새는 어버버, 하며 말을 잇지 못했다.

"그래서 네 도움이 필요했어. 문 열어줘서 고맙다."

제가 한 이야기의 경중을 모르는지 지훈은 별거 아니라는 듯 씩 웃었다.

"야, 이 미친놈아! 너 지금 그게 무슨 정신 나간 소리야?"

겨우 정신을 차린 윤새가 목소리를 높였다.

"네가 믿든 안 믿든 상관없어. 지금 나한테 중요한 건 그게 아니거든."

윤새의 반응에도 지훈은 신경 쓰지 않는다는 말투였다.

몇 달 전, 우연히 학교를 찾은 지훈은 옛 기억을 따라 13번째 계단에 올랐다. 그때가 처음이었다. 2003년 11월 15일로 가게 된 것이. 이후 지훈은 백방으로 수소문하여 시간 여행자를 찾기 시작했다. 13번째 계단에 대한 괴담을 캐묻고 다녔던 사람, 한밤중 학교에 침입했던 사람을 샅샅이 뒤졌다. 그리하여 반년 만에 지훈의 레이더망에 걸려든 이는, 1995년 졸업생인 황규연이란 사람이었다. 아니, 정확히 말하자면 그가 소문을 듣고 먼저 지훈에게 접촉해왔다.

어느 한적한 카페에서 만난 황규연은 자신을 시간 여행의 유래에 대해 조사하고, 다양한 사례를 취합하는 사람이라 소개했다. 그는 지훈에게 시간 여행에 관한 많은 이야기를 해주었다. 자신 또한 학교에서 자살한 친구를 말리기 위해 8년 전 과거로 시간 여행을 했다고 말했다.

"내내 그 애의 마지막 모습이 머릿속에서 사라지지 않았어. 계속 끔찍한 악몽에 시달렸지. 시간의 계단을 알게 된 순간 난 그 애를 말리는 게 내 사명일지 모른다고 생각했어."

그에게도 과거를 바꾸는 일은 결코 쉽지 않았다. 친구를 살리지 못한 채 시간 여행의 기회가 하나씩 사라지자 황규연은 초조해졌다. 그리고 언제부턴가 억울하고 분한 마음이 들기 시작했다.

"시간 여행을 할수록 나 자신도 점점 변해갔어. 처음에는 분명 그 애를 말리기 위해서였는데, 다른 것에 욕심이 생겨났어. 과거로 갈 수 있는 엄청난 기회를 왜 그딴 데다 써야 하나 싶었거든. 나이가 들면 연락도 안 할 친구를 위해서 말이지."

"……."

"돈을 벌고 싶었어. 좋은 대학에 가고 싶었고, 잘 나가는 직업을 갖고 싶었어."

결과는 모두 실패였다. 황규연은 결국 마지막 기회만을 남긴 채 시간 여행을 마무리 지었다.

"무한정 기회가 주어지진 않을 거라 막연히 생각했지만, 12번인 줄은 몰랐어. 나중에야 기회가 12번뿐이라는 걸 알았지. 진작 알았다면 그렇게 허투루 쓰지 않았을 텐데. 마지막 한 번은 차마 쓰지 못했어. 시간의 문이 닫혔다 해도 바꿀 수 있는 가능성을 영원히 안고 살아가고 싶었거든. 이것마저 실패하면 난 영원한 패배자가 되어버리니까."

지훈은 황규연의 두려움을 알 것만 같았다. 이후 황규연이 가르쳐준 시간 여행의 규칙은 이러했다.

첫 번째, 시간의 문을 처음 연 자가 시간의 주인이 된다.

두 번째, 과거로 갈 수 있는 기회는 12번이다.

세 번째, 과거에서 보낸 시간만큼 현재의 시간이 흐른다.

네 번째, 처음 간 과거의 시간을 역행해서 갈 수 없다.

다섯 번째, 현재로 돌아오는 방법은 과거로 가는 방법과 같다. 현재로 돌아가고 싶다고 생각한 후, 계단을 오르면 13번째 계단이 나타난다.

여섯 번째, 미래에 대한 말은 과거의 사람에게 전달되지 않는다. 미래에 대한 직접적인 기록물 역시 모두 사라진다.

일곱 번째, 12번의 기회를 모두 사용한 시간 여행자의 기억은 사라진다.

황규연은 마지막 12번째 기회를 사용하지 않았기에 지금껏 시간 여행에 대한 기억을 잃지 않았다고 했다. 또한 다른 시간 여행자들은 목적한 바를 이뤘냐는 지훈의 질문에 그는 이렇게 대답했다.

"다른 시간 여행자들? 글쎄, 적지 않은 사람들이 시간 여행을 했겠지. 그런데 12번의 기회를 다 쓴 사람들은 기억을 잃기 때문에, 정확히 몇 명이 어떤 시간 여행을 했는지 알 수는 없어. 간간이 끼어든 방해자들과 나처럼 기회를 다 쓰지 않은 사람들 때문에 이야기가 전해져 내려오는 것 같지만."

"방해자라니요?"

"아, 간혹 열려있는 시간의 문을 통해 따라 들어간 방해자들이 있었어. 방해자들은 시간 여행이 끝나도 기억이 사라지지 않지. 일종의 대가랄까? 여러 개의 기억을 갖게 되는 건 분명 고통스러운 일일 테니까. 하여간 성공한 사례도 있고 실패한 사례도 있어. 분명한 건 확신과 간절함이 큰 영향을 미친다는 거지."

확신과 간절함. 그 말에 지훈은 자신도 모르게 입가에 엷은 미소를 지었다.

"어, 그렇게 웃는 건 자신이 있단 뜻인가? 그런데 만만하게 생각하지 마. 그 확신과 간절함이 어떤 희생을 요구할지 모르는 거니까. 게다가 시간 여행을 하다 보면 알게 될 거야. 그 확신과 간절함이라는 게 얼마나 쉽게 변하는지를. 한 가지 흔들리지 않는 목적을 향해 달린다는 게 얼마나 힘든 건지 알게 될 거야."

"전 자신 있어요."

"시간 여행을 하다 보면 나 스스로도 변하게 돼. 아니, 원래의 자신으로 돌아간다는 말이 맞을지도 몰라. 어쨌건 변하는 자신의 모습에 따라 처음의 목적 역시도 흔들려. 이게 정말 내가 원하는 바일까? 제대로 된 목적일까? 끊임없이 의심하게 된다고. 너나 나처럼 자신이 아닌 타인을 위해 시작한 시간 여행은 더더욱."

과거로 가려는 지훈의 이유를 듣고 황규연이 한 말이었다. 그는 꼭 성공하길 바란다는 마지막 말을 남기고 자리를 떴다.

빈자리에 홀로 남은 지훈은 차분히 생각을 정리했다. 과거로 갈 수 있는 12번의 기회. 이미 한 번을 써 버렸으니 이제 11번이 남았다. 하지만 기회가 11번이나 필요하진 않았다. 한 번이면 충분했다. 실패할지도 모른다는 불안감 따윈 들지 않았다.

"야, 류지훈. 똑바로 얘기해. 과거로 간다니 그게 무슨 소리야?"

오랜 시간 동안 생각에 잠겨있던 지훈을 윤새가 잡고 흔들었다. 하지만 지훈의 귀에 윤새의 채근 따위는 들리지 않았다. 생각은 곧 화재 사건과 연아의 행적을 되새기는 것으로 뻗어 나갔다.

자신은 첫 번째 시간 여행에서 11월 15일로 갔기 때문에 그전으로 되돌아갈 수 없다. 즉, 화재 사건이 발생한 15일, 당일로 밖에 갈 수 없다는 말이다. 같은 날 일어난 지용의 사고 역시 막아야 했기 때문에 집과 학교를 오가는 시간이 빠듯했다. 또한 만약의 상황을 대비해 시간 여행에 대한 은유가 담긴 쪽지를 연아에게 남길 작정이었다. 가까운 이에게 부탁하면 규칙에 어긋날지 모르니, 완전한 타인에게 전달해 달라 부탁할 것이다. 운동장에 나와 가장 먼저 마주친 사람 정도가 되겠지.

또 뭐가 있더라.

분 단위의 계획대로 모든 일이 진행되면 좋으련만 예상치 못한 일들이 발생할 게 분명했다. 황규연은 결코 쉽지 않을 거라 얘기했다. 덧붙여 어떤 강력한 힘이 과거를 바꾸지 못하도록 방해하는 것 같다고도 했다. 만약에 실패한다면…….

확신과 간절함.

아니다. 성공할 자신이 있었다.

윤새는 여전히 골똘히 무언가를 생각하는 지훈을 보며 혀를 찼다. 도저히 얘기해 줄 것 같지 않았다. 대답할 필요성을 느끼지 못하거나 윤새의 궁금증은 안중에도 없다는 뜻이었다. 윤새는 한숨을 쉬며 다른 화제를 꺼내기로 했다.

"얼마 전에 선봤다며."

누구한테서 들은 건가 싶어 지훈이 인상을 찌푸렸다.

"강호윤이냐? 아님 지경민?"

"땡. 송우태."

"대답할 것도 없어."

"잘 안 된 거야?"

"어."

"왜?"

"차였어."

거짓말. 윤새는 속으로 말을 삼키며 지훈의 텅 빈 옆얼굴을 쳐다봤다. 무려 12년이라는 시간 동안 곁에서 그가 어떻게 살아왔는지 지켜봤다. 햇살을 머금은 4월의 푸른 잎사귀처럼 활기가 돌던 모습은 사라진 지 오래였다. 윤새는 지훈이 이제 그만 연아를 가슴에 묻고 새로운 인생을 살았으면 싶었다. 연아의 죽음에 대한 죄책감에 사로잡혀, 그는 그동안 긴 삶을 엉망으로 흘려보냈다. 텅 빈 눈동자, 텅 빈 가슴.

연아를 구하러 과거로 간다는 헛소리를 하는 지훈을 보며, 윤새는 기어이 그가 미쳐버린 건가 싶어 가슴이 미어졌다.

'연아야, 이제 그만 지훈일 놔 줘.'

윤새는 속으로 연아에게 빌었다. 얼마나 더 망가지고 뒤틀려야 지훈이 연아의 망령에서 벗어날 수 있을지 가늠조차 되지 않았다.

"너도 이제 다른 여자 만나서 연애해. 결혼도 하고."

윤새의 말에 지훈은 비웃듯 코웃음을 쳤다.

"너나 해. 어디서 되도 않는 결혼 얘기를."

"난 그래도 누구 못 잊어서 결혼 못 하는 건 아니거든? 넌 언제까지 연아 붙들고 있을래? 잊어야지 너도 사람답게 살 거 아냐."

"그런 말 하지 마라. 연아 섭섭해한다."

지훈은 자리에서 일어나며 바지를 툭툭 털었다. 그러곤 여전히 일그러진 얼굴을 한 윤새를 돌아봤다.

"넌 이제 그만 가."

"여기서 뭐 하려고?"

"같은 말 대체 몇 번이나 해야 해? 과거로 간다니까."

"야, 이 자식아……!"

"고맙다 그리고 건강해라."

지훈은 대수롭지 않게 말한 뒤 윤새의 등을 떠밀었다.

"그래. 네 마음대로 해라. 여기서 얼어 죽지나 말고!"

윤새는 화난 채로 씩씩거리며 아래층으로 내려갔다. 발걸음 소리는 2층에서 멈췄다. 윤새라면 어딘가에서 지켜보다 다시 올라올 게 분명했다. 지훈은 피식 웃으며 시계를 확인했다. 이제 곧 갈 시간이었다.

걱정과 두려움보다 더 큰 기대감에 가슴이 일렁였다. 누군가는 죄책감이라 했고, 누군가는 지난한 미련이라 했다. 또 다른 누군가는 이루지 못한 첫사랑에 대한 환상이라고도 했다. 사람들은 지훈이 끌어안고 사는 연아에 대해 이런저런 설명을 하고 싶어 했다. 사랑이 아니라고, 다른 무언가라고. 하지만 죄책감이면 어떻고 미련이면 어떻고 환상이면 어떤가. 어차피 사람의 감정이란 무 자르듯이 나누어 설명할 수 없다. 죄책감이고 환상이고 동정이고 연민이건 간에 그 마음이 제어할 수 없을 만큼 크다면.

그게 사랑인 거다.

지훈은 천천히 눈을 감았다 떴다. 눈앞에 해맑게 웃는 연아의 얼굴이 떠올랐다. 잊지 않기 위해 늘 머릿속에 떠올렸던 얼굴이었다. 곧 볼 수 있다. 만날 수 있다. 이 모든 게 자신이 만들어낸 환상이라 할지라도, 지훈은 기꺼이 그 속에 뛰어들 각오가 되어 있었다.

널 한 번만이라도 볼 수 있다면.

댕—.

자정을 알리는 괘종이 울리자 지훈의 심장이 터질 듯 뛰었다.

"하나……."

지훈은 계단 위에 오른발을 올려놓았다.

댕—.

"둘……."

어디선가 찬바람이 불어와 지훈의 목덜미를 스쳤다.

"여덟……. 아홉……. 열……."

댕—.

"열하나……."

지훈은 크게 숨을 들이마셨다.

댕—.

"열둘……."

13번째 계단에 올라섰다. 계단에서 새하얀 빛이 스멀스멀 새어 나왔다. 이내 눈을 뜰 수 없을 만큼 강렬한 빛이 쏟아졌다.

연아야.

하얀빛에 몸을 맡기며 지훈은 미소를 지었다.

기다려.

구하러 갈게.

"자, 마칠 시간이 되었으니 여기까지 할게요. 오늘 배웠던 부분은 꼭 복습해 오시고요. 내일은 3, 4강 깜짝 시험 볼 거예요."

정혜의 마지막 말에 수강생들의 야유가 쏟아졌다.

"시험 시로요."

"선쌤님, 너무해요."

"나빠요."

강의실 곳곳에서 불만이 튀어나왔다. 하지만 정혜는 그들이 진심으로 싫어서 불평하는 게 아니라는 걸 알았다.

"어? 이 반응은 뭐죠? 시험이 좋아 죽겠다는 건가요? 좋아요. 그럼 열 문제 낼 거 스무 문제 내죠, 뭐."

정혜는 순박한 수강생들을 골려보고 싶어 일부러 농담조로 협박했다. 아니나 다를까, 각기 다른 얼굴색을 한 수강생들은 '잘못해써요' '취소취소' 하면서 우는 시늉을 했다. 정혜는 강의실을 빠져나가는 수강생 한 명 한 명을 기특하다는 듯 바라봤다. 시험 본다는 말에 싫은 척하면서도 사실은 그 어떤 이들보다 한국어 학습에 열성이라는 걸 알았다.

정혜는 3년째 다문화가정 지원센터에서 이주민 여성을 대상으로 한국어를 가르치는 봉사활동을 하고 있었다. 인사말만 겨우 하던 수강생들의 실력이 향상되는 걸 보며 정혜는 뿌듯함을 느꼈다. 스승의 날에 서툰 글씨로 쓴 편지를 받기라도 하면 저도 모르게 눈물이 찔끔 났다. 누군가를 조건 없이 돕는다는 것은 이토록 삶을 충만케 하는 일이었다.

수강생들이 모두 집으로 돌아가자, 정혜는 빈 강의실을 정리하고 사무실로 향했다. 사무실에는 바리스타 자격증반을 운영하는 임 선생만이 자리하고 있었다.

"정혜 씨, 오늘 약속 있어? 머리부터 발끝까지 풀로 무장한 게, 남자라도 만나는 모양인데? 누구야? 누구? 설마 저번에 황 센터장님이 해주신 소개팅?"

임 선생이 놀리듯 묻자, 정혜는 슬쩍 고개를 끄덕였다.

"그렇게 됐어요. 아직 심각한 사이 아니에요. 좋은 사람 같길래 몇 번 더 만나보려고요. 그쪽도 비슷한 마음일 거예요."

정혜는 대충 대답을 던져주곤 화제를 마무리 지으려 했지만, 먹이를 덥석 문 임 선생의 눈이 반짝거렸다.

"에이, 무슨 소리야? 황 센터장님이 남자 쪽에서 정혜 씨를 엄청 마음에 들어 한다고 얘기하던데."

"아니라니까요."

정혜는 민망함에 얼굴이 붉어졌다.

"사실 당연한 일이지. 우리 정혜 씨만 한 사람이 어디 있어? 박사 논문 쓸 때도 한 번도 안 빠지고 이 시골구석까지 매주 봉사활동 왔잖아. 남자 쪽에서도 정혜 씨 성실하고 생각 바른 거, 제대로 알아봤나 봐."

"임 쌤, 그만하세요. 오늘 갑자기 왜 이러실까."

정혜는 임 선생의 칭찬이 부끄러우면서도 듣기 좋았다. 하루하루 열심히 살아온 결실을 요즘에서야 보는 것 같았다. 그간 순탄하기만 한 삶은 아니었다. 석사와 박사과정을 거치는 동안 담당 교수에게 더럽고 치사한 일을 많이 겪었다. 교수로 임용될 수 있었던 기회를 뺏긴 적도 있었다. 하지만 정혜는 포기하거나 좌절하지 않았다. 일희일비하지 않고 삶을 긴 여정이라 생각하며 앞에 놓인 일을 묵묵히 해나가는 데 집중했다. 뒤돌아 생각해보면 자격증이나 경력보다는, 힘든 일을 경험함으로써 다져진 정신력이 살아가는데 더 큰 도움이 되었다.

"오늘 어디서 보기로 했어?"

40대 중반을 넘어선 임 선생은 정혜의 연애사에 관심이 많았다.

"저녁 7시에 신사동에서 보기로 했어요."

"정말? 그러면 빨리 나가야겠네. 황 센터장님께는 내가 얘기할 테니 얼른 가봐."

정혜는 싱긋 웃으며 임 선생에게 인사를 한 뒤 센터를 빠져나왔다.

임 선생에게는 심각한 만남이 아니라 둘러댔지만, 사실 정혜는 제법 들떠 있었다. 지난주 토요일에 만난 뒤 일주일 만에 보는 터라 오늘의 만남이 무척 기대되었다. 마치 처음 연애를 하는 것 같았다. 밤새도록 통화를 하고, 일상적인 문자에 배시시 웃고, 뜻밖의 공통점을 발견해 기뻐하고, 상대방의 한마디 한마디에 귀를 기울이면서, 정혜는 오래만에 가슴이 두근거렸다. 둘은 만나지 못하는 동안 전화로 많은 이야기를 나눴다. 삶의 가치관도, 선택의 기준도, 자라온 환경도 모두 비슷했다. 그중에 가장 비슷한 건 음식 취향이었다.

얼마 전 통화에서 남자는 태국 음식을 좋아한다는 정혜의 말에 반색했다.

"신사동에 태국 음식 잘하는 데 알거든요. 현지 음식이랑 거의 비슷해서 자주 가는 곳이에요. 이번 주 금요일 날 같이 갈래요?"

자연스레 다음 만남을 제안하는 말이었다. 정혜는 단박에 좋다는 말을 했고 오늘까지 줄곧 기대하는 마음으로 기다렸다.

정혜는 지하철역에서 나오자마자 걸음을 서둘렀다. 차가운 바람에 목을 잔뜩 움츠리곤 오가는 인파로 북적이는 거리를 걸었다. 목적지에 도착할 즈음, 남자에게 전화를 걸기 위해 코트 주머니에서 핸드폰을 꺼내다가 반대편에서 걸어오던 커플 중 여자와 어깨가 부딪쳤다. 그바람에 핸드폰이 세게 바닥으로 떨어지며 몇 번 구르기까지 했다.

"아, 이런."

정혜가 허리를 굽혀 핸드폰을 집으려 했으나, 여자가 한발 빨랐다. 여자는 잽싸게 핸드폰을 주워들고 손으로 흙을 탈탈 털어냈다.

"으아, 으아. 어떻게 해."

카멜색 코트를 입고 부츠를 신은 젊은 여자였다. 새하얀 피부, 오밀

조밀한 이목구비, 웨이브진 갈색 머리. 청순한 미인이었다. 여자는 핸드폰을 정혜에게 건네다 갑자기 눈을 동그랗게 떴다. 놀란 얼굴이었다. 여자가 아무 말도 않자, 옆에 서 있던 남자가 대신 사과를 했다.

"인마, 사과부터 해야지. 정말 죄송합니다."

정장 위에 진회색 코트를 입은 남자는 훤칠한 미남이었다. 길게 찢어진 눈, 오른쪽 눈가의 점이 인상적이었다. 남자의 말에도 여자는 계속 넋 나간 표정이었다.

'날 아는 사람인가?'

기억을 더듬어 봤지만 떠오르는 얼굴은 없었다. 정혜는 여자에게서 핸드폰을 건네받고 이리저리 살폈다. 다행히 케이스 때문에 심하게 긁힌 부분은 없었다.

"괜찮아요. 깨진 부분도 없고. 저도 잘못했는데요, 뭘. 넋 놓고 걷고 있었으니."

남자는 지갑에서 명함을 꺼냈다.

"그래도 혹시 모르니까 이거 받아두세요. 핸드폰에 이상 있으면 나중에 연락하시고요. 죄송했습니다."

남자는 거듭 사과를 한 뒤 여자에게 가자는 시늉을 했다. 남자의 재촉에도 여자는 꼼짝하지 않았다. 정혜는 고개를 돌려 여자의 얼굴을 마주 바라봤다. 어쩐지 울 것만 같은 표정이었다.

"저, 저……기."

"네?"

"저기요."

할 말이 있는 듯 여자가 몇 번이나 뜸을 들였다. 남자조차 여자친구의 행동을 의아해했다.

"왜 그러시죠? 절 아세요?"

여자는 긍정도 부정도 하지 않았다. 정혜는 이상한 마음이 들었지만 여자가 대답을 않자 고개를 끄덕여 인사한 후 커플을 지나치려 했다.

"잠시만요!"

여자가 정혜를 불렀다.

"네, 말씀하세요."

"저기, 그러니까……."

여자는 제가 불러 세우고서도 여전히 우물쭈물했다.

"할 말 없으시면 전 이만 가볼게요. 핸드폰은 괜찮은 거 같으니."

약속 시각에 늦을 것 같아 정혜는 돌아서려 했다.

"정말 미안하고 감사합니다. 이 말 꼭 하고 싶었어요. 절대 잊지 않을게요."

"……."

"그러니까, 핸드폰이요."

"네."

정혜는 여자에게 꾸벅 인사를 한 뒤 돌아섰다. 정말 희한한 여자였다. 지체 없이 앞으로 걸어가는데 문득 이상한 기분이 들었다.

'어.'

얼굴을 만져봤다. 뺨이 촉촉하게 젖어있었다. 눈물이었다.

'어라, 내가 왜 우는 거지?'

아련한 그리움이 잔잔히 피어났다. 가슴이 먹먹하고 아릿한 슬픔마저 느껴졌다. 그러다 이루 말할 수 없이 격렬한 감정이 가슴을 쥐고 흔들었다. 무슨 감정인지, 왜 갑자기 이런 감정이 느껴지는지 알 수가 없었다. 그것은 긴 여정의 끝자락에서 지나온 길을 되짚어볼 때 느껴지는 감격, 그리고 공허함과 닮아 있었다.

정혜는 손등으로 눈물을 훔쳐낸 후 뒤를 돌아봤다. 인파 사이로 드문드문 여자와 남자의 뒷모습이 보였다. 남자는 한 손으로 여자의 어깨를 감싸고 다른 손으로 여자의 얼굴을 닦아주고 있었다. 멀어서 보일 리 없는데도, 정혜는 여자가 울고 있다는 걸 알았다. 남자는 여자를 한번 꼭 안아준 뒤 정수리에 키스했다. 둘은 이내 다정하게 손을 잡고 걷기 시작했다.

정혜는 커플이 인파 속으로 완전히 모습을 감출 때까지 그 자리에 멈춰 서 있었다. 문득, 그들이 오래도록 행복했으면 좋겠다는 생각이 들었다.

외전. 부디 좋은 여행하기를

　희붐한 새벽빛이 창틈으로 스며들었다. 연아는 눈을 잠시 떴다 도로 감았다. 알람 소리가 들리지 않았으니 기상 시간까지 시간이 남았음이 분명했다. 서늘한 공기가 느껴지자, 연아는 옆으로 뒤척이며 이불을 돌돌 감았다. 부드러운 감촉을 느끼며 게으름을 피우는 이 순간이 가장 행복했다. 그러다 한순간 벼락을 맞은 사람처럼 이불을 젖히고 자리에서 벌떡 일어났다. 핸드폰을 냉큼 움켜쥐고 통화 목록을 열었다. 심장이 벌렁거리고 손이 떨렸다.

　다행히도 최근 통화 목록에 그의 이름이 보였다. 연아는 지훈의 이름을 클릭하고 통화 버튼을 눌렀다. 통화 연결음을 들으면서도 마음이 진정되지 않았다.

　[여보세요.]

　수화기 너머로 잠에 취한 허스키한 목소리가 들렸다.

　"지훈이야?"

연아가 다급하게 물었다.

"지훈이 맞냐고!"

[……나한테 전화한 거 아니었어?]

"맞아. 너한테 전화한 거야."

[그럼 나 맞겠지.]

"아, 다행이다."

벌써 일주일 째 연아는 아침마다 이 짓을 반복했다. 바뀐 기억을 갖게 되었으면서도 믿지 못하고 안심하지 못했다. 때때로 그것들은 자신이 만들어내거나 조작한 기억으로 느껴지기도 했다. 과거는 완료형으로 존재할 뿐이었고, 머릿속에 자리한 이미지와 감정들이 실재하였다는 증거가 되진 못했다. 그리하여 매일 아침 눈을 뜨면 자신이 미치지 않았다는 사실을, 바뀐 기억이 현실에 맞닿아 있음을 확인해야 했다.

물론 이는 연아에게만 해당하는 사항이었다. 꼭두새벽부터 강제 기상을 당한 지훈에게는 아닌 밤중에 홍두깨 같은 일이었다. 그는 수화기에 대고 크게 하품을 한 뒤 말했다.

[너 요즘 이상해.]

"내가 뭐."

[무슨 일이야?]

"아무 일도 아냐."

[그럼 밤 꼴딱 샌 사람을 새벽부터 깨운 이유가 뭔데?]

그제야 연아의 입 밖으로 "아……." 하는 탄식이 새어 나왔다. 어젯밤 마지막으로 주고받은 대화가 떠올랐던 것이다.

지훈은 6년 전 대학교 졸업을 앞두고 같은 과 선배 호건과 경민, 동아리 멤버 몇몇과 소셜 마케팅 회사를 창립했다. 아버지 회사에 입사할 거라 생각했던 모두의 기대를 저버린 선택이었다.

회사는 단기간 동안 비약적인 성장을 거듭했다. SNS 마케팅이라는 개념이 막 생기기 시작했던 때라 시장 선점 효과도 있었다. 회사는 몇 년 만에 매출액 수백억 원, 영업이익 수십억 원대의 중견 회사로 성장했다. 이제 조직 안정화 단계를 거쳐 공격적인 인수합병과 해외투자 유치를 통해 규모를 키워가는 중이었다. 지훈은 회사의 창립 멤버로서 3개의 팀으로 나뉜 마케팅실의 실장직을 맡고 있었다. 그는 어제도 새벽에 퇴근했을 정도로 눈코 뜰 새 없이 바빴다.

"미안. 깜빡했어. 더 자."

[아냐. 일어날 때 됐어.]

"몇 시간 못 잤을 거 아냐? 너무 무리하는 거 아냐?"

[걱정돼?]

둘은 소소한 이야기를 몇 마디 더 나누었다. 대부분 서로의 일상을 공유하는 내용이었다. 지훈은 일에 짓눌려 살면서도 연아에게 한결같이 성실했다. 아무리 바빠도 아침, 점심, 저녁, 취침 전 전화는 빼먹지 않았다. 일정 또한 꼬박꼬박 알렸다.

"오늘부터 2박 3일 제주도 워크샵이라고 했지?"

연아가 얼마 전 나누었던 대화의 기억을 끄집어내며 물었다.

[응. 일요일 날 밤에 올라올 거야. 집에 가기 전에 잠깐 들를게. 늦게 도착할지도 모르니까 저녁은 먼저 먹어.]

"넌 고객사 들렀다가 워크샵 따로 간다고 했지? 운전 조심하고."

[알았어. 나중에 전화할게.]

전화가 끊겼다. 연아는 핸드폰을 내려놓으며 안도의 한숨을 쉬었다. 겨우 진정이 되었다. 과거를 바꾸는 데 성공했지만 연아는 계속 현실 감에 목말랐다. 시간이 지나면 익숙해지겠지만 당분간은 의도치 않게 지훈을 괴롭힐 것 같았다. 하지만 그가 살아 돌아와 준 것만도 감사한데, 자신의 불안감까지 책임 지울 순 없었다.

조금만 참아줘.

지훈이 직접 들었다면 이해 못 할 사과를 하며 연아는 화장실로 발걸음을 옮겼다. 어쨌든 그가 살아있는 아침은 무척이나 상쾌했다.

두 번을 헤어지고 다시 만났다. 14년이라는 연애 기간은 결코 짧지 않았다. 다른 대학에 진학하고 다른 직장에 들어가면서 자연스레 각자 속한 생활권이 달라졌다. 말하지 않아도 서로의 일거수일투족을 꿰뚫던 시절과는 달랐다. 상대방에 대한 신뢰와 스스로에 대한 확신이 더욱 절실해졌다.

처음 지훈은 달라진 상황을 잘 받아들이지 못했다. 먼저 취업한 연아가 변심했다고 여겼다. 그 시절 둘은 매일 전쟁 같은 싸움을 치렀다. 싸우고 화해하고 문제점을 찾고 해결점을 모색하는 과정을 수십 번 반복한 끝에, 둘은 대화가 가장 중요하다는 것을 깨달았다. '말하지 않아도 알아줬으면' 하는 마음은 허상이었다. 말하지 않으면 상대는 모르는 법이다. 모르면 이해할 수도 없다. 그리하여 연아와 지훈은 자잘한 일상과 사소한 감정들까지 공유하는 것을 둘의 관계에 있어 가장 중요한 원칙으로 삼았다.

딸랑. 뒤바뀐 지난 시간들을 더듬는 사이 상담실 유리문에 매달린 종이 영롱한 소리를 냈다.

"어서 오세요."

연아는 반갑게 인사를 하다 상담실로 들어오는 이들을 보곤 저도 모르게 얼굴을 찡그렸다.

"연아 씨, 저번에 인사했지? 우리 아들 혁준이. 압구정에서 피부과 한다는."

정숙은 혁준의 팔을 끌며 상담실로 들어서고 있었다.

"사모님, 안녕하세요. 권 선생님도 다시 뵙네요. 그간 잘 지내셨죠?"

연아는 재빨리 영업용 미소로 무장한 채 둘을 자리로 안내했다. 정숙은 연아의 맞은편에 혁준을 앉히고 자신은 옆자리에 비켜 앉았다. 얼마 전부터 신상을 꼬치꼬치 캐묻더니, 오늘은 아예 아들까지 대동했다. 어떤 목적인지가 뻔히 보이는 행동이었다.

"오늘은 권 선생님 일 보러 오신 거예요? 어떤 업무 도와드릴까요?"

연아는 친절하되 빈틈이 없는 말투로 물었다.

"정기예금이랑 펀드 몇 개 들려고. 우리 권 선생이 돈 벌 줄이나 알지 관리할 줄은 모른다니까. 번 돈을 죄다 입출금 통장에 넣어놨더라고. 빨리 결혼을 해야 이런 것도 와이프가 챙겨주고 할 텐데 말이지."

정숙은 혼자 말하고 혼자 오호호호, 소리 내어 웃었다.

"그러게요. 얼른 좋은 사람 만나셔야 할 텐데요."

연아는 상품 비교 설명서를 혁준 앞으로 밀어 놓으며 이 불편한 화제를 끝내려 했다. 하지만 정숙은 단단히 작정하고 온 모양이었다.

"연아 씨 올해 몇이라 그랬지? 서른둘이라 그랬나?"

"네."

"우리 혁준인 서른넷이야."

"아, 네에."

잠시 정적이 흘렀다.

그래서 그게 나랑 무슨 상관이란 말인가.

연아는 이 불필요한 대화를 더 이상 이어가고 싶지 않았다.

"두 살 차이면 딱 좋네. 오호호호. 근데 연아 씨 생각보다 나이가 좀 많다. 여태 시집 안 가고 뭐 했어?"

정숙은 포기하지 않고 신경 긁는 소리를 계속 해댔다.

"열심히 살았죠."

정숙은 예상치 못한 대답에 당황한 듯하다 전열을 정비하고 재차 공격에 들어갔다.

"그렇게 안일하게 생각할 때가 아냐. 연아 씨 나이가 마지노선이라고. 조금만 더 지나면 좋은 남자 만나기 힘들어. 그래서 말인데, 연아씨 남자친구 있다고 했었나?"

둘은 이미 비슷한 대화를 몇 번이나 했었다. 부모님은 뭐 하시냐, 왜 돌아가셨냐, 돌아가시기 전에는 무슨 일을 하셨냐 하는 호구조사부터 어느 대학을 나왔냐, 어학연수는 다녀왔냐, 지병이 있냐 하는 신상정보까지 정숙은 스스럼없이 캐물었다. 몇 번이나 대답하기 곤란하다는 뜻을 내비쳤건만 그녀는 집요하기 이를 데 없었다. 만나는 사람이 있냐는 질문에 오래 사귄 남자친구가 있다고 대답했건만 하나도 새겨듣지 않는 얼굴이었다. 오히려 그쯤 사귀었으면 헤어질 때가 됐다며, 마음대로 지훈을 별것 아닌 존재로 치부해 버렸다. 그때마다 연아는 머리끝까지 화가 치솟았다. 다른 건 몰라도, 지훈의 존재를 하찮게 취급하는 건 참아줄 수가 없었다.

우리가 서로를 위해 무엇을 희생하려 했는지 모르면서. 함께 하기 위해 어떤 일들을 겪었는지 모르면서.

함부로 입을 놀려대는 꼴을 더 이상 받아줄 수 없었다.

"엄마, 나 화장실 좀 갔다 올게."

혁준이 자리를 비우자, 연아는 그 틈을 이용해 정숙에게 확실히 말해두자 싶었다.

"사모님, 저번에도 말씀드렸는데. 저 오래 사귄 남자친구가 있어요."

"아아, 맞다. 그랬지? 내 정신 좀 봐. 그런데 10년 넘게 만났다고 하지 않았어? 그럼 이제 헤어질 때 됐네."

"아뇨."

"에이, 솔직히 얘기해봐. 지겹지 않아?"

"전혀요."

"근데 왜 아직까지 결혼 안 했어? 남자 쪽에서 결혼하자는 말 없었던 거야? 혼기 꽉 찬 여자 붙들어 놓고, 아주 나쁜 남자네."

"절대 아.닙.니.다."

예전이었다면 CS평가를 생각해 웃는 낯으로 응대했을 것이다. 주특기인 '그러게요.'를 연발하며 적당히 맞장구쳐주고 뒤돌아 욕했을 터였다. 하지만 연아는 이미 정숙의 검은 속내를 빤히 알고 있었다.

"너…… 네가 감히. 어디서 감히 시궁창에서 굴러먹던 거지 같은 년이! 납작 엎드려 쥐새끼처럼 살 것 같아 백번 천번 양보해서 받아줬더니, 은혜도 모르고 날뛰어?"

자신이 얼마나 호구로 보였으면, 정숙이 먼저 마수를 뻗는 걸까.

예전과 달리 지금은 정숙이 먼저 자신을 며느리 삼고 싶어 했으나, 연아는 전혀 달갑지 않았다. 아니, 자신을 며느릿감을 빙자한 시종감으로 점 찍었다는 사실이 불쾌했다.

"제 남자친구와 제 사정까지 걱정해주다니, 정말 다정하시네요. 그런데 사모님. 염려하지 마세요. 저흰 서로 깊이 사랑하면서 너무너무 잘 지내고 있거든요."

"아니 그래도……."

"사모님? 그러니까 앞으로는 절대 걱정해주지 않으셔도 돼요. 더 이상의 관심은 정중하게 사절할게요."

정숙이 새빨개진 얼굴로 뭐라 쏘아붙이려는 찰나, 화장실에 갔던 혁준이 돌아왔다. 연아는 그 틈을 이용해 얼른 화제를 돌렸다.

"권 선생님, 신분증 주시겠어요?"

연아는 싸늘하게 철벽을 치곤 혁준에게로 시선을 돌렸다. 비로소 정숙은 연아의 뜻을 알아채곤 뾰로통한 얼굴로 돌아앉았다. 연아는 혁준의 신분증을 받아들고 전산 단말을 조작하며 흘깃 그의 얼굴을 살폈다.

예전에도 이런 얼굴이었나?

단정하고 깔끔한 인상은 여전했지만 어딘가 유약해 보였다.

"엄마, 이 볼펜 쓰면 돼? 그리고 엄마, 여기다 이름 쓰는 거야?"

게다가 혁준은 아무것도 스스로 결정하지 못했다. 신청서에 이름을 쓰는 것조차 정숙에게 물어봤다. 한숨이 나왔다.

"권 선생님은 만나는 여자분 없으신가 보네요. 제기 경험해보니, 용기 있는 남자가 최고더라고요. 비겁하게 도망치고 뒤에 숨어 모르는 척하는 것보다요. 그게 말이 좋아 평화주의지 사실 성숙한 해결 방법을 몰라 문제를 회피하는 것뿐이거든요. 그렇게 생각하지 않으세요?"

연아는 혁준에게서 신청서를 받아든 뒤 큰 의미 없다는 듯 말했다.

"아, 네네."

영문 모를 말에 혁준은 얼떨떨하게 대답했다.

"그러면 안 된다고요."

"네. 그렇죠."

"정말이지 이번엔 그러지 않길 바라요."

연아와 혁준의 눈이 정면에서 마주쳤다. 뜻 모를 말이건만 혁준은 고개를 끄덕였다. 이상한 여자라 생각할지 모르지만 언젠가 한 번은 혁준에게 꼭 하고픈 말이었다.

태풍이 한차례 쓸고 지나간 듯 정신없이 바쁜 오전이 지났다. 점심시간이 되자 연아를 포함한 지점 여직원들은 근처 이탈리안 레스토랑으로 향했다. 오늘은 하나의 마지막 근무 날이었다. 같은 지점 직원끼리 결혼을 하면 은행에서는 사고의 위험성 때문에 한 명을 다른 지점으로 내보내곤 했다. 그 때문에 고 차장과의 결혼을 앞둔 하나는 발령을 받아 내일부터 분당 PPWM센터에서 근무하게 되었다.

여직원들은 아쉬움과 축하의 마음을 담아 점심시간을 이용해 조촐한 자리를 준비했다. 저녁 회식 자리가 마련되어 있지만 여직원들만의 환송회도 필요했다.

"하나 씨는 싹싹하고 눈치가 빨라서 어디 가든 잘할 거야. 수고 많 았어."

"그동안 정말 감사했어요. 정 많이 들었는데, 이렇게 헤어지게 돼서 아쉬워요. 결혼식엔 다들 오실 거죠? 저, 정말 행복하게 잘 살게요."

하나는 아쉬움이 가득한 얼굴로 눈물을 찍어냈다. 연아는 여직원 회 비로 마련한 선물을 건넸고, 곧 테이블 가득 음식이 차려졌다. 연아는 앞 접시에 음식을 덜며 핸드폰을 흘낏 쳐다봤다. 지훈이 점심 먹기 전 에 하는 전화가 늦어지고 있었다.

그때였다.

"어, 불났나 보다."

옥 차장이 레스토랑 홀의 TV를 보며 말했다. TV에서는 뉴스가 흘러 나오고 있었다.

[오늘 오전 제주도 중문관광단지에 있는 콘도에서 화재가 발생하여 남성 1명이 사망하고 투숙객 수백 명이 대피했습니다. 조상현 기자입 니다.]

기자는 앵커의 말을 받아 생생한 화재 현장을 리포팅하기 시작했다. 그와 함께 화면에는 불길에 휩싸인 콘도와 대피하는 투숙객의 모습이 나왔다. 거센 화염이 콘도의 상층까지 치솟았고, 시커먼 연기가 하늘 을 뒤덮었다. 재를 덮어쓴 사람들이 입을 막고 콘도 출입구를 빠져나 오거나 응급조치를 받고 있었다. 연아는 속이 울렁거렸다. 깊은 곳에 몰아넣고 덮은 과거의 두려움이 꿈틀꿈틀 깨어나려 했다. 아직도 불에 대한 공포심은 여전해서, 라이터 불꽃에서도 깜짝깜짝 놀라곤 했다.

[소방당국은 소방차 8대와 인력 30명을 투입해 진화에 나섰지만 12

월 일기 사상 유례없는 돌풍으로 불길은 더욱 확산되고 있습니다. 지금까지 1명이 사망하고 30여 명이 부상한 것으로 알려졌으나 추가 피해자가 더 발생할 것으로 우려됩니다.]

다음 꼭지로 화재 원인과 피해자 규모를 추정하는 내용의 뉴스가 연이어 방송되었다. 연아는 기분 나쁠 만큼 심장이 두근거렸다. 화재 사건의 끔찍함을 직접 경험했기에, 강 건너 불구경하는 심정으로 사고를 관망할 수가 없었다.

"무섭다, 진짜. 불이라는 게 정말 무서운 거 같아요."

"그렇지. 번지는 게 한순간이라잖아.".

여직원들은 화재에 대해 이런저런 말들을 꺼냈다. 하지만 속이 울렁거릴 만큼 감정이 이입된 연아는 한마디도 내뱉을 수 없었다.

"게다가 저 얼마 전에 고 차장님하고 저기 갔었거든요. 제주 피닉스파크."

하나의 마지막 말에 연아는 찬물을 뒤집어쓴 기분이었다. 연아는 입으로 가져가던 포크를 내려놓고 정색하며 물었다.

"뭐라고? 화재가 난 콘도가 피닉스파크라고?"

"네. 맞을걸요? 뉴스 화면 보니까 맞는 거 같은데."

연아는 서둘러 핸드폰으로 검색을 했다. 몇 페이지 넘기기도 전에 동네 주민의 화재 목격담을 찾을 수 있었다. 하나의 말대로 불이 난 콘도는 제주 피닉스파크였다. 순식간에 눈앞이 캄캄해지며 정신이 아찔해졌다. 의아해하는 여직원들을 앞에 두고 연아는 곧장 지훈에게 전화를 걸었다.

한 번, 두 번, 세 번. 신호음이 계속 울렸으나 지훈은 전화를 받지 않왔다. 경민에게 전화를 걸어도, 지훈의 회사 사무실로 전화를 걸어도 마찬가지였다. 불안감은 점점 깊어갔다. 자꾸만 안 좋은 방향으로 상상력이 뻗어 갔다. 결국 연아는 가방을 챙기며 자리에서 일어났다.

"옥 차장님, 죄송해요. 저, 저번에 못 썼던 명령휴가 오늘 쓰면 안 될까요? 남자친구가 화재 뉴스에 나오는 콘도에 갔는데…… 연락이 안 돼요. 아무래도 제주도로 가봐야 할 것 같아요."

연아의 얼굴이 백지장처럼 하얗게 질려 있었다. 옥 차장은 사태의 심각성을 느끼고는 지점장에게 전화를 걸어 사정을 설명했다. 다행히 지점장은 어서 가보라며 갑작스러운 휴가를 허락해주었다.

연아는 김포공항으로 향하며 초조하게 제주도행 비행기 편을 검색했다. 제주도 전역에 불어닥친 강한 돌풍 때문에 모두 결항이었다. 하지만 행여나 상황이 달라질까 하는 마음에 연아는 그대로 공항으로 향했다.

공항에 도착하니 짙은 먹구름이 드리운 하늘에서 한두 방울씩 빗방울이 떨어졌다. 연아는 곧장 데스크로 향한 다음 항공사 직원에게 사정을 했다.

"지금 꼭 가 봐야 해서 그래요. 제발 좀 알아봐 주세요. 정말 출항하는 비행기 없을까요? 돈은 상관없어요. 얼마든지 낼게요."

눈물을 글썽이며 간곡하게 부탁을 하자 항공사 직원은 안타까운지 이리저리 전화를 돌리는 시늉을 했다. 기다림 끝에 돌아온 말은 죄송하다는 말뿐이었다.

연아는 휘청한 걸음을 돌려 의자에 무너지듯 앉았다. 방심하고 있었다. 모든 일이 끝났다고 안심하고 있었다. 하지만 운명이란 그렇게 녹록지 않았다. 어쩌면 죽음은 지훈을 집어삼키기 위해 지금껏 숨을 죽이고 기다렸던 걸지도 모른다. 화재로 인한 지훈의 죽음은 사라진 게 아니라 조금 늦춰졌을 뿐인지도 모른다.

"지훈아. 흐윽. 지훈아……."

입국 게이트 근처 의자에 앉아 눈물을 뚝뚝 흘리고 있으려니 지나가던 사람들이 모두 연아를 돌아봤다. 사연이 궁금한 모양인지 연아를 가리키며 저들끼리 수군거리기도 했다.

이제 어떻게 해야 하나, 빨리 제주도로 가 봐야 하는데.

머리가 텅 비어 패닉에 빠지려는 찰나 경민에게서 전화가 왔다.

"경민아! 지훈이, 지훈이는?"

연아는 의자에서 벌떡 일어나며 비명을 지르듯 물었다.

[걱정 많이 했지? 미안해. 전화가 하도 많이 와서 이제야 너한테 연락하네.]

"아냐. 괜찮아. 그것보다 지훈이는? 지훈이랑 연락돼?"

[아니, 나도 연락이 안 돼. 직원들 몇몇 하고 연락이 되긴 했는데 안 되는 직원이 더 많아. 다들 뿔뿔이 흩어졌나 봐. 이송된 병원도 다 제각기라 제주도에 있는 직원들끼리도 서로 무사한지 확인하느라 정신 없는 거 같아.]

"혹시 연락된 직원 중에 지훈이를 봤다는 사람은 없어?"

[그게…….]

경민은 대답하길 주저했다. 그럴수록 연아의 속은 더욱 타들어 갔다.

"솔직하게 얘기해줘."

[마케팅 1팀에 박현경이란 직원이 있는데, 다행히 핸드폰을 갖고 있어서 나한테 무사하다는 전화를 했더라고. 그 직원 말이, 화재 직전에 지훈이에게서 지하 주차장에 도착했다는 전화를 받았대. 그리고 조금 있다가 화재 경보음이 울리고 대피방송이 나왔대.]

"그럼 화재가 났을 때 지훈이 하고 같이 있었던 직원은 아무도 없다는 거야?"

[그런 셈이지.]

핸드폰을 움켜쥔 손이 덜덜 떨렸다. 피가 차갑게 식는 기분이었다.

"그러면 엘리베이터 안이었을 수도 있겠네."

[어쩌면.]

연아는 비틀거리며 의자에 도로 주저앉았다. 냉정하게 생각해서 지훈이 무사하다면 자신에게 연락하지 않을 이유가 없었다. 번호를 외우고 있으니 핸드폰이 없더라도 다른 사람에게 빌려서 전화를 했을 것이다.

"무슨 일 생긴 거면 어떻게 하지."

연아가 울먹거리며 말했다.

[재수 없는 소리 하지 마. 무사할 거야. 사정이 있어서 잠시 연락을 못 하는 것뿐일 거야.]

"나, 지금 제주도로 가야겠어. 어떻게 그냥 기다리기만 해. 돌풍 때문에 비행기가 못 뜬다고 하니 운전해서라도 갈 거야."

경민이 말려 봤지만 연아의 결심은 확고했다. 결국, 경민은 연아와 함께 제주도까지 자동차로 운전해서 가기로 했다. 총무팀에서 인력을 파견하긴 했지만, 경민 역시 임원으로서 회사의 공식 행사 때 발생한 사고를 모른 척할 수 없었다. 둘은 양재동에서 만나기로 했고, 연아는 택시를 타기 위해 공항을 나섰다. 밖으로 나오니 하늘에 구멍이라도 뚫린 듯 거센 폭우가 쏟아졌다. 비바람도 사정없이 불어 잠그지 않은 코트 자락이 마구 날렸다. 제주도에는 돌풍, 서울에는 폭우. 연아는 지훈과의 사이를 가로막는 어떤 강력한 힘에 또다시 절망적인 기분이었다.

양재에서 만난 둘은 차를 타고 곧장 서해안 고속도로에 접어들었다. 서울 경기 인근을 지나니 폭우도 소강상태에 접어들어, 전남 지방은 빗줄기가 확연히 약해져 있었다.

"네네. 정말요? 다행이네요. 네, 두 장이요. 한 대요. 감사합니다."

연아는 전화를 끊고 안도의 한숨을 내쉬었다. 다행히도 남부지방은 비가 많이 오는 게 아닌지 완도에서 제주 사이를 운행하는 쾌속선은 정상 운행 중이었다. 이대로만 간다면 아슬아슬하게 오후 4시에 있는 마지막 배를 탈 수 있을 것 같았다.

쉬지 않고 달린 끝에 늦지 않게 완도 여객선 터미널에 도착한 연아는 서둘러 티켓부스로 향했다. 제주도에 도착하자마자 화재 현장 구조 요원에게서 어느 병원으로 부상자를 이송했는지 알아낸 뒤 병원을 순회할 셈이었다. 그렇게 해서라도 지훈을 찾아야 했다. 하지만 예매한 티켓을 달라고 요청했을 때 직원으로부터 날벼락 같은 이야기를 들었다.

"뭐라고요? 조금 전에 전화했을 때는 정상 운행한다고 했다고요!"

"그건 좀 전의 얘기고요. 지금 비바람을 몰고 태풍 전선이 남하한다고 해서, 배 못 떠요."

티켓부스에서는 직원이 곤란한 표정으로 같은 설명을 반복했다.

"그럼 제주도로 갈 방법은요? 아예 없는 건가요?"

"지금으로써는 배가 안 뜨면 갈 방법이 없어요."

믿을 수가 없었다. 일이 안되려면 이렇게도 꼬이는구나 싶은 마음이었다. 연아는 감정을 추스르지 못하고 숨을 거칠게 내쉬었다. 플라스틱 의자에 털썩 주저앉고는 손으로 얼굴을 감쌌다. 주머니에서 핸드폰을 꺼내 지훈에게 전화를 해봤지만 여전히 통화 연결음만 울릴 뿐이었다. 연아는 '발신 통화 65통'이라고 표시된 핸드폰을 멍하니 바라보다 맞은편 의자에 던져버렸다.

"연아야, 좀 진정해."

경민은 연아의 곁에 앉으며 침착하게 말했다.

"내가 어떻게 진정을 해."

"지훈이 아무 일 없을 거야."

"어떻게 장담해? 내 눈으로 볼 때까지 못 믿어."

"너 걔를 몰라? 진짜 불구덩이에서도 살아 돌아온 불사조야. 보통 질긴 명줄이 아니라고. 어떻게 해서든 자기 한 몸은 건사했을 테니 너무 걱정 마."

경민은 지훈의 생사가 뒤바뀌었다는 걸 모르기 때문에 하는 소리였다.

"그건 그때고. 지금은 또 어떤 상황인지 모르잖아. 정말 엘리베이터에 갇히기라도 한 거라면!"

연아는 태평한 경민을 향해 목소리를 높였다. 뉴스 영상이 자꾸만 머릿속에 떠올랐다. '남성 사망자 1명'이라는 말 역시 귓가에 맴돌았다.

"흐윽. 너무 무서워. 걱정돼 죽겠어. 지훈이한테 무슨 일 생겼으면 어떻게 해…… 나 걔 없으면 못 살아. 진짜 못 살아."

한 번 잃어본 경험이 있었다. 세상이 모든 색깔을 잃고 무채색으로 변해버린 순간. 연아는 그 이후에 찾아오는 생살을 찢는 듯한 고통, 견딜 수 없는 상실감과 공허함을 이미 알고 있었다. 다시는 잃지 않겠다고 결심했다. 그런데 또다시 이런 일이 벌어지고 만 것이다.

그때였다.

"너 여기서 뭐 하냐?"

누군가의 목소리에 연아는 화들짝 놀라 고개를 들었다. 점점 가까워지는 이의 모습을 눈으로 보면서도 믿을 수가 없었다. 연아는 눈물이 맺힌 눈가를 손등으로 슥슥 닦았다.

꿈이야? 아니면 환상?

"둘 다 아니거든."

연아는 다시 눈을 둥그렇게 떴다.

"네가 하는 생각이야 빤하지 뭐."

지훈의 몰골은 가관이었다. 세수는 한 모양이었지만 화재 현장에서 툭 튀어나온 듯 온통 재투성이였다.

"너 지금 나 말고 누구한테 고백하는 중인 거냐?"

지훈은 기분이 나쁘다는 듯 미간을 찌푸렸다. 지훈이 무사하다는 걸 확인하자 연아는 안도감에 눈물이 왈칵 쏟아져 나왔다. 내내 긴장했던 몸에서 힘이 빠지며 전신이 허물어졌다.

다행이야, 다행이다.

안도감이 느껴지기 무섭게 화가 치밀어 올랐다. 그간의 맘고생이 서럽고 억울했다.

"야, 이 자식아! 그런데 왜 전화 안 받아? 내가 얼마나 걱정했는지 알아? 무사하다면 무사하다고 전화를 했어야지! 사람들한테 핸드폰 빌려서 전화 한 통 하는 게 그렇게 어려워? 손가락이라도 부러졌니?"

성난 연아의 모습에 지훈이 당황하며 변명했다.

"네가 알고 있는 줄 몰랐어. 콘도 이름까진 안 나가고 단신으로만 방송된 줄 알았지. 안 그래도 지금 올라가서 얘기할 생각이었어. 넌 대체 어떻게 안 거야?"

"뉴스에서 봤지! 사망자가 발생했을 만큼 큰 사고였다고! 난 혹시나 싶어서……."

연아는 목이 메여 뒷말을 끝낼 수 없었다.

"그 사망자가 난 줄 알았어?"

연아가 울먹거리며 고개를 끄덕였다. 지훈은 가만히 다가와 연아를 품에 안고 다독여주었다.

"미안해. 난 네가 알고 있을 거라곤 생각도 못했어."

"……."

"실은 연락하려고 했는데 대피하는 사람들을 도와주는 와중에 가방 하고 핸드폰을 잃어버렸어. 병원에서 핸드폰을 빌리려고 했는데, 사람들이 죄다 통화 중이라 빌릴 수가 없더라고. 병원 전화는 대기 줄이 너무 길었고. 그래서 연락해서 걱정하게 하느니, 만나서 얘기하자 싶었어. 회사 사람들 다 무사하다는 거 확인하고 총무팀에 현장 상황 인계한 뒤에, 배 타고 이제 막 도착한 거야."

엘리베이터가 불이 난 3층에서 열린 순간, 혼탁한 연기가 지훈을 덮쳤다. 한 치 앞도 볼 수 없을 만큼 눈앞에 새까맸다. 화재 경보음 소리와 사이렌 소리가 요란했고 사람들은 비명을 지르며 우왕좌왕했다. 지훈은 급히 코와 입을 막고는 몸을 낮췄다. 그리고 발아래 희미한 비상등을 따라 계단으로 이동해 겨우 콘도를 빠져나온 것이다.

"예전 체육 창고 화재 사건 때문에 대피 요령이 생겼나 봐."

"넌 그래서 그걸 다행이라고 말하는 거야?"

연아가 눈을 부릅뜨고 지훈을 노려봤지만 진짜 화난 건 아니었다. 무사히 돌아와 준 그가 기특하고 고맙기만 했다. 연아는 곧 표정을 풀고 지훈을 이리저리 살펴봤다.

"다친 데는 없어?"

"보다시피."

지훈이 보란 듯이 팔을 양옆으로 벌리며 활짝 웃었다.

"근데 왜 여기에 있는 거야?"

"바보냐? 너한테 가려고 나온 거지. 화재 때문에 아찔해지는 순간, 네 얼굴만 미칠 듯이 보고 싶더라. 돌풍 때문에 비행기가 안 뜬다길래 배 타고 이리 온 건데, 여기서 널 만날 줄은 상상도 못했다."

지훈의 환한 미소를 보자 연아의 심장에서 따뜻한 기운이 혈관을 타고 흘렀다. 연아는 다시 지훈의 품에 안겨 심장 가까이 귀를 댔다.

쿵. 쿵. 쿵쿵. 그가 살아있다는 생명의 소리가 생생하게 들려왔다. 가장 좋아하는 소리였다. 연아는 틈만 나면 눈을 감고 지훈의 심장에 귀를 갖다 댔다. 그 소리가 주는 안정감에 스르륵 잠이 들기도 했고, 속상했던 기분이 나아지기도 했다.

"가끔 이런 것도 괜찮네."

지훈이 나지막한 목소리로 말했다.

"뭐가?"

"오랜만에 너 이렇게 안달복달하는 것도 보고."

"그게 좋아?"

"응. 너 은근히 애정 표현에 박해. 나만 매달리는 거 같아서 기분 안 좋을 때도 있다고."

연아는 대답 대신 양팔로 지훈을 마주 안았다. 원하는 게 고작 애정 표현이라면 앞으로 넘치게 해 줄 생각이다. 부족하다 느끼지 않게 아니, 오히려 이제 됐다고 손사래 칠만큼 가득가득 표현하리라 속으로 다짐했다.

제주도 콘도 화재는 한 명의 사망자와 30여 명의 부상자를 냈다. 화재의 원인은 방화였으며, 한 명의 사망자는 방화범이었다. 투숙객들은 다행히 옥상으로 또는 비상계단을 통해 안전하게 대피했다. 콘도에 설치된 화재 대응 시스템이 제대로 가동해준 덕분이었다. 지훈의 회사 직원들 역시 모두 무사했다. 몇몇 직원이 대피하던 중 넘어지는 바람에 타박상을 입었을 뿐이었다.

그날 지훈은 완도 여객선 터미널에서 연아를 만난 뒤, 쾌속선 운항이 재개되자 다시 제주도로 내려갔다. 총무팀과 함께 현장 상황을 마무리한 다음에야 서울로 올라왔다.

화재로 인해 지훈은 한동안 정신없이 바빴다. 현장 책임자로서 화재와 관련해 회사에 보고할 사항도 많았고, 워크샵도 새로 개최해야 했다. 부상으로 입원한 직원들의 공백도 메워야 했다. 그래도 연아와 지훈은 틈만 나면 시간을 함께 보내기 위해 애썼다. 지훈은 점심시간을 쪼개 연아의 지점 근처로 점심을 먹으러 나왔고, 연아는 야근하고 있을 지훈을 위해 포장 도시락을 날랐다.

모든 일이 마무리되고 나서야 두 사람은 여유로운 저녁을 함께할 수 있었다.

금요일 저녁이라 신사역 거리는 혼잡했다. 연아와 지훈은 손을 맞잡고 그 길을 걸으며 사소한 실랑이를 벌이고 있었다.

"몸보신하러 가자니까."

"됐어. 나 그런 거 안 좋아하는 거 알면서."

"하여간 어린애 입맛."

기력 보강을 해주고 싶었지만 지훈은 싫다며 진저리를 쳤다. 나이가 들면 입맛도 변하려나 싶었는데, 가공식품을 좋아하는 그의 기호는 여전했다.

"어렵게 예약한 덴데."

"취소해. 돈가스나 먹으러 가자."

"한 입만 먹어보면 안 될까?"

이런 실랑이를 하는 와중, 연아는 맞은편에서 걸어오던 여자와 어깨가 부딪혔다. 그 바람에 여자가 쥐고 있던 핸드폰이 바닥으로 떨어졌다. 연아는 잽싸게 핸드폰을 주워들고 흙을 탈탈 털어냈다.

"으아. 으아. 어떻게 해."

"인마, 사과부터 해야지. 정말 죄송합니다."

연아가 요란을 떨자, 지훈이 먼저 여자에게 사과를 했다. 연아는 핸드폰을 내밀며 고개를 들어 여자의 얼굴을 마주했다. 순간, 벼락을 맞은 듯 몸에 전류가 흘렀다.

정혜였다.

"괜찮아요. 상처 난 부분도 없고. 저도 잘못했는데요, 뭘. 넋 놓고 걷
고 있었으니."

말상의 얼굴형, 긴 생머리, 가무잡잡한 피부. 예전과 똑같았다. 하지
만 전체적인 분위기가 많이 달라져 있었다. 예민하고 날 선 인상은 온
데간데없었다. 대신 맑은 얼굴빛에 부드러운 인상의 여자가 눈앞에 있
었다. 훨씬 예뻐져 있었다.

눈이 마주쳤는데도 정혜는 연아를 알아보지 못했다. 그 순간 연아는
정혜의 기억이 모두 사라졌다는 걸 깨달았다. 평생의 은인을 만났는
데, 비밀을 나눈 동지를 만났는데, 감격의 마음을 전할 길이 없었다.

"정말 미안하고 감사합니다. 이 말 꼭 하고 싶었어요. 절대 잊지 않
을게요."

어떤 삶을 살았는지 묻고 싶었지만 대답을 듣지 않아도 알 수 있었
다. 온화한 표정에서, 다정한 말투에서 그녀가 살아온 인생이 고스란
히 느껴졌다. 연아는 눈물이 날 것 같았다.

"네."

연아는 멀어지는 정혜의 뒷모습을 물끄러미 바라봤다. 그제야 참았
던 눈물이 터져 나왔다. 지훈은 영문도 모른 채 연아의 어깨를 감싸고
눈물을 닦아주었다. 그리고 한번 꼭 안아준 뒤 정수리에 키스했다.

"왜 울고 그래. 저 여자분은 너 기억 못 하는 거 같은데. 누구야? 아
는 사람이야?"

지훈이 물었다.

"응."

너무나 특별했던 여행을 함께한 사람.

문득 연아는 시간 여행을 기억하지 못하는 지훈에게 아쉬운 마음이 들었다. 지금도 충분히 서로 사랑하고 있지만, 우리가 얼마나 특별한 사랑을 했는지 기억하고 있었으면 했다.

지훈도 정혜처럼 모든 기억이 지워진 걸까? 지훈은 몇 번의 기회를 썼던 걸까?

"지훈아. 가끔 이런 기분이 들어. 어린 시절의 첫사랑과 성인이 되어 재회했는데, 상대방은 과거를 전혀 기억하지 못하는 기분."

"그게 무슨 소리야?"

"있어. 그런 게."

연아는 괜히 서운한 마음에 먼저 앞서서 걷기 시작했다.

"아닐걸? 당연히 기억하지. 그런 걸 어떻게 잊냐? 모르는 척하는 거지."

"왜?"

"그야 더 이상 과거에 얽매이기 싫으니까."

지훈이 아무렇지 않은 얼굴로 따라붙으며 말했다. 연아는 뒤를 휙 돌아봤다.

자신이 한 비유에 대한 답인 걸까? 아니면 다른 의미가 있는 걸까?

지훈은 오묘한 표정이었다.

"우리 학교에 가볼까?"

정혜를 만났기 때문일까. 연아는 갑작스런 충동이 일었다.

"지금 말고 좀 늦게, 밤 12시쯤."

지훈은 왜냐고 묻지도 않고 피식 웃더니 고개를 끄덕여주었다.

신사동에서 저녁을 먹고 영화를 보고 나오니, 밤 11시 반이 지나고 있었다. 연아는 지훈에게 약속을 상기시키며 택시를 잡아타곤 세현 고등학교로 향했다. 연례행사처럼 첫눈 오는 날 등나무 벤치에 만났으니, 꼭 한 달 만이었다. 택시가 학교로 향하는 오르막길 아래 서자, 두 사람은 차에서 내렸다. 밤이 되니 얼음장같이 날 선 바람이 마구 불어 닥쳤다.

"춥다 추워. 이 추운 겨울날 꼭 여길 와야겠냐."

지훈은 칼바람에 몸을 떨며 툴툴거렸다.

둘은 학교 정문에 다다른 뒤 담장 따라 빙 둘러 걸었다. 담벼락 아래에서 나란히 담을 타 넘은 다음 그늘진 어둠을 따라 이동했다. 등나무 벤치에 도착하자, 지훈은 목도리를 풀어 차가운 벤치에 깔았다. 그리고 연아의 얼어붙은 어깨를 쓸어주며 말했다.

"오랜만이다. 이 시간에 이런 식으로 학교 들어온 거. 그런데 넌 왜 갑자기 여기에 오고 싶었던 거야?"

"그냥, 고마운 마음이 들어서."

처음부터 끝까지 모두 학교 계단이었다. 예전, 자신은 지금과는 전혀 다른 마음으로 이곳 등나무 벤치에서 학교를 바라봤다. 너무 간절하고 처절해서 차라리 고통스러웠던 순간들이었다. 연아는 그때의 자신을 조금 위로해 주고 싶었다. 그토록 염원했던 걸 이뤄냈다고. 미래의 너는 아주 많이 행복하다고.

그 순간, 운동장 한구석에서 거무스름한 인영 하나가 빠르게 학교 건물로 향했다. 연아는 눈을 찡그리며 검은 인영을 주시했다. 잘못 본

게 아니었다. 분명 사람이었다.

"왜?"

"봤어?"

"뭘?"

"저기, 사람. 누군가 학교로 들어갔어."

"아아."

지훈은 태평하게 반응하더니 말을 덧붙였다.

"오늘 동풍이니까."

연아는 눈을 둥그렇게 뜨고 지훈을 바라보다 이내 만족한 미소를 지었다. 잠시 후, 학교 건물에서 하얀빛이 번쩍였다. 빛은 점점 강해지는가 싶더니 곧 사라졌다.

이번엔 또 누가 어떤 바람을 품고 계단에 오른 걸까.

"이제 그만 갈까?"

지훈은 연아의 손을 잡고 자신의 코트 주머니 속에 넣었다. 냉기를 품은 바람에도 맞닿은 곳에서 전해지는 서로의 온기 때문에 춥지 않았다. 연아는 담장을 오르기 전 학교 건물을 힐끔 쳐다봤다. 하얀빛이 사라지자 학교는 캄캄한 어둠뿐이었다.

연아는 누군가를 위해 마음속으로 간절히 기도했다.

그 소망이 하늘에 닿기를.

간절함이 기적을 빚어내기를.

당신, 부디 좋은 여행하기를.

시간의 계단 2

초판 1쇄 발행 2019년 2월 20일
초판 10쇄 발행 2024년 11월 15일

지은이 주영하
펴낸이 김선식

부사장 김은영
책임편집 최수아 **디자인** 김선민
웹툰/웹소설사업본부장 김국현
웹소설팀 최수아, 김현미, 여인우, 이연수, 장기호, 주소영, 주은영
웹툰팀 김호애, 변지호, 안은주, 임지은, 조효진
IP제품팀 윤세미, 설민기, 신효정, 정예현, 정지혜
디지털마케팅팀 지재의, 박지수, 신현정, 신혜인, 이소영
디자인팀 김선민, 김그린
저작권팀 이슬, 윤제희
재무관리팀 하미선, 김재경, 임혜정, 이슬기, 김주영, 오지수
인사총무팀 강미숙, 이정환, 김혜진, 황종원
제작관리팀 이소현, 김소영, 김진경, 최완규, 이지우, 박예찬
물류관리팀 김형기, 김선민, 주정훈, 김선진, 한유현, 전태연, 양문현, 이민운

펴낸곳 다산북스 **출판등록** 2005년 12월 23일 제313-2005-00277호
주소 경기도 파주시 회동길 490
전화 02-702-1724 **팩스** 02-703-2219 **이메일** dasanbooks@dasanbooks.com
홈페이지 www.dasan.group **블로그** blog.naver.com/dasan_books
종이 ㈜한솔피앤에스 **출력·인쇄** 민언프린텍㈜

ISBN 979-11-306-2087-9 (04810)
ISBN 979-11-306-2085-5 (SET)

• 책값은 뒤표지에 있습니다.
• 파본은 구입하신 서점에서 교환해드립니다.
• 이 책은 저작권법에 의하여 보호를 받는 저작물이므로 무단 전재와 복제를 금합니다.

다산북스(DASANBOOKS)는 독자 여러분의 책에 관한 아이디어와 원고 투고를 기쁜 마음으로 기다리고 있습니다.
책 출간을 원하는 아이디어가 있으신 분은 다산북스 홈페이지 '원고투고'란으로 간단한 개요와 취지, 연락처 등을 보내주세요.
머뭇거리지 말고 문을 두드리세요.